L'ÂGE DE LA LUMIÈRE

Whitney Scharer est nouvelliste, essayiste et romancière américaine. Ses nouvelles et essais ont été publiés dans plusieurs magazines et journaux, dont *Vogue* et *The Telegraph*. Son premier roman, *L'Âge de la lumière*, véritable phénomène littéraire aux États-Unis, a obtenu le prix Rive Gauche à Paris en 2019 et a été traduit dans une douzaine de langues.

WHITNEY SCHARER

L'Âge de la lumière

TRADUIT DE L'ANGLAIS (ÉTATS-UNIS)
PAR SOPHIE BASTIDE-FOLTZ

ÉDITIONS DE L'OBSERVATOIRE

Titre original :

THE AGE OF LIGHT

Publié par Little Brown and Company.

ISBN : 978-2-253-10196-3 – 1re publication LGF

Pour ma mère, avec amour et gratitude

« Les œuvres d'art naissent toujours
de qui affronte le danger,
de qui est allé jusqu'au bout d'une expérience
jusqu'au point que nul humain ne peut dépasser. »

Rainer Maria RILKE

Première partie

Prologue

Farley Farm, Sussex, Angleterre
1966

Un chaud mois de juillet. Avec les pluies de la semaine précédente, les collines ont verdi et se dressent vers le ciel comme des seins moussus. La vue des fenêtres de la cuisine de Lee Miller embrasse tout le paysage alentour. Une route droite, caillouteuse. Des murs de pierres sèches érigés longtemps avant son arrivée ici qui découpent le paysage et canalisent les moutons occupés à ruminer. Roland, son mari, progresse sur le sentier, muni de son bâton de marcheur. Deux de leurs invités l'accompagnent, et il s'arrête pour leur signaler une taupinière où l'on risquerait de se briser la cheville ou bien une bouse de vache que certains visiteurs pourraient trouver un peu trop couleur locale.

Lee, elle, marche rarement plus loin que jusqu'au carré de plantes aromatiques, juste à côté de la cuisine. Il y a des années que Roland a cessé de lui demander de l'accompagner dans ses promenades de santé, depuis qu'elle lui a dit que tant qu'il n'aurait pas aménagé un trottoir bordé de cafés sur ces collines, elle n'allait pas perdre son temps à les arpenter. Maintenant elle pense qu'il aime bien avoir ces moments à lui, de même qu'elle ne déteste pas avoir les siens. Chaque fois qu'elle le voit s'éloigner, la main qu'elle sent sur sa gorge desserre un peu son étreinte.

La pièce où Lee se sent le mieux, à Farley Farm, c'est la cuisine. Elle n'y est pas heureuse, mais bien. Personne n'y va sans elle, et quelqu'un qui s'y aventurerait serait bien incapable de trouver ce qu'il serait venu y chercher. Des bocaux d'épices y sont empilés en équilibre instable, l'évier et le plan de travail sont encombrés de pots sales, les étagères de bouteilles d'huile et de vinaigre ouvertes. Mais Lee sait à tout moment où se trouve chaque chose, comme c'était le cas dans son atelier, où ce capharnaüm désorientait tout le monde excepté elle-même. Quand le photographe Dave Scherman, son compagnon de route pendant la guerre, venait dans sa chambre d'hôtel, au Scribe, il avait toujours un petit sarcasme à lui balancer – Tu nous prépares une expo de vieux jerrycans, Lee ? –, et quand elle est dans sa cuisine, elle repense à lui, se demandant ce qu'il lui sortirait aujourd'hui. Dave est l'un des rares parmi ses amis de l'époque de la guerre à ne pas avoir fait le voyage jusqu'ici. Elle aime autant. La dernière fois qu'elle l'a vu, quand ils vivaient encore tous à Londres, Lee avait entendu Dave dire à Paul Éluard qu'elle avait grossi, qu'elle enrageait d'avoir perdu sa beauté. Ce qui est faux, bien sûr. Elle a bien d'autres raisons d'enrager que le spectacle de l'étrangère qui l'accueille tous les matins dans le miroir, le visage bouffi sous l'effet de la vasodilatation.

Lee a suivi les cours de cuisine du Cordon Bleu il y a quelques années, et presque chaque week-end, désormais, elle prépare des dîners très élaborés dont elle fait le compte rendu dans *Vogue*. À la rubrique « Art de vivre ». Avant cela, elle a été leur correspondante de guerre, avant cela, leur correspondante pour la mode et encore avant cela, leur mannequin vedette. En 1927, un dessin Art déco de sa tête, chapeau cloche enfoncé comme un casque jusqu'aux yeux, avait ouvert une ère nouvelle de modernité dans la mode féminine. Une carrière remarquable, c'est ce que tout le monde dit. Lee n'évoque jamais cette période.

Lee pense à *Vogue* parce qu'Audrey Withers, sa rédactrice en chef, vient dîner ce soir. Elle vient plus probablement pour lui signifier la fin de leur collaboration et elle fait le déplacement jusqu'à Farley pour le lui dire. Lee se serait elle-même virée il y a longtemps, après la vingtième date butoir dépassée ou le dixième article sur l'art de recevoir dans une maison de campagne. Audrey a toujours été loyale, cela dit, et c'est la seule rédactrice en chef à avoir jamais eu l'audace d'entretenir les femmes de choses plus importantes que les dernières tendances en matière de tenues de soirée. Audrey sera freinée par la présence d'autres invités : leur amie Bettina, et Seamus, qui est le conservateur de l'Institut pour les arts contemporains et bras droit de Roland. Lee se dit qu'Audrey ne pourra pas la virer devant les amis de Roland, et qu'elle aura le temps de la sonder, d'inverser le cours des choses, de rentrer en grâce.

Au menu de ce soir, une variante d'un repas que Lee a déjà servi. Dix plats. Asperges en croûte sauce hollandaise, brochettes d'escalopes sauce béarnaise, verrines de vichyssoise, champignons à la Penrose, mini-saucisses cuites au four, brouillade de poulet en verdure, gorgonzola aux noix, faisan braisé à la bière, sorbets au gingembre et bombe glacée Alaska servie flambée, lumières baissées. Si Lee ne peut plus travailler pour Audrey, elle la tuera à coups de beurre, de crème et de meringues arrosées de rhum.

Pendant la guerre, quand Lee exerçait son métier de reporter à Leipzig et en Normandie, Audrey était souvent la seule personne avec qui elle était en contact. Lee lui envoya ces fameuses premières photos de Buchenwald qu'Audrey publia avec un article que Lee avait tapé sur sa petite Hermès Baby, ravitaillée en cigarettes, en cognac et en rage. Audrey publia l'article très exactement comme Lee l'avait rédigé avec en titre « Il faut le voir pour le croire » et les photos pleine page, immenses, dans toute leur abominable splendeur. Elle n'avait pas rechigné à l'idée que, quelque part à Sheffield, une mère de famille passe d'une page en papier glacé faisant la publicité des derniers gants de Schiaparelli à une autre montrant un gardien SS battu et contusionné, au nez cassé et au visage porcin couvert d'un épais sang noir.

Il est midi et Lee se met aux Penrose, un plat de son invention composé de champignons fermés, fourrés de foie gras à l'aide d'une douille et garnis de paprika pour les faire ressembler aux roses qui poussent à la lisière du jardin aux herbes. On peut facilement le rater, et il faut des heures pour le préparer. Roland se fâche souvent parce qu'elle lui dit que le dîner sera prêt à huit heures, alors qu'elle n'apportera le premier plat qu'à neuf, dix, ou onze heures, quand les invités seront fatigués et auront trop bu. Lee n'en a cure. Un jour, elle a fait un tassergal grillé en hommage à un tableau de Miró, et même Roland a reconnu que l'attente en valait la peine.

Mais ce soir, Lee sera à l'heure. Elle émergera de la cuisine calme et souveraine, et les mets arriveront sur la table les uns après les autres en un ballet impeccablement exécuté. Il y a quelque chose de magique dans un repas de ce type, et dans ses bons jours, ça lui rappelle ce qu'elle éprouvait dans la chambre noire, où il fallait avoir des gestes aussi précis et bien réglés.

Lee finit les Penrose, les pose au-dessus du réfrigérateur. Ensuite, elle fait la sauce hollandaise, une plus grande quantité que nécessaire, battant les jaunes d'œufs avec le jus de citron dans une casserole en cuivre, en émettant un petit bruit métallique contre ses parois. Dehors, Roland et les premiers invités arrivés grimpent une colline, en file indienne, comme des canards, puis s'enfoncent dans une vallée, cachés à sa vue.

Que dira-t-elle à Audrey ? Lee a des idées d'articles, dont aucune n'est bonne. Elle a des excuses. Oui, c'est mieux, plus juste. L'année a été dure, l'emménagement ici, n'avoir pu aller à Londres que quelques jours par mois, être coupée de tout. Mais elle sait qu'elle écrit toujours aussi bien. Que ses photos sont toujours aussi bonnes. Ou qu'elles le seraient si elle pouvait en faire, si elle arrivait à se débarrasser de cette abrutissante mélancolie qu'elle traîne avec elle comme une chape de plomb. Elle va dire à Audrey que là, maintenant, elle se sent prête. Elle va lui dire qu'elle a viré tout le bordel qui se trouvait dans une des chambres pour y installer sa machine à écrire, le bureau poussé sous une petite fenêtre carrée qui encadre joliment la vue de l'allée partant de la ferme. Lee en a même fait une photo, la première depuis des mois, en cadrant la fenêtre dans le viseur, une vue dans la vue, et l'a punaisée à côté de son bureau. Audrey sera contente de savoir que Lee a pris une photo. Qu'elle est restée assise là, à caresser le châssis de sa machine à écrire, à regarder les poules picorer dans l'allée. Quand Audrey le lui demandera, Lee lui livrera des descriptions pénétrantes de la vie à la campagne. Elle lui donnera tout ce qu'elle voudra sur la vie qu'elle s'y est faite, dans les temps, et avec des photos si elle y parvient.

À quatre heures, Lee a presque tout préparé et fait sa *mise en place*[1], les petits bols pleins de marjolaine finement hachée, de sel de mer, d'anchois, de poivre de Cayenne et de toutes les épices dont elle aura besoin pour cuisiner. Elle remet un glaçon dans son verre et se rend dans la salle à manger où se trouve une longue table à tréteaux vermoulue, assez grande pour accueillir vingt-quatre personnes. La cheminée, à l'autre bout de la pièce, évoque Henry VIII, des cochons de lait grillés, de grosses cruches de vin. Au-dessus, le portrait de Lee par Picasso, qui a toujours été l'image d'elle qu'elle préfère, cette façon qu'il a eue de capter son sourire, avec ses dents écartées. Autour, quelques-unes des pièces préférées de la collection de Roland, accrochées bord à bord,

1. En français dans le texte. *(Toutes les notes sont de la traductrice.)*

Ernst à côté de Miró à côté de Turnbull. Au cours des années, ils y ont ajouté quelques tableaux de surréalistes inconnus : un oiseau empaillé retourné reposant sur l'un des cadres, une traverse de chemin de fer sur laquelle est peinte une bouche géante, une vague image de femme, les cheveux emmêlés logés dans l'un des cadres les plus luxueux qu'ils ont pu trouver. Lee va s'asseoir à la table. Ses pieds commencent à gonfler. Elle agite un peu son verre, les glaçons dansent dans son whisky.

Roland revient de sa petite marche juste au moment où une Morris surbaissée remonte l'allée, le grondement du moteur annonçant son arrivée. Il s'arrête sur le seuil de la cuisine – il reste souvent là, à regarder Lee dans l'entrebâillement de la porte, comme s'il s'interdisait d'entrer dans son fief.

— Bonne marche, aujourd'hui, dit-il, se frottant le nez avec ses doigts fins de sculpteur. Nous avons vu une couleuvre sur le sentier. Elle devait mesurer entre un mètre cinquante et deux mètres.

Lee hoche la tête, sans se tourner vers lui, remuant une longue cuiller dans la casserole où elle fait bouillir des pommes de terre.

— Ça sent bon, dit-il humant l'air, tu as mis de l'ail.

— C'est le poulet.

Il hume de nouveau.

— À quelle heure arrive Audrey ?

— Je crois que c'est elle, là, dit Lee très posément, comme si le crissement des pneus sur les pavés ne l'avait pas rendue fébrile.

— Tu vas l'accueillir, ou j'y vais ?

— Toi, c'est mieux, dit Lee en désignant le désordre. Je suis en plein milieu d'une douzaine de trucs, là.

Roland la regarde longuement avant de s'éloigner.

L'eau bout vraiment, à présent, la vapeur s'élevant autour du visage de Lee penchée au-dessus. La règle avec les pommes de terre : commencer avec de l'eau du robinet, froide, de sorte qu'il y en ait plus qu'il n'en faut. Pour qu'elles puissent bouger. Collées les unes aux autres, elles deviennent farineuses. Lee les fait cuire entières et les coupe lorsqu'elles sont encore fumantes. La plupart des gens n'attachent pas assez d'importance aux pommes de terre.

La voix de Roland lui parvient de l'entrée, puissante.

— Audrey ! Tu ne sais donc pas que les amis entrent par-derrière dans le Sussex ?

Puis la voix aiguë, raffinée d'Audrey qui lui répond. Lee se dépêche d'aller chercher la bouteille qu'elle a cachée derrière les bocaux et se ressert un verre. Elle entend de nouveau leurs pas sur le gravier quand ils retournent vers la voiture puis, quand ils en reviennent, un grincement et le claquement de la porte moustiquaire, aussi fort qu'un coup de feu. Le bruit lui envoie une onde électrique le long de la colonne vertébrale et là, soudain, la panique s'empare d'elle, Lee est dans le noir le plus complet. Il y a une drôle d'odeur dans l'air et elle craint que quelque chose ne soit en train de brûler, mais elle n'arrive pas à se déplacer jusqu'au four pour vérifier. Elle ne voit plus rien ; et comme chaque fois que ça lui arrive, même quand elle a les yeux ouverts, elle y est de nouveau, à Saint-Malo, cette fois, la chemise trempée de sueur, tapie dans une cave, les muscles de ses cuisses paralysés, à attendre que l'écho des bombes s'éloigne.

Elle ne parvient pas à chasser ces images. Elles se logent comme des éclats d'obus dans son cerveau et elle ne sait jamais à quel moment elles vont resurgir. Cette fois, quand Lee revient au présent, elle est blottie dans un coin de la cuisine, genoux serrés contre sa poitrine. Elle se remet tant bien que mal debout, soulagée que personne ne l'ait vue.

La solution est là, dans ce verre. Elle l'attrape, le colle à son front pour en sentir la fraîcheur, en avale une gorgée, puis une autre. Le minuteur sonne. Lee sursaute encore, tente de se ressaisir, sort une pomme de terre de la casserole, la teste avec ses dents. Elle est si chaude que Lee a un mouvement de recul et que la pomme de terre va s'écraser avec un bruit sourd sur le sol carrelé. Une autre gorgée de whisky, la panique augmente, la pièce tourne autour d'elle, se distord comme le reflet de son visage sur la surface en cuivre de la casserole ; elle veut laisser là le repas et monter à son bureau, où elle pourra de nouveau regarder les moutons, le paysage où tout n'est qu'ordre et propreté, tel que c'était des centaines d'années avant qu'ils ne viennent s'installer ici.

Elle est déjà presque hors de la pièce et se dirige vers l'escalier de derrière quand elle entend la voix d'Audrey. « Lee ! » Audrey apparaît sur le seuil de la cuisine, les bras tendus, le sourire aux lèvres. « Alors c'est ici que ça se passe, toute cette magie. J'ai vu tes photos, mais c'est tellement plus chouette de voir ça en vrai. »

Audrey n'a pas changé : toute menue, un léger foulard de soie noué autour du cou, impeccable. Elle a des cheveux blonds teints ondulés, des dents tout à fait acceptables qui font vaguement penser à un blaireau et, au travail, elle porte toujours un petit bouquet au revers de sa veste de tailleur. Elle en porte un aujourd'hui. Bouquet mis à part, Audrey est la personne la moins narcissique que Lee ait jamais rencontrée, et ce n'est pas rien pour quelqu'un qui fréquente le monde de la mode depuis plus de trente ans. Lee pose son verre, s'essuie les mains sur le torchon qu'elle a plié dans la ceinture de son tablier et tend les bras. Elles se serrent fort l'une contre l'autre et Lee a l'impression que quelqu'un est en train de souffler dans un ballon à l'intérieur de sa poitrine, chassant la panique et faisant de la place en elle. Elle avait oublié à quel point elle aime Audrey.

Elles s'écartent l'une de l'autre et Lee observe Audrey dont les yeux scannent la cuisine. Elle jette un regard sur le désordre, puis sur le verre de Lee posé sur le plan de travail, elle jette un regard – furtif, pour que Lee ne le remarque pas – sur le peignoir de Lee, sur ses cheveux en bataille, sur son corps, enflé de partout. Lee se voit dans les yeux d'Audrey et c'est loin d'être séduisant, mais Audrey a suffisamment de tact pour ne pas s'attarder sur elle.

— Alors ce sont les fameux champignons à la Penrose ? demande-t-elle, montrant le frigo. Novembre 1961. On a reçu des tonnes de courrier.

— Absolument, dit Lee.

Elle pose son verre, hors de vue derrière un saladier, mais continue de le regarder. La panique est de retour, forte, suffocante et elle ferme les yeux pour la chasser.

— Audrey, dit-elle enfin, montrant une chaise, assieds-toi, je t'en prie. Fais comme chez toi. Tu veux boire quelque chose ?

— Oh, je suis sûre que tu as bien trop à faire pour papoter pendant que tu prépares le repas ! Roland m'a proposé un tour du propriétaire, mais je voulais d'abord venir te dire bonjour.

Elle revient vers Lee et, le regard tendre, l'étreint à nouveau brièvement.

Lee, soulagée, n'essaie pas de la retenir. D'une main tremblante, elle reprend son verre et le termine en avalant une lampée qui la fait larmoyer. Elle laisse venir les larmes qui finissent par couler.

Il est vingt et une heures et Lee n'a pas terminé ses préparatifs. Les invités sont dans le salon. Elle entend des bruits de voix, des rires, le tintement des verres. Roland est revenu à la cuisine à plusieurs reprises, lui soufflant qu'« ils attendent, ils ont faim, tu as une idée du temps qu'il faudra encore avant que ce soit prêt ? ». Lee lui répond que non. Ils peuvent attendre, même Audrey, ils ne le regretteront pas.

Le problème est en partie dû au fait qu'elle n'a pas arrêté de boire, la bouteille qu'elle gardait derrière les bocaux, à présent vide, ayant été remplacée par une autre qu'elle est allée chercher dans l'arrière-cuisine. Elle a tellement bu que pour une fois, elle le sent : ou plutôt elle ne sent plus rien ; elle a des mains de beurre, les doigts gourds. C'est tellement facile de continuer, d'autant qu'elle n'a aucun moyen de savoir combien de fois elle a rempli son verre. Boire lui fait oublier qu'Audrey a été le témoin privilégié de tout ce qui lui aura importé en ce monde : la photographie, l'écriture, la beauté qu'elle fut jadis. Quand Lee parvient à chasser son envie d'aller se blottir au fond de son lit et de s'endormir à tout jamais, elle aimerait redevenir la personne qu'elle était, gourmande, pleine de vie. Mais chaque fois que la voix d'Audrey lui parvient de l'autre pièce, cet accent de l'aristocratie britannique, elle reprend son verre pour en avaler encore une gorgée.

À neuf heures et demie, les asperges sont sur un lit de feuilles de laitue, nappées d'un filet de sauce hollandaise. Lee l'emporte, pousse la porte battante donnant sur la salle à manger. Dans le salon adjacent, le groupe fait silence en la voyant entrer. Quelqu'un – Seamus, peut-être, de l'Institut des arts contemporains – dit « Magnifique ! Je meurs de faim » et tous pénètrent dans la salle à manger. Roland montre à chacun où s'asseoir – savoir placer les gens lors d'un dîner est l'un de ses talents – puis il s'approche d'elle et prend le plat qu'il pose sur la desserte. Janie, la fille de la maison, à qui Lee rend la vie impossible en ne la laissant que rarement entrer dans la cuisine, est là qui sert les asperges, et tous les regards sont tournés vers Lee, toujours debout, près de la porte.

— Viens t'asseoir avec nous, ma chérie, dit Roland, lui montrant sa place en bout de table, près de la cuisine.

— J'ai encore à faire, dit-elle, reculant vers la porte et se demandant vaguement si elle articule bien avant de décider que ça n'a pas vraiment d'importance.

— Assieds-toi, Lee, dit Audrey, tu es restée debout toute la journée !

Audrey a raison. Lee a mal aux pieds. Elle enlève son tablier, prend place et quelqu'un, pas Roland, lui remplit son verre, puis la conversation reprend par à-coups, tandis que chacun porte les belles queues d'asperges à sa bouche en s'exclamant qu'elles sont délicieuses.

Ils mangent, boivent, et ce n'est pas trop intimidant. Audrey est en grande conversation avec Bettina au sujet d'un défilé de mode de printemps auquel elle vient d'assister. La nouvelle tendance est aux coupes géométriques, aux vestes courtes, aux tailleurs très près du corps. Au bout d'un moment, Bettina se tourne vers Lee.

— Tu as toujours eu l'œil. Qu'est-ce que tu penses du nouveau Yves Saint Laurent ?

Lee s'esclaffe.

— Betts, j'ai renoncé à tout ça quand je me suis rendu compte que j'étais tellement plus confortable dans mon uniforme de l'armée. Tu le sais. Des pantalons, des peignoirs, c'est tout ce que je porte désormais.

Roland la regarde. Lui de même qu'Audrey l'ont connue quand elle était mannequin, quand elle pouvait remarquer une robe à l'autre bout de la pièce et vous dire quelle en était la matière, qui l'avait créée et pour quelle saison. Ça aussi, c'est derrière elle, et bon débarras. Si les femmes savaient à quel point les pantalons de l'armée sont confortables, elles en porteraient toutes. Lors de sa dernière visite à *Vogue*, Lee a pris quelques jeunes mannequins à partie dans l'ascenseur, et leur a dit qu'on se sentait merveilleusement libre dans des pantalons d'homme, et de ne surtout pas enfermer leurs pieds dans des chaussures qui vous compriment les orteils comme en Chine. L'une d'elles l'a reconnue.

— Vous êtes Lee Miller, n'est-ce pas ? lui a-t-elle demandé.

Elle dominait Lee – à croire que les mannequins devenaient plus grandes d'année en année – et quelque chose dans la question l'avait agacée. Comme si Audrey leur avait soufflé : « Soyez gentilles avec Lee. Elle n'est plus la même depuis… Elle était en Allemagne quand on a ouvert les camps. Terrible, oui. Nous n'aurions jamais dû l'envoyer là-bas. » Si bien que lorsque cette fille reconnut Lee, le démon qui était en elle montra le bout de son nez.

— Lee Miller ? dit Lee, si près du visage de la fille qu'elle pouvait voir ses pores et le début de plaque dentaire accroché à ses dents blanches, parfaitement alignées. Elle n'est pas morte ?

La fille eut l'air choquée, mais les portes de l'ascenseur se sont ouvertes et Lee est sortie, faisant claquer ses bottines à lacets dans le hall.

Et là, à ce dîner, Lee est aussi en bottines, la chemise qu'elle porte, jusqu'ici dissimulée par son tablier, rentrée n'importe comment dans son pantalon, avec Audrey, Bettina et Roland qui la regardent bizarrement, la conversation sur la mode soudain interrompue.

Pour rompre le silence, Lee va chercher la vichyssoise, servie dans des verrines en terre cuite qu'elle et Roland ont trouvées à Bath il y a des années. Janie aide au service, et Lee lui montre ce qu'elle doit faire pour apporter les plats suivants, qu'elle a dressés à l'avance. Mais chaque retour à la cuisine est un bon prétexte pour boire un whisky de plus. Aussi, Lee ne tient-elle pas que Janie en fasse trop.

Finalement, après les escalopes, le poulet, et le faisan – aussi parfaits que Lee les avait imaginés, si ce n'est servis un peu tard –, la conversation s'oriente sur le travail de Roland, les bruits qui courent sur l'Institut des arts contemporains et les problèmes rencontrés lors de la dernière exposition. La voix de Seamus, qui pontifie, domine toutes les autres. On se demande pourquoi les gros aiment toujours s'écouter parler. Lee et Audrey sont les seules à cette table à ne pas avoir de lien avec le musée, de sorte que cet échange les lasse vite. Audrey se tourne de côté sur sa chaise et dit « Lee ? ».

Lee est prête ; elle l'était.

— J'ai un tas d'idée, Audrey. Vraiment. J'écris à nouveau, tu sais. Fin de la récréation.

Audrey recule sur son siège. Elle a l'air étonné.

— Mais c'est merveilleux !

— Je pensais à ce dîner de poisson, que j'ai fait… tu te souviens, je t'en ai parlé ? Le tassergal ? Pourquoi pas un article sur l'art et la cuisine ? Ou bien je pourrais écrire un truc sur la recherche de nourriture. Les gens m'apportent des choses, des choses que tu n'imaginerais probablement pas pouvoir manger – des crosses de fougères et différents types de champignons – tout un article là-dessus, avec des photos.

Lee a de plus en plus de mal à articuler, elle le sent, les mots sortent de sa bouche comme des pièces de puzzle tombant de leur boîte. Audrey lève son verre, son alliance brille à la lumière des bougies. Dans son regard, fuyant, comme si Audrey ne voulait pas vraiment la voir, Lee voit la pitié, l'embarras, toutes les émotions qu'elle s'attendait à y voir.

— Lee, dit Audrey, je voudrais te demander quelque chose.

Lee fait mine de se lever.

— Faut que je… faut que j'aille chercher le plat suivant.

Audrey pose sa main sur le poignet de Lee.

— Ça peut attendre. Roland et moi avons eu le temps d'en parler cet après-midi, quand il m'a fait visiter ; ça me trotte dans la tête depuis des mois. Je voudrais que tu écrives quelque chose ; Roland et moi aimerions que tu écrives quelque chose, sur les années que tu as passées avec Man Ray. Un bel article. Trois mille cinq cents mots. Des photos de cette époque. Nous pensons que ça te ferait du bien d'avoir un grand projet qui te mobilise. Il pourrait paraître dans le numéro de février. Tu pourrais même l'interviewer, si tu veux, ou juste raconter tes souvenirs. Nos lectrices adoreraient. L'angle féminin. Elles t'adorent depuis le temps, avec tous les articles que tu as écrits sur la cuisine.

Lee se tourne vers Roland, qui évite soigneusement son regard. Il a la tête rentrée dans les épaules et cet air de chien battu qu'il prend quand Lee lui crie dessus.

Elles t'adorent depuis le temps, avec tous les articles que tu as écrits sur la cuisine. Toutes ces niaiseries que Lee a soumises à Audrey ces dernières années, le portrait qu'ils lui ont commandé d'elle dans son jardin d'herbes aromatiques, vêtue de ce foutu tablier en vichy. Et c'est vrai qu'elles l'adorent ! Elle reçoit un tas de courrier.

Chère Madame Penrose, je suis une ménagère du Shropfordshire et j'ai essayé votre Bagatelle hier soir. Une réussite ! Mes invités m'en ont fait des tas de compliments.

Aujourd'hui, quand Lee était dans la cuisine en train de mesurer le fenugrec, Roland et Audrey ont dû parler d'elle et élaborer un plan pour qu'elle se réinvestisse dans quelque chose, redevienne elle-même et se lance dans un projet intéressant.

— Il n'en est pas question, dit finalement Lee, sur un ton déplaisant même à ses oreilles.

— Pourquoi pas ?

Audrey a l'air bienveillante.

Lee attrape son verre ; l'expression d'Audrey se durcit. Sans lui laisser le temps de répondre, elle ajoute :

— Ça te fera du bien, Lee. Quelque chose de plus consistant. Une histoire que tu es la seule à pouvoir raconter.

— Non, Audrey.

— Lee… Je ne sais pas trop comment te le dire mais… c'est ça, ou nous allons devoir renégocier ton contrat.

Elle s'y attendait, mais ça ne fait pas moins mal de l'entendre.

— Je me suis remise à écrire, je t'assure, Audrey.

— Alors écris cet article. C'est ça qui nous intéresse. On ne peut pas… On abandonne les pages « Art de vivre », pour tout dire.

Juste à ce moment-là, Janie s'approche de Lee et lui murmure à l'oreille :

— Dois-je servir le dessert, M'am ?

— Non, non, je m'en charge, Janie.

Quand la porte à battants se referme derrière elle, Lee attrape la première tasse propre qui lui tombe sous la main, laquelle fait partie du service qui lui vient de sa mère, parsemé d'un délicat motif de roses, et se dirige aussitôt vers les bocaux. La tasse tinte sur la soucoupe quand elle la remplit, si bien qu'elle repose la soucoupe et, tenant sa tasse à deux mains, avale le whisky d'un trait au point qu'il s'en dégage un effluve qui lui brûle le nez.

Un article sur sa période avec Man Ray. Illustré de photos. Lee pourrait de nouveau raconter l'histoire telle qu'elle l'a toujours racontée. « J'ai rencontré Man Ray dans un bar juste avant son départ pour Biarritz. Je lui ai demandé si je pourrais devenir son élève et il m'a répondu qu'il ne prenait pas d'élèves. Alors je lui ai dit que je partais avec lui, et le train n'avait pas encore atteint Biarritz que nous étions déjà amoureux. » Raconté comme ça c'est romantique, un conte de fées, et si vous le racontez suffisamment souvent ça devient vrai, de même qu'une photo peut vous amener à reconstruire un souvenir. Et qu'est-ce qui pourrait empêcher les gens d'y croire ? Lee était assez belle pour obtenir ce qu'elle voulait, quand elle le voulait, sans compter qu'il y a bel et bien des photos d'elle à Biarritz avec Man, où elle rejette la tête en arrière pour recevoir le soleil sur sa peau alors d'un blanc aussi crémeux que l'intérieur d'un coquillage. Lee pourrait inventer une histoire à partir de photos qui raconteraient n'importe quelle version acceptable. Mais à l'époque, lors de ce premier été à Paris, elle ne connaissait pas encore le pouvoir des photos, la façon dont un cadre crée une réalité, dont une photographie devient un souvenir qui devient vérité.

Ou Lee pourrait raconter la véritable histoire : celle de son amour pour un homme qui l'a aimée, de ces deux êtres qui se sont tout pris. Qui peut dire lequel des deux en a été le plus atteint à la fin ? C'est l'histoire qu'elle a verrouillée en elle, l'histoire à laquelle elle pensait quand elle a caché tous ses vieux clichés et négatifs dans le grenier, l'histoire qui fait trembler la tasse de fine porcelaine dans ses mains.

Lee avale une dernière gorgée et pose la tasse vide sur la pile dans l'évier. Elle appelle Janie, et ensemble elles apportent la bombe Alaska à table, la placent au milieu du groupe, puis, en un geste théâtral, Lee verse une belle rasade de rhum dessus et craque une longue allumette pour la flamber. Des flammes bleues montent presque aussi haut que le chandelier. Tout le monde s'exclame, applaudit fort, et Lee, oubliant un instant la tristesse causée par Audrey, reste là à jouir du spectacle de l'alcool qui brûle.

Quand le gâteau est coupé et que tout le monde est servi, Lee revient s'asseoir à côté d'Audrey.

— Il te le faudrait pour quand ? demande Lee en regardant Audrey dont le visage passe de la surprise à la joie.

— J'aimerais avoir un premier jet pour octobre.

Lee fait oui de la tête.

— C'est d'accord, lui dit-elle. Mais pas ses photos. Les miennes.

Audrey fait rouler le pied du verre entre ses doigts.

— Ça, je ne peux pas le promettre. Le sujet, c'est Man Ray.

Justement pas, pense Lee. Et ça a toujours été le problème.

1

Paris
1929

La soirée où Lee rencontre Man Ray commence à quelques rues de l'hôtel de Lee, dans un bistrot à moitié vide où elle s'est installée, seule, pour manger un steak avec un gratin dauphinois accompagné de pichets de vin à la robe rouge sombre. Elle a vingt-deux ans, elle est belle. Le steak, qui est encore meilleur qu'elle ne s'y attendait, baigne dans un riche et abondant roux brun qui vient s'insinuer dans les couches de pommes de terre coupées en rondelles nappées de gruyère gratiné.

Lee est passée bon nombre de fois devant le bistrot depuis qu'elle est arrivée à Paris, trois mois auparavant, mais – ses ressources étant ce qu'elles sont – c'est la première fois qu'elle s'aventure à l'intérieur. Dîner seule n'est pas nouveau pour elle : Lee a passé le plus clair de son temps seule jusqu'ici, un virage difficile après la vie de patachon qu'elle menait à New York où elle posait pour *Vogue* et sortait quasiment chaque soir dans un club de jazz au bras d'un homme différent. À cette époque, Lee trouvait normal que toutes les personnes qu'elle fréquentait s'extasient devant elle : son père, Condé Nast, Edward Steichen[1], tous les hommes puissants qui avaient succombé à son charme au cours des années. Ces hommes. Sans doute les fascinait-elle, mais ils prenaient aussi beaucoup ; la fouillaient du regard, lui aboyaient des ordres de là où ils se trouvaient, sous le voile de mise au point, la réduisant à des morceaux de fille : un cou pour un collier de perles, une taille fine pour mettre une ceinture en valeur, une main pour la porter à ses lèvres et leur envoyer un baiser. Leur regard faisait d'elle quelqu'un qu'elle ne voulait pas être. Les soirées lui manquent, certes, mais être mannequin, non, et même, elle préférerait avoir faim plutôt que de revenir à son ancien métier.

Ici, à Paris, où Lee est venue se bâtir une nouvelle vie, créer au lieu d'être la créature des autres, sa beauté n'émeut personne. Quand elle marche à Montparnasse, où elle habite, personne ne cherche à attirer son attention, personne ne se retourne sur elle. Non, Lee semble n'être qu'un joli détail de plus dans une ville où quasiment tout semble avoir été conçu dans les règles de l'art. Une ville bâtie selon le concept de prédominance de la forme sur la fonctionnalité, où des petits fours de toutes les couleurs alignés dans la vitrine d'une pâtisserie brillent comme des pierres précieuses, trop parfaits pour être mangés. Où une modiste expose de merveilleux chapeaux dont on se demande comment les porter. Même les Parisiennes

1. Condé Nast est l'éditeur fondateur du groupe Condé Nast qui publie *Vogue*, entre autres magazines, et Edward Steichen est alors le photographe en chef des publications du groupe.

aux terrasses des cafés ressemblent à des sculptures, élégantes, sans artifice, adossées à leurs fauteuils comme si elles faisaient partie du décor. Lee n'est pas mécontente de ne pas être remarquée, de se fondre dans le paysage, ce qui ne l'empêche pas de penser qu'après trois mois dans cette ville, elle n'a pas encore vu une femme qui la surpasse en beauté.

Quand Lee a terminé son steak et saucé toute l'assiette avec son pain, elle s'étire, recule sur son siège. Il est tôt. Le restaurant est tranquille, les seuls autres clients sont de vieux Parisiens qui parlent trop doucement pour qu'elle puisse les entendre. Près de l'assiette de Lee, des pichets de vin vides sont alignés les uns à côté des autres, et en face se trouve son appareil photo, qu'elle a pris l'habitude d'emporter partout, même s'il est lourd et encombrant. Son père le lui a mis entre les mains juste avant qu'elle embarque sur le bateau pour Le Havre, un vieux Graflex dont il ne se sert plus. Lee a eu beau lui dire qu'elle n'en voulait pas, il a insisté. Elle sait à peine s'en servir. Essentiellement formée au dessin du corps humain, elle est arrivée à Paris avec l'idée de devenir peintre et se voyait *en plein air*[1], en train de se pencher sur une toile pour y ajouter une touche de couleur, pas de tripatouiller des produits chimiques dans une chambre noire irrespirable. Pourtant, Lee a un peu appris de lui, et chez *Vogue*, à prendre des photos, et cet appareil a quelque chose de rassurant : à la fois un lien avec son passé et un objet qu'un véritable artiste emporterait partout.

1. En français dans le texte.

Le serveur s'approche et lui enlève son assiette, puis lui demande si elle voudrait un autre pichet de vin. Lee hésite, pense aux quelques pièces de monnaie qui tintinnabulent dans son petit sac à main, puis dit oui. Même si son épargne commence à baisser, elle veut avoir une raison de rester encore un peu pour être entourée de gens même s'ils ne sont pas avec elle, pour ne pas retourner dans sa chambre d'hôtel où les fenêtres sont bloquées par la peinture et où une odeur oppressante de graillon flotte en permanence. Ces derniers temps, elle y passe de plus en plus d'heures à dessiner sur son carnet de croquis, à écrire des lettres, ou à faire de longues siestes qui ne sont pas réparatrices – tout ce qu'elle peut pour passer le temps et lui faire oublier à quel point elle se sent seule. Lee n'a jamais bien vécu la solitude : abandonnée à elle-même, elle peut facilement tomber dans la mélancolie et l'inertie. Les semaines passant, la solitude est devenue plus pesante : elle a des contours, désormais, presque une forme physique, et elle l'imagine assise dans un coin de sa chambre, qui l'attend, l'aspire, l'absorbe comme une éponge.

Après qu'il a enlevé son assiette, le serveur s'attarde. Il est jeune, avec un semblant de moustache au-dessus de la lèvre, si fine qu'on la croirait dessinée au crayon, et Lee a conscience d'avoir éveillé sa curiosité.

« Vous êtes photographe ? » finit-il par demander, le mot photographe étant presque le même en français et en anglais, mais il marmonne et, comme Lee n'a pas encore retrouvé la maîtrise de la langue, il lui faut un peu de temps pour comprendre la question. Vu qu'elle ne répond pas, il fait un signe de tête en direction de l'appareil photo.

«Oh, non, pas vraiment!» dit-elle. Il a l'air déçu, elle regrette de ne pas avoir dit oui. Depuis qu'elle est là, Lee a pris quelques photos, mais ce sont des clichés auxquels n'importe quel touriste s'essaierait : des baguettes dans un panier de bicyclette, des amoureux qui s'embrassent devant le Sacré-Cœur. Ses premiers essais ne se sont pas bien passés. La première fois, les photos qu'elle a récupérées chez le petit photographe du coin étaient entièrement noires; la pellicule avait été exposée à la lumière avant son développement. La deuxième série – plus soignée, le film inséré dans l'appareil avec tant de précaution qu'un peu de sueur était apparue au-dessus de sa lèvre supérieure – est revenue sous la forme de masses grises, sombres, si floues que cela aurait aussi bien pu être des nuages ou des pavés, mais certainement pas les sculptures d'un parc qu'elle avait photographiées en gros plan. La troisième série de photos, elle, était nette, et regardant ces images en noir et blanc, sorties non seulement de son cerveau mais d'une combinaison unique de lumière et de temps, Lee fut envahie d'une excitation qu'elle n'avait encore jamais ressentie en peignant. Elle avait déclenché l'obturateur, et là où il n'y avait rien, soudain il y avait de l'art.

Lee voudrait que le serveur lui pose d'autres questions – elle voudrait, tellement, avoir une véritable conversation, se faire un ami – mais le carillon de la porte sonne, un groupe d'hommes d'un certain âge entre et le serveur se dirige vers eux pour les installer à une table.

Lee sirote son verre, le fait durer aussi longtemps que possible. Alors que la salle se remplit, elle se dit tout à coup que l'endroit est ennuyeux. Tous les clients sont bien plus vieux qu'elle. Les hommes portent une épaisse moustache grise, comme une brosse à habit posée sur la lèvre supérieure. Bien que très élégantes, les femmes sont boutonnées jusqu'au cou, et portent des chaussures bien sages. Mais là, un trio arrive : deux hommes et une femme. Lee pense d'abord à des acteurs, parce qu'ils sont bizarrement accoutrés. Les hommes portent un chapeau de gaucho et une large ceinture à la taille sur une chemise blanche sans veste. Ils ont presque l'air d'une parodie d'artistes mais ne semblent pas du tout gênés, et c'est à peine si le serveur leur prête attention quand il vient prendre la commande. La femme aussi est étrangement vêtue, dans un style oriental, populaire quelques années auparavant. Elle a les cheveux coupés au carré qui luisent comme du noyer poli sur son petit visage, et les lèvres peintes d'un rouge si foncé qu'il est presque de la même teinte que ses cheveux.

Lee essaye d'entendre ce qu'ils se disent sans se faire remarquer. Ils parlent anglais avec un fort accent du nord des États-Unis et, bien que d'ordinaire elle veuille à tout prix laisser Poughkeepsie derrière elle, ce soir, l'accent familier de son pays natal lui donne autant de plaisir que si elle s'enfonçait dans un bain chaud. Ils parlent d'un homme qui s'appelle Diaghilev, qui est maître de ballet, diabétique, et qui vit dans un hôtel à proximité. La femme semble le craindre, mais Lee n'arrive pas à savoir pourquoi ; elle n'est manifestement pas danseuse ; même assise, il est évident qu'elle est un peu épaisse, sans compter qu'elle a des chevilles qui ressemblent à un saucisson fourré dans des chaussures à brides.

— Si vous avez l'intention de nous écouter, vous devriez vous joindre à nous, lui dit l'un des hommes en regardant le plafond.

Lee avale une gorgée de vin.

— Hé, Lorelei, insiste-t-il, pivotant sur sa chaise et claquant des doigts en direction de Lee. Si vous avez l'intention de nous écouter, autant vous joindre à nous.

Quand elle comprend qu'il s'adresse à elle, Lee est tellement surprise qu'elle est presque tentée de décliner l'invitation, mais c'est ce qu'elle espère depuis longtemps ; un moyen de faire partie d'un monde qui est juste à sa portée. L'espace d'un instant, elle a peur de se l'accorder. Mais le serveur les a entendus et il a déjà pris son verre pour l'apporter à leur table, de sorte que, le choix étant fait, elle les rejoint.

Après qu'elle s'est installée, celui qui l'a invitée se penche vers elle :

— Je m'appelle Jimmy, et lui, c'est Antonio, et voici ma sœur, Poppy.

Il insiste un peu trop lourdement sur le mot sœur. Lee sait qu'elle doit comprendre que Poppy n'est pas sa sœur, mais elle n'a pas la moindre idée de la raison pour laquelle il a jugé utile de la présenter ainsi.

Poppy tourne la tête vers Lee, pose les yeux sur elle :

— Nous parlions de Diaghilev, mais ça m'ennuie. Je préférerais qu'on parle d'un scandale. Vous en connaissez un ?

Poppy fait la moue et une ligne apparaît près de sa bouche qui ressemble à un petit point d'interrogation.

Lee regarde autour d'elle, soudain échauffée par le vin et la nourriture. Que pourrait-elle avoir à dire qui puisse les intéresser ? C'est le vide dans sa tête et les seules choses auxquelles elle peut penser sont les objets qu'elle voit : le lustre qui se balance au bout de sa chaîne, les marques d'usure sur le parquet, la bougie sur la table et sa petite cascade de cire.

— Le scandale, c'est toi, dit Jimmy à Poppy, en posant sa main sur son genou.

Elle l'ignore, soutient le regard de Lee, pour faire durer le défi qu'elle lui a lancé, puis finit par détourner les yeux et se désintéresser de la question. Elle se tourne de nouveau vers Jimmy qui recommence à parler, la tension baisse et Lee est intégrée au groupe.

— Nous sommes allés voir les Ballets russes, lance Jimmy.

— On a dû partir, intervient Poppy.

Lee se demande s'ils ont été virés à cause de leur tenue vestimentaire.

Jimmy se met à se balancer sur sa chaise.

— Poppy est quelqu'un de très sensible. Elle ne supporte pas de voir les gens souffrir. Le maître de ballet a la réputation de… disons mauvais caractère.

Poppy l'interrompt :

— La danseuse avait les yeux tout gonflés. J'ai bien vu qu'elle avait pleuré. Et le décor de Goncharova n'allait pas du tout.

— Moi j'ai aimé. Ça vaut mieux, vu tout le temps que j'ai passé à l'aider à le peindre.

C'est Antonio qui a parlé. Sans même avoir ôté sa cigarette de la bouche. Lee se tourne vers lui.

— Oh, vous peignez ?

— Non.

Antonio tire une énorme bouffée puis écrase sa cigarette dans le cendrier et en allume une autre en un geste fluide et gracieux.

— Antonio pratique le dessin automatique, dit Jimmy et Lee hoche la tête comme si elle savait de quoi il retourne.

Antonio ne réagit pas, si bien que Jimmy poursuit :

— C'est incroyable. Il entre dans un état second. Hors du temps. Un truc de dingue.

— Tout le contraire de vous, dit Poppy, de nouveau regardant Lee, qui en reste coite, jusqu'au moment où elle se rend compte que Poppy montre l'appareil photo qu'elle a posé sur la table, et elle est étonnée de voir qu'il agit comme elle l'avait espéré : il signe sa nouvelle identité.

Lee allonge le bras et caresse la boîte, encore froide au toucher dans cette salle chauffée.

— J'ai fait des petits travaux d'illustration pour *Vogue*, dit Lee, désireuse d'offrir quelque chose qui pourrait éveiller leur curiosité. Quand je suis venue habiter ici, j'ai été engagée pour faire des croquis de mode au Louvre.

C'est vrai, ou plutôt, ça l'était : des semaines durant, Lee, assise sur son petit pliant dans l'aile est du Louvre, s'est appliquée à copier des objets de la Renaissance qui y sont exposés. Un parement en dentelles avec un motif de rose, une ceinture avec une énorme boucle en argent. Elle avait envoyé ses croquis au magazine à l'intention de Condé Nast, tout ça pour rien, en fin de compte : il lui avait dit qu'ils ne pourraient pas les publier. *Nous avons un homme à Rome qui prend des photos, désormais*, lui a-t-il écrit.

C'est bien plus rapide, et idéal pour mieux voir les détails. Lee n'est pas retournée au musée depuis, et n'a pas non plus trouvé un autre travail.

— La mode au Louvre, commente Jimmy d'une voix traînante, très petit-bourgeois.

Lee rougit, mais avant qu'elle puisse répondre quoi que ce soit, Antonio dit :

— Bonne lumière. Je vais y travailler de temps à autre.

Lee pense aux reflets obliques qui tombent d'une rangée de fenêtres, aux silhouettes projetées par les statues sur le sol du musée.

— Oui, dit-elle, sur quoi Antonio lui adresse un sourire, chaleureux et sincère.

Jimmy lève un doigt pour attirer l'attention du serveur et Poppy, qui se retourne sur sa chaise pour faire face à Lee, commence à lui raconter une longue histoire alambiquée sur son enfance dans l'Ohio, et c'est ainsi que Lee a le sentiment d'avoir enfoncé un coin dans le mur de Paris, d'y avoir pratiqué une brèche.

Plus tard. Encore plus de vin. La main de Poppy s'insinue sur la cuisse de Jimmy, l'extrémité de ses ongles manucurés, pareils à des croissants de lune sur son pantalon. Une bouffée de chaleur qui a pris naissance dans l'estomac de Lee lui monte à la gorge, comme si elle était une carafe qu'on remplissait lentement de thé brûlant. Elle est adossée à sa chaise, à présent, les jambes écartées dans une attitude qui manque de distinction, riant si fort à ce que dit Jimmy qu'elle en oublie de cacher sa dent de travers avec sa main. Et donc, quand Poppy bâille, regarde la salle autour d'elle, de nouveau à moitié vide, et dit « Allons quelque part ; n'importe où », Lee est prête, se fiche même complètement de savoir où ils l'emmènent.

« Chez Drosso », dit Jimmy avec autorité, se levant et lançant une liasse de billets sur la table, combien, Lee n'en sait rien, mais ça lui semble être une belle somme, plus qu'assez pour couvrir les frais de son repas. Puis les voilà dehors, et comme il pleut, ils s'entassent à l'arrière d'un taxi, si serrés les uns contre les autres que Lee sent le duvet de la cuisse nue de Poppy contre la sienne. Antonio, calé de l'autre côté, regarde par la vitre.

« Attention à ton verre », dit Jimmy à Poppy qui a emporté son vin dans le taxi et en avale une petite gorgée chaque fois que celui-ci s'arrête.

Poppy se tourne vers Lee comme si elles étaient en pleine conversation, ce qui est peut-être le cas. Lee ne s'en souvient plus très bien.

« Il y a quelques semaines Caresse et Harry nous ont fait venir à Ermenonville en voiture. Ils y possèdent un moulin, et nous nous sommes retrouvés dans le champ qui est derrière. Je suis montée dans la voiture de Harry, et Caresse dans celle de Jimmy. Des sièges en cuir couleur lavande, faits sur commande. Au début, c'était dingue. Un simple changement, et tu te retrouves à vivre une vie de rêve. Harry m'a donné son gardénia… »

Jimmy se penche sur elle et lui prend brutalement le visage entre ses mains, lui serrant les joues jusqu'à lui déformer la bouche et même la rendre disgracieuse. Il finit par la lâcher et elle reprend une gorgée de vin comme s'il ne s'était rien passé. On ne l'entend plus jusqu'à leur arrivée. Antonio ne fait pas attention à eux. Lee jette un œil vers lui et le voit se nettoyer les ongles avec un canif. D'ordinaire, elle trouverait ça dégoûtant. Il a des mains immenses, de longs doigts fuselés. Des mains d'artiste, pense Lee. La lame de son canif réfléchit la lumière des lampadaires sur leur passage, et Lee l'observe un moment, puis regarde la ville au-dehors, détrempée, difficile à discerner à travers son propre reflet sur les vitres embuées du taxi.

Chez Drosso se révèle être un appartement au troisième étage d'un immeuble quelconque à Montmartre. L'extérieur ne laisse rien deviner de l'opulence qui les attend à l'intérieur, avec des pièces en enfilade qui brillent de mille feux, meublées de canapés recouverts de soie, de tapis persans et d'un amoncellement de coussins en satin brodés. Drosso les accueille en personne, bras tendus, vêtu de la veste la plus extravagante que Lee ait jamais vue, longue, couleur bordeaux, avec des ailes de papillons en soie cousues dessus qui battent derrière lui quand il approche. Il embrasse tout le monde sur les deux joues, si longuement que c'en est presque gênant.

« *Magnifique*[1] », murmure-t-il, et tenant Lee à bout de bras, il la fait virevolter pour lui, l'abrite sous son aile, qui la caresse au passage. Quand elle a fini sa pirouette Drosso, tout sourire, passe un bras autour de ses épaules, l'autre autour de celles de Poppy, puis les emmène dans un dressing, dont il ressort aussitôt. Une douzaine de peignoirs en soie de couleurs vives sont pendus à des patères sur le mur. Poppy entreprend

1. En français dans le texte.

aussitôt de se déshabiller et empile ses vêtements n'importe comment dans un coin. Au début, Lee détourne les yeux, mais ça ne sert à rien : Poppy, absolument pas gênée, se débarrasse de son portejarretelles et de ses bas exactement comme si elle était seule.

Quand elle voit que Lee la regarde, elle dit « Tout le monde se change, chez Drosso », comme si ça expliquait tout. Après un moment d'hésitation, Lee l'imite. Elle se débat avec les boutons de sa robe, la plie bien soigneusement avant de la poser sur le parquet et, après avoir vu Poppy enlever son soutien-gorge, Lee fait de même, et c'est comme si elle se retrouvait de nouveau dans le vestiaire d'une maison de couture. Une fois déshabillée, Lee choisit un kimono bleu ciel, en serre bien la ceinture, la soie fraîche et presque humide sur sa peau. Elle ne supporte pas l'idée de laisser son appareil photo – et si on le volait ? – de sorte qu'elle le prend avec elle et essaie d'oublier qu'elle se sent quelque peu ridicule de le porter dans cette tenue.

En sortant du dressing avec Poppy, Lee entend des murmures et une musique douce venant de l'autre bout du couloir. Drosso les attend. Il les entraîne au fond de l'appartement, dans une bibliothèque pleine d'étagères dorées, puis s'avance vers un rayonnage et tire sur un levier. En pivotant l'étagère s'ouvre sur une autre grande pièce, peinte d'une belle couleur aubergine, celle-là, où se trouvent une douzaine de personnes, presque toutes vêtues de peignoirs elles aussi, allongées sur des sofas ou par terre. Au centre de la pièce, une table basse en cuivre avec un houka et quelques pipes d'opium posées dessus. Un homme à la peau noire vêtu d'une vareuse de brocart et d'un petit bonnet est assis à côté, en tailleur. Il saute sur ses pieds en les voyant arriver et les salue bien bas. Allongé dans un coin, un couple enlacé aspire à tour de rôle dans un tuyau de narguilé qui serpente de la table jusqu'à eux. La main de l'homme se pose sur les cheveux de la femme qui ferme les yeux. Alors que Lee les observe, la tête de la femme dodeline vers l'avant, la main de l'homme se referme sur ses cheveux et lui redresse la tête. La femme ouvre les yeux et lui sourit d'un air endormi.

C'est comme s'ils étaient sortis de Paris et entrés dans un camp de Bédouins. La pièce a tout d'une tente aux murs recouverts de tapisseries qui étouffent les sons et sur lesquelles se reflètent d'immenses ombres déformées quand les gens se déplacent. Dans un coin, un paravent marocain dissimule un couple qui s'embrasse. Un homme est allongé sur le ventre au milieu de la pièce, si immobile que Lee se demande comment il se fait que personne ne s'inquiète de savoir s'il est vivant.

Lee ne sait trop quoi penser de cet endroit, de ces gens, de la fumée qui flotte bas dans l'air et s'enroule autour de ses chevilles comme un chat gris, silencieux. Tout lui est étranger : l'odeur de la cannelle, mais aussi quelque chose de plus âcre, des relents de corps mal lavés qui la poussent à sentir discrètement ses propres aisselles pour être sûre que ce n'est pas elle ; l'homme accroupi près du narguilé, qui ne l'a pas quittée des yeux depuis qu'elle est entrée et tient levé l'un des tuyaux chaque fois que son regard croise le sien ; le musicien qui joue dans un coin, une sorte de violoncelle au son grave, racoleur, créant une atmosphère de décadence.

Personne ne fait attention à elle, mais Lee n'arrête pas de penser à l'allure qu'elle a ; la façon dont elle s'est sanglée dans son kimono, l'encombrant appareil photo qu'elle tient toujours serré dans sa main comme une espèce de touriste ébahie, en vacances en Inde.

Elle est saoule, mais pas assez pour envisager de fumer de l'opium.

C'était le passe-temps de sa mère, enfin… c'était plutôt de la morphine, les petites fioles bleues alignées sur le rebord de la fenêtre dans son dressing, étincelant comme des saphirs au soleil. Lee regarde autour d'elle, et dans toutes ces femmes qui sont dans les vapes, elle voit sa mère. « Va-t'en, Li-li, j'suis fatiguée. » Il arrivait que sa mère s'enferme dans sa chambre et ignore Lee des jours durant, émergeant bouffie et hautaine, des traînées de rimmel sous les yeux.

Lee a pris une seule fois de la drogue, avec Tanja sa meilleure amie. Elles ont essayé du laudanum ensemble, et parfois, quand elle est malade, elle le sent encore au fond de sa gorge, le clou de girofle, les herbes amères, l'alcool, la langue pâteuse, et l'effet planant qui s'en est suivi. Elle avait détesté, paniqué, comme si sa vie était un ballon au bout d'un fil qu'elle avait lâché.

La voilà coincée à présent. Rien que d'avoir pensé à Tanja, son amie lui manque et elle aimerait qu'il y ait ici quelqu'un qui la connaisse. La bibliothèque s'est refermée derrière elle. Poppy est retournée auprès de Jimmy et Lee les voit s'embrasser un peu plus loin, dans un coin. Drosso, agenouillé à côté d'un jeune homme, l'aide à maintenir une aiguille dans son bras. Seul Antonio demeure non loin d'elle, aussi Lee se tourne-t-elle vers lui ; il attire son attention en lui désignant un bar roulant qu'elle n'avait pas remarqué. Elle fait oui de la tête, reconnaissante, et le laisse lui préparer un verre. Elle ne devrait plus boire, à dire le vrai – elle a perdu le compte de ceux qu'elle a bus au restaurant –, mais outre sa nervosité, un sentiment d'insouciance l'habite tout entière.

Antonio lui apporte une fine à l'eau sur glace, une boisson d'homme, âpre, qui chasse l'odeur de renfermé et lui fait instantanément du bien.

— Vous êtes déjà venue ? lui demande-t-il à voix basse.

Il était si silencieux au restaurant qu'elle est surprise d'entendre sa voix.

Lee secoue la tête.

— Ça ne fait que quelques mois que je suis à Paris.

— Et vous n'avez pas tout vu.

Antonio fait un geste qui embrasse la pièce. Drosso est collectionneur. Il est très riche.

— Et que collectionne-t-il ?

— Tout, j'imagine ; mais il aime surtout l'art moderne. Il finance *Littérature*. C'est pour ça que nous venons tous si souvent ici, téter le sein de notre mécène potentiel.

Il fait un signe de tête en direction d'un groupe d'hommes assis autour d'un narguilé.

— C'est qui, tous ?

Lee avale une autre gorgée de fine à l'eau qui lui déchire la poitrine, comme si on lui avait planté un couteau brûlant dans le sternum.

— Éluard, Tzara, Duchamp. Tous les surréalistes. Ici dans le but de canaliser l'inconscient.

Antonio dessine des guillemets dans l'air avec un petit sourire narquois, et complice.

Des noms qu'elle connaît, entendus dans des soirées new-yorkaises, vus dans des revues littéraires. Les entendre prononcer ici lui fait l'effet d'une clé qui tourne dans une serrure.

— Vous les connaissez ?

— Bien sûr !

Le bourdon du violoncelle s'arrête et Lee regarde Antonio, le regarde droit dans les yeux et le trouve tout à coup très attirant. Il a une bouche pleine, des lèvres sèches, presque parcheminées. Des yeux gris très doux, bordés de longs cils noirs.

— Pouvez-vous me les présenter ? demande-t-elle, se penchant vers lui, un peu chancelante. Je les connais ; enfin, j'aimerais les connaître. Les rencontrer.

Lee n'est plus très cohérente, les mots se bousculent dans sa tête, ses jambes vacillent, si bien qu'elle pose une main sur le bras d'Antonio, dur et chaud sous son peignoir. Maintenant que la musique s'est arrêtée, elle entend tout : le gargouillis du narguilé, le cliquetis et le sifflement des briquets des fumeurs au-dessus de leur tuyau, le tintement des glaçons dans son verre. Elle boit une autre gorgée, et encore une autre.

— Ce n'est peut-être pas le bon moment, dit Antonio, avec beaucoup de douceur dans la voix.

Alors qu'elle l'attire dans l'autre direction, vers où il a dit que Duchamp était assis, il l'entraîne gentiment vers un canapé vide contre le mur tout en essayant de lui enlever le verre des mains. Elle ne le laisse pas faire. Elle a besoin de sentir le cristal froid, la morsure de l'alcool qui réchauffe.

— Vous m'en apportez un autre ? lui demande Lee, à quoi il lui répond par un regard appuyé avant de hausser les épaules, puis de s'exécuter et de lui échanger son verre vide pour un plein qu'elle porte aussitôt à ses lèvres.

Elle en boit une longue gorgée.

— Ne bougez pas je reviens, dit Antonio, ou en tout cas c'est ce qu'elle l'entend dire.

Quoi qu'il en soit il la laisse là, sur ce canapé profond et généreusement rembourré, recouvert d'une étoffe soyeuse qui l'invite à se laisser glisser, de sorte qu'elle s'y installe plus confortablement pour finir son verre.

Juste avant de ne plus penser du tout, Lee pense : *Cette fine n'est pas* que *de la fine*. Dans sa tête, la petite voix est indignée, mais là elle s'endort comme une masse.

Des minutes, peut-être bien des heures ont passé. Lee se réveille, toujours sur le canapé, la joue contre un coussin brodé. Elle se frotte les yeux, les ouvre. Drosso se tient au-dessus d'elle, entouré de ses ailes de papillon, sa grosse face luisante à quelques centimètres de son visage.

— Ça va, ça va, marmonne Lee, le repoussant de la main comme si elle écartait une mouche.

Elle soulève la tête et regarde si Poppy ou Antonio sont dans la pièce, mais ne les voit nulle part.

— J'ai un secret passionnant à vous confier, dit Drosso en français.

Lee a l'esprit trop embrumé pour le comprendre, si bien qu'il se répète plusieurs fois jusqu'à ce que, finalement, un homme apparaisse et traduise pour elle : « Il dit qu'il a un secret passionnant à vous confier. »

L'homme, plus petit que Drosso, a des cheveux frisés, un peu hirsutes sur les tempes.

Drosso parle à l'homme dans un français ultrarapide. Il tient une coupe de champagne dans une main et désigne Lee, les mots sortant si vite de sa bouche que, même si elle avait l'esprit tout à fait clair, elle ne parviendrait pas à le suivre. Le plus petit rit et la regarde.

— Il dit que… – l'homme s'arrête, ne sachant trop s'il doit continuer. – Il dit qu'il n'a jamais vu une aussi belle poitrine. Il dit que votre poitrine est une version plus parfaite du verre qu'il tient dans sa main. Il voudrait la dessiner, puis la mouler pour pouvoir boire du champagne dedans. Il veut boire du champagne dans votre sein tout en vous touchant les seins.

Pendant que l'autre traduit, Drosso manifeste son approbation par des hochements de tête frénétiques. Lee se met sur son séant. Baisse les yeux. Sa ceinture est détachée. Son kimono bâille effrontément, du sternum à l'os iliaque, si bien que même dans son brouillard, elle sait que Drosso a pu la regarder tout son saoul. Elle referme son kimono sur sa poitrine, écrasant la soie bleue dans ses poings serrés, puis se lève et resserre encore cet absurde peignoir autour d'elle.

Le petit homme lui sourit, et bien qu'il la regarde d'un air aimable et presque contrit, Lee ne voudrait rien tant que d'être loin de lui.

— S'il vous plaît, dit-elle, avec son accent américain dont elle force le côté nasillard, dites à votre ami qu'il ne touchera jamais ma poitrine, pas même si je tombais d'un building en flammes et que ma poitrine soit la seule chose qu'il puisse empoigner pour me rattraper.

Il éclate de rire tandis que Lee s'éloigne. Elle se dirige vers la bibliothèque, mais se rend compte qu'elle ne sait absolument pas comment l'ouvrir. Une main toujours crispée sur son peignoir, elle palpe l'étagère de l'autre, cherchant frénétiquement un levier, un bouton, quelque chose qui lui permettra de sortir. Mais elle est piégée.

— Attendez dit l'homme. Attendez.

Lee regarde autour d'elle, prise de panique.

— Comment est-ce qu'on sort d'ici ? demande-t-elle à une femme étendue non loin, les yeux clos.

La femme ne répond pas.

L'homme l'a suivie. Il étend le bras vers l'étagère où se trouve une petite poignée dorée qu'il fait tourner sans peine. Alors qu'elle se dirige vers l'ouverture, il lui entoure délicatement le poignet.

— Il est inverti, dit-il, désignant Drosso. Il n'essaierait jamais quoi que ce soit avec vous, ni avec une autre femme. Vous comprenez ce que je vous dis ? Tout ça n'est qu'un jeu, des bêtises.

Lee fait non de la tête.

— Qui êtes-vous ? lui demande-t-il.

Elle fait de nouveau non de la tête. Elle ne veut pas lui dire son nom, ne veut pas qu'il sache quoi que ce soit d'autre la concernant.

— Tout va bien, dit-il. Vous n'avez rien à craindre. Je suis navré qu'il vous ait fait peur.

— Je n'ai pas peur. Je veux juste m'en aller.

— Je comprends. Si vous avez besoin de quelque chose, faites-moi signe. Je suis Man Ray.

Le caractère pompeux de sa déclaration – pas «Je m'appelle Man Ray», mais «Je suis Man Ray», comme s'il était impossible qu'elle n'ait pas entendu parler de lui – la stupéfie. C'est vrai, le fait est qu'elle le connaît ; ses photos ont paru dans *Vogue* à côté des photos de mode pour lesquelles elle a posé. Il est aussi connu qu'Edward Steichen ou Cecil Beaton dans le monde de la mode ; elle a souvent entendu parler de lui dans des soirées à New York.

Man Ray porte sa main à sa poche – ce n'est qu'à cet instant qu'elle se rend compte qu'il ne porte pas de peignoir – et lui tend une petite carte avec son adresse imprimée dessus. Lee ne veut qu'une chose : partir, être seule quelque part où elle pourra s'imaginer que rien de tout ça n'est arrivé, si bien qu'elle le remercie, prend la carte et, tournant les talons, s'éloigne aussi vite qu'elle peut sans regarder en arrière, comme si elle fuyait. Ce n'est qu'après être retournée dans le dressing, avoir retrouvé ses vêtements et les avoir enfilés à la va-vite, après avoir pris un taxi pour retourner à Montparnasse, et s'être retrouvée dans son lit à elle, froid, le couvre-lit remonté jusqu'au menton dont elle s'est enveloppée comme d'un drap d'hôpital, que le cocasse de la situation lui apparaît. Tous ces mois passés à espérer rencontrer d'autres artistes, et elle tombe sur Man Ray dans une fumerie d'opium où, tellement gênée, elle ne trouve rien de mieux à faire que de s'enfuir. Seule, elle en grimace rétrospectivement ; jusqu'à ce qu'une autre pensée lui vienne, beaucoup plus perturbante : son appareil photo… Dans sa précipitation, elle l'a laissé sur le canapé.

2

Ce n'est qu'après avoir perdu son appareil photo que Lee se rend compte qu'elle y tenait beaucoup. Car elle l'a bel et bien perdu : le lendemain, elle a fait les six kilomètres à pied qui la séparaient de l'appartement de Montmartre et trouvé la porte avec son élégante sonnette, serrant les poings jusqu'à s'enfoncer les ongles dans la paume des mains, prête à affronter Drosso et ses lèvres humides. Mais c'est une domestique qui l'a reçue et conduite à l'étage à travers le dédale de pièces raffinées. Lee, qui connaissait le secret de la bibliothèque, l'a ouverte elle-même, mais la pièce dissimulée derrière les étagères était vide. Tout avait été nettoyé et empestait le détergent.

Sans son appareil photo, Lee retourne à la peinture. Elle traîne chevalet et tabouret dehors dans la rue, s'installe au bord de la Seine, divise sa toile en deux avec une ligne d'horizon bien nette comme on le lui a appris à l'école. Les heures passent. Lee voudrait sentir venir l'inspiration, mais il ne lui vient qu'un sentiment de solitude infinie. Elle regarde deux jeunes femmes qui se sont arrêtées devant un bouquiniste et qui passent leurs mains gantées sur les reliures. Elles bavardent, rient, et l'espace d'un instant Lee aimerait les rejoindre, cesser de feindre d'être une artiste, et juste se laisser vivre. Mais quelque chose chez elles la révolte : leur oisiveté, les excès de cette culture d'expatriés, tous ces riches Américains qu'elle croise, heureux de profiter du taux de change favorable et qui vivent comme des hédonistes.

Quand Lee se promène dans les rues, elle se prend à composer des photos dans sa tête, pas des tableaux. Un après-midi, elle s'en va lorgner la vitrine du photographe qui se trouve près de son hôtel. Le modèle qu'elle veut, un Rolleiflex Original tout neuf, posé sur un coussin en velours, coûte 2 400 francs. Bien qu'elle ait tout juste de quoi payer son loyer, Lee entre dans la boutique, et ignore l'expression du vendeur qui écarquille les yeux quand elle demande à le voir. Il est plus léger et plus compact que le Graflex perdu. Elle pense aux photos qu'elle a prises avant et se jure – si elle arrive à s'offrir un autre appareil – de se motiver, de prendre plus de photos, d'apprendre à faire quelque chose qui soit vraiment de l'art.

Quand elle a touché les leviers et les molettes de réglage du Rollei et qu'elle finit par le rendre au vendeur, celui-ci pointe son doigt sur une publicité pour un Kodak Brownie accrochée au mur derrière lui. Sur l'affiche, la fille Kodak, en robe rayée à la garçonne, est debout en haut d'une petite colline, les bras grands ouverts, avec son Brownie qui se balance au bout d'un doigt. « Peut-être préféreriez-vous quelque chose de plus petit, de plus simple ? lui demande-t-il. C'est un modèle très apprécié des dames. »

Lee fait non de la tête. Pas de cette dame-là, pense-t-elle avant de lui souhaiter une bonne journée.

Au lieu de prendre des photos, Lee consulte le mode d'emploi qu'elle avait sorti de la housse de son appareil et rangé au fond de l'unique tiroir de son bureau. Elle emploiera son temps de façon productive et, quand elle aura assez économisé, elle aura mérité l'appareil professionnel de ses rêves. Des photos avec du grain sont imprimées sur l'une des pages du mode d'emploi – des voiliers, un excavateur, une route en lacet –, suivies de colonnes de chiffres sous les titres « Grand soleil », « Nuageux », « Brumeux », et « Couvert ». À l'intérieur de ces colonnes, il y a plus de choix, selon l'heure du jour, et on lit une petite phrase en bas de la page : « Les expositions avec une ouverture de diaphragme supérieure ou inférieure à F8 devront être respectivement augmentées ou réduites de moitié avec chaque valeur de diaphragme en plus ou en moins. Troisième groupe – Mai – Brillant de 9 h à 15 h = 160 – F8. » Assise sur son lit, à regarder les diagrammes sans avoir l'appareil de référence, Lee trouve tout ça si technique qu'elle a envie de hurler. Elle se sent comme la vivante incarnation de la colonne « Couvert » du manuel, trop bête pour saisir même le b, a, ba de cette discipline artistique.

Était-ce ce que faisait son père quand il la prenait en photo ? Lee le revoit trifouillant les commandes sur le devant de l'appareil, calculer le nombre de pas entre elle et le trépied, et elle comprend à présent qu'il faisait probablement ça pour la mise au point. Mais elle le revoit plus encore en train de passer son doigt sur sa joue pour lui tourner le visage vers la lumière, et aussi son expression de satisfaction quand il savait avoir obtenu la photo qu'il voulait.

Lee se rappelle plus particulièrement une séance. Elle devait avoir neuf ou dix ans. La journée entrait sans doute dans la colonne « Grand soleil » du manuel, avec trop de contraste pour qu'il soit possible de la photographier dehors. Son père avait installé son appareil dans le petit salon, tiré les doubles rideaux vaporeux pour empêcher la lumière d'entrer, et supporté, avec beaucoup de patience d'abord, puis un peu moins, qu'elle coure d'un bout à l'autre de la pièce en lui demandant encore et encore « Ça y est, tu es prêt ? Ça y est, tu es prêt ? », fouettant la porte coulissante au passage chaque fois qu'elle en avait fait le tour.

Puis, enfin prêt, il l'avait appelée et avait fermé les deux portes, isolant ainsi totalement la pièce du reste de la maison. Portes closes, l'espace était réduit, confiné, avec des plafonds si hauts que la perspective semblait faussée, comme si les meubles étaient regroupés au fond d'un monte-plat. Tout était sombre, opulent, avec une large bande de lambris en acajou sur les murs et des meubles bas et lourds, en acajou eux aussi. Sur fond de bois foncé, les cheveux blancs de son père brillaient, son corps avait l'air aussi sec et noueux que de la viande séchée.

« Mets-toi près des rideaux », lui avait-il demandé, et il y a quelques photos d'elle dans la première pose, vêtue d'une petite robe en organdi qui lui arrivait aux genoux, avec un gros nœud à la taille et un col marin. Lee portait des bas noirs, mais elle avait tellement couru partout qu'ils étaient couverts de poussière.

Elle avait un air insouciant sur ces premiers clichés ; elle regardait l'objectif avec ennui.

À présent, passant son doigt sur la grille de chiffres, Lee comprend que le processus était fastidieux, et pourquoi après une ou deux poses, il était revenu vers elle pour l'étudier attentivement, dubitatif.

« Li-li, avait-il dit, avec les rideaux en toile de fond, ta robe brille trop. Et si on essayait sans, tu veux bien ? » Il l'avait aidée à défaire les petits boutons qui couraient jusqu'en bas du corsage, à dénouer la large ceinture. Il avait les mains chaudes et calleuses qui accrochaient la bande supérieure de ses bas au passage ; ses ongles avaient laissé des petites griffures sur sa peau sèche et blanche.

« Là, ça va être beaucoup mieux », avait-il décrété, et il avait raison. Lee se souvient si bien de la photo que c'est comme si elle venait de la voir. Son corps dénudé y est blanc, presque rayonnant, et elle ressemble à une biche émergeant d'une forêt sombre, les yeux grands ouverts, étonnés comme ceux d'une biche, justement, pleins d'amour pour son père aimant.

3

Comme elle en a pris l'habitude tous les deux ou trois soirs, Lee se rend au Bricktop pour écouter du jazz. On est en septembre, deux mois après l'expédition chez Drosso. La salle est étroite, sombre, enfumée, pleine à craquer. Les musiciens sont assis sur une petite estrade dans le coin, la sueur dépose des étincelles de lumière sur leurs visages noirs. La musique est forte, métallique ; les notes aiguës lui vrillent les tympans.

Lee a juste de quoi s'offrir trois semaines d'hôtel de plus si elle fait attention. Elle pense aux vêtements onéreux qu'elle a rapportés de New York, déjà passés de mode, et se dit qu'elle aurait aimé être du genre économe. Quelques jours auparavant, Lee a envoyé un télégramme chez elle pour demander un prêt. Elle a voulu être indépendante, mais elle sait que son père l'aidera ; il l'a toujours aidée, même s'il a toujours insisté, aussi, pour qu'elle le laisse gérer ses finances. Mais la réponse qu'elle a reçue cet après-midi a été un choc. *La publicité Kotex un scandale,* disait son télégramme. *Humilié.* Pas un mot concernant l'argent qu'elle a demandé.

En se rendant chez Bricktop, ce soir, elle s'est arrêtée à un kiosque vendant de la presse étrangère et a feuilleté les derniers magazines jusqu'à la trouver : sa photo, dans le numéro d'août de *McCall's*, vêtue d'une robe en satin blanc, avec les mots « Des serviettes hygiéniques à porter même sous la robe la plus légère, la plus moulante » écrits en lettres cursives sous la photo.

Lee se souvient de cette photo, prise par Steichen, mais ne savait absolument pas qu'elle avait été vendue à Kotex[1]. Elle imagine la fureur de son père. Il a horreur de tout ce qui est inconvenant et déteste encore plus toute discussion concernant le fonctionnement du corps des femmes. Lee est morte de honte : à cause de la photo, mais aussi parce qu'elle l'a déçu. Quand elle avait honte, enfant, elle courait vers lui, mais là il est loin et il est celui qu'elle a offensé.

Maintenant, dans le club, Lee tapote des doigts sur la table pour marquer le rythme de la musique. Que va-t-elle faire ? Elle ne peut pas imaginer rentrer à New York, mais elle ne sait pas comment elle va pouvoir rester ici à Paris si elle n'a pas un travail ou un but précis, et elle est paralysée par l'indécision. Elle en pleurerait presque.

Et là, elle les voit. Poppy et Jimmy. Ils entrent en trombe, suivis d'un autre couple. Tous les quatre portent le même costume noir, avec un nœud papillon. Lee se sent si seule qu'elle est heureuse de croiser quelqu'un qu'elle connaît et passe sans peine sur les

1. En juillet, la marque Kotex a sorti une publicité pour des serviettes hygiéniques. C'était la première fois qu'une personne réelle était montrée sur ce type de publicité et Lee Miller, mais aussi beaucoup de gens en Amérique, dont son père, en furent choqués.

circonstances de la soirée qu'elle a vécue avec eux. Elle se lève et se dirige vers eux.

— Poppy ! s'écrie Lee. Je peux me joindre à vous ?

Poppy la regarde d'un air aussi inexpressif qu'un masque kabuki.

— Pardon ? Vous devez me confondre avec quelqu'un d'autre.

— Nous nous sommes rencontrées dans un restaurant près d'ici. Nous avons partagé un taxi, nous sommes allées ensemble chez Drosso.

Lee élève la voix pour que le trombone ne la couvre pas.

— Bizarre, murmure la femme, qui se retourne vers Jimmy et glisse son bras autour du sien, puis, ensemble, ils s'avancent jusqu'au bar, laissant là Lee qui les suit des yeux.

Poppy et Jimmy sont au bar avec l'insouciance des gens qui n'ont aucun doute sur la place qu'ils occupent dans ce monde. Ils ont l'air si désinvoltes, si détendus ; Lee se souvient qu'à New York elle était comme eux, une fille qui prenait ce qu'elle voulait de la vie, quand elle le voulait. Cette nouvelle version d'elle-même – triste, seule, empruntée –, ce n'est pas vraiment elle. L'ancienne Lee aurait traité tout parfum de scandale par l'humour, aurait fait de la publicité Kotex un bon sujet de conversation, se serait trouvé un homme ou trois pour lui payer ses verres si elle était à court d'argent, et aurait déjà oublié l'incident Poppy et Jimmy. Lee s'avance vers l'angle arrondi du comptoir, s'y appuie. Un claquement de doigts suffit à attirer l'attention du barman. Alors qu'elle attend qu'il vienne prendre sa commande, elle aperçoit son reflet dans le miroir trouble derrière le bar. L'atmosphère lourde de la salle lui a chauffé les joues. « Souris », murmure Lee, imitant le ton sévère d'un homme, et elle se regarde dans le miroir tout en s'exécutant. Son visage est toujours aussi beau, son sourire tel qu'elle voudrait qu'il soit. Pour l'heure, pense-t-elle, elle va prendre un martini gin bien frappé, et quand elle l'aura fini, elle se dirigera vers la piste de danse, où il y a la cohue, et se trouvera quelqu'un pour la faire virevolter. Et puis demain, elle prendra la carte que lui a donnée Man Ray et qu'elle trimballe partout dans sa poche, et elle ira frapper à la porte de son studio. Lui demandera s'il pourrait la prendre comme élève. Et lui enseigner tout ce qu'il sait.

Il est un peu plus de quatorze heures quand elle arrive le lendemain. Elle gratte à la porte, repense à tout ce qu'elle pourrait dire. Man Ray ne se rappellera peut-être même pas l'avoir rencontrée chez Drosso, mais dans le cas contraire, elle pourrait en rire, ou bien prétendre être quelqu'un d'autre, comme Poppy.

Le temps s'étire au point qu'elle commence à regretter d'être venue. Enfin, la porte s'ouvre, Man Ray est là, devant elle, s'essuyant les mains sur un torchon sale, la tignasse hirsute, tel qu'il était la première fois qu'elle l'a vu.

— Vous étiez censée venir à deux heures et demie, dit-il.

Lee recule d'un pas.

— Je… je n'étais pas censée venir du tout.

Il s'abrite les yeux de la main.

— Vous n'êtes pas mon rendez-vous de deux heures et demie ?

— Non, non… Je… nous nous sommes rencontrés…

Le temps qu'elle le dise, elle le regrette déjà, mais elle poursuit tout de même :

— Nous nous sommes rencontrés chez Drosso.

Il s'avance sur le pas de la porte et la regarde mieux, puis éclate de rire.

— Vous ! «Je ne vous laisserais pas toucher à mes seins même si je tombais du ciel.»

— C'est bien moi, dit Lee, souriant malgré elle.

Man lui fait signe d'entrer et ferme la porte derrière elle. Dans le vestibule, une profusion de peintures et de photographies, un grand escalier de bois qui mène à l'étage. Sans ajouter un mot, il l'emprunte, elle le suit. Ils entrent dans un petit salon, Man se dirige vers un chariot où est posée une bouilloire électrique et se met à préparer deux tasses de thé. Lee s'assoit dans un fauteuil capitonné avec des boutons qui ne servent à rien, le regarde. Il est aussi petit que dans son souvenir, mais cette fois il est vêtu avec élégance d'un pantalon de flanelle à larges revers et d'un gilet assorti qui laissent deviner un corps plein d'énergie, tendu comme un ressort.

Lee le regarde verser l'eau sur les sachets de thé d'une main, arranger les petites cuillers et les morceaux de sucre sur les soucoupes de l'autre, admirative de ce qui semble être une grande maîtrise de ses gestes, une partie de lui en perpétuel mouvement. Il lui apporte son thé et va s'asseoir sur le canapé face à elle ; elle aime aussi ses yeux d'un brun presque noir, qui l'observent avec intelligence et un intérêt amusé.

— Je ne m'attendais pas à vous revoir, dit-il d'un ton léger. Vous m'aviez l'air très en colère.

Lee se penche en avant et prend sa tasse d'un geste nerveux.

— Eh bien… J'ai perdu mon appareil photo, ce soir-là. Je sais que vous êtes photographe. Je me suis dit que peut-être, quand vous êtes parti, vous auriez pu le voir ?

Elle regarde autour d'elle comme si elle s'attendait à voir son appareil trôner quelque part sur une étagère.

— Vous l'aviez avec vous chez Drosso ?

— Oui, mais je l'ai perdu.

— Pas l'endroit où aller avec un objet de valeur. On y voit des tas de gens peu recommandables. Drogués.

Il porte sa tasse à ses lèvres et boit bruyamment. Quand il la repose, il fronce les sourcils, comme s'il craignait pour la sécurité de Lee.

Lee change de tactique.

— Je suis photographe… Enfin, pas vraiment. Je suis modèle. Je faisais des photos à New York avant de venir ici ; je connais Condé Nast et Edward Steichen. Je sais que vous les connaissez.

— Steichen vous a photographiée ?

Elle sent les yeux de Man sur sa gorge, ses cheveux, sa bouche.

— Mais oui. Pour *Vogue*, mais pas seulement.

Lee, qui se sent à l'aise sur le terrain du mannequinat, se redresse et lui offre son meilleur profil.

— Je suis meilleur. Je n'ai plus de rendez-vous après celui de quatorze heures trente. Je vais vous prendre en photo, vous pourrez l'utiliser ici, vous lancer. Je connais des gens chez Laurent… Ils sont toujours à la recherche de nouvelles filles.

Lee repose sa tasse.

— Je ne veux pas être photographiée. Je veux devenir photographe. Être votre élève.

— Je ne prends pas d'élèves. Je ne sais pas ce que vous a dit Condé. Mais vous êtes lumineuse, vraiment. Je comprends pourquoi *Vogue* vous a embauchée. Je ne vous ferai pas payer. Vous pourrez utiliser la photo pour votre book.

Derrière lui, une horloge franc-comtoise sonne un coup, suivi du bruit produit par le heurtoir de la porte d'entrée. Man se lève. Lee est consciente que c'est sa seule chance d'obtenir ce qu'elle veut. Il la trouve belle, ça c'est acquis, et rien ne serait plus facile que de flirter avec lui et de retenir son attention. Mais elle ne veut pas qu'il ait cette vision d'elle.

— J'ai pensé à la photo que je prendrais de vous, dit Lee, juste avant qu'il n'atteigne la porte. – Il se retourne. – Je vous ferais allonger sur une table et je mettrais l'appareil à vos pieds. Ce serait comme si vous étiez un paysage.

Elle lâche ces mots-là à toute vitesse. En le disant elle le voit : les bords et les plis du tissu sur son corps comme une chaîne de montagnes, les traits de son visage aplatis jusqu'à l'abstraction. Man s'arrête à la porte pour la regarder.

— Ça ne marcherait pas. Aucune possibilité de mise au point avec une photo comme ça.

Il a raison bien sûr. Conviction et confiance remplacées en une fraction de seconde par le grand vide de tout ce qu'elle ignore. Lee se lève et tape dans ses mains comme une petite fille.

— Voilà pourquoi je veux être votre élève. Vous pouvez m'apprendre ces choses-là. Condé m'a dit que je pourrais venir vous voir…

Man agite une main.

— Il m'a envoyé des tas de gens. J'ai fait l'erreur de rendre service, au début, et maintenant ils croient tous qu'ils peuvent venir me demander de leur apprendre le métier. Je n'ai pas le temps de m'occuper de tous ceux qui voudraient devenir le prochain Man Ray. J'ai beaucoup de travail. Des portraits à faire ; des portraits pour le magazine de Condé, d'ailleurs. Il est bien placé pour le savoir.

— Et vous, comment me prendriez-vous ?

Lee détend ses épaules, lève le menton, le regarde droit dans les yeux.

Man l'évalue d'un rapide coup d'œil.

— Un gros plan du visage, sans doute, votre main sur votre gorge.

Sur un fond noir. Le ton est coupant, un brin condescendant. Le bruit du heurtoir résonne de nouveau dans la pièce.

— Pas très original, dit-elle pour retenir son attention.

Man glousse et croise les bras.

— Oh ? Alors je vous mettrais près d'une fenêtre, moitié en pleine lumière et moitié dans l'ombre, et je vous prendrais nue, les yeux fermés, comme si vous étiez en train de regarder Drosso.

— Vous voulez juste revoir mes seins.

Il la regarde, intrigué, puis se met à rire.

— Vous avez du répondant, dites donc. – Il fait un pas vers la porte, puis lève un doigt dans sa direction. – Attendez-moi là. Ne bougez pas.

Elle l'entend descendre l'escalier en courant et ouvrir la porte d'entrée, puis des murmures et des bruits de pas lui parviennent. Man traverse le vestibule, la femme à sa suite, et Lee l'aperçoit, une colonne de brocart pleine de dorures surmontée d'une imposante banane, au moment où ils disparaissent dans ce qui doit être le studio de Man. Lee reste assise un moment, à attendre, à regarder la grande aiguille avancer lentement sur la franc-comtoise, à contempler les peintures sur le mur, les étagères encombrées, les objets entassés sur le manteau de la cheminée. Une série d'œufs d'oiseaux rangés par taille. Un arrangement similaire de vases en émail, le plus petit pas plus grand qu'un haricot rouge. Elle s'avance vers les étagères et lit les titres sur la tranche des livres. Elle prend une vache en porcelaine dans sa main, la soupèse. Elle la voudrait, elle voudrait tout. Puis elle s'avance sur le palier où elle a une vue plongeante sur le studio et sur Man en train de traîner un réflecteur pour le mettre à la bonne place.

Quand il remarque sa présence, il lui lance : « Vous pouvez venir m'aider à déplacer ces spots, s'il vous plaît ? »

Le studio sent la poussière brûlée et le bromure. Il ressemble à tous les studios qu'elle a connus : des murs blancs, une lumière qui filtre par de larges fenêtres, l'appareil photo sur son piétement avec son énorme voile noir. Mais cette fois, elle se dirige vers l'un des réflecteurs, saisit un pied pendant que Man en saisit un autre, et le manœuvre de biais pour le mettre en place. Cette fois, elle prend une plaque en verre et la lui tend, regarde comment il la charge dans l'appareil. Dans sa jolie robe, la femme bavarde avec l'un et l'autre. Elle est venue se faire photographier pour son mari en l'honneur de leur vingtième anniversaire de mariage. Quand l'appareil est prêt, la femme offre à Man un petit sourire tendu qui lui contracte le visage. Man continue de bavarder gentiment avec elle, s'efforçant manifestement de la mettre à l'aise, et Lee remarque qu'il s'y prend fort bien pour créer le lien avec son sujet. Mais Lee en connaît aussi un rayon, et juste avant que Man ne disparaisse sous le voile de mise au point, elle dit à la femme : « Détendez les muscles de vos yeux quand vous souriez. » Après un instant d'hésitation, la femme s'exécute, et son visage redevient plus naturel. Quand Man émerge du voile, il regarde Lee et lui offre un hochement de tête approbateur. Elle lui répond aussi par un hochement de tête, se sentant exactement comme elle avait espéré se sentir depuis qu'elle a quitté New York, comme si elle avait réussi à enclencher quelque chose de positif.

4

— Bobby ! s'écrie Man quand l'homme arrive.

Il est corpulent ; dans l'embrasure de la porte, son corps prend tout l'espace, bloque la lumière. Une fois à l'intérieur il adresse un sourire à Man, un sourire qui exhibe ses gencives, dans un visage joufflu au front dégarni comme un gros bébé. Ils rient, se serrent la main, et Bobby envoie une bourrade dans le dos de Man.

— Ça fait tellement longtemps, dit Man. Quand j'ai vu ton mot, j'ai eu du mal à y croire. Le grand Bobby Steiner, à Paris. Je n'aurais jamais cru voir ça.

— Quand General Electric vous tend la perche, on la prend. Je suis le patron de la division européenne à présent.

— On m'a dit ça. Formidable ! Et tu as bien fait de venir me voir. Je vais prendre une photo de toi qui sera digne de cette promotion.

— T'as intérêt.

Bobby rit de nouveau et jette un œil autour de lui. Quand il remarque Lee, il s'immobilise et lève les mains en un geste feignant la résignation.

— Salut, beauté, dit-il. – Il s'avance vers elle et lui offre son visage pour un baiser sur la joue, à l'américaine. – Ta nouvelle fiancée, Manny ? Une nouvelle ? J'aimais bien celle d'avant que tu avais amenée à New York.

Lee s'attend que Man clarifie les choses, mais il se contente de rire et de murmurer à Bobby quelque chose qu'elle ne peut pas et ne veut pas entendre. Elle sent le feu lui monter aux joues, plus agacée que gênée. Bobby reste là à la contempler encore quelques secondes, laissant ses yeux glisser le long de son corps, puis les deux hommes entrent dans le bureau de Man et ferment la porte.

Lee n'est certainement pas la fiancée de Man, mais elle n'est pas non plus son élève. Après que la femme venue se faire photographier pour son anniversaire est partie, cet après-midi-là, Man a demandé à Lee de rester, et lui a expliqué qu'avec tout le travail qu'il avait, il aurait bien besoin de son aide pour s'en sortir. Lee ne sait pas trop ce qu'elle a fait pour qu'il change d'avis, mais peu importe, elle accepte. Il a déjà eu d'autres assistantes, lui a-t-il dit. La dernière est partie quelques mois auparavant. Le travail manque de prestige : tenir les comptes de Man, qu'il lui a décrits comme un véritable désastre ; programmer les séances ; installer le matériel photo ; et de temps à autre l'aider au développement. À la description de toutes ces tâches, Lee a hoché la tête d'avant en arrière avec une telle insistance, qu'elle a craint de la voir se détacher de son cou. Si elle espérait un gros salaire, il ne pourrait pas le lui offrir, mais Lee pourrait utiliser la chambre noire quand il n'en aurait pas besoin et elle pourrait aller et venir à sa guise. Elle a accepté avant même qu'il lui donne le montant. Il a fini par le lui donner ; il était scandaleusement bas. Mais ça lui est égal. L'idée de travailler pour un photographe connu lui plaît tant qu'elle le ferait probablement pour rien.

Et maintenant, au bout d'un mois, elle s'est installée dans le rythme de son nouveau travail. Le matin, elle arrive à neuf ou dix heures – tôt pour les Parisiens – et entre dans le studio avec la petite clé en cuivre que lui a confiée Man. Elle va dans le bureau et s'installe à la table de Man. Son travail consiste notamment à tenir le livre de comptes, un énorme cahier qu'elle doit généralement aller chercher au milieu d'un fouillis sans nom : des œufs d'oiseaux, des reçus du tailleur, des soldats de plomb, et un jour un immense bocal où flotte une pieuvre naturalisée. Il est comme un corbeau qui ramène des trésors dans son nid, et Lee se prend à aimer le désordre créé par ses lubies.

Lee n'est pas mauvaise en calcul, mais elle fait tout de même le travail au crayon, prenant soin d'effacer toute erreur et de recopier les chiffres de son écriture ronde et régulière. L'assistante précédente n'était pas aussi méticuleuse qu'elle s'efforce de l'être, si bien que, lorsque Lee en a le temps, elle reprend les comptes d'il y a plusieurs semaines pour démêler la toile d'erreurs que l'autre a laissées en partant.

Voici ce que lui disent les chiffres : la photo paye bien. Les autres activités créatives de Man, la peinture et la sculpture, nettement moins. Il a beaucoup d'argent, surtout pour un artiste, mais le gère épouvantablement mal. Il ne fait pas d'économies. Au lieu de ça, quand un travail important se présente, il le traite comme une aubaine, une bonne excuse pour faire la fête et acheter quelque chose de déraisonnable. Il y a plus d'entrées dans la colonne dépenses que dans celle des recettes, et la plupart concernent des choses éphémères : un dîner d'huîtres au Select, deux nuits d'hôtel à Saint-Malo, et même, un an auparavant, une Voisin, qu'il prend pour aller à la campagne ou passer l'été à Biarritz et qui lui coûte un maximum le reste du temps, rien que pour la garer près de chez lui.

Lee remonte aux comptes de l'année 1928, où il y avait beaucoup d'entrées auxquelles était accolée une initiale : « K loyer », « Modiste pour K », « Dîner avec K », et parfois juste un chiffre et l'initiale à côté, sans plus de détails. Un jour elle décide d'additionner les entrées de K et est étonnée par les sommes d'argent que Man a dépensées pour elle. Ce doit être la fille dont parlait Bobby, mais qui est-ce ? À ce stade, Lee ne peut pas poser la question. Le nombre d'entrées évoquant la modiste de K lui donne d'elle l'image d'une femme au teint pâle, désireuse de se protéger la peau. Peut-être est-elle plus vieille – tout au moins aussi vieille que Man. Lee ne sait pas encore quel âge a Man exactement, mais une chose est sûre : il est beaucoup, beaucoup plus vieux qu'elle. Mais où est passée K ? Des dizaines et des dizaines d'entrées puis, depuis janvier, plus rien. Une dispute ? Un autre homme ? Lee suit du doigt la colonne de chiffres et imagine la rupture, le tourment secret de Man. K n'a pas été remplacée, il n'y a plus d'initiale après janvier. La seule femme à ajouter au livre de comptes, c'est elle-même et, puisqu'il lui échoit désormais de préparer les chèques à la signature, elle prend un malin plaisir à se payer chaque semaine pour le travail accompli.

Man n'arrive généralement pas avant onze heures, de sorte que le matin Lee a un petit moment de tranquillité. Elle adore ce temps passé à mettre de l'ordre dans sa maison, adore avoir une liste de choses à lui dire chaque jour quand il débarque. Son humeur du matin entre généralement dans l'une de ces trois catégories : distrait, les doigts couverts de fusain ou tachés de peinture à l'huile parce qu'il a passé la matinée à peindre ; soucieux, quand il sait qu'un client important va arriver dans l'après-midi et qu'il doit prévoir une journée de travail fastidieuse ; ou sombre quand il y a une pause dans les commandes, ou s'il a dû payer une facture oubliée. Lee surfe sur ces humeurs avec un mélange constant de professionnalisme et de détachement, et Man y répond sur le même registre, la traitant avec une courtoisie qu'elle n'a jamais connue quand elle était modèle.

L'après-midi, elle l'assiste dans le studio ou dans la chambre noire, ces heures de la journée étant de loin celles qu'elle préfère. Man lui assure qu'il est piètre pédagogue et qu'elle n'apprendra rien de lui, mais Lee pense tout le contraire et apprécie sa patience. Il est chaleureux et, chose surprenante, partage volontiers les ficelles du métier. Il lui dit que la photographie est une science plus qu'un art, qu'ils sont des chimistes qui font des expériences dans un laboratoire, que le travail de développement et de tirage effectué dans la chambre noire est aussi important que la vision artistique de départ.

Man ne fait pas de tirages tous les jours, ni même toutes les semaines, mais, quand il s'y met, Lee prépare la chambre noire pour lui, revêtant les gants et le tablier de caoutchouc qui lui permettront de manipuler le révélateur, procéder au bain d'arrêt et au fixage. Elle place des pinces en bois sur le plateau, utilise une pipette pour chasser l'air de l'agrandisseur, s'assure que l'éclairage inactinique fonctionne bien. Elle enlève les anciens tirages de la corde à linge et les apporte dans le studio, les place soigneusement dans l'un des grands tiroirs plats avec des intercalaires en pelure. Man semble être aussi mauvais gestionnaire de son argent qu'il est bon quand il s'agit de faire ses tirages, au point qu'il n'y a pratiquement rien à jeter. Il est rare qu'un premier essai soit trop sombre, ou qu'il ne soit pas assez contrasté, mais, quand c'est le cas, il garde ces tirages pour un usage ultérieur, coupés en lamelles et collés sur un fond en bois, ou bien retournés pour servir de papier à dessin.

Parfois les photos sont si belles que Lee s'arrête de travailler rien que pour les contempler. Comme le portrait de la danseuse Helen Tamiris, que Man a photographiée vêtue d'un ample kimono, allongée par terre, les cheveux étalés faisant comme un immense nuage noir autour de son visage à la peau d'un blanc laiteux. C'est un bon portrait, très bon, et c'est un honneur de l'avoir entre les mains, de savoir qu'un jour elle développera des photos dans la chambre noire d'où il est sorti.

Lee n'a pas encore abordé le sujet de son propre travail photographique avec Man, même s'il a été évoqué le jour où il l'a embauchée. Elle tient à ce que tout ça reste professionnel avant tout. Mais lors de ses incursions dans le livre de comptes – même si elle ne veut pas admettre qu'elle est du genre à fourrer son nez dans les tiroirs de son bureau – elle a appris que Berenice Abbott, l'une de ses anciennes assistantes, a développé ses propres tirages dans le studio de Man avec sa bénédiction, et qu'à présent elle s'est fait un nom là-bas, à New York. Lee se dit qu'elle a le temps, qu'elle apprend en observant, exactement comme le ferait un scientifique. D'ailleurs, il n'y a pas grand-chose à développer. Lee a trois films à traiter dans son tiroir à lingerie, mais elle ne veut surtout pas utiliser les produits de Man sur des photos que n'importe quel touriste aurait prises.

Pour l'heure, Lee, debout dans le studio, écoute les bruits de voix de Man et Bobby qui lui parviennent du bureau, leurs éclats de rire. C'est dans le bureau qu'elle travaille aussi, si bien que Lee ne sait où aller ni que faire. La situation et le visiteur lui rappellent les dîners donnés par ses parents, quand on l'expédiait dans un coin jusqu'à ce qu'il soit l'heure de les aider à préparer les cocktails. Enfant, sans doute était-elle adorable, pense Lee, toute pomponnée de dentelles Chantilly, avec un nœud blanc perché sur la tête tel un gigantesque papillon. Mais en grandissant, c'est devenu embarrassant pour elle, le regard concupiscent des hommes quand elle leur apportait leur boisson, leur cigare humide calé entre des lèvres crispées en un sourire narquois.

Lee est toujours debout dans le studio quand la porte du bureau s'ouvre. Les deux hommes sont en pleine conversation.

— Sam travaille pour Lisowski maintenant. Tu le savais ? Il s'est fait un max avec cette propriété à Flushing, dit Bobby.

— Oui, il me l'a écrit. Il m'a dit que le travail ne lui laisse pas beaucoup de temps pour l'écriture.

— Minnie doit être contente qu'il ait un salaire à envoyer chez lui, en tout cas.

Man fronce les sourcils.

— Ma mère est toujours contente qu'on ait un vrai métier et qu'on cesse ce qu'elle considère comme des enfantillages.

Petit rire de Bobby.

— Ça c'est vrai. Elle m'a dit de te demander quand tu allais renoncer à tout ça et revenir à la maison.

— Elle n'abandonne jamais. Te faire son messager.

Man rigole, mais il y a de la colère dans son rire. Il prend un tabouret, s'avance au milieu de la pièce, et fait signe à Bobby de s'asseoir. Une fois sa lourde carcasse posée, ses grosses jambes écartées devant lui, les chevilles croisées dans leurs guêtres, celui-ci se donne un air, plissant les yeux en une expression qu'il doit croire être de la confiance ou de la concentration.

— Pas besoin d'en rajouter, dit Man. Pour la photo, tu es très bien comme ça ; quelque chose de simple, de fort.

— Tu es sûr ? C'est pour General Electric. Nous ne sommes plus sur la 43e Rue, Manny.

— Heureusement, dis donc.

Ils rient de nouveau. Man se tourne vers l'appareil, et Lee, debout près de la porte qui ouvre sur la chambre noire, se racle la gorge.

— Je peux faire quelque chose ?

Les deux hommes se tournent vers elle. Bobby dit :

— Je prendrais bien un de ces sandwichs en longueur avec du jambon et du beurre.

— Ah oui, tiens, quelque chose à manger, ce serait bien. Ça ne vous dérange pas, Miss Miller ? dit Man, et même si le fait est que ça la dérange, elle lui répond que non.

Il fait chaud dehors et le café est à quelques rues de là. Lee achète trois *jambon-beurre*[1] et mange le sien dans la rue, sur le pouce. Quand elle est de retour au studio, la séance est déjà finie. La porte qui donne sur le salon est fermée et la douce puanteur du tabac à pipe filtre à travers le seuil. Lee dépose les sandwichs sur un plateau et frappe. D'autres rires, d'autres paroles avant que Man ne vienne ouvrir. Elle lui tend le plateau d'un air totalement inexpressif, espérant ainsi lui faire comprendre qu'elle est contrariée.

Man prend les sandwichs et lui tourne le dos, puis s'arrête et lui fait face. Une expression apparaît sur son visage qu'elle ne lui a jamais vue auparavant : une soudaine prise de conscience mêlée de gratitude.

— Miss Miller, dit-il, comment faisais-je avant vous ?

— Vous alliez chercher vous-même vos sandwichs, j'imagine, dit Lee, qui sent les yeux de Man dans son dos alors qu'elle s'éloigne.

1. En français dans le texte.

Londres
1940

Pendant le Blitz, logée avec Roland à Hampstead, Lee, plus d'une fois réveillée, découvre que son lit est taché de sang. Le choc de s'être réveillée au hurlement des sirènes signalant un raid aérien a fait exploser son corps, déclenché des crampes. Au matin, quand le black-out est levé, elle rince les draps dans le lavabo, mais les taches demeurent, des petites auréoles cuivrées.

Lee ne peut dire à personne qu'elle est comme grisée chaque fois qu'elle entend le sifflement des bombes larguées et sent la pièce trembler, que la poussière de plâtre lui recouvre le visage et la fait éternuer. Ne peut pas dire sa hâte, au matin, à se frayer un chemin à travers la ville avec son appareil photo, à se retrouver face à une succession de tableaux vivants figés par les bombardements, comme une installation surréaliste. Une église détruite, mais une machine à écrire en équilibre sur un tas de décombres, intacte. Une statue totalement anéantie à l'exception d'un bras qui implore. La mauvaise Lee en elle aime le caractère aléatoire et imprévisible des explosions.

Un soir, un autre bruit les réveille, elle et Roland, un bruissement énorme, comme si la maison était un paquet qu'on emballait dans du papier. Lee écarte les rideaux et, avec un drôle de chuintement, un morceau de toile fantomatique argentée entre par la fenêtre ouverte, la brûlant presque, tellement grand qu'elle doit l'écarter de son visage pour pouvoir respirer. Un ballon de barrage, lui dit Roland en riant, puis ils sortent et ensemble s'activent à débarrasser la maison de tous ces morceaux de toile. Le lendemain elle passe des heures à photographier le ballon en lambeaux pendus aux arbres ou enroulés autour de son corps. Aucune de ces photos n'est bonne, mais une semaine plus tard, elle marche dans Hampstead Heath et voit un autre ballon abattu, écrasé au sol, encore à moitié rempli d'air, comme un œuf gigantesque, deux dindes se pavanant devant lui. La photo qu'elle prend est une merveille, le premier cadeau que lui fait la guerre, et Lee flotte sur un nuage, pleine d'espoir en pensant à ce que les jours à venir pourraient lui offrir.

5

Lee ne met pas longtemps à comprendre que Man aime le changement et qu'il ne tient plus en place quand la routine prend le dessus. Il fait des choses que Lee n'oserait jamais faire, comme l'appeler si sa peinture avance bien et lui demander de reporter la séance photo de l'après-midi, même si le client a pris rendez-vous depuis des semaines. Quand elle s'enquiert de ce qu'elle doit lui dire, il répond « Gangrène ! » ou « Accident de bus ! » ou « Voyage surprise à Pampelune ! », de sorte que Lee raconte systématiquement qu'un parent à lui est subitement tombé malade. Ses clients doivent penser que c'est une grande famille que celle de Man, et de faible constitution !

Un jour Man consulte l'agenda. L'après-midi est totalement libre. « Belle journée », dit-il.

Il a raison. En venant travailler ce matin, elle était triste de devoir rester enfermée, s'était attardée un instant sur le perron et avait rempli ses poumons d'air frais avant de tourner la clé dans la serrure.

Man continue.

— Si je ne vais pas chercher ce nouveau classeur, on ne va jamais y arriver.

— Pardon ?

Man va prendre son manteau et l'enfile.

— Ce meuble dont on a besoin pour ranger les photos. On en trouvera un au marché Vernaison. Vous venez ?

De sorte qu'une heure plus tard, Lee se retrouve au plus grand marché aux puces de Paris où il semblerait qu'il n'y ait rien qui ne soit à vendre : cadres dorés en quantité, immenses vaisseliers Chippendale, lettres en liasses, jupons jaunis, médailles de guerre, verres à liqueur, réveils cassés par caisses entières, passe-partout rouillés, landaus bourrés d'oreillers en soie déchirés. Lee, intriguée, s'arrête devant un stand où des boîtes vides de produits à nettoyer les dentiers sont posées en équilibre sur une moto. À quelques mètres devant elle, Man se retourne pour voir si elle le suit. Elle sourit, allonge le pas pour le rattraper.

Le soleil de novembre brille dans un ciel sans nuages, elle n'a jamais vu Man d'aussi bonne humeur. Au bout de deux heures, ils ne sont pas encore arrivés aux stands où Man pense pouvoir trouver le classeur qu'il voudrait, mais il lui dit qu'il y en a dans une allée plus chère du marché Biron et qu'ils iront plus tard. Ils empruntent des allées sales, encombrées par des centaines de vendeurs, leurs articles exposés sur d'épais tapis orientaux étalés devant leur stand et sur lesquels s'amoncelle un bric-àbrac d'objets dont la plupart semblent bons pour la poubelle. Lee avait été intriguée de voir Man apporter plusieurs grands sacs de courses avec lui ; il s'arrête devant un stand qui vend des têtes de poupées de porcelaine et se met à marchander avec le chiffonnier. Il a déjà rempli deux de ses sacs et, avec les quatre têtes de poupées qu'il a eues pour un bon prix, il n'est pas loin d'en remplir un troisième.

Quelques stands plus loin, ils s'arrêtent de nouveau pour regarder des mains de gantier en bois blanc, qui se dressent pareils à une forêt de petits arbres.

— Si seulement j'avais mon appareil, dit Lee, je les aurais pris en photo.

— Vous avez l'œil.

Man forme un carré avec ses mains et les porte à son visage comme pour regarder à travers un viseur.

— Quel appareil avez-vous ?

— Je n'en ai pas… Je voulais dire, si je l'avais encore. Je ne l'ai pas retrouvé.

Elle en ressent encore le manque.

Au fond du stand, il y a des morceaux de mannequins, un tas de bras dans une grosse caisse en bois. Man en sort un, l'inspecte.

— Vous me l'avez dit, j'avais oublié. Quel dommage ! Il faut vous en racheter un.

Lee se tait. A-t-il conscience de la modicité du salaire qu'il lui verse ? Ils continuent de déambuler le long de l'allée. Au stand suivant, des tonnes d'images stéréoscopiques sont bien rangées dans des boîtes classées par thèmes. Man farfouille dedans. « Ça paraît si vieux. » Il en retire une photo en surimpression de Trafalgar Square grouillant de calèches. Lee s'avance vers lui et fourrage dans une autre boîte.

— Mon père prenait des photos stéréoscopiques, dit-elle.

— Ah oui ? Il faut avoir la technique. Il était photographe ?

— Oui… Nous sommes allés vivre dans une ferme quand j'étais petite, et il y a construit un labo. Je l'aidais.

Man pose les yeux sur elle.

— Pas étonnant que vous sachiez ce que vous faites.

— Pas vraiment. Je ne faisais pas grand-chose.

Ce n'est pas vrai, et elle ne sait pas très bien pourquoi elle l'a dit. L'attention que Man lui porte subitement, ici au milieu de cette foule, la met mal à l'aise. Lee fouille encore parmi les photos et s'arrête sur une femme vêtue d'une robe victorienne sévère, son jeune fils perché sur ses genoux. La mère et l'enfant regardent tous deux l'appareil photo avec cette expression vide que le temps d'exposition rend inévitable. À la ferme, son père gardait sa collection de stéréoscopes dans sa bibliothèque, rangée dans plusieurs dizaines de boîtes gris perle qui prenaient toutes les étagères du bas. Quand il travaillait, Lee en profitait pour se glisser dans la pièce et, s'agenouillant derrière son bureau, elle sortait de son étui la visionneuse avec laquelle elle n'avait pas le droit de jouer et y insérait les plaques l'une après l'autre. Quand elle la portait à ses yeux, les petites images en noir et blanc demeuraient un instant dans des champs de vision distincts avant de se fondre en un sujet en trois dimensions, parfaitement net, presque tangible. Parfois quand Lee regardait une scène particulièrement belle – le Panthéon, ou les feuilles de palmiers encadrant les grandes pyramides –, elle avançait sa main sans même s'en rendre compte, comme si elle voulait toucher ce qu'elle voyait, exactement comme un aveugle palpant le contour des objets qui l'entourent. Son père avait des centaines de ces cartes ; c'était presque une obsession, chez lui, réunir la plus grande collection dont pouvait s'enorgueillir un homme qui collectionnait un peu tout.

Man a continué d'avancer, mais Lee repose la carte, s'enfonce plus avant dans le stand, et se met à fouiller dans une autre boîte, trouvant d'abord des scènes de rue de Paris et de Copenhague, puis, derrière celles-ci, des photos de femmes nues, qui se prélassent sur des lits défaits, dansent autour de barres de strip-tease avec des airs de saintes-nitouches, se brossent les cheveux devant des miroirs de courtoisie. Celles-ci aussi lui sont familières. Son père en avait une collection, et seule dans son bureau, Lee les étudiait, mémorisant ce que ces femmes avaient fait pour capter son attention. Des lèvres sombres, des cheveux noirs, une peau blanche. Des bourrelets de graisse aux endroits où Lee était encore mince. Des chaussures à bouts pointus, des chapeaux avec voilettes à paillettes, des bas résille. Jusqu'à ce qu'elle trouve cette boîte, elle croyait que son père ne regardait pas d'autres femmes qu'elle en photo.

Après s'être assurée que Man ne s'est pas trop éloigné, Lee choisit une photo d'une femme qui se déhanche, ne portant rien d'autre que trois pompons, un sur chaque mamelon et un sur le sexe. Elle s'avance carte en main vers le chiffonnier, lui en demande le prix, paye, la fourre dans son sac, puis se dépêche de rejoindre Man pour ne pas le perdre dans la foule.

À un autre stand, sur un portant, une série d'uniformes aussi bleus que le ciel, et des casques de métal posés à l'envers, pareils à des bols. Lee passe ses doigts sur les cols de laine, sur les boutons en acier. Man disparaît et revient, un casque sur la tête, brandissant une épée qu'il fait tourner dans l'air puis pointe sur elle.

« En garde », s'écrie-t-il. Lee rit de bon cœur. Man a l'air si ridicule avec son casque ; son manque d'inhibition la surprend, l'amuse. Elle attrape elle aussi une épée et feinte vers lui, puis fait semblant d'être blessée et chancelle contre les uniformes. Man a les yeux qui brillent. Il pose l'épée et ramasse un bout de treillis métallique, l'élevant au-dessus de sa tête pour l'admirer.

— Ah, ça, dit-il, on l'emporte.

L'objet est courbe comme la spirale d'un nautile, de soixante centimètres de diamètre. À quoi il sert ? Mystère. Lee sait qu'il aime ce genre de choses, les treillis et les grillages en métal qui produisent des jeux d'ombre et de lumière. Man le tient à deux mains, enchanté.

— Qu'est-ce que c'est ?

— Aucune idée. Un moule, peut-être ?

Du fond du stand, le brocanteur leur lance que c'est un bouclier de sabreur. Man l'achète et le glisse dans un autre sac.

— J'adore venir ici, dit-il à Lee, le regard gourmand, alors qu'ils continuent d'avancer. On ne sait jamais ce qu'on va dénicher. Un jour, j'ai acheté tout un squelette, un vrai, qui venait d'un hôpital. Il était suspendu au fond d'un stand.

Les voilà bientôt arrivés au marché Biron, où la poussière des allées est bien nettoyée avec des petits balais-brosses et où les acheteurs portent des vêtements manifestement plus coûteux. Man ne met pas longtemps à trouver le classeur dont il a besoin – il semble qu'il y ait de tout, ici, des tables consoles à des méridiennes en passant par des billots de boucher – et il négocie en sorte qu'il lui soit livré le lendemain.

Ils croisent une mère qui pousse un landau et tient un enfant par la main. L'enfant braille, il a les joues barbouillées de sirop. Man et Lee frémissent à sa vue, puis leurs regards se croisent et ils se sourient.

— Les enfants, ce n'est pas trop votre truc, on dirait ? dit Man.

— Pas vraiment.

À dire le vrai, Lee n'imagine même pas avoir des enfants. Rien ne lui semble plus éloigné de ce qu'elle veut faire de sa vie.

— L'art et les enfants ne font pas bon ménage, si j'en crois mon expérience, dit Man.

Lee se demande s'il veut la mettre en garde ; la considère-t-il comme une artiste ? Elle en doute.

— Et vous ? Vous n'en voulez pas ?

Man s'arrête à un autre stand de meubles, ouvre un secrétaire et regarde à l'intérieur.

— Surtout pas. C'est une des raisons pour lesquelles ma femme et moi nous nous sommes séparés.

Il s'avance vers le stand suivant et Lee se laisse distancer de quelques mètres. Elle ne savait absolument pas qu'il avait été marié. Elle se demande si sa femme et le K du livre de comptes sont une seule et même personne, et se hâte de revenir à sa hauteur.

— C'était ici, à Paris ?

— Non, non. Ça fait des années, quand j'étais encore aux États-Unis. Dans une autre vie.

— Où ça ?

Lee ne s'est pas posé beaucoup de questions sur son passé jusque-là, et elle a soudain grande envie de mieux le connaître.

— Dans le New Jersey. C'était plus facile que de vivre à New York. Moins cher. On a eu de bons moments… – Man fait une pause, tousse. – Ce n'est pas vraiment parce que je ne voulais pas d'enfant que nous sommes séparés.

Lee hésite à l'interroger plus avant, mais de lui-même il poursuit.

— Nous étions bien trop jeunes. J'étais… enfin, je ne savais même pas ce que je voulais. J'étais censé prendre la suite de mon père, devenir tailleur, mais je voulais être un artiste. Ma famille m'a soutenu, jusqu'à un certain point, mais ils ne m'ont jamais vraiment compris. Ma mère pensait que ça ne durerait pas. Que ça me passerait. Alors j'ai quitté Brooklyn pour louer un appartement à Ridgefield avec un ami. Vous y êtes déjà allée ?

— Je ne crois pas.

— Ma foi, ça ne me surprend pas. C'est minuscule, très tranquille. Pendant un temps, mon ami Halpert et moi avons vraiment fait du bon boulot, là-bas. Nous avons acheté une presse à imprimer et lancé une revue ; et je peignais, tous les jours. Puis j'ai rencontré Adon, elle s'intéressait à ce que nous faisions, elle écrivait des poèmes, très beaux, je n'avais jamais rencontré quelqu'un comme elle, et nous nous sommes mariés. Mais quand j'ai éprouvé le besoin d'aller plus loin, de vivre à Paris, Adon, ça ne l'a pas intéressée. Elle commençait à être connue dans les cercles littéraires. Je ne lui ai pas parlé depuis des années.

Adon. Donc, pas K. Et il y a des années.

— Je suis désolée, dit Lee.

Man a un haussement d'épaules et se passe la main dans les cheveux. Ils se sont arrêtés au bout de l'allée, où il y a moins de monde.

— Oh, il n'y a aucune raison de l'être, dit Man. Je ne sais même pas pourquoi je vous raconte tout ça.

Il remonte ses sacs plus haut sur l'épaule, puis, au bout d'un moment :

— Qu'est-ce qui vous a donné envie de faire de la photo ?

Lee repousse ses cheveux derrière les oreilles. Elle pense à la photo stéréoscopique qu'elle vient d'acheter, à toutes les photos que son père à prises au cours des années et dit :

— Oh, mon père, j'imagine… et puis, j'en avais assez de faire le mannequin. D'être photographiée. Je voulais passer de l'autre côté, voir comment on faisait.

Man hoche la tête, l'air de comprendre ce qu'elle veut dire, puis ajoute :

— Ces derniers temps, je pense tout le temps abandonner.

— Vraiment ?

— Ce n'est pas de l'art. Pas vraiment. En réalité, j'ai toujours voulu peindre. Les portraits, la photo en studio… les clients…

Sa voix devient inaudible.

Lee pense à ses travaux, ceux qu'elle a vus à ce jour, le portrait dc Dalí qu'il vient tout juste de réaliser, le visage de ce dernier pris en contre-plongée, de sorte que ses sourcils jettent une ombre diabolique sur son front. Elle voudrait parler à Man de ce qu'elle a ressenti en la voyant, de ce qu'elle a provoqué en elle, lui dire que ça lui a fait à la fois prendre conscience de tout ce qu'elle ne sait pas et donné envie d'apprendre. L'entendre parler d'abandonner l'étonne. Si elle avait son talent, elle n'arrêterait certainement pas.

— Vos photos sont si bonnes, pourtant, lui dit-elle, puis elle se dit que ces mots-là sont loin d'exprimer ce qu'elle ressent.

— Bien sûr. Mais essayez donc d'y intéresser les critiques. Ils n'ont aucun respect pour la photographie en tant qu'art. Et je ne suis pas loin de leur donner raison. Le but premier de la photo n'est pas la création artistique mais la reproduction.

Lee le regarde avec curiosité.

— Pourtant, ce portrait que vous avez pris de Barbette – la double exposition – pour moi, c'est de l'art.

Man pousse un grand soupir.

— Peut-être. Mais c'est vrai que je commence à me lasser de ce travail en studio, devoir aller dans des maisons de couture, et tout le reste. C'est une véritable corvée. Si j'avais le choix, je me remettrais à peindre à plein temps.

— Mais, qu'est-ce qui vous en empêche ?

Il lève un de ses encombrants sacs et lui adresse un sourire ironique.

— Parce que peindre ne permet pas de s'offrir des virées au marché Vernaison.

Lee et Man empruntent le boulevard pour descendre dans le métro où ils reçoivent une bouffée d'air confiné qui soulève les feuilles autour d'eux dans l'escalier. D'un geste, Man lui fait signe d'abandonner l'idée d'acheter son billet et paie pour elle. Au moment de monter dans la rame, Man change ses sacs d'épaule et prend Lee par le coude. Un vieil homme et une femme assis, emmitouflés dans leurs manteaux, à l'autre bout de la rame, les regardent monter. Lee et Man doivent avoir l'air d'un couple marié, lui portant ses paquets et la guidant avec sollicitude par le bras. Rien que de très normal pour eux, qui sont manifestement vieux et mariés eux-mêmes. Man a dû se comporter de la même façon avec sa femme. Penser à l'effet qu'ils font tous les deux, elle et Man, est étrange et rend Lee étrangement heureuse.

6

Plusieurs fois par mois, Man donne une petite rémunération à des étudiantes à qui il demande de poser pour pouvoir travailler sur des photos qui ne sont pas des commandes, ce qui le met chaque fois de bonne humeur. Aujourd'hui, c'est Amélie, une nouvelle, petite et brune comme tous les modèles auxquels il fait appel. Lee l'entend siffloter en préparant le studio.

Amélie arrive avec un quart d'heure de retard, en reniflant. Elle a le nez rouge, les yeux larmoyants.

— Vous êtes malade ? demande Lee.

Il lui a suffi de regarder cette fille pour être convaincue d'avoir elle-même la gorge prise, et elle se promet de se faire un bon grog en rentrant chez elle.

— Non, ça va, déclare Amélie, mais au bout de quelques minutes dans le studio, il est clair que ça ne va pas du tout.

Elle est avachie sur le sofa telle une fleur fanée, pose la bouche ouverte, manifestement dans l'impossibilité de respirer par le nez.

Man n'a pas l'air de remarquer qu'elle est souffrante, ni de s'en soucier. Il fredonne, plaisante, fait prendre des poses étranges à Amélie et marmonne « Génial ! » entre ses dents. Lee en vient à trouver touchants ses commentaires élogieux sur son propre travail.

— Bon, dit-il, je me disais qu'on pourrait essayer avec cet objet. Vous mettre devant la fenêtre et jouer un peu avec les ombres.

Il sort le bouclier qu'il a acheté au marché Vernaison et le montre à Amélie, qui le regarde d'un air absent jusqu'à ce qu'il lui apporte l'objet.

— Votre bras, ici, lui dit-il.

Le treillis métallique est délicat comme de la dentelle mais coupant sur les côtés. Amélie y glisse son bras et s'appuie sur la table avec une grimace.

Man recule un peu. Il penche la tête comme il le fait toujours, cherchant la ligne directrice dont l'image a besoin. Il s'agenouille et attrape la main d'Amélie, la tourne pour que la paume soit un peu plus ouverte.

— Comme ça, dit-il, tirant encore sur son bras et le déplaçant pour qu'il prenne un angle bizarre.

Satisfait, il disparaît sous le voile noir. Amélie respire de façon superficielle et Lee s'aperçoit qu'elle ralentit sa propre respiration pour être à l'unisson. Man reste sous le voile un bon moment, demande de temps à autre à Lee de déplacer les réflecteurs ou d'ajuster les rideaux derrière elle.

Il finit par émerger du voile. « Terminé », dit-il à Amélie, puis il quitte la pièce pour la laisser se rhabiller tranquillement. Elle sort le bras du bouclier, faisant la moue pour exprimer son inconfort.

— Ça pique, se plaint-elle à Lee, frottant une petite marque rouge sur la peau blanche de l'intérieur de son avant-bras.

— Les modèles doivent faire ce qu'on leur demande, non ?

Lee n'essaie même pas de cacher son agacement.

Amélie disparaît derrière le rideau non sans lui avoir jeté un regard noir. Quand elle en ressort, quelques instants plus tard, Lee, qui a quitté la pièce, est installée à la table de travail du bureau, où elle s'affaire à ranger des papiers.

— *Bonsoir*[1], lance Lee à Amélie au passage, sur un ton faussement enjoué maintenant que la jeune femme s'en va.

Après son départ, Lee part à la recherche de Man. Il est dans le salon, en train de se servir une tasse de thé. Il lui en propose d'un geste, mais elle fait non de la tête.

— Vous ne devriez plus faire appel à ces étudiantes, dit-elle en s'installant sur le canapé en crin de cheval.

— Ah, elle était bien. Elle aurait pu être un peu plus en chair, mais j'ai utilisé beaucoup de cadrages serrés et elle a une jolie peau.

— Ça ne l'intéressait pas.

— Peu importe. Tout ce que je leur demande, c'est de m'écouter et de tenir la pose.

Il s'assied en face de Lee et avale bruyamment une gorgée. Elle l'observe, toujours contrariée sans trop savoir pourquoi. Cette fille l'a agacée. Et pas seulement ses microbes, que Lee se représente comme des petites puces dansant sur le canapé, sur le bouclier, partout dans le studio. C'est surtout ce désintérêt

1. En français dans le texte.

qu'elle a manifesté tout au long de la prise de vues. Amélie sait-elle seulement qui est Man ?

— J'ai vu ça se produire quand je posais, dit-elle.

— Quoi donc ?

— Quand le modèle ne sait pas ce qu'il fait là. Moi-même…

Elle s'interrompt.

— Vous ? s'étrangle presque de rire Man, en prenant une autre gorgée de thé. Je parie que vous étiez ravissante sur toutes les photos qui ont jamais été prises de vous.

Lee rougit, n'ose pas le regarder en face. Depuis le jour où il l'a embauchée, Man n'a jamais fait le moindre commentaire sur son apparence. C'est ce qu'elle croyait vouloir – une relation professionnelle exempte de tout ça –, mais au fil des semaines, elle s'est souvent prise à se demander ce qu'il pouvait bien penser d'elle. L'autre jour, par exemple, elle est venue travailler dans une de ses plus jolies robes pour voir s'il allait lui en faire compliment. Il n'a rien dit, ce qui était très bien, mais là, ses derniers mots provoquent en elle un petit frisson qui la prend par surprise.

— Pour moi c'est facile, dit Lee, mais pas pour les raisons auxquelles vous penseriez. J'ai toujours eu le sentiment que…

Elle s'interrompt soudain, de peur d'en dire trop.

— Dites.

Elle va vers la bouilloire.

— Je me servais de ce truc…, poursuit-elle, le dos tourné. Je l'avais appris, toute petite, je crois, quand je posais pour mon père. Je peux pratiquement tout exprimer… – Là, Lee se retourne et les yeux plissés lui adresse un regard plein d'assurance. – Mais, tout en faisant ça, je peux être ailleurs. Parfois, avec mon père, je m'imaginais être une reine, la reine d'Angleterre, et que cette séance de travail s'imposait pour mes sujets. Ou bien, plus tard, quand j'étais chez *Vogue*, je pouvais porter une robe du soir et faire semblant d'être dans un gala ou dans toute autre situation, au gré du photographe. C'est un peu comme jouer la comédie. Quand j'étais petite, j'avais un nom pour ça.

— Qu'est-ce que c'était ?

— J'appelais ça mes délires.

Elle toussote pour dissimuler sa gêne.

— Des délires. J'adore.

— Eh bien, Amélie n'a pas ça. Elle a sans doute pensé à un cataplasme à la moutarde pendant tout le temps qu'elle était là. En tout cas, c'est ce que son visage exprimait.

Man repose sa tasse de thé.

— Poseriez-vous pour moi ?

Il semble vraiment en avoir envie, et ça l'enchante. Elle veut dire oui. Une partie d'elle est toujours prête à dire oui, à faire plaisir à tout homme qui lui demande quelque chose. Et elle sait que les photos d'elle faites par Man seraient belles, probablement meilleures que toutes celles réalisées par quiconque auparavant, et cela aussi est tentant ; apporter sa pierre à ses créations. Mais poser pour lui, même une seule fois, changera leur relation. Elle lui donnera quelque chose de sa personne, même si lui ne le voit pas de cette manière, et, en la regardant, il songera toujours à ce que son appareil photo aura fait d'elle.

— Je suis désolée, je ne peux pas, là… j'ai encore plein de travail à faire cet après-midi.

Ses mots restent en suspens dans l'air.

— Très bien.

Man a répondu d'un ton qui indique bien qu'il n'insistera pas. Il se verse une tasse de thé, y jette deux morceaux de sucre puis ajoute :

— J'ai vu des photos de vous, la semaine dernière. J'ai acheté un ancien numéro du *Vogue* américain.

Elle l'imagine s'arrêter au kiosque de la presse étrangère, sur le chemin du studio. Feuilleter des magazines poussiéreux empilés au fond, s'attarder sur ses photos. Les examiner, les évaluer ou, le connaissant, critiquer la composition. Quitter le kiosque en enfonçant son chapeau sur la tête, le magazine roulé dans un tube rigide et glissé dans la poche de son pardessus.

— Quel numéro ?

— Oh, vous portiez une robe en satin noir et de la fourrure, je crois. Une double page sur les perles ; vous aviez un collier ras du cou. Pas mal composé, à vrai dire. Vous avez du talent, en tout cas, aucun doute. Si vous changez d'avis, j'aimerais beaucoup vous photographier.

Il boit bruyamment ce qui reste de sa tasse de thé, la repose, claque les mains sur ses cuisses et dit « Bon, au boulot », puis disparaît dans son bureau. Lee reste là encore un petit moment, se caresse le cou où se trouvait le rang de perles et essaye de se souvenir des pensées qui étaient les siennes au moment de la prise de vue.

7

Avec ses deux objectifs tout ronds et sa chambre de visée semblable à un élégant petit chapeau, son nouveau Rolleiflex est magnifique. Lee qui le porte autour du cou avec une courroie, n'en revient pas de sa légèreté – moins d'un kilo, pellicule comprise. Lorsqu'elle regarde dans le viseur, elle pourrait jurer que le dépoli rend les choses plus claires, et elle en vient à préférer le monde qu'elle y voit.

Elle a encore du mal à admettre qu'il est à elle, acheté avec la prime de Noël que Man lui a accordée. Il lui avait laissé le chèque dans une enveloppe, sur la cheminée, avec son nom tracé en grosses lettres cursives. Elle en avait eu le souffle coupé : un don d'une générosité incroyable et, bizarrement, proche du prix de l'appareil photo qu'elle avait en vue depuis des mois. Mais quand elle l'avait remercié – reconnaissante, gênée, le chèque entre les doigts comme si elle s'attendait qu'il lui demande de le rendre –, il avait fait un geste signifiant que ce n'était rien.

— Une aubaine en mérite une autre, avait-il dit, faisant allusion à une commande inattendue qu'il venait de recevoir de ses mécènes, Arthur et Rose Wheeler.

— C'est trop, avait-elle protesté.

À présent, ce nouvel appareil photo ente les mains, Lee en vient à se demander si ce cadeau la rend redevable à Man, s'il n'est pas l'expression d'autre chose qui lui échappe. Et il ne s'agit pas que du chèque. Depuis le moment où Man lui a demandé de poser pour lui, quelque chose s'est craquelé entre eux, des parasites sont apparus dans une atmosphère jusque-là parfaitement sereine. Mais Lee ne sait pas à qui des deux l'imputer. Il y a quelques jours, alors qu'elle était à sa table, Man est venu derrière elle et s'est penché sur son épaule pour lire le contrat qu'elle était en train de taper, sa joue tellement près de la sienne qu'elle pouvait sentir sa peau alors qu'il ne la touchait même pas. Elle a imperceptiblement rapproché son visage du sien, juste pour voir sa réaction ; il n'a pas reculé, ce qui l'a déconcertée. Mais ça ne voulait probablement rien dire. Il se penche toujours vers elle quand il veut lui montrer quelque chose et, jusqu'à présent, elle n'y a pas accordé d'attention particulière.

Ce qui est frustrant, c'est qu'elle ne veut pas qu'entre eux les choses changent. C'est ce qu'elle a pensé à l'instant où elle a ouvert l'enveloppe contenant le chèque. *J'espère que ça ne changera rien entre nous.* Mais il est apparu si nonchalant quand elle l'a remercié qu'elle s'est dit que le changement auquel elle avait cru n'était que dans sa tête. Puis, comme pour confirmer que ses craintes étaient infondées, quand elle est venue travailler avec son nouvel appareil quelques jours plus tard, Man y a jeté un coup d'œil et s'est juste écrié : « Bravo, jeune fille ! » Les lignes d'un grand sourire se sont affichées au coin de ses yeux, il lui a pris l'appareil des mains et l'a caressé avec la même gourmandise qu'elle éprouve chaque fois qu'elle le touche, marmonnant quelque chose concernant ses caractéristiques, comme un fan de base-ball débitant des statistiques. Il n'y avait plus de parasites entre eux. Lee lui a signalé des fonctions qui lui avaient échappé et, au bout de quelques instants, Man lui a rendu l'appareil photo en disant : « La chambre noire est à votre disposition quand vous voulez. »

Lee l'a remercié et lui a dit qu'elle le préviendrait quand elle en aurait besoin.

Son Rollei l'accompagne partout où elle va ; c'est son ami, une paire d'yeux qu'elle porte autour du cou, plus performants que les siens. Par un dimanche glacial, quelques semaines après Noël, Lee part faire un tour, obliquant vers le boulevard Saint-Michel puis prenant à gauche pour entrer dans le jardin du Luxembourg où les larges allées de gravier divisent les pelouses en quartiers bien ordonnés. Une petite couche de neige est tombée qui a tout recouvert de blanc. Au milieu du jardin, elle s'arrête près du bassin et regarde les colverts nager dans la partie qui n'est pas encore gelée. L'eau est si calme que c'est à peine s'ils en rident la surface. Il y en a un qui n'arrête pas de plonger tout au bord, et Lee s'avance dans la neige fondue pour observer son manège. Elle prend une photo de sa queue qui émerge de l'eau comme un minuscule iceberg. Puis elle traverse le jardin et rejoint l'église Saint-Sulpice, dont les colonnades projettent des bandes d'ombres sur la façade. Elle les photographie aussi. Ensuite elle continue jusqu'au

Café de Flore, où elle s'installe à une table près de la vitrine pour observer les passants, tous emmitouflés dans des manteaux et des cache-nez épais. Elle est contente d'avoir une tasse de café chaud entre les mains, contente d'avoir de quoi la payer, contente de son travail, de son appareil photo et d'avoir le sentiment d'apprendre quelque chose auprès de Man. À côté d'elle, une femme mince assise seule à une table regarde dans la direction opposée. Ses cheveux sont coiffés en boucles serrées, et elle porte un chemisier blanc. Elle se masse le cou à plusieurs reprises. Ses ongles sont limés en pointe et vernis en French manucure inversée : lunule blanche, le reste noir. Ses cheveux sont d'un bel auburn. Elle se masse le cou de nouveau ; Lee prend une photo.

C'est une magnifique journée, froide, avec un ciel dégagé. Le temps d'arriver aux Halles, Lee a pris deux pellicules, et elle peut imaginer chacune des images fixées sur les bobines : nette, originale, totalement de son cru. Lee n'a jamais su pousser la chansonnette, mais en rentrant chez elle, elle se met à chanter à voix haute sans se préoccuper de qui peut l'entendre.

Londres
1943

Nous sommes en 1943 et le *Vogue* anglais a une nouvelle rédactrice en chef. Audrey Withers, qui a étudié à Oxford et qui est arrivée à ce poste en passant par le service financier, est plus politique que jolie, plus futée qu'élégante. Avec elle à la barre, *Vogue* se réveille, sent la nitroglycérine, cesse de faire comme s'il n'y avait pas la guerre. Au lieu de demander à Lee de chroniquer la silhouette de la dernière saison – taille marquée, jupe large, décolleté en cœur –, Audrey lui commande des doubles pages sur les cheveux courts des travailleuses en usine, sur les façons de garder la forme en temps de guerre et la diversité des uniformes féminins. Lee attache les cheveux de ses modèles en arrière avec un filet et les fait poser en sorte qu'elles ne regardent pas l'appareil photo, jambes écartées, bien plantées sur leurs pieds chaussés de talons plats. Elle photographie des jolies femmes grimpant dans des abris antiaériens, leur fait porter un masque antifumée si bien que personne ne pourra voir leur beau visage.

Lee se rend auprès du Women's Home Defence Corps, du Voluntary Service et du Women's Royal Naval Service. Elle prend des photos de femmes armées de fusils plus longs que leurs jambes, qu'elles portent négligemment en bandoulière, comme des sacs à main. D'autres femmes en train de plier des parachutes, plonger sous des mètres de nylon, rassembler la voilure et les drisses. Un seul enchevêtrement et ce pourrait être la mort d'un être cher. Corde coincée, os brisés. Idée inconcevable que celle de l'air qui se chargerait de sang et de cendre.

Le soir, Lee entraîne Roland au Whitby, où tous les photographes de presse viennent se détendre. C'est ainsi qu'ils rencontrent Dave Scherman, un photographe travaillant pour le magazine *Life*, qui les charme tous les deux par son sourire en coin et son humour espiègle. Assez vite, Dave s'installe avec eux à Hampstead. Il est fauché et déjà plus ou moins amoureux de Lee ; pendant un temps, elle est avec les deux hommes, Dave et Roland, et tout cela – les deux hommes, les nouvelles missions – suffit presque à la rendre heureuse.

Mais un soir, alors qu'elle s'apprête à se coucher, Dave frappe à sa porte. Il lui montre son ordre de mission et lui explique qu'on l'envoie couvrir les opérations en Italie. Lee s'efforce de sourire, de le féliciter, mais ce qu'il vient de lui dire fait resurgir l'ombre noire à laquelle elle n'a jamais pu donner un nom. Et elle est furieuse de sentir les larmes lui monter aux yeux.

— Pourquoi faut-il qu'ils t'envoient là-bas ? dit-elle.

— Je ne peux pas rester à Londres. Il ne se passe rien, ici. Qu'est-ce que je vais faire, apprendre aux recrues à peindre avec les doigts à l'école de camouflage, comme Roland ? Je deviendrais fou. Pas toi ? Toi aussi, tu devrais être accréditée. Demande à Condé Nast de te parrainer. Tu es américaine. Donc aussi légitime que n'importe lequel d'entre nous.

Le rire de Lee, un son discordant dans le silence de la pièce.

— Moi. Soldat. Non, je vais rester coincée ici, à tricoter des chaussettes ou à organiser des collectes de ferraille pour l'effort de guerre.

Et là les larmes coulent pour de bon. Lee fait semblant de tousser pour pouvoir s'essuyer les yeux, mais Dave la voit et s'approche et la prend dans ses bras. Il pense qu'elle pleure à cause de lui et, comme cela n'a pas d'importance, elle le laisse faire. Quelques jours plus tard, Lee pense encore à ce que Dave a dit. Une accréditation ? Pourquoi pas ? Elle en parle même à Audrey, pour voir si *Vogue* publierait ses photos. Audrey ne s'engage pas, mais dit que, si Lee écrivait quelques articles pour les accompagner, ça pourrait s'envisager.

Lee passe un coup de fil, remplit des formulaires. Quatre semaines plus tard, elle reçoit ses papiers : elle sera correspondante de guerre, comme Dave, se déplacera avec la 83e division. Quelques jours de plus et elle reçoit son uniforme : pantalon vert olive avec braguette à boutons, chemise olive, vareuse de laine aussi épaisse qu'une couverture de cheval, et tout aussi seyante. À peine a-t-elle enfilé cet uniforme qu'elle l'adore, même s'il est informe, même s'il ne laisse apparaître qu'une toute petite surface de peau.

Avant qu'ils ne quittent Londres, Lee demande à Dave de sortir son appareil photo. Elle boutonne sa vareuse jusqu'en haut, se tient à côté d'une fenêtre pour que l'insigne US du revers accroche la lumière. Elle ne sourit pas, n'essaye même pas de poser. Pour la première fois de sa vie, elle n'en a pas besoin.

8

Il y a plusieurs semaines qu'Amélie est venue au studio, toussant sur tout ce qui se trouvait sur son passage et Lee a attrapé son rhume, elle en est certaine. La gorge irritée et une pression visqueuse au niveau des sinus. Lee est sortie quand même, sortie avec Man, s'essuyant furtivement les yeux, qu'elle a larmoyants, et s'imposant de ne pas renifler.

Man l'a invitée à l'accompagner au salon littéraire, tout naturellement, comme s'ils avaient l'habitude de passer leurs soirées ensemble. Et même si elle n'est pas au mieux de sa forme, elle n'a pas pu refuser. L'idée de sortir au bras de Man est plus tentante qu'elle ne veut bien l'admettre même dans son for intérieur, et la réalité de la chose se révèle encore plus agréable : Man délicieusement attentionné, la guidant d'une main au creux de ses reins quand ils pénètrent dans la librairie, l'aidant à se débarrasser de son manteau avant de l'accrocher avec le sien à une patère déjà bien chargée.

L'endroit est bondé et enfumé, des rayonnages ont été déplacés sur les côtés pour faire place à des chaises pliantes, bien que personne ne soit assis, les gens étant rassemblés par groupes de deux ou trois dans l'espace ainsi libéré. Tous sont plutôt élégants, quoique peu pourraient rivaliser avec Man qui porte une veste croisée et un nouveau chapeau mou. Lee a toujours aimé les hommes qui savent s'habiller. En fait, elle ne peut s'empêcher de penser qu'ils forment le couple le plus élégant de l'assistance, même avec son rhume. Lee s'est habillée avec soin. Elle porte sa nouvelle robe en panne de velours bleu paon, moulante au niveau des hanches et s'évasant en plis graduels qui dansent autour de ses jambes quand elle marche. Elle avait craint d'être trop habillée, mais, maintenant qu'elle est à pied d'œuvre, elle ne déteste pas se distinguer. Et elle va mieux dès qu'elle se met sur son trente et un.

Man jette un regard circulaire, et Lee en profite pour se tamponner les yeux avec son mouchoir. Elle ne connaît personne – contrairement à Man – et se demande ce que ces gens pensent de sa présence auprès de lui. Si jamais ils en pensent quelque chose. Elle ne sait si c'est imputable à son rhume ou au sirop contre la toux qu'elle a pris chez le pharmacien, avec son indéchiffrable liste d'ingrédients en français, mais elle se sent plus vulnérable que d'habitude, comme si ses émotions étaient à fleur de peau. Lee se rapproche de Man, quelques centimètres, et se demande ce qui se passerait si elle glissait son bras sous le sien. Aimerait-il ? C'est lui qui l'a invitée, après tout. Mais il ne fait pas attention à elle, alors elle aussi promène son regard sur toutes les personnes présentes.

— Est-ce André, là ? demande Lee, désignant de la tête un homme debout à l'autre bout de la pièce, avec d'épais cheveux bruns ondulés qu'il porte coiffés en arrière. Il discute avec un homme de petite taille et une très grande et superbe femme aux cheveux blonds bouclés, ramassés en un chignon sur la nuque. Sur le chemin de la librairie, Man lui a dressé un rapide portrait des gens qui seraient présents, une suite de noms d'hommes qu'elle s'efforce de se rappeler. André, c'est André Breton, et Lee le dévisage, pense à ce que Man lui a dit à son sujet : politique, collectionne les masques, égocentrique.

— Oui, c'est André, dit Ray, et près de lui, Tristan. C'est avec lui que je fais le journal. La fille, c'est Tatiana Ia… Iakovenka ? Illovenka ? – Man hausse les épaules. – Ces noms russes, je n'arrive jamais à les mémoriser correctement. On l'appelle Tata. Elle sort beaucoup, surtout avec Maïakovski. Vous ne connaissez pas André ? Venez, je vais vous présenter.

Lee suit Man et cherche ce qu'elle pourrait dire d'intelligent. Tristan ouvre le cercle et serre la main de Man.

— On craignait que tu ne viennes pas, dit-il.

— Tu plaisantes ? dit Man puis il se tourne légèrement vers Lee. André, Tristan, ma nouvelle assistante, Lee Miller.

Tristan et André lui adressent un signe de tête poli et Tristan se saisit de la main gantée de Lee, fait mine d'y déposer un baiser puis s'avance pour l'embrasser sur les deux joues. Tata se contente de la regarder fixement, lèvres rouge vif resserrées en une moue charmante.

— Enchantée, dit Lee aux deux hommes avec un sourire, mais, en vérité, elle est déçue.

La « nouvelle » assistante de Man. Venant après une longue série, sans doute, probablement toutes des femmes. Lee se dit qu'elle devrait peut-être flirter avec ces hommes, pour que Man remarque le pouvoir qu'elle a sur eux, mais avant qu'elle puisse passer à l'acte, un chatouillement lui irrite le fond de la gorge. Elle s'efforce de le chasser en avalant sa salive à plusieurs reprises, mais la sensation s'amplifie et, après avoir avalé encore plusieurs fois, elle n'y tient plus : elle s'écarte du groupe et pliée en deux, tousse violemment dans son mouchoir. Man a l'air inquiet, lui propose un verre d'eau, mais elle refuse d'un geste, incapable de parler. Elle finit par articuler un mot – « Toilettes », d'une voix étranglée – et Tata pointe un doigt élégant dans la bonne direction.

Lee verrouille la porte et tousse seule, tout son saoul. Quand elle s'en est remise – après avoir fait de son mieux pour réparer les dégâts de l'eye-liner qui a coulé autour de ses yeux et attendu que les rougeurs disparaissent de ses joues –, elle ouvre la porte ; plusieurs personnes font la queue dans l'étroit couloir, manifestement agacées d'avoir dû attendre si longtemps. Lee se glisse sur le côté pour passer, voulant s'excuser auprès de chacun. Dans l'embrasure de la porte menant à la librairie, un homme nonchalamment appuyé contre le mur lui barre le passage. Il porte une veste blanche boutonnée jusqu'au cou, comme un cuisinier, avec un pins épinglé sur sa poitrine où il est écrit de façon peu soignée « Demandez-moi mes raisons ».

— Excusez-moi, lui dit Lee.

L'homme ne bouge pas d'un pouce.

— Excusez-moi, répète Lee, et comme l'homme ne bouge toujours pas, elle redresse les épaules et lui dit : D'accord, quelles sont vos raisons ?

Il a un long nez crochu, des poches sombres sous les yeux et les cheveux coupés ras, mais avec, ici et là, des touffes de cheveux, comme s'ils avaient été taillés aux ciseaux. Il la dévisage avec insistance.

— Un rêve d'enfance. Un masque. Un mensonge, dit-il d'une voix profonde et rauque, et Lee, confuse, recule d'un pas.

— Bon, d'accord, dit-elle.

— L'art. La danse de l'invisible.

Sa bouche s'étire de biais, formant un ovale étrange lorsqu'il parle, et ses lèvres sont si pâles qu'elles se fondent au point de presque disparaître dans son visage blafard.

Lee se demande s'il est fou. Elle fait semblant de tousser comme excuse pour lui échapper et force le passage pour entrer dans la salle où Man, qui l'aperçoit presque immédiatement, s'avance vers elle.

— Vous allez bien ? demande-t-il. Vous avez été partie un bon bout de temps. La lecture est sur le point de commencer.

Lee est contente de voir son visage familier.

— Ça va. Sauf que dans le couloir, j'ai croisé un type vraiment bizarre, il porte un pins où il est écrit « Demandez-moi mes raisons » et j'ai fait l'erreur de lui demander. Je pense qu'il doit être fou.

Man se met sur la pointe des pieds pour regarder du côté d'où vient Lee. Il rit.

— Vous parlez de Claude ?

Lee suit son regard et voit l'homme qui traverse la librairie pour se diriger vers la petite estrade.

— Oui, c'est lui. J'imagine qu'on repère facilement la seule personne affichant une telle inscription sur sa tenue.

Man laisse échapper un petit rire.

— Claude est une femme.
— Non.
— Si, jubile-t-il presque. Je ne le savais pas non plus. C'est ce qu'elle veut. Elle joue un rôle en permanence. André lui demande régulièrement de l'intégrer au groupe mais elle ne veut pas nous rejoindre officiellement. Elle est très talentueuse. Elle écrit, fait de la photo. Je suis très admiratif de ses autoportraits, je dois dire.

Avant que Lee ait le temps de répondre, André monte sur la scène improvisée au bout de la salle, et chacun se déplace, prend un siège et s'installe. Quelques poètes interviennent à tour de rôle. Lee s'efforce d'écouter avec attention, mais, même quand elle n'est pas souffrante, elle a du mal à se concentrer sur la poésie : son esprit arrive à se fixer sur quelques vers puis s'égare, et quelques minutes s'écoulent avant qu'elle ne se rende compte qu'elle pense à son petit-déjeuner, à une conversation avec un chauffeur de taxi, ou à une paire de chaussures aperçue dans une vitrine. Elle regarde Man à la dérobée. Il est penché en avant, les coudes sur les genoux, les poches de sa veste déformées sous le poids de tout ce qu'il y met. Il a les mains jointes, le menton appuyé dessus, et il y a, dans sa façon de se tenir, quelque chose que Lee admire et qui la conduit à fixer de nouveau son attention sur les lecteurs. Une mer sombre, Ulysse, les chants des sirènes comme des cloches retentissant sur l'eau. Elle trouve le poème très beau, maintenant qu'elle écoute. Ulysse enroule la chevelure des sirènes autour de son cou, la chevelure est musique, mais soudain ça l'étrangle, la mer l'entraîne au fond et le poème prend fin.

Puis c'est Claude qui entre en scène. Elle – Lee a encore du mal à croire que c'est une femme – saute sur l'estrade, reste un moment silencieuse, tout en regardant l'assistance. Et là, sa voix rauque, profonde résonne dans toute la salle.

— *Que… puis-je… faire ?* crie-t-elle, obtenant immédiatement l'attention de tous.

Tout le monde se tait.

Confondre une auréole et des éclaboussures ?
Refusant de me cogner aux murs, me cogner aux vitres ?

Ses yeux se plissent jusqu'à n'être plus que des fentes, sa bouche est comme un trou noir dans son visage blafard.

Dans la nuit noire en attendant d'y voir clair, je veux me traquer, me débattre
Je ne voudrais coudre, piquer, tuer, qu'avec l'extrême pointe.
Le reste du corps, la suite, quelle perte de temps !
Ne voyager qu'à la proue de moi-même.

Claude s'arrête, allume une cigarette. Personne ne bouge et Lee sent qu'elle retient son souffle dans sa poitrine, son rhume est oublié, c'est comme si ses yeux ne s'humectaient que pour donner plus de clarté à la scène. Claude fait un rond de fumée qui reste en suspension dans l'air, l'aspire à nouveau dans sa bouche, puis se retourne et enlève sa veste, sous laquelle, épinglée au dos de sa chemise, on peut voir une photo de son visage partagé en deux avec, d'un côté, un œil charbonneux et la bouche peinte d'un rouge à lèvres soulignant l'arc de Cupidon, tandis que l'autre côté est blanc et nu. À la fois homme et femme, ni homme ni femme. Claude reste un moment immobile pour que chacun puisse le voir, puis, en passant son bras dans le dos, elle enlève la photo, la déchire en deux parties bien nettes et la laisse tomber par terre avant de sortir de scène sous les applaudissements de l'assistance.

Plus tard, revenant de la soirée, Lee arrive à bien respirer par le nez pour la première fois depuis des jours et à sentir les odeurs – un feu, ou des châtaignes en train de griller, croit-elle, avant de se souvenir que les châtaignes, c'est à New York, et que Paris doit avoir ses propres senteurs hivernales qu'elle ne peut pas encore identifier. Sa contrariété eu égard à la façon dont Man l'a présentée à ses amis s'est estompée, elle est détendue, heureuse.

Man, qui marche à côté d'elle, règle son pas sur le sien.

— J'ai adoré cette soirée, dit Lee, puis, plus doucement : Merci de m'avoir invitée.

— Je vous en prie. J'ai bien aimé le nouveau poème de Tristan. Sur la grenouille.

Lee ne se souvient pas du poème de Tristan.

— J'ai particulièrement aimé celui de Claude. « Voyager à la proue de moi-même. » C'est beau, non ?

— Oui. C'est précisément ce que visait André dans le *Manifeste*, dit Man, et il se lance dans un long monologue sur le Surréalisme que Lee a déjà entendu.

« La proue de moi-même », pense-t-elle. Lee n'est pas sûre – ou se moque un peu – d'avoir parfaitement compris ce que Claude voulait exprimer, mais elle voudrait être la femme que ces mots ont évoquée pour elle : seule mais pas esseulée, n'ayant besoin de personne, ayant une raison de vivre.

— Je crois que ce que j'ai aimé chez Claude, reprend Lee après que Man s'est tu, c'est qu'elle semblait se moquer qu'on l'aime ou pas.

— Je ne pense pas qu'il soit ici question de l'aimer.

— Ce que je veux dire c'est que… – Lee est frustrée d'avoir tant de mal à s'exprimer. – Je… Je ne sais pas… Elle est tellement laide.

Man rit et Lee continue.

— Ce n'est pas ce que je voulais dire. Arrêtez de vous moquer de moi.

— Et pourquoi donc ? dit Man, mais gentiment, et en traversant une rue, elle observe qu'ils marchent exactement du même pas.

En silence, le temps de se retrouver non loin de chez eux, où les rues, les magasins fermés, dans le noir à une heure aussi tardive, commencent à leur être familiers.

— Seigneur, dit Lee, puis elle éternue plusieurs fois de suite, sort un mouchoir de son sac et s'en tamponne le visage.

— Ma pauvre, dit Man, et il sort son propre mouchoir pour le lui offrir. Je vous ai retenue trop longtemps. Allez, je vous ramène chez vous. Vous n'habitez pas loin, n'est-ce pas ?

— À deux rues d'ici.

Lee serre fort le mouchoir de Man dans sa main. Lorsqu'ils arrivent à la porte de son hôtel, Man lui demande :

— Ça va aller ?

— Mais oui.

Il hoche la tête, apparemment pas très convaincu.

— Ma mère recommandait toujours un grog bien chaud et une petite laine autour du cou. Je laisse toujours tomber la petite laine mais le grog, ça aide. Ici ils le font avec du Lillet.

— Ça ne doit pas être mauvais.

— Je peux aller vous en chercher un. – Man jette un coup d'œil dans la rue déserte. – Il y a un bistrot aux volets clos à quelques portes de là.

— Ça va aller, dit-elle avec un sourire forcé. J'ai juste besoin d'une bonne nuit de sommeil.

— Bien sûr.

Ils se tiennent l'un et l'autre sur la même marche, observant un silence gêné que Lee vient briser par une nouvelle quinte de toux. Elle se détourne, introduit sa clé dans la serrure puis lui fait un signe de la main, ne sachant quoi dire.

— Restez au lit demain, si vous ne vous sentez pas mieux, dit-il. Ne vous en faites pas pour le travail.

Lee verrouille la porte derrière elle, s'appuie contre le battant et, inexplicablement, ses yeux se remplissent de larmes. Elle remonte tant bien que mal le couloir sombre qui mène à sa chambre en reniflant, se débarrasse de ses vêtements et se glisse sous les couvertures, l'oreiller tout frais contre sa joue chaude est très vite mouillé par les larmes qui continuent de couler.

Elle est réveillée par un bruit de voix sans savoir combien de temps s'est écoulé. C'est en bas que ça se passe, dans le vestibule ; la propriétaire de l'hôtel, Madame Masson, discute avec quelqu'un en chuchotant très fort. Lee se retourne et essaie de se rendormir, mais elle en est empêchée par un coup frappé à la porte de sa chambre. Elle s'enveloppe dans une couverture pour aller ouvrir et se retrouve nez à nez avec Madame Masson.

— Ah, vous êtes réveillée, dit Madame Masson. Un homme a apporté ça pour vous.

Elle lui tend une tasse. Lee, confuse et un peu endormie, lui prend la tasse.

— Il est toujours là ?

— Je l'ai renvoyé. Il est trop tard pour les visiteurs, réplique-t-elle avec un reniflement désapprobateur.

Lee emporte sa tasse à la fenêtre et regarde en bas dans la rue, obscure et déserte.

De retour dans son lit, elle tient la tasse entre ses mains. Du Lillet et du whiskey, doux et amers l'un et l'autre. À son grand dam et tout en le buvant à petites gorgées, elle sent que ses yeux s'embuent de larmes pour la deuxième fois de la soirée. Lee imagine Man transportant la tasse dans la rue, le liquide se renversant dans la sous-tasse. La délicatesse du geste. Même si le grog a refroidi, l'alcool diffuse sa chaleur dans tout son corps.

Au matin, Lee ne va pas mieux. Bien que la pièce soit glaciale, ses draps sont trempés de sueur. Quand le timide soleil de janvier est suffisamment haut dans le ciel pour que la lumière filtre à travers les rideaux,

Lee serre la ceinture de sa robe de chambre froissée et descend à la cuisine, vacillant sur ses jambes, abattue, s'apitoyant sur son sort. Elle met la bouilloire sur le feu et rince la tasse apportée par Man pour pouvoir s'en resservir.

Il fait froid dans la cuisine et, dans l'évier, il y a la vaisselle de quelqu'un d'autre. Comme Lee ne supporte pas la saleté, elle prend sa tasse et retourne à sa chambre, mais là, alors qu'elle s'apprête à monter l'escalier, Madame Masson l'appelle depuis son bureau et lui dit qu'elle a du courrier.

Du courrier ! Une lettre de sa meilleure amie, Tanja, et une autre enveloppe, plus petite et plus mince, sur laquelle Lee, étonnée, reconnaît l'écriture de son père. Elle n'a pas eu de ses nouvelles depuis le télégramme concernant la publicité pour Kotex. Mais c'est bien son écriture sur l'enveloppe couleur crème, aussi haute et anguleuse que lui. Lee emporte la lettre à l'étage et se recouche.

Elle est curieuse de savoir ce que lui écrit son père, mais elle commence par la lettre de Tanja, plusieurs pages d'une graphie irrégulière, comme si elle l'avait écrite à la va-vite, dans un train. Tanja n'a quasiment pas cessé de parcourir l'Europe depuis que Lee est à Paris, en compagnie d'un chaperon nommé Mrs Basingthwaite. Ses lettres se lisent comme des extraits d'un roman d'Anita Loos, décousues, pleines de ragots.

La semaine dernière, j'ai fait ce voyage en voiture affreusement pénible à travers le sud de l'Espagne avec un homme que j'ai rencontré à Séville. Nous sommes allés à Ronda (je n'arrive pas à me souvenir ; tu connais ? C'est magnifique – ce pont !), mais ce type conduisait comme si l'on faisait la course sur une banale route de campagne et non à flanc de montagne, quasiment les ongles accrochés à la paroi. Et pendant tout ce temps il avait sur les genoux ce que je croyais être des jumelles de théâtre, ce que j'ai trouvé bizarre, parce que, qu'est-ce qu'il allait en faire ? Observer les oiseaux sur la route ? Mais il a dévissé une des lentilles et il a bu une énorme gorgée ! C'est alors que je me suis dit que Mrs Basingthwaite n'était peut-être pas si zinzin après tout et que je devrais interroger un peu plus sérieusement mes compagnons de voyage avant de me lancer dans des rallyes automobiles internationaux avec eux.

Lee éclate de rire, ce qui déclenche une quinte de toux, si bien qu'elle doit reposer la lettre un instant pour aller se chercher un mouchoir. Elle peut presque imaginer son amie assise sur le lit à côté d'elle, tout sourire, repoussant quelques mèches de ses cheveux bruns derrière les oreilles.

Lee a été plus circonspecte dans ses propres lettres à Tanja. Elle avait commencé la dernière, une semaine environ auparavant, par une description de sa nouvelle vie, mais en écrivant, lui était venue l'histoire de cette étrange aristocrate qui vit au même étage qu'elle à l'hôtel ; ensuite elle était passée à la description de la séance de photos que Man a prises d'un véritable aristocrate, puis des photos que Man a réalisées de Duchamp, puis des habitudes de travail de Man, ce qui fait que pour finir, Lee avait rempli quatre pages et cité dix-sept fois le nom de ce dernier. Elle avait donc déchiré la lettre et en avait recommencé une, plus retenue, dans laquelle elle expliquait une nouvelle technique apprise pour le travail au studio et ne mentionnait qu'une seule fois le nom de Man, pour dire que c'était un excellent professeur. À la fin de sa lettre, Tanja y revient.

Je suis contente pour toi. Je suis ravie que ça se passe bien. Quand tu as quitté New York, je ne pensais pas que c'était une bonne idée. Ta vie là-bas était merveilleuse et je t'imaginais à Paris, seule sans le sou dans une ruelle, accro à l'opium. C'est un peu excessif, je te l'accorde, mais je me faisais du souci pour toi. En tout cas, si j'en crois tout ce que tu m'as écrit, on dirait que tu as fait le bon choix. Tu fais ce dont tu as toujours rêvé et je suis ravie que tu aies trouvé un endroit où te former auprès d'un homme aussi talentueux que Man Ray.

Lee finit son thé puis ouvre la lettre de son père. Un seul feuillet, recto verso, commençant par des propos aimables. L'illumination de Noël des arbres de Poughkeepsie a été un grand succès et son frère Erik a bénéficié d'une promotion au poste de conseiller technique chez Carrier où il est responsable d'un département entier. Lee passe au verso et poursuit sa lecture.

Tes frères et moi sommes allés au cimetière sur la tombe de ta mère le mois dernier, et nous avons tous bien regretté que tu ne sois pas là. J'ai dit quelques mots pour qu'Ellen sache que tu penses à elle, même si tu es bien loin.

Nous pensons beaucoup à toi et espérons que tu vas bien. Je dis à tout le monde qu'on verra bientôt tes photos dans tous les magazines, comme tu nous l'as dit. Quand il y en aura une de publiée, préviens-moi pour que je ne la manque pas. À propos de publications, quelques photos de moi sont parues dans un petit journal édité par la Société d'architecture de Poughkeepsie – des vues récentes que j'ai prises du bel immeuble de Dow sur Cannon Street. J'espère que ça m'amènera d'autres commandes et je te joins quelques exemplaires pour que tu voies mon travail.

Lee essuie avec son mouchoir son nez qui coule. Elle se sent vaguement coupable de ne pas avoir été sur la tombe de sa mère, mais surtout parce que son père a dû s'en attrister. Lee et sa mère n'ont jamais été proches et, quand Lee a commencé à être mannequin, Ellen est devenue très jalouse de la beauté et des succès de sa fille.

Mais ce ne sont pas les lignes concernant Ellen qui embêtent Lee ; c'est le passage où son père lui annonce que ses photos ont été publiées. Elle le relit, sans même regarder ses photos qui sont toujours dans l'enveloppe. Les travaux de son père publiés avant les siens. C'est bien lui, ça, d'avoir attendu pour lui écrire d'avoir quelque chose à lui annoncer le concernant. Et sans lui poser la moindre question, partant du principe qu'elle n'a encore rien publié, remuant le couteau dans la plaie en lui rappelant que tout le monde, chez elle, attend qu'elle réussisse. Elle le déçoit, pense-t-elle, et la colère et l'envie qui lui sont venues en le lisant cèdent la place à la frustration.

Lee repense aux mois écoulés, au fait qu'elle ne s'est toujours pas décidée à se servir de la chambre noire de Man. Qu'attend-elle ? Être son assistante est devenu une sorte de routine, son travail personnel reste sur des rouleaux de films non développés. C'est idiot. *Je vais voyager à la proue de moi-même*, se dit Lee, et elle ressort du lit, va dans le couloir où elle compose le numéro de téléphone du studio de Man et attend, impatiente. Il finit par répondre.

— Je voulais vous remercier de m'avoir apporté ce grog hier soir, dit Lee, la voix rauque et enrouée.

— Ce n'est rien. Comment vous sentez-vous ?

— Pas très bien, mais je suis sûre que ça va vite aller mieux, dit-elle. – Puis, après s'être éclairci la voix : Je voulais vous demander… quand je serai de retour, s'il y a un jour peu chargé, où on n'a pas trop de rendez-vous, il y a quelques films que j'aimerais développer si ça ne vous dérange pas.

Elle déteste le ton obséquieux qu'elle a pris, se promet de ne pas recommencer.

— Je crois vous l'avoir déjà dit. Vous pouvez utiliser la chambre noire quand vous voulez.

Est-ce que son ton est intéressé ou condescendant ? Lee ne saurait dire, si bien qu'elle continue :

— Oui, c'est vrai, vous me l'avez dit. Je n'ai que quelques rouleaux. Je pense savoir comment m'y prendre. Je n'aurai pas besoin de votre aide.

— Vous l'avez déjà fait ?

— Mon père m'a montré plusieurs fois…

— Mais vous ne l'avez jamais fait seule ?

— Non, seule, non.

— Ah ! – Même au téléphone, le ton de sa voix est suffisant. – Ces photos sont-elles importantes ?

Lee repense à ce qu'elle a photographié l'autre jour, lors de sa balade dans la ville.

— Pour moi, oui.

— Je devrais peut-être les développer pour vous, ensuite vous pourrez en faire un tirage.

— Comment apprendrai-je si vous le faites pour moi ?

Un silence sur la ligne, puis :

— Vous avez raison. Laissez-moi vous aider pour la première fois. Apprendre à un homme à pêcher si vous voyez ce que je veux dire.

— Merci.

Lee avale sa salive ce qui la fait tousser et l'oblige à écarter le combiné de sa bouche. Quand elle le rapproche à nouveau de son oreille, elle entend Man lui demander si elle a besoin de quelque chose.

— Non, non, tout va bien.

Ils restent en ligne encore quelques secondes, le silence est lourd, presque palpable.

— Merci encore pour le grog, dit-elle pour finir.

— Je vous en prie.

Elle pense à la distance qu'il a dû parcourir pour le trouver, ce qu'il a fallu raconter pour pouvoir emporter la tasse.

— Il était délicieux.

— Prenez soin de vous, Lee, dit Man, et en raccrochant elle se rend compte que c'est la première fois qu'il l'appelle par son prénom.

9

Le lendemain, Lee se réveille avec l'esprit clair et elle vit comme un cadeau le fait d'avoir l'énergie de vaquer à ses occupations quotidiennes. Pourquoi, quand elle est en bonne santé, ne l'apprécie-t-elle pas davantage ? Elle chantonne tout en se préparant pour aller au studio, descend avec légèreté les marches de l'entrée de son hôtel, ses films au chaud dans son sac. Tout en marchant, elle admire l'effet que font ses nouvelles chaussures en daim sur le pavé.

C'est une splendide journée d'hiver, Paris s'offre à elle, l'air est vif, tonifiant. Au coin de l'avenue du Maine et de la rue des Plantes, elle s'arrête devant son vendeur ambulant préféré, lui achète un croque-monsieur, et enlève ses gants avant d'ôter l'enveloppe de papier sulfurisé. Tout en le mangeant, elle se sent pleine de vie et de bienveillance. Man n'a plus beaucoup de son papier à tirage préféré, et il lui faut faire un détour de plus d'un kilomètre pour aller en acheter, mais il sera ravi qu'elle s'en soit occupée pour lui, si bien qu'elle se dirige vers le quinzième arrondissement, toute contente d'y avoir pensé. Elle prend un raccourci par le passage de Dantzig et s'arrête pour regarder la Ruche, son vieux bâtiment octogonal et ses énormes marquises suspendues au-dessus des fenêtres semblables à des paupières mi-closes. Comme toujours, il y a un petit groupe de gens devant la grille. Des mendiants, des ivrognes surtout, mais parfois aussi des artistes rentrés chez eux trop tard pour pouvoir accéder aux ateliers. Lee traverse le passage et pose le reste de son croque-monsieur à côté d'un homme qui dort sous une grossière couverture marron. Elle se dit que ça pourrait être elle. Si Man ne l'avait pas embauchée, elle vivrait peut-être sans loyer à payer, mais dans la misère avec les autres artistes de la Ruche. Elle met la main dans son sac, palpe ses bobines et s'estime terriblement chanceuse.

C'est en fin d'après-midi que Man se déclare prêt à aider Lee à développer son film. Elle l'attend dans le vestibule, aussi excitée qu'un jour de rentrée scolaire. La chambre noire, presque au bout du couloir, était à l'origine un placard à balais. Dedans, Man a accroché une planche au mur à hauteur d'un comptoir. Il ferme la porte et tire un épais rideau noir, l'arrange en sorte qu'il soit parfaitement réparti. L'espace est si étroit que Lee frôle Man même lorsqu'elle s'appuie contre le mur. Elle se racle la langue avec ses dents, un tic nerveux, et essaie de lui donner la place de se mouvoir.

Man adopte une attitude professorale.

— La lumière est notre outil, dit-il. Le film n'est qu'une surface censée capter et retenir la lumière, mais tant que le film n'est pas développé, toute lumière supplémentaire est l'ennemie.

Tout en parlant, il prépare les fournitures qu'il pose sur la table où il a collé du papier adhésif noir pour marquer leur place.

— Toujours tout placer dans le même ordre. Sinon, en tâtonnant pour trouver une chose vous risquez d'en faire tomber une autre. Placez ce dont vous aurez besoin dans l'ordre où vous allez l'utiliser : film, ouvre-boîte, ciseaux, minuteur, révélateur, bain d'arrêt, fixateur, bain de rinçage.

Il lui touche l'épaule et bouge derrière elle en une danse maladroite dans ce réduit.

— Avant d'éteindre la lampe, posez vos mains sur les fournitures et fermez les yeux pour vous rappeler leur emplacement.

Les yeux clos, Lee passe sa main sur tous les objets. La pièce est silencieuse à l'exception du sifflement de la mèche de la lampe.

— Prête ? demande Man, et comme elle répond par l'affirmative, il passe son bras derrière elle pour éteindre la lampe.

La flamme se réduit à un point incandescent avant de mourir. Une odeur de fumée emplit la pièce. Certes, elle savait qu'ils devaient être dans le noir le plus complet, mais c'est pire qu'elle ne l'imaginait, une obscurité dense, vivante et plus chaude que lorsque la pièce est éclairée. Elle sent Man derrière elle, mais ne peut pas le voir. Ses mains voltigent au-dessus des siennes, la chaleur irradiant de sa peau.

— Je veux que ça vous devienne instinctif. C'est là que les ennuis commencent pour la plupart des photographes. Vous pouvez prendre les meilleures photos du monde, mais ça ne vous servira à rien si vous n'arrivez pas à les développer correctement.

La main de Lee est sur la boîte, celle de Man juste au-dessus de la sienne, et elle change de prise en sorte que le dos de sa main effleure la paume de la sienne. Elle n'a pas plus tôt fait ce geste qu'il pose carrément sa main sur la sienne, qu'il a chaude, la peau sèche, même un peu rêche, et là, elle n'arrive plus à penser qu'à sa main, à son contact. C'est aussi simple que cela : d'abord, elle ne pense pas à lui, puis elle pense à lui. Il faut qu'elle secoue la tête pour fixer son attention sur ce qu'il est en train de dire.

— Prenez l'ouvre-boîte et ouvrez l'étui du film, dit-il.

Lee suit ses instructions. Elle doit s'y reprendre à plusieurs fois avant de placer correctement le levier dans le rebord de l'étui, mais elle y parvient, le couvercle saute avec un bruit métallique.

— Bien dit-il. Maintenant, sortez la pellicule, mais faites attention à ne pas y laisser de traces de doigts. Vous en sentez l'amorce ? C'est le point de départ. Il faut la couper, puis tenir la pellicule par les deux bouts pour pouvoir la plonger dans les cuves de développement.

Elle tâtonne pour trouver les ciseaux dans le noir. Man s'éloigne un tout petit peu d'elle afin de lui laisser de la place.

— Je crois que j'y suis arrivée, dit-elle.

Elle sent son souffle, sent l'odeur boisée de son after-shave, maintenant que la fumée s'est dissipée, et il est obligé de l'étreindre pour l'aider, et vérifier son travail. C'est si intime… elle n'avait pas saisi que ce serait aussi intime. Elle pourrait si facilement se retourner et lui faire face. Une partie d'elle-même est curieuse de savoir ce qui se passerait si elle le faisait, ce qu'elle ressentirait si elle le touchait vraiment. Mais l'obscurité lui joue des tours. Ce qu'elle veut, ce sont ses photos, et qu'elles soient bonnes.

— Parfait, dit-il. Maintenant, lancez le minuteur, plongez le film dans le révélateur et agitez-le en sorte qu'il reçoive la même quantité de produit partout. Quelques minutes devraient suffire. Je compte habituellement jusqu'à 200, puis je le mets dans le bain d'arrêt.

Elle suit ses instructions, cherche le minuteur dans le noir, le met en marche, puis trouve les deux extrémités du film et s'efforce de l'agiter doucement dans l'eau. Mais lorsque le film est humide, il devient glissant et, alors qu'elle essaye de changer de prise, il lui échappe des mains et tombe par terre.

— Oh, zut !

Elle a honte et, n'était l'obscurité, il verrait qu'elle est toute rouge.

— Ce n'est pas grave, dit-il, patient. Ne bougez pas. Il ne faut surtout pas marcher dessus.

— Mais maintenant le film doit être plein de poussière et…

Il s'est accroupi derrière elle à la hauteur de ses cuisses et elle l'entend tâtonner partout sur le sol. Lee reste aussi immobile et silencieuse que possible, ne voulant surtout pas bouger, douloureusement consciente de l'endroit où se trouve sa tête.

— Ce n'est pas grave. Ce n'est pas le pire.

Lee prend une grande inspiration.

— C'est quoi, le pire ?

— Le pire, c'est quand on vous a commandé des photos de Pablo Picasso, que vous obtenez ce que vous pensez être les meilleurs clichés de votre carrière et que vous vous débrouillez pour mélanger le révélateur et le bain d'arrêt, si bien que pas une photo, pas une seule, se révèle utilisable.

Entre-temps, il a retrouvé le film. Il se relève, et de sa main libre lui palpe l'avant-bras jusqu'à ce qu'il trouve sa main ; le contact la fait frissonner. Comme il la retient un moment qui lui semble un brin trop long, elle reste parfaitement immobile, attend, et enfin, il lui rend le film.

— Comment vous en êtes-vous sorti ? demande-t-elle.

— J'ai invité le Maître à boire un verre dans son bar préféré et je l'ai supplié de me laisser prendre des photos de lui à son domicile le lendemain.

— Et il a accepté ?

— Ma foi oui. Je vous les montrerai à l'occasion.

Lee, qui a le film en main à présent, le replonge dans le bac. Le minuteur résonne comme un troisième battement de cœur entre eux. Elle pousse un grand soupir.

— On y est presque. Encore une minute, peut-être, ensuite vous mettez la pellicule dans le fixateur.

Pendant qu'elle s'exécute il pose à nouveau ses mains sur les siennes. La sensation est moins vive, à présent. Elle le laisse la guider, et le film remue en douceur sous leurs mains. Quelques minutes seulement, qui paraissent plus longues. Quand ils posent le film dans le bain final, le minuteur s'est arrêté, la pièce est plongée dans le silence.

— Bon travail, dit Man.

Dans le noir, Lee sourit.

Sans vraiment réfléchir, elle bat l'air de sa main pour trouver la sienne et la serre.

— Merci, dit-elle

— De rien. Vous êtes là pour apprendre aussi bien que pour travailler.

— Je sais… Mais merci quand même.

— Je vous en prie.

Sa voix est calme, elle en aime le son légèrement rauque. Elle voudrait ajouter quelque chose, mais rien ne vient, et il finit par dire :

— On allume ? Vous êtes prête ?

— Prête, dit-elle, mais elle n'est pas prête du tout. Elle voudrait qu'ils puissent rester des heures dans cette chambre noire. Man se retourne, et elle jurerait qu'il l'a inutilement effleurée. Il tire le rideau, ouvre la porte, elle est éblouie par la lumière. C'est comme sortir du cinéma après un film et que ça fait tout drôle de retrouver la lumière du jour telle qu'on l'a quittée.

Dans le vestibule bien éclairé, elle regarde Man. Il a des sillons de chaque côté de la bouche qu'elle n'a jamais remarqués auparavant et, comme il baisse la tête un instant, elle observe le soin qu'il a apporté à sa raie. Elle l'imagine devant le miroir de sa salle de bains, faisant sa toilette du matin. Il y a quelque chose de si intime et de si vulnérable dans cette ligne blanche sur son crâne qu'une forte émotion l'envahit, qui la contraint à détourner les yeux et à regarder le sol.

— J'ai encore quelques bobines à développer, dit-elle à la moquette.

— Oui. Avez-vous encore besoin de mon aide ?

Le ton qu'il a employé est très professionnel, il agite sa montre sur son poignet et y jette un coup d'œil.

Elle ne sait trop que penser. Il avait l'air si empressé de lui apporter son aide, et maintenant on dirait qu'il a hâte de la quitter.

— Non, j'y arriverai.

— Bien. Je dois… Je serai dans mon bureau si vous avez besoin de moi.

Il tourne les talons et disparaît au fond du couloir.

Lee retourne dans la chambre noire. Une partie d'elle-même aurait voulu demander à Man de l'aider encore. Elle pense à son corps derrière le sien. Il y a quelque chose d'électrique chez lui, une énergie particulière qui donne envie aux gens d'être proches de lui. Mais il ne s'intéresse pas à elle. Une chose est sûre : elle sait quand un homme s'intéresse à elle, et, à l'exception du jour où il lui a apporté le grog, aucun des signes auxquels elle est habituée ne lui est venu de Man.

Lee ouvre la deuxième pellicule, puis plonge le film dans le révélateur, allant et venant dans le bac en un mouvement bien régulier. Quand elle a fini de développer toutes ses bobines, elle rallume et élève les films pour les voir à la lumière du plafonnier. Quelques-unes des images au début et à la fin semblent sous-exposées, mais elle en compte au moins cinq ou six qui sont nettes. Il y a notamment la photo du bassin du Luxembourg, celle de la main de la femme, couleurs inversées si bien que le canard est une tache blanche sur de l'eau noire et que les ongles de la femme sont des points sombres contre le blanc brillant de ses cheveux. Lee ne sait pas encore si elles sont bonnes, mais la seule chose qui compte pour elle, à cet instant, c'est que ce sont les siennes.

Elle suspend le film à une corde à linge pour le faire sécher, surprise de découvrir qu'il est déjà cinq heures. La journée a passé vite. Comme elle retourne dans le studio, puis dans le bureau de Man, elle décide de lui proposer d'aller boire un verre avec lui, pour célébrer ce petit pas sur la voie de la réalisation de son rêve, les premières photos qu'elle a développées elle-même. Pourquoi pas ? Mais le bureau est vide, de même que le salon. Son entrain disparaît en un clin d'œil, comme l'air s'échappant d'un ballon percé. Elle aurait tellement voulu partager ce sentiment avec quelqu'un. Man est peut-être juste sorti acheter des cigarettes.

Pour passer le temps, elle examine les livres de la bibliothèque. Il y a des dizaines de revues d'art et de littérature, une étagère avec une collection de classiques dont elle est presque sûre que Man ne les a pas lus, quelques romans. Il y a même une édition de *L'Amant de Lady Chatterley*, dont elle a entendu parler à voix basse, et elle est choquée de voir que Man en possède un exemplaire. Elle est un peu tentée de le feuilleter pour en trouver les passages croustillants mais imagine aussitôt ce qu'elle ressentirait s'il la surprenait.

Du coup, elle s'allonge sur le canapé et regarde le plafond. Il y a eu beaucoup d'hommes dans la vie de Lee. Plus qu'elle ne l'admettrait en bonne compagnie, plus qu'elle ne l'admettrait devant ses amis proches. Quand elle avait quatorze ans, elle a rencontré un garçon qui s'appelait Harry à la boulangerie du centre-ville de Poughkeepsie. Elle achetait des petits pains pour le dîner du dimanche, il était dans la queue derrière elle, il avait des yeux noisette bordés de longs cils noirs. Ce n'était pas la première fois qu'elle se rendait compte de son pouvoir sur les hommes, mais c'était la première fois qu'elle s'en était servie consciemment, n'éprouvant aucune gêne à lui demander s'il voulait venir la retrouver devant l'école le lendemain à l'heure du déjeuner. Avec Harry, elle a découvert que ce qu'elle avait lu sur le flirt dans les romans de gare marchait bien, si bien qu'elle s'est mordu la lèvre, a battu des cils, posé gentiment sa main sur son avant-bras pendant qu'ils marchaient et lui a dit qu'il avait l'air fort. Ils sont allés dans un grenier à foin abandonné dans les bois derrière l'école, et elle a aimé sentir le corps mince du jeune homme se presser contre ses jambes. Elle l'a touché partout, curieuse, mais aussi étrangement détachée, comme si elle flottait au-dessus de leurs deux corps, s'observant elle-même, disant, *Alors c'est à ça que ressemble le ventre d'un garçon, c'est ce que ça fait, des mains qui vous courent le long du dos*. Ils se sont contentés de flirter, mais le souvenir en est resté, bien vivant. Lee attend presque une heure le retour de Man. Finalement, trop surexcitée pour rester allongée plus longtemps, elle décide de sortir, seule.

Il y a un bar à quelques rues de là qui s'appelle Le Bateau ivre, dans une maison qui porte bien son nom : ramassée, ventrue et un peu bancale comme un homme qui ne tient pas l'alcool. Man lui en a parlé. C'est un de ses bars favoris, mais elle se dit qu'elle y va sans espoir de l'y voir, qu'elle le choisit par commodité plus que pour une autre raison. Il y a six tables en terrasse, inoccupées par ce froid, et à l'intérieur, pas de clients non plus. Il a été décoré, il y a plusieurs dizaines d'années, en sorte de ressembler à un bateau

de plaisance, et Lee grimpe l'escalier e
mène au premier étage, où la serveuse,
maigre comme un fil, en robe grise et tabl
assise au bar avec un verre de vin.

Lee s'assoit à quelques tabourets d'elle et ô
cha-
peau. Elle pose son Rollei sur le comptoir et passe sa main dessus, une habitude qu'elle a prise, réconfortante.

— Qu'est-ce que je vous sers ? demande la femme.

— Un Pernod.

Se levant de son tabouret, la serveuse passe derrière le bar, se penche sur la glacière et remplit un petit verre à ras bord de glaçons avant de verser l'apéritif liquoreux dessus. Les glaçons craquent en fondant.

Lee avale une longue gorgée. Le mélange du liquide froid et de la liqueur chaude lui est une brûlure agréable, familière.

Le verre était rangé dans la glacière et Lee se met à dessiner de son ongle des formes sur sa surface givrée. Son exultation a fait long feu. Quand elle se voyait à Paris, elle imaginait une ascension dans les cercles bohèmes que son père lui avait toujours déconseillés. Elle pensait que ce serait plus ouvert, plus accueillant. Mais la voilà assise ici, dans ce bar, toujours seule.

Pendant tout ce temps, la serveuse, qui l'a regardée avec insistance, se décide à lui parler.

— Vous me rappelez quelqu'un. Vous êtes actrice ?

— Non, je travaille à côté. Je suis photographe. J'étudie auprès de quelqu'un, en fait. Man Ray. Il lui arrive de venir ici.

— Ah, mais oui. – L'attitude de la serveuse change. – Tout le monde le connaît ici. Un Lillet avec une rondelle d'orange.

- C'est ça.

— Mais il vous prend en photo, non ?

— Non, je suis son assistante.

La femme s'esclaffe.

— Et qu'est-ce qu'elle en dit, Kiki ?

— Kiki ? demande Lee, mais à l'instant où elle prononce le nom, elle sait qui c'est : le K du livre de comptes.

La barmaid s'esclaffe de nouveau, plus fort, puis crie quelque chose en direction de la cuisine derrière elle, dans un français trop rapide pour être compris de Lee. Un cri, puis l'interprétation bruyante d'une chanson en sort.

— Qui est Kiki ? demande la barmaid. Comment pouvez-vous connaître Man et pas Kiki ?

Lee ne répond pas. La femme l'a mise dans l'embarras, comme si, une fois de plus, même dans ce petit coin de Paris où elle a réussi à se glisser, elle n'était pas vraiment chez elle.

L'homme qui était dans la cuisine en sort, et ils commencent à chanter ensemble, accompagnant leur chanson d'une sorte de danse paillarde. La barmaid secoue les épaules, se déhanche, l'homme lui tire la langue avec concupiscence jusqu'à ce que l'un et l'autre s'écroulent contre le bar en s'esclaffant.

L'homme se tourne vers Lee, lève les bras et dit :

— Vous pourrez voir notre prochain spectacle samedi soir au Jockey. Hortense et Pierre de Montparnasse !

Puis il retourne dans la cuisine, riant encore. La barmaid reprend :

— Ne nous en veuillez pas, mais on vient juste de voir Kiki faire son numéro il y a quelques jours.

— Elle est danseuse ?

Lee se rappelle les notes de la couturière, de la modiste.

— Alors c'est vrai, vous ne la connaissez pas ? Elle est danseuse, muse, chanteuse. Tout ça. Certains disent que c'est la plus belle femme de Paris. Ça fait des années qu'ils sont ensemble, avec Man Ray. Elle le traite affreusement mal à ce qu'il paraît. Mais elle peut faire des gens ce qu'elle veut… c'est comme ça.

Lee hoche la tête, prend son Pernod et se dirige vers une table dans le coin, d'où elle peut voir la rue en contrebas. Elle est partie au beau milieu de la conversation, mais tant pis si elle s'est montrée impolie.

Alors c'est elle, la mystérieuse K. Une belle fille, une sorte de chanteuse de beuglant. En couple avec Man depuis des années. Lee se demande si Kiki a posé pour lui, si les choses auraient évolué autrement si elle, Lee, avait accepté de poser le jour où il le lui a demandé. Il n'en a plus reparlé, et tout à coup Lee voudrait qu'il la remarque, qu'il la veuille. Ses mains sur elle, son corps derrière elle dans le noir. Et si elle s'était retournée dans la chambre noire, et si elle avait rapproché ses lèvres des siennes ? L'aurait-il embrassée ?

Lee commande un autre verre, puis un autre, les sirote lentement. Pendant qu'elle reste là, à regarder la rue en contrebas, le bar se remplit autour d'elle. Chaque fois que quelqu'un monte l'escalier, une partie d'elle-même espère que ce sera Man. Mais non, toujours plus d'inconnus. Des femmes portant des bas roulés autour d'une jarretière au-dessus du genou, coiffées à la garçonne. Des hommes en veston à larges revers et feutres légèrement inclinés. Ils viennent à deux, en groupes, s'assoient à une table, serrés les uns contre les autres de sorte que leurs épaules se touchent et qu'ils ne remarquent rien au-delà de leur propre cercle.

Et puis, un homme monte l'escalier à spirale et se dirige droit vers le bar. Petite moustache, costume de tweed gris. Il pose son chapeau à l'envers sur le comptoir et, tout en promenant son regard autour de la salle, le fait tourner avec ses doigts, comme une toupie. Ses cheveux sont si parfaitement gominés sur son crâne que les lumières de la salle s'y reflètent. Lee pense qu'il est américain, à sa cravate, large, à damiers orange et rouge. Un Parisien ne porterait jamais quelque chose d'aussi voyant. Elle établit un contact visuel avec lui, ne détourne les yeux que lorsqu'il baisse les siens. Il se tourne vers le bar et dit quelque chose à la barmaid, mais à peine a-t-il commandé que ses yeux sont de nouveau sur Lee qui fait un signe de tête en direction de la chaise vide à côté d'elle tout en l'interrogeant d'un mouvement des sourcils. Il sourit, fait oui de la tête, va vers elle après avoir pris son verre.

— Ces sièges sont bien plus confortables que des tabourets de bar, lui dit-elle en anglais.

— Ils en ont l'air, en effet. Vous attendez quelqu'un ?

Elle avait raison, il n'est pas parisien. Mais son accent est anglais, pas américain, et de près il a ce petit sourire contrit qu'elle a toujours trouvé si séduisant chez les Anglais.

— Oui, vous, dit-elle, non sans culot.

— Permettez-moi d'en douter !

Il tire une chaise à lui, attend qu'elle dise de nouveau quelque chose avant de s'asseoir.

— Si, si, je vous assure. Aucun de ces Français ne veut venir me parler.

Lee lui fait une petite moue sexy.

— Moi, je crois que vous les intimidez.

— Vraiment, vous croyez ?

— J'en suis persuadé. Vous êtes la plus belle fille que j'aie vue depuis… que j'aie jamais vue, en fait.

Lee s'esclaffe. Elle sent sa bonne humeur, l'humeur qui était la sienne quand elle a développé les photos, revenir.

Elle se penche vers lui.

— J'ai été mannequin.

— Ça ne m'étonne pas. Et maintenant ?

— Maintenant je suis une fille qui n'a pas bu un verre de champagne depuis qu'elle a quitté New York.

Il rit, tête renversée en arrière de sorte qu'elle voit les plombages de ses molaires. D'un petit mouvement rapide de la main, il finit son verre et lève un doigt pour appeler la serveuse, qui s'approche et leur lance à tous deux un regard appuyé.

— Deux coupes de Perrier-Jouët, dit-il, mais voyant l'air déçu de Lee, il ajoute : Une bouteille, s'il vous plaît.

La bouteille arrive sur une jolie desserte roulante argentée qui trouve place en bout de table et les bulles de champagne sont comme des baisers qui chatouillent la gorge de Lee. L'homme s'appelle George, il vit dans le Dorset et il est venu à Paris pour affaires. C'est un financier, ce qui n'évoque rien à Lee, et elle le laisse parler à n'en plus finir de son travail comme elle savait le faire, à longueur de nuits à New York. Il a des yeux verts, une bouche charnue, et si elle l'a charmé quand il était sobre, plus il a bu, plus il est subjugué. Le soleil s'est couché, à présent, et ils sont tous deux assis, les bras sur la table, coudes à touche-touche.

— Je peux vous dire quelque chose ? demande-t-elle, réprimant un petit hoquet dû à tout le champagne qu'elle a bu.

— Tout ce que vous voulez.

— Je n'ai embrassé personne depuis que je suis à Paris.

— Mais c'est un crime, non ?

— C'est bien le sentiment que j'ai. La ville de l'amour et tout ça.

— C'est comme ça qu'on l'appelle ? Je croyais que c'était la Ville Lumière.

— Peut-être. Mais ça ne change rien au fait que personne ne m'a embrassée.

George prend maladroitement en main la bouteille de champagne qu'on leur a servie et remplit de nouveau leurs deux coupes, en en renversant un peu sur le bras de Lee. Il dit doucement :

— Je viens ici tous les trois ou quatre mois, et pour moi, c'est la ville de la tristesse. Je me balade toujours tout seul en rêvassant, regrettant de n'avoir personne avec qui la partager.

— La ville de la tristesse, c'est exactement ce que je ressens.

Ils se regardent, il lui offre un petit sourire, et un sentiment de puissance la submerge. Elle passe sa langue sur ses lèvres, doucement, et reprend une gorgée de champagne.

— J'en ai assez de rêvasser, dit George, et Lee se penche vers lui, comme elle aurait voulu le faire avec

Man, ses lèvres sont sur les siennes, toutes chaudes, et ils s'embrassent dans le bar, par-dessus la petite table, langues humides et ardentes l'une contre l'autre jusqu'au moment où ils heurtent la table, les coupes de champagne tombent par terre avec fracas.

Ils en restent tous deux interloqués et regardent du côté de la serveuse comme deux enfants pris la main dans le pot de confiture. George pose un paquet de billets sur la table et ils partent aussi vite qu'ils le peuvent, enlacés ; il lui tient la main quand elle descend l'escalier en spirale, comme s'ils exécutaient une sorte de danse élégante et alerte.

George est descendu à l'hôtel Saint James Albany, et il y a des âges que Lee ne s'est pas retrouvée sur un lit aussi confortable, avec trois épaisseurs de gros coussins contre la tête de lit elle-même rembourrée, et des petits traversins qu'elle envoie valser sur le sol d'une pichenette. Elle se prélasse sur le lit pendant qu'il enlève sa cravate, laisse retomber ses jambes ouvertes, de sorte qu'il voit son porte-jarretelles jusqu'en haut de ses cuisses et sa culotte – la belle, heureusement, bleue avec des rosettes en dentelle sur les bords. Il se tient au-dessus d'elle, aux prises avec les boutons de sa chemise, ses bretelles, sa ceinture. Elle voit bien qu'il bande déjà. Elle ne l'aide pas à se déshabiller, mais se rapproche de lui et colle son pied sur sa jambe, remonte le long de sa cuisse et le touche au moment où il déboutonne sa braguette et baisse son pantalon. Une fois déshabillé, il se penche sur elle et dit, entre deux baisers, tout en l'aidant à ôter sa robe : « Vous… vous êtes la femme… la plus parfaite… que j'aie jamais rencontrée. »

Lee sourit, l'attire sur elle, et il continue à l'embrasser, doucement, sur les lèvres puis dans le cou. Comme elle rejette la tête en arrière, elle est distraite par le spectacle qui s'offre à elle derrière la fenêtre, des nuages clairs qui traversent le ciel nocturne. Ses baisers sont tellement délicats qu'elle les sent à peine. D'une main, elle lui repousse la tête un peu plus bas, pour qu'il lui morde le sein. Il ne s'exécute pas. Elle se cambre et presse sa poitrine contre son visage, mais il s'écarte, si bien qu'elle l'empoigne par les hanches et l'attire à elle jusqu'à ce qu'il la pénètre. Pendant quelques instants, elle ne pense qu'à son va-et-vient brûlant en elle. Mais là, il s'essouffle, marquant une pause au-dessus d'elle, les yeux clos, murmure une sorte d'excuse, et ils restent ainsi, immobiles. Elle l'embrasse encore, prend sa lèvre inférieure dans sa bouche et la mord avant de la relâcher. Il laisse échapper un petit grognement et recommence, lentement, trop lentement, et elle noue ses jambes autour de lui pour mieux sentir son sexe. Puis il accélère, suivant son propre tempo. Lee sent son esprit se détacher, comme cela lui arrive souvent quand elle fait l'amour ; elle a l'impression de flotter quelque part au-dessus du lit et de se regarder. De là-haut, elle le voit jouir et retomber près d'elle sur le matelas. Elle se regarde lui prendre la main et la mettre entre ses jambes, le regarde la caresser jusqu'à ce qu'elle jouisse aussi. Mais elle ne sent rien. Elle regarde ces deux étrangers étendus l'un à côté de l'autre sur le lit et ne ressent rien. Et pendant tout ce temps, tandis qu'elle le regarde, c'est à Man qu'elle pense.

10

Passer la nuit avec George n'est pas dans l'intention de Lee, mais le champagne la plonge dans un sommeil profond et, au réveil, il est là, qui lui caresse le bras et lui sourit. Dans la lumière du jour qui filtre à travers les voilages, il a l'air quelconque, il est en demande. Il propose un petit-déjeuner sur la terrasse de l'hôtel, mais elle a mal à la tête et n'a aucune envie d'aller où que ce soit en sa compagnie, si bien qu'ils appellent le service de chambre et prennent chacun une omelette à l'estragon qu'ils mangent au lit en essayant de meubler la conversation. Elle a l'impression d'avoir été mise en cage, elle étouffe et, surtout, elle meurt d'ennui, sensations qui lui sont familières. Elle sait que George a en tête de refaire l'amour, de passer la journée à se promener avec elle dans Paris, mais sans même lui laisser le temps de proposer quoi que ce soit, ou d'allonger le bras vers elle, elle finit ses œufs, se lève et enfile ses vêtements, si vite qu'il a à peine le temps de se rendre compte qu'elle s'en va. Les excuses qu'elle lui sert sont fausses mais solides. Oui, elle doit vraiment aller travailler ; non, elle ne peut pas être en retard ; oui, elle va essayer de le retrouver ce soir au Bateau ivre et n'arrêtera pas de penser à lui d'ici là.

Puis, comme un prisonnier retrouvant la liberté, Lee retrouve la ville glaciale et pousse un profond soupir.

C'est une belle journée, elle a la tête encore pleine de bulles de champagne, qui lui vrillent le crâne aussi violemment que la pensée des mains de Man, que la sensation de sa présence derrière elle dans le noir. Elle marche vite pour regagner sa chambre, puis s'enfermer dans la salle de bains commune et se plonger dans un bain aussi chaud que possible. Elle a l'impression de ne pas avoir pris un bon bain depuis son départ de New York. Il y a toujours un autre locataire qui tambourine à la porte pour la presser. Elle ne leur en veut pas, vu qu'elle fait pareil quand elle-même manque de temps pour se préparer.

Lee s'asperge le visage d'eau et observe l'image que lui renvoie le miroir fêlé. Des poches sous les yeux. Un vilain bouton rouge qui point au beau milieu du menton. Elle se pince les joues pour leur donner un peu de couleur, tire la langue à son reflet et remplit la baignoire.

Elle est perturbée à l'idée de retourner au studio. Elle pourrait appeler Man pour le prévenir qu'elle ne viendra pas aujourd'hui. Mais elle pense à ses négatifs, suspendus au fil de séchage et sait qu'elle ne peut pas les tirer. Ça la démange presque d'y revenir et de voir s'ils valent quelque chose. Elle commencera par tirer la photo du canard ; celle-là, en tout cas, en vaut peut-être la peine.

Quand Lee arrive au studio, une heure plus tard environ, le silence y règne et, l'espace d'un instant, elle se dit que Man est peut-être absent. Elle monte l'escalier et entre dans le bureau ; il est vide. Puis elle l'entend dans la chambre noire, qui chantonne assez fort, comme on le fait quand on se croit seul.

Que va-t-elle lui dire ? Elle essaie différentes choses dans sa tête. *Je n'arrête pas de penser à vous. Je me rappelle votre main sur la mienne. J'espérais vous voir, hier soir, dans votre bar préféré.* Tout lui semble absurde, banal. Elle n'a jamais éprouvé ça avec un autre homme et elle n'a aucune idée de la façon de dire à quelqu'un comme Man qu'il l'intéresse. Sans doute l'intimide-t-il, ou peut-être l'admire-t-elle trop, à moins qu'elle ne craigne sa réaction si elle le lui disait. Ce qu'elle pense, en tout cas, c'est qu'il est encore amoureux de Kiki, ou de quelqu'un d'autre.

Puis Lee se rappelle que Man n'a pas encore vu ses négatifs. Ils pourront en parler, c'est un sujet beaucoup moins délicat que ce qu'elle peut ressentir pour lui. Peut-être est-il en train de les regarder. Elle voudrait tellement avoir son opinion, imagine une scène dans laquelle elle entre dans la chambre noire, ses photos sont entre les mains de Man et la surprise se lit sur son visage. « Ce sont celles que nous avons développées ? demandera-t-il. Elles sont magnifiques. Je ne vous savais pas si talentueuse. » Elle se défendra modestement, du bout des lèvres, puis tirera les photos et, très vite, un collectionneur d'art viendra au studio, les verra, proposera de les exposer dans sa galerie où elles seront vendues dans le mois ; et tous ceux qu'elle a connus dans sa vie, Man y compris, seront jaloux de son succès.

Elle toque à la porte, les trois coups rituels, et Man lui ouvre, portant des gants de caoutchouc, manches de chemise relevées. Elle a tellement pensé à lui ces dernières heures qu'elle est un brin déçue en le voyant. La solide réalité de sa personne contraste avec ce qu'elle avait en tête, bien qu'elle ne sache pas trop à quoi elle s'attendait, si cette déception est imputable à son incapacité de se le rappeler tel qu'il est ou bien à la réalité de la personne qui est en face d'elle, les joues pas rasées, les yeux plus rapprochés qu'elle n'en a le souvenir. Mais le fait de le voir soulage une tension accumulée depuis qu'elle a quitté le studio la veille. Ce n'est qu'un homme. Et des hommes, il y en a à la pelle.

— Vous êtes très en retard, dit-il, sourcils froncés.

Derrière lui, elle aperçoit ses négatifs toujours suspendus à la corde à linge, où elle les a laissés.

— Je sais, je suis désolée…

— N'oubliez pas qu'on travaille, ici.

Lee sait qu'elle devrait être confuse. Elle n'a pas d'excuse pour ce retard et elle aurait dû l'appeler, mais dans l'état d'épuisement où elle se trouve, elle sent la colère monter.

— Je sais. Je suis désolée… j'ai oublié de vous prévenir que je serais en retard aujourd'hui.

Il soupire.

— Je vous ai attendue toute la matinée pour que vous m'aidiez à tirer les photos de la séance avec Amélie.

— Vous avez commencé ?

— Oui, dit-il sur un ton légèrement adouci.

Lee va vers l'évier où flotte la photo d'Amélie avec le bouclier de sabreur. Elle est recadrée, on ne voit que son menton et ses épaules, le maillage du métal produit des hachures sur sa peau et des ombres géométriques.

Avec ses pincettes, Man prend le papier par les bords et l'eau s'écoule en tintant dans le bac.

— C'est un bon début, dit-il. L'effet du métal contre la peau. La douceur de la joue et la ligne tranchante du métal. Spectaculaire, je trouve.

Lee ne regarde plus vraiment le tirage, mais Man en train de le regarder, son sourire, sa main qui tient les pincettes au-dessus du bain de fixation.

— J'aime beaucoup, dit-elle, ce qui n'est pas très original.

Confuse, elle se détourne.

Il lève une deuxième image à la lumière, semblable à la première.

— Et que pensez-vous de celle-ci ?

Lee s'approche, ils la regardent ensemble. C'est une photo où Amélie apparaît davantage telle qu'elle est, la tête posée sur le bouclier de sabreur comme sur un oreiller. La composition est superbe, mais Lee sait que Man attend quelque chose de sa part, une suggestion ou une petite critique. À la vérité, elle trouve l'image un peu fade, un peu convenue, mais elle ne peut pas le lui dire. Elle sait à quel point il est sur la défensive dès que l'on critique son œil. Il lui faut plutôt suggérer un changement au stade du tirage, ne pas commenter l'aspect artistique. Mais elle craint de ne pas maîtriser le vocabulaire *ad hoc*, pas encore. Avec une paire de pincettes, elle désigne une zone :

— C'est trop clair de ce côté, à l'endroit où arrive la lumière venant de la fenêtre.

— Oui, dit-il ravi. Et que feriez-vous pour corriger ça ?

— La retirer en plus sombre ?

— Humm… d'accord, mais du coup le côté droit risque d'être trop sombre. Et si je vous montrais comment boucher et cramer une photo ?

Il tire fort la poignée de la porte de la chambre noire pour s'assurer qu'elle est bien fermée. Puis il allume la lampe rouge et éteint l'éclairage normal ; tout devient ambré, comme autour d'un feu de camp. Il règle l'agrandisseur et Lee le regarde exposer le papier, se servir d'un instrument bricolé, un bâton avec un rond de carton fixé à son extrémité qui projette une petite ombre sur l'image. Il l'agite rapidement pendant une vingtaine de secondes, pour qu'il ne reste pas à la même place trop longtemps.

— Les gens me demandent toujours comment j'obtiens des tirages aussi réguliers, dit-il. C'est très simple, en fait. Tout le monde croit que la photo est une sorte de tour de passe-passe, mais il n'y a là rien de magique. Il n'y a que deux couleurs à mélanger : le noir et le blanc. Ajouter plus de l'une, enlever de l'autre. Mais les deux sont nécessaires. Il vous faut un vrai noir et un vrai blanc. Si vous les avez, vous disposerez d'autant de nuances de gris que vous le souhaitez et l'image sera belle. La plupart du temps, si vous développez un tirage qui n'a pas au moins une zone de blanc pur, soit l'image est inutilisable, soit votre travail de tirage est nul. Il vous faut une étincelle blanche sur la bouche, là où le rouge à lèvres renvoie la lumière à l'appareil, ou dans le blanc des yeux, ou dans un vêtement. Pas trop de blanc ; la plupart du temps, juste un petit peu pour contraster avec le reste.

Man se déplace facilement dans cet espace réduit tout en parlant, éteignant l'agrandisseur, puis glissant doucement le papier dans le bain de développement. La même image apparaît sur le papier, les contours d'abord, comme l'empreinte d'un pied dans le sable, puis le reste de l'image. Le tirage est beaucoup plus régulier, cette fois, et Lee voit au premier coup d'œil que Man en sera satisfait.

« *Voilà*[1] *!* » Il lui tend le tirage pour qu'elle l'examine, attendant son hochement de tête et son sourire approbateurs. « À vous d'essayer maintenant », dit-il. Il se tourne vers l'agrandisseur et lui tend le bâton qui lui sert à boucher la photo.

C'est comme l'autre jour dans le placard de développement, la même nervosité qui l'assaille. Il se tient derrière elle, plus près, pense-t-elle, que nécessaire. Ils placent le papier dans le cadre et Man la frôle pour atteindre l'interrupteur de la lampe. Elle prend le petit bâton dans sa main et attend ses instructions. Une fois la lampe allumée, l'image se forme sur le papier, le visage noir d'Amélie dans l'image négative inversée. Lee pense à ce qu'il vient de dire, ce besoin d'une étincelle de blanc pur sur les lèvres. Elle déplace le bâton, un peu maladroitement, avec un mouvement circulaire au-dessus du papier. Elle a soudain la tête qui tourne, déglutit, sent un arrière-goût de champagne dans la gorge, et se demande si Man peut sentir cela sur elle, ce qu'elle a bu, les cigarettes, et même cet étranger, George, dont l'odeur persiste peut-être, bien qu'elle ait pris un bain depuis. Man est derrière elle, si près qu'elle sent son souffle dans son cou.

— Comme ça, c'est correct ? demande-t-elle.

---

1. En français dans le texte.

— Vous vous en sortez très bien.

Elle se retourne, mais il a les yeux fixés sur le tirage, leurs regards ne se croisent pas.

Ils travaillent quelques heures ensemble dans un silence qu'on pourrait qualifier de complice. La pièce est à peine plus grande que le placard où ils ont développé la pellicule. Il y a un agrandisseur avec une lampe à mercure, un grand évier en bois pour fixer et rincer les tirages, et une cuvette de développement qu'ils doivent se partager. L'après-midi file à toute vitesse. À eux deux, ils tirent des dizaines de photos de la séance et, si Lee était un peu plus en possession de ses moyens, tout ce qu'elle apprend de Man la réjouirait. Au lieu de quoi, elle doit se concentrer sur sa tâche, ses pensées vagabondent comme sorties d'un gros livre qu'elle doit vite refermer à plusieurs reprises. La pièce est petite certes – cela explique-t-il que Man se tienne aussi près d'elle ? Les photos sont magnifiques mais, habituellement, il n'en tire jamais autant au cours d'une même séance, si ? Tout semble lui envoyer le même message : sa façon d'ôter ses gants de caoutchouc et de se masser les mains, de rester sur son chemin quand elle bouge, afin qu'elle ne puisse pas faire autrement que de l'effleurer. Elle s'oblige à un effort de concentration.

Pour finir, après des heures de tirage, il désigne les négatifs de Lee toujours suspendus au fil.

— Ce sont ceux que nous avons développés hier ?

— Oui… c'est peut-être un peu tard pour les tirer aujourd'hui.

— Pourquoi pas ? On a bien travaillé. Allons-y.

Lee regarde sa montre et voit qu'il n'est pas aussi tard qu'elle le pensait. Elle finit ce qu'elle avait en cours, puis elle prend ses bandes de négatifs, les découpe en trois morceaux et les dispose sur une feuille de papier. Man a commencé à chanter à voix haute pendant qu'ils travaillaient. « *I'm longing to see you, dear / Since you've been gone / Longing to have you hold me / Hold me near.* » Il chante de plus en plus fort, et avec son accent de Brooklyn, ces paroles tristes ont quelque chose d'absurde. Lee s'éclaircit la voix.

— Quoi ? dit-il en se tournant vers elle. Oh !... Je chantais tout haut ? C'est une sale habitude.

— Pas de problème, dit-elle et il se remet à chanter, encore plus fort, y ajoutant quelques pas de danse outranciers.

Elle finit par en rire.

— Vous chantez, Miss Miller ? demande-t-il d'un air faussement sérieux.

— Seulement si je suis absolument sûre que personne ne m'écoute.

— Oui. On va s'occuper de ça. Quelques mois de cours avec moi et vous serez prête à monter sur scène.

— Vous allez m'apprendre à chanter ? C'est vrai que vous avez tout à fait le physique d'un *maestro*.

En disant cela, elle pense à Kiki. Chantaient-ils ensemble ? Man l'a certainement observée des centaines de fois.

— C'en est une que chante Kiki ? Vous la connaissez, non ?

Lee garde un ton léger et égal.

Il lève la tête et lui lance un coup d'œil.

— Kiki ? Oui, je la connais, dit-il, mais je ne pense pas qu'elle ait jamais chanté cette chanson.

— Je ne l'ai jamais entendue… je suis allée au Bateau ivre, hier soir ; le barman parlait d'elle. – Lee est sur une voie dangereuse mais les mots continuent de venir. – J'aime bien cet endroit. Chouette bar. Ils font un bon Lillet.

— Un bon Lillet ? Verser un seul alcool dans un verre, la belle affaire !

Man n'a pas l'air de réagir.

— J'aime ce bar. L'escalier en colimaçon et la vue qu'on a de l'étage.

— Mais Kiki n'y chante pas, si ?

— Au Bateau ivre ? Non, elle chante surtout au Jockey.

— Je n'y suis encore jamais allée. Je devrais, pour l'écouter.

— Mmm, dit Man, et il se remet à chanter, mais plus doucement.

Lee se demande si elle a bien fait d'évoquer l'autre femme. Man pense peut-être à elle, maintenant, se remémorant tous les bons moments qu'ils ont passés ensemble. Les chapeaux qu'il lui a achetés pour protéger son épiderme délicat, les luxueux restaurants où il l'a emmenée.

Lee fait un tirage de la planche contact comme Man le lui a appris, puis, sans attendre que le fixateur ait fini de s'égoutter, elle prend la feuille humide par le coin avec ses pinces, l'emporte dans le studio, l'étale sur du papier journal et l'examine à la loupe. Elle en a presque la gorge nouée d'excitation. Elle veut voir les images agrandies, alors elle en choisit une, précipitamment, la marque d'une croix au crayon gras, puis retourne dans la chambre noire, place le négatif dans l'agrandisseur. C'est la photo de la femme dans le café, prise de dos, un gros plan sur sa nuque et ses cheveux.

Lee allume la lampe au mercure, compte lentement jusqu'à quarante, et éteint la lampe d'une chiquenaude. Elle plonge doucement le papier dans la cuve de développement, agitant le liquide comme on le lui a montré. En quelques secondes, son image se déploie sur le papier. Au début, il n'y a que les contours des cheveux de la femme, puis les contours de ses épaules, puis apparaissent les parties brillantes de l'image : la main de la femme, ses ongles, le contraste de la lumière sur chaque boucle. Des étincelles, songe Lee, des étincelles blanches dans ses cheveux. Lee lève un instant les yeux pour voir si Man la regarde. Voir ainsi sa photo apparaître sous ses yeux, pour elle, c'est incroyable. Mais il regarde ailleurs. Elle reporte son attention sur l'image juste à temps pour ne pas la surexposer. Quand celle-ci est fixée, elle l'examine. Elle la trouve bonne sans pouvoir définir pourquoi. Ce n'est que la nuque d'une femme, de ses doigts grattant sa peau, mais la photo lui donne des frissons. Juste à ce moment-là, Man se retourne pour mettre sa propre épreuve dans le bac de développement, et elle regarde une autre image d'Amélie se dessiner sous ses yeux. Le travail de Man est à côté du sien et, comme il ne dit rien, elle commence à paniquer, craint que ce ne soit banal, amateur. Finalement, après ce qui lui parait une éternité, il scrute sa photo dans le bain fixateur et dit :

— C'est excellent. Une amie à vous ?

— Non, une inconnue.

— Vous l'avez photographiée à son insu ?

— Oui… ce n'est pas permis ?

Man rit.

— Si, si, bien sûr que si. Pas de problème. Je suis épaté, c'est tout.

Il le dit avec légèreté, comme s'il ne se rendait pas compte de ce que ça signifie pour elle.

— Vraiment, vous trouvez ça bien ?

— En fait, je pense qu'on pourrait légèrement modifier le temps de pose – avec sa pince, il désigne quelques zones sombres dans les cheveux de la femme – et le cramer un peu dans ce coin, mais pour un premier tirage ? C'est très bon.

Lee se sentait déjà bizarre auparavant, mais maintenant c'est pire. Ses paroles l'échauffent et lui font mal en même temps, elle en rougit de fierté, regarde son tirage, pleine d'une confiance nouvelle et se dit que, si elle s'en donne la peine, elle pourrait devenir photographe. Cette confiance l'enhardit, et à cet instant ses deux désirs – travailler et être avec Man – se conjuguent. Il n'y a pas à choisir entre l'un et l'autre. Cette façon qu'il a eue de dire « nous » – « nous pouvons légèrement modifier le temps de pose ». Peut-être qu'un jour son travail sera du même niveau que le sien. Peut-être qu'ils travailleront ensemble à y parvenir. Un partenariat en quelque sorte. Elle se retourne pour lui faire face, sans trop savoir ce qu'elle va faire jusqu'à ce qu'elle le fasse.

— J'ai eu une autre idée pour le bouclier de sabreur, dit-elle. Si vous êtes toujours partant, je pourrais poser pour vous si vous me laissez faire.

Man hausse les sourcils.

— La dernière fois que je vous ai proposé de poser pour moi, vous avez refusé.

— Je sais. Mais si nous le faisons ensemble… Je pourrais cadrer les photos. J'ai mon idée.

— Vraiment ? Eh bien, d'accord. Laissez-moi d'abord mettre un peu d'ordre ici.

En attendant que Man la rejoigne dans le studio, Lee, debout à côté de l'appareil photo, regarde autour d'elle, les jetés sur le canapé, les rideaux à moitié tirés, comme tout est blanc, brillant et propre. Elle enlève brusquement les pièces de tissu qui recouvrent la table et les murs, les remplace par des noires, en recouvre également le canapé. Puis elle va dans le bureau, prend le bouclier de sabreur, le tourne et le retourne plusieurs fois dans sa main. Quand elle revient dans le studio, Man l'attend.

C'est la première fois que Lee fait quelque chose sans avoir à suivre ses directives. Malgré cela, ou peut-être pour cette raison, elle a le sentiment de savoir ce qu'il veut voir, l'a toujours su depuis leur rencontre, mais n'en a pris conscience qu'en voyant son propre travail dans le bac de développement, en voyant Man l'apprécier au même titre que le sien.

« Vous aviez placé Amélie près de la fenêtre, dit Lee, avant de porter le bouclier jusqu'au canapé, où elle le met en équilibre sur l'accoudoir, mais qu'est-ce que ça aurait donné ici ? » Puis elle va à l'appareil photo et demande « Je peux ? » avant de soulever le voile noir et de se glisser dessous pour la première fois. L'étoffe sent le tabac et le cèdre, une odeur de renfermé, masculine. Lee regarde dans le viseur et fait pivoter légèrement l'appareil en sorte de ne plus voir que le canapé et ses draperies noires. Dans la lunette de visée, la pièce est à l'envers, le divan est pendu au plafond. C'est déstabilisant et Lee est stupéfaite de voir Man lui-même s'inscrire dans le cadre, marchant sur ce qui semble être le plafond puis, chose absurde, s'asseyant plus haut que lorsqu'il était debout.

« Il faut faire la mise au point sur quelque chose », dit-il, sa voix lui parvenant à travers le voile, trouble et indistincte, comme assourdie par de l'eau. Elle tourne un peu la molette de mise au point, en avant et en arrière, observant Man devenir flou puis net, flou puis net à nouveau. La tête en bas, c'est un étranger. Elle ne retrouve pas ses yeux, ni sa bouche ; si elle le croisait dans la rue, elle ne le reconnaîtrait pas. C'est vraiment déstabilisant. Elle sort de sous le voile noir et tout est de nouveau à l'endroit, Man assis sur le canapé, la regardant marcher vers lui.

Lee se dirige vers l'endroit où se changent les modèles et passe derrière le paravent. Elle défait lentement les boutons de son chemisier, d'abord les poignets, puis la double patte, le laissant tomber à terre. Ensuite elle défait trois des cinq boutons de la braguette de son pantalon et l'abaisse sur ses hanches, découvrant son ventre plat. Puis elle met ses deux mains dans le dos, pensant à l'ombre produite par cette pose en silhouette sur l'écran, ses bras ressortant comme les ailes d'un cygne. Elle dégrafe son soutien-gorge, le laisse tomber sur le chemisier. Elle continue de penser aux cygnes en se déshabillant, ceux qu'elle a photographiés l'autre jour dans le parc, aux muscles et aux os de leurs ailes, l'énergie qu'ils doivent déployer pour s'envoler. Elle revient s'asseoir là où Man se trouvait sur le canapé et place le bouclier sur son visage, comme un voile.

Jusqu'à cet instant, Lee a été calme, se comportant de manière distanciée eu égard aux émotions qui l'ont poussée à agir, presque comme quand son père la photographiait. Mais maintenant qu'elle est assise et qu'elle voit le visage de Man, ses sourcils légèrement relevés, seul indice de ce qu'il ressent, elle revient à elle-même, le froid la gagne dans tout le corps, elle a les mamelons qui durcissent.

Man s'éclaircit la gorge, et sa voix, quand il parle, est fluette. « Gardez la pose. » Il va à l'appareil photo et passe la tête sous le voile.

Le bouclier de sabreur est plus lourd qu'il n'y paraît et il s'en dégage une forte odeur qui lui donne une sensation d'acidité dans la bouche. De quelle blessure était-il censé protéger ? Elle imagine le tranchant recourbé d'un sabre, les blessures jusqu'à l'os provoquées par une lame émoussée. Lee ferme les yeux mais garde son port de tête.

— Ah ! ça c'est bon ! crie Man, de sa voix étouffée par le voile. Ne bougez plus.

Lee ne veut pas rester immobile, ne veut pas faire exactement ce qu'il lui demande, alors elle bouge, prend différentes poses, les bras tendus en arrière sur le dossier du canapé, puis serrés entre ses genoux, la tête penchée tellement loin sur le côté qu'elle sent un tiraillement dans la nuque et le bouclier peser sur sa clavicule. Elle garde les yeux clos, essaye de ne pas respirer l'odeur du métal.

— Vous aviez raison, dit Man en émergeant de sous le voile noir et en s'approchant d'elle. Sur votre visage, comme ça, c'est très bien.

Lee se lève, se débarrasse du bouclier, le repose. Debout si près de lui, elle constate qu'elle est bien plus grande que lui. Les yeux de Man lui arrivent juste au niveau des mâchoires.

— Ce seront de très bonnes photos, dit-il.

— Je sais, dit Lee, en faisant un pas vers lui.

Ses seins nus effleurent sa chemise en lin, ce qui lui envoie une sorte d'électrochoc dans le bas-ventre.

Man respire profondément.

— Lee, je…

— Je sais, répète-t-elle, puis elle fait un pas de plus vers lui.

Et là leurs lèvres se pressent fort l'une contre l'autre, leurs dents se cognent. Il l'entoure de ses bras enserrant les siens le long de son corps. Ils restent comme ça à s'embrasser durant ce qui paraît des heures, des jours. Man lui prend la main et l'entraîne au salon. Elle se débarrasse de son pantalon pendant qu'il se déshabille précipitamment, puis, dans la pénombre du crépuscule naissant, Man l'étend sur le canapé, s'agenouille à côté d'elle, et promène ses mains sur sa peau nue. Elle se cambre pour être plus près de lui, mais ce n'est pas encore assez, alors elle l'attire sur elle, s'imprègne de son odeur. Sa peau sur la sienne est comme de l'eau chaude, elle s'y fond, pour une fois débranche son cerveau, s'abandonne à ses seules sensations. Une pensée la traverse ; il n'y aura pas de retour en arrière et elle ne saurait en être plus reconnaissante.

Normandie
Juillet 1944

La France n'est que métal, elle en a l'odeur, le toucher et le goût. Le casque en acier brûlant sur les cheveux trempés de sueur de Lee. Son appareil photo de campagne qui lui laisse une odeur sur les mains. La pointe de son stylo quand elle le suce, l'encre lui bleuissant la langue. Et l'hôpital. La scie d'amputation. Les balles extraites et mises dans un bol. La puanteur des infections dans l'atmosphère.

Il y a matière à photos partout où se pose le regard, des compositions d'horreurs. Lee mitraille, mitraille, et avale la bile qui lui monte dans la gorge, qui aussi a le goût du métal. Elle a pour mission de photographier le travail des infirmières américaines après le débarquement, et Lee prend les poches de plasma, la pénicilline, les interventions chirurgicales. Elle prend des photos des Américaines qui travaillent côte à côte avec les infirmières allemandes, tente de refréner son dégoût des Boches, de plus en plus fort, qui la mine de l'intérieur.

Elle envoie ses photos à Audrey accompagnées de chroniques, sait que le censeur en éliminera l'essentiel. Même ses lettres à Roland subissent la censure, une bonne partie de ce qu'elle écrit est caviardé. Ses notes à lui sont censurées elles aussi et ne lui parviennent que des semaines après qu'il les a envoyées, mais les mots qui restent sont ordinaires, apaisants. Ils la relient à un monde extérieur à la guerre.

Un soir, Lee entend une voix qui l'appelle depuis un lit d'hôpital. Elle se retourne et voit un homme couvert de bandages telle une momie. « M'am, dit-il, d'une voix si faible que c'en est presque un sifflement. Prenez ma photo pour que je puisse en rigoler quand je serai de retour chez moi. »

Ses yeux, sa bouche et son nez ne sont que des trous noirs, un massacre. Ses mains emmitouflées de bandages ressemblent à d'énormes maniques. « Ouistiti sex », lui souffle-t-il, et Lee crispée sur son boîtier métallique noir a du mal à faire sa mise au point.

11

Trois mois ont passé. Man l'a installée dans un nouvel appartement, à quelques rues du sien à Montparnasse. Il a payé le premier mois de loyer, lui a acheté des meubles, donné des tableaux à accrocher aux murs. Ils déambulent ensemble dans les rayons du Printemps comme un vieux couple. Man l'aide à choisir des draps, des tasses à café, des sachets de lavande à placer à l'intérieur du linge de maison. Ils recouvrent les murs de sa chambre d'un papier peint à motifs géométriques et mettent un tapis Art déco au sol, un tapis de haute laine épais et doux sous les pieds. Il lui donne une de ses couvertures et, quand il n'est pas avec elle, elle s'emmitoufle dedans. Lee n'a jamais accordé beaucoup d'importance à l'endroit où elle vit, mais l'appartement devient pour elle comme une extension de ce qu'elle ressent pour Man. Il n'est pas très grand – quand il vient y passer la nuit, elle empile leurs chaussures devant la porte, aimant nicher ses talons dans les siens –, mais il est parfait pour elle, et à l'intérieur, Lee éprouve un calme qu'elle n'a jamais connu ailleurs.

La nuit, quand ils sont au lit, le matelas se creuse au milieu, de sorte qu'ils roulent continuellement l'un vers l'autre, leurs deux corps brûlants, leur peau collante de sueur dans la chaleur inhabituelle d'un mois d'avril. Il lui embrasse les doigts de pied, les poignets, la raie des fesses. Au matin, elle constate que ses baisers, quand il ne s'est pas rasé, lui ont irrité la peau.

Et il n'arrête pas de la photographier. Son appareil est la troisième personne dans la pièce, et elle minaude à l'adresse de l'un comme de l'autre pendant qu'il la prend en photo. Ils développent les films ensemble, debout hanche contre hanche dans la chambre noire, le corps de Lee s'épanouissant sous leurs yeux, sur le papier. Du coup, ils revivent le moment une seconde fois, les images réveillant les sensations de la veille jusqu'au moment où ils arrêtent tout et font de nouveau l'amour, vite, les mains de Lee agrippées au bord de l'évier, les photos oubliées, devenues noires dans le bac de développement.

Man laisse parfois plusieurs jours passer sans prendre de clients. Ils ferment la porte du studio à clé. Elle ne répond pas au téléphone. Ils développent des photos de Lee, ou bien Man peint, ou sculpte. Il est plein d'une énergie frénétique dont il dit qu'elle lui vient d'elle, de sa présence. Il la supplie de rester à proximité quand il peint, ce que Lee fait souvent, s'asseyant en boule dans un fauteuil près de son chevalet, respirant l'odeur du camphre et de l'essence de térébenthine, observant ses expressions quand il travaille. Parfois, il peint de l'abstrait ; d'autres fois, il la peint telle qu'elle est assise près de lui ou bien d'après une photo, selon son inspiration. La ligne de son cou devenant un funambule sur son fil, sa poitrine devenant un silo à grains se transformant en une montagne. Sa méticulosité dans la chambre noire n'a ici d'égale que sa concentration, forcenée. Il la veut à proximité mais oublie parfois qu'elle est là, jusqu'au moment où Lee, frustrée, lui prend les pinceaux des mains pour le ramener à elle, et l'embrasse pour se l'approprier à nouveau.

Parfois, Lee l'observe pendant qu'ils dînent, ou juste quand ils sont assis l'un à côté de l'autre, et se demande comment elle a pu penser que cela ne n'arriverait pas. C'était inévitable. Il lui fait l'effet d'être différent de celui qu'il était quand elle l'a rencontré. Il lui est devenu si cher. Les bords de ses cils, la courbe de son oreille, toute sa personne lui est désormais plus familière qu'elle ne l'est à elle-même. Son odeur ; presque une odeur de pinède. Même après son bain, elle la sent encore sur elle. Elle se blottit au creux de son épaule pour s'en imprégner.

Dans les soirées, ou au café, elle sait toujours où il se trouve dans la pièce sans avoir à le chercher ; leurs regards se croisent et se soutiennent plus longtemps qu'il n'est permis. Ils sont terriblement en phase, comme si tous les gens de leur entourage pouvaient voir, rien qu'en les regardant, ce qu'ils viennent de faire dans leur chambre. Leur besoin l'un de l'autre. Tous doivent entendre son cœur battre, en percevoir les battements appuyés.

Quand Lee n'est pas avec Man, elle se consacre à son propre travail. Elle se découvre aussi impatiente que lui de créer. Les semaines passant, elle a envie de marcher plus qu'elle n'a envie de prendre des photos dans le studio, si bien que, lorsque Man a un client, elle passe la courroie de son Rollei autour du cou et part faire de longues balades dans la ville, suit les boulevards jusqu'à la Seine qu'elle traverse pour aller se perdre dans le Marais, où les juifs regardent avec curiosité cette grande fille avec ses beaux cheveux blonds et son appareil photo. Elle aime photographier des scènes de rue, juxtaposant les gens et les objets dans des situations bizarres, jouant avec la perspective. Chaque fois qu'elle développe l'une de ses photos, et que Man la trouve bonne, sa confiance en elle s'affirme, elle a le sentiment d'être la personne qu'elle a toujours voulu être.

Quand Lee revient de ses balades, elle rapporte des sacs en papier pleins de pastilles aux fruits, ou de macarons si légers qu'ils fondent sur la langue, et les tend à Man. Il suce le sucre resté sur ses doigts. Elle revient quand le soleil décline et que la lumière se pose comme des rayures de berlingots en travers du lit. Avant qu'il ne fasse trop sombre, Man prend une photo d'elle : son cou, son torse rayé d'ombres, ses jambes empêtrées dans les draps, la courbe de ses côtes quand elle est allongée sur le côté. Puis il pose l'appareil, s'étend près d'elle et touche chaque parcelle d'elle, toutes celles qu'il a photographiées et toutes celles qu'il n'a pas photographiées. Elle ferme les yeux et s'adjure d'être présente à ce qui se passe, à l'agréable sensation, et c'est mieux que cela ne l'a jamais été pour elle. Et quand ses pensées dérivent, elles ne dérivent que vers leurs photos.

C'est le printemps, à présent, les bourgeons d'un vert lumineux sont de sortie sur les arbres, et un soir, alors qu'elle arrive devant sa porte, Lee s'immobilise à la vue d'une femme assise sur le perron, les cheveux bruns coupés au carré au niveau du menton, les yeux fermés, le visage tendu vers le soleil pour en capter la chaleur. Une valise est posée à côté d'elle, un petit chapeau à voilette dessus.

— Tanja ? s'écrie Lee, incrédule.

Tanja se lève aussitôt et les voilà qui s'étreignent et sautillent sur place en poussant des petits cris d'allégresse.

— Oh, Li-Li, dit Tanja, tu m'as tellement manqué !

Lee emmène Tanja en haut et l'installe dans un fauteuil. Tanja entreprend de lui raconter ses derniers voyages, et Lee se laisse embarquer sur le doux fleuve de ses paroles. Elle a toujours été tellement à l'aise avec Tanja qu'il ne lui faut guère de temps pour revenir à la vieille version d'elle-même, qui plaisante et parle dans un langage qui leur est propre.

— Tu aurais dû voir ça, Li-Li. On arrive à Milan plus tard qu'on ne l'aurait voulu, il fait déjà nuit, et nous prenons un taxi pour aller à l'hôtel que mon amie Ruth nous a recommandé – Ruth, tu te rappelles ? Bref, il s'appelle le Casino Hotel et Ruth m'a dit qu'il était au cœur de l'action. Elle avait tort : l'action était dans l'hôtel même. Je n'oublierai jamais le visage de Madame Basingthwaite, plantée là dans le hall, entourée par des filles dont je suis quasiment persuadée qu'elles étaient des belles de nuit. Elle m'a entraînée si vite dehors que j'en ai eu la tête qui tournait.

Lee rit.

— Tu es à Paris pour combien de temps ?

Tanja fait la grimace.

— Juste pour le week-end. Madame Basingthwaite ne me laissera pas échapper à sa vigilance plus longtemps. Je t'en prie, dis-moi qu'il y a un endroit où on pourrait aller s'encanailler ensemble.

Lee hésite. Elle devait aller avec Man à une soirée qu'elle attend depuis des lustres. Il serait facile d'y emmener Tanja, mais l'idée de partager Man avec quelqu'un lui déplaît. Pourtant, une autre partie d'elle-même veut s'afficher avec lui, montrer la vie qu'elle mène avec lui, si bien qu'elle finit par dire :

— Il y a une soirée où j'avais l'intention d'aller ce soir, c'est dans un appartement à quelques rues d'ici. Tu veux venir ?

— Tu rigoles ? dit Tanja et elle danse autour de la pièce en roucoulant : Une soirée, une soirée !

Lee s'habille puis elles vont ensemble à pied à l'hôtel de Tanja. Quand Tanja venait passer quelques jours à New York, elles riaient de ce que leurs balades dans la ville n'étaient en fait qu'un prétexte à leurs bavardages : elles parlaient des mêmes choses au Met[1] que dans un cabaret. Et maintenant, à Paris, c'est pareil. Elles marchent en bavardant à bâtons rompus. Cette fois, cependant, Lee a son appareil, et de temps à autre elle se libère du bras de Tanja pour prendre une photo. Elle fonctionne sur deux registres et elle adore ça : elle écoute son amie, mais il y a un autre canal dans son cerveau, et il est axé sur ce qu'elle voit, sur le désir de profiter des dernières lueurs du jour, les images se composant et se dissolvant en fonction de la mobilité de son regard. Il y a certaines images qu'elle

1. Le Metropolitan Museum of Art de New York.

aimerait garder, qui la happent, et donc elle les cadre, en fait la mise au point, déclenche l'obturateur. Elle décide de prendre une photo de Tanja qui parle avec les mains tout en racontant une histoire, et observe, amusée, son amie qui réalise ce que Lee est en train de faire, gênée, tout à coup.

— Dis-moi, est-ce que Man Ray sera là ce soir ? lui demande Tanja. Ça va toujours bien avec lui ?

Lee ouvre la bouche pour raconter à son amie ce qui s'est passé entre elle et Man, puis se rend compte qu'elle ne sait pas quoi dire. Man et les photos – ses photos – ça lui paraît encore si nouveau. Lee n'a aucune envie de répondre à des questions ; elle veut garder tout ça pour elle, une petite perle logée dans une coquille.

Après un long silence, Lee s'éclaircit la voix :

— Je ne te l'ai pas encore dit, mais Man et moi… on est…

Tanja lève les sourcils.

— Vraiment ?

— Oui.

Lee décontenancée, rougit, regarde ailleurs et prend une photo de l'une des gargouilles de Notre-Dame, dont les silhouettes se dessinent sur le ciel. Quand la photo est prise, Tanja est encore en train de la regarder, mais s'en tient là.

À l'hôtel, Lee ne peut pas s'empêcher de convoiter les tenues que Tanja s'est offertes au cours de son voyage en Europe, des robes d'après-midi avec des jupes plus amples que Lee n'en a jamais vu, et des petits boléros avec épaulettes cousues à l'intérieur. Les deux femmes sont à peu près de la même taille, si bien que, pendant que Tanja s'habille, Lee essaie la robe en crêpe de Chine et les perles de son amie qui, en la voyant, l'invite à les lui emprunter. Lee, campée devant le miroir, s'admire : des joues rosies par la marche qu'elles viennent de faire et par la perspective de voir Man, des lèvres ces derniers temps devenues plus tendres, plus charnues. Tanja s'avance derrière elle et l'examine d'un œil critique, puis lui tire le collier de perles en arrière pour qu'il retombe dans le dos de Lee comme une cape, et au moment de sortir, Lee se sent plus parisienne qu'à aucun moment depuis qu'elle est arrivée ici.

Dans un coin retiré du Dôme, où Lee l'a emmenée avant d'aller à la soirée, Tanja se penche pour boire une gorgée de son verre de martini rempli à ras bord. Ce faisant, elle regarde Lee, plissant ses yeux noircis au khôl.

— Il paye ton loyer ? dit-elle. C'est sérieux, alors. Pourquoi ne m'as-tu rien dit ?

L'attention de Lee se focalise sur un groupe de gens par-dessus l'épaule droite de Tanja. Il y a une femme qu'elle a l'impression de connaître, mais sans savoir d'où. Une amie de Man ? Est-elle venue au studio ? Lee a rencontré tellement de gens qui gravitent autour de Man qu'elle a du mal à les reconnaître tous.

— Li-Li. – Tanja agite sa main devant le visage de Lee pour capter son attention. – Tu aurais dû me le dire. Toutes ces lettres, et tu ne m'as rien dit ?

— Je sais. – Lee prend l'air penaud. – C'est juste que… c'était tellement nouveau. C'est arrivé si vite.

Elle évite le regard de Tanja et, continuant d'observer ce qui se passe autour d'elle, s'aperçoit qu'elles sont assises juste en dessous du portrait de Man et de ses amis, accroché là, au mur, depuis une dizaine d'années. Pointant son doigt sur Man debout au centre du groupe d'une douzaine d'hommes, elle dit :

— C'est lui, sur le mur ; avec son groupe Dada. Ils se retrouvaient ici.

Man lui a dit que le Dôme était très différent, à l'époque, pipes et politique au lieu de commérages et cocktails au champagne. Lee pointe son doigt sur la photo agrandie.

— Là, sur la droite, c'est Tristan Tzara ; tu le verras ce soir, je pense. Lui et Man publient une revue, ensemble, le *221.* Tu connais ? Man a dit… il m'a dit que ce serait un bon support pour mes photos, un de ces jours.

Lee ne peut pas cacher la fierté qu'il y a dans sa voix.

Tanja boit une autre gorgée.

— Je sais qu'il va arriver d'une minute à l'autre, mais je…

Tanja attrape le petit oignon perlé qui est dans son cocktail et le fourre dans sa bouche, le mâchant lentement, regardant Lee avec une expression admirative avant de continuer.

— Tu travailles avec lui, les seules personnes que tu connais sont des gens qu'il connaît, et il paie ton loyer. Li-Li, c'est juste que… qu'est-ce qui se passera si ça ne marche pas ? Tu sais comment tu es quand tu te lasses de quelqu'un.

Lee, contrariée, regarde ses mains jointes sur ses genoux et, distraite par une tache de cendre sur son gant, essaie de la frotter avec son doigt. La tache s'étend, une traînée grise.

— Argyle se languit encore de toi, poursuit Tanja, comme Lee ne répond pas.

— Ça n'a aucun sens.

Argyle. L'un des amants de Lee avant qu'elle ne quitte New York, qui l'avait emmenée voler au-dessus du ruban miroitant de l'Hudson dans son biplace avant de la ramener chez lui, sa peau sentant l'essence quand ils avaient fait l'amour. Le dernier d'une longue série d'hommes que Lee avait traités par-dessus la jambe. Dès qu'ils lui parlaient d'amour, elle ne leur adressait plus la parole. Tanja avait toujours été tenue au courant de ses relations, en connaissait tous les détails, ce qui est sans doute, si Lee y accordait un instant de réflexion, une des raisons pour lesquelles elle n'a pas envie de lui parler de Man. Si Lee ne lui parle pas de lui, il ne fera pas partie du lot et elle s'en portera mieux elle aussi.

— Cette fois, c'est différent, dit finalement Lee. Et puis, on peut changer, non ? Ce n'est pas parce que j'ai été une écervelée toute ma vie que je vais continuer de l'être.

Tanja se penche par-dessus la table et serre le bras de Lee.

— Tu n'as jamais été une écervelée.

— Bon, une fois ou deux, peut-être ?

— Allez, je te l'accorde, dit Tanja, qui rit puis redevient sérieuse aussitôt. Tu l'aimes vraiment beaucoup, alors, dis-moi ? Quand tu parles de lui… je sens quelque chose de différent.

Lee approuve de la tête. Oui, c'est différent, c'est vrai. Quand elle repense à ses autres amants, elle ne se rappelle que sa nervosité, son insatisfaction. Ils voulaient toujours d'elle quelque chose de plus, et elle n'avait aucune envie de le leur donner. Assise face à eux au restaurant, ou allongée près d'eux dans un lit, elle ne pensait la plupart du temps qu'à trouver un prétexte pour partir. À croire que plus ils se voulaient proches, moins elle se sentait capable d'exprimer des émotions. Elle avait essayé d'expliquer ça à Tanja, un jour, des années auparavant, mais son amie l'avait regardée avec curiosité, incapable de comprendre. Alors maintenant, elle a l'impression de ne pas pouvoir expliquer en quoi, avec Man, c'est différent, pourquoi, quand Lee est avec lui, elle se sent ouverte, malléable ; ni pourquoi plus elle passe de temps avec lui, plus elle le désire. Tout ce qu'elle arrive à dire, c'est : « Oui, je l'aime vraiment beaucoup. Je suis contente que tu puisses le rencontrer. »

Quand elles arrivent à la soirée, Man se montre agréablement surpris de voir que Lee a amené une amie. Il les prend toutes les deux par le bras et les entraîne gentiment d'un groupe à un autre. Après avoir parlé un moment avec deux des amis de Tristan, Man les emmène voir un couple plus âgé qu'il présente aux jeunes femmes.

— Arthur, Rose, dit Man. Quel plaisir de vous revoir !

Arthur et Rose Wheeler sont les principaux mécènes de Man : ils ont financé ses films et on dirait qu'ils arrivent toujours avec une commande quand le travail se fait rare. Man est très proche d'eux. Certains étés, il les a même accompagnés à Biarritz. Lee a vu des photos de leur voyage, a entendu parler de ce jour passé à prendre des photos des moutons qui avaient bloqué la route principale pendant des heures, les empêchant de rentrer en ville. Sur les photos de Man, on voyait les moutons rassemblés, le blanc de leurs yeux apeurés ressortant comme des billes luisantes.

Rose se tourne vers Lee, un sourire radieux aux lèvres.

— Vous, dit-elle, vous devez être Lee Miller. Nous avons beaucoup entendu parler de vous... et nous vous avons vue, aussi, sur les superbes photos de Man.

Man sourit et serre un peu plus Lee contre lui.

— Oui, voici mon amour. Je suis tellement content que vous puissiez enfin la rencontrer. Et voici son amie, Tanja Ramm, qui nous arrive de New York.

Ils continuent de se prêter un moment à ce bavardage de cocktail, et Lee y participe, mais elle ne pense qu'à l'expression de Man quand il l'a regardée, ses yeux bruns qui disaient tout ce qu'il ressent pour elle. Les mots qu'il a employés : « mon amour ». Lee jurerait que tout le monde remarque les regards qu'ils échangent, pleins d'admiration et de désir. Lee a de la chance d'être l'élue de Man, de la chance que tout le monde le sache.

Le scepticisme de Tanja a disparu, et il n'a fallu que quelques minutes à Man pour être sous le charme. Lee n'est pas étonnée : Man est particulièrement aimable ce soir ; il n'est jamais plus à l'aise que dans une assemblée comme celle-ci, où il connaît la plupart des invités et n'a pas besoin de s'affirmer. Il est habillé simplement mais avec élégance d'un pantalon noir et d'une chemise blanche, et il porte les boutons de manchette électriques qu'il a fabriqués, avec des petites lumières rouges qui s'allument par intermittence. Quand il gesticule au centre d'un groupe de gens, Lee les voit clignoter.

Lee n'est pas étonnée de voir que Man est lui aussi sous le charme de Tanja, mais il faut dire que tout le monde est sous le charme de Tanja. C'est une des choses que Lee aime chez son amie : l'aisance avec laquelle elle évolue en société, sa simplicité. Elles sont très différentes à tous points de vue : Lee a toujours pensé que Tanja avait l'âme d'un ange, saine et sans tache, alors que quand Lee imagine la sienne, elle la voit comme un nid plein d'épines, sombre et labyrinthique. Contrairement à Man et à Tanja, Lee est souvent tendue dans les soirées mondaines, trop soucieuse de l'image qu'elle donne d'elle-même et de la façon dont elle est censée se conduire.

Lee cherche Tristan des yeux, à présent. Depuis que Man a évoqué l'idée que lui et Tristan pourraient publier ses photos dans leur revue, elle brûle de lui en parler. Son regard s'arrête sur quelqu'un qui lui est familier : crâne rasé, le teint blafard, un costume qui flotte sur elle. « Regarde… c'est Claude », dit Lee à Man. Il regarde dans la direction indiquée et la salue de la tête. « Je voudrais lui dire à quel point j'ai aimé son poème », dit Lee avant de s'éloigner.

Claude est seule dans son coin, en train de fumer comme une perdue. Lee s'avance vers elle, le sourire aux lèvres.

— Ça fait des mois, mais je voulais vous dire que j'ai adoré le poème que vous avez lu chez Monnier.

Claude fait un rond de fumée et ferme un œil, comme si elle voulait voir Lee à travers ce rond.

— Ce n'était pas un poème.

— Ah, je croyais… C'était quoi ?

— Mon manifeste. Mon refus de moi-même.

Elle parle anglais avec un fort accent français.

Lee se retient de lever les yeux au ciel. Les lignes de Claude ont continué de lui trotter dans la tête, mais elle avait oublié à quel point elle est bizarre. Du coup, Lee regarde autour d'elle et essaie de trouver une façon de s'éloigner sans la blesser.

— Vous êtes la fille qui est avec Man Ray, poursuit Claude.

— Oui.

Une fois de plus, Lee en tire une grande fierté.

— La *muse*, dit Claude, dessinant le mot en remuant son index dans l'air avec dérision.

— Je suis photographe, en réalité.

— Ah bon ?

Lee essaie de rivaliser avec Claude sur le terrain de la dérision.

— Vous aussi, non ? Il me semble l'avoir entendu dire.

Claude tend à Lee sa cigarette, le tabac mouillé au bout qui a été sur ses lèvres, et se met à fouiller dans les poches de sa veste. Elle en sort un paquet de petites cartes et en tend une à Lee. Sur celle-ci, il y a une photographie de Claude habillée en haltérophile et une adresse boulevard Raspail.

— J'expose, dit-elle.

Lee ne reconnaît pas l'adresse, mais elle est tout de même impressionnée. Claude doit être encore meilleure qu'elle ne le pensait.

— Je ne connais pas cet endroit, dit Lee. C'est une galerie ?

Claude grimace un sourire méprisant.

— Galerie est un bien grand mot. Pour son propriétaire, c'est effectivement une galerie, mais pour moi ce serait plutôt un hall d'entrée coincé entre deux immeubles. Mais bon, là encore le propriétaire est… comment vous dites ? Un fils de pute. Tout ça ne se passe pas très bien. Au début, c'étaient juste mes photos ; maintenant ce sont les miennes et celles de vingt autres photographes. Je me suis dit que j'allais me retirer, mais j'aime trop l'idée de voir mes photos sur un mur. Pas vous ?

Lee ne répond pas, mais une image se forme dans son esprit : ses propres photos encadrées et accrochées au mur d'une galerie. Une foule de gens allant d'une photo à l'autre en silence. Gardant ensuite les photos – ses photos – en tête, hantés par leur souvenir.

Claude cherche quelqu'un des yeux. Lee suit son regard et voit qu'il s'est arrêté sur Man, qui tient toujours cour dans un coin, ses boutons de manchette clignotant dans cet espace mal éclairé. Les yeux de Claude vont ostensiblement de lui à Lee, de façon assez suggestive pour exprimer qu'elle imagine tout ce qui se passe entre eux. « Grand homme », dit Claude. Mais sur un ton qui laisse entendre qu'elle pense tout le contraire. Lee se dit tout à coup qu'elle peut très bien la laisser là, ce qu'elle fait, écrasant la cigarette de Claude dans un cendrier déjà plein et prenant un verre de vin sur un plateau au passage. C'est un soulagement de se retrouver de nouveau près de Man, et Lee s'abrite dans la familiarité de sa veste froissée tandis que la prenant fermement par la taille, il la serre contre lui. Tanja adresse à Lee le sourire éblouissant qu'elle a toujours quand elle est saoule, toutes dents dehors. Les Wheeler sont partis, et Man et Tanja bavardent avec une dame plus âgée qui a dix ou douze rangs de perles autour du cou, son verre levé comme une torche au-dessus de sa tête.

— Et je lui ai dit à Rémy, braille-t-elle, je lui ai dit que ce qui va conduire l'art à sa perte, ce ne sont pas les jeunes gens ; les jeunes gens sont très bien, même si certains vous disent qu'ils n'ont rien dans la tête. Ce qui va conduire l'art à sa perte, c'est le marché.

Le dernier mot est dit sur un ton impérieux, le verre toujours levé qu'elle agite pour appuyer ses dires en sorte que le liquide s'en répand. Tanja se penche vers Lee et, singeant la vieille dame, chuchote « le marché » à son oreille.

Mais Lee, intéressée, attend que la dame poursuive.

— Si vous croyez que les Américains vont poser pour se faire tirer le portrait aujourd'hui, dit la femme, pointant un ongle bordeaux interminable vers Man, vous vous trompez lourdement.

Man s'éclaircit la gorge.

— Ça va si mal ? Nous n'en avons pas encore ressenti les effets ici. En fait, je parlais précisément de ça à l'instant avec Arthur Wheeler…

— Je suis de Pittsburgh, interrompt la femme, secouant la tête. Je suis allée chercher de l'argent pour ce voyage, et vous ne me croirez pas, mais ils m'ont dit qu'ils n'en avaient pas. Ma banque ! Elle ne pouvait pas me donner mon argent.

Man hoche la tête, fronce les sourcils et interroge de nouveau la femme, d'une voix qu'il baisse pour que Lee n'entende pas. Tanja se tourne vers son amie et dit :

— Qui est cette drôle de créature à qui tu parlais tout à l'heure ?

— Claude Cahun. Elle est photographe. Elle va bientôt exposer dans une galerie, près d'ici.

Lee tend la carte à Tanja. Celle-ci y jette un coup d'œil rapide puis la lui rend. Tanja n'a jamais été très portée sur l'art.

— Seigneur, j'espère que ses cheveux auront un peu repoussé d'ici là, blague Tanja et elles éclatent de rire.

— Elle a du talent en tout cas, dit Lee. Il ne faut pas être n'importe qui pour réussir à exposer son travail dans cette ville.

Tanja esquisse un gracieux haussement d'épaules.

— Très bientôt, ce sera ton tour.

— J'espère bien, dit Lee, mais une partie d'elle-même seulement croit que ça pourrait vraiment arriver. – Elle se rappelle un fragment de la dernière lettre de son père. – Des photos de mon père ont paru dans un magazine, enchaîne-t-elle.

Tanja la regarde, étonnée.

— Des photos de toi ?

— Non, des photos d'architecture.

— Ah.

Tanja connaît son père depuis leur enfance, ne l'a jamais aimé, bien qu'elle ait posé pour lui, comme Lee, pour des photos d'art. Elles ont même posé ensemble, ce qui embarrasse Lee encore aujourd'hui, la mise en scène de son père leur donnant plus l'air de femmes amoureuses que d'amies. Lee n'a toujours pas répondu à sa lettre ; elle l'a juste fourrée au fond d'un tiroir pour ne plus y penser.

— J'aime bien Man, chuchote à présent Tanja, changeant de sujet.

Elle s'est penchée plus près de Lee, qui sent son haleine avinée.

— Ah oui ?

— Oui. Il a l'air vraiment amoureux de toi.

Lee pose sa main sur l'avant-bras de Tanja.

— Qu'est-ce qu'il t'a dit ?

— Pendant presque toute la conversation qu'on a eue avant que cette femme ne vienne nous interrompre, il ne m'a parlé que de ton talent. D'une photo que tu as prise d'un parapluie cassé ? Il était dithyrambique.

Lee rougit de fierté et avale une gorgée de vin pour le dissimuler. Elle ne savait pas que Man aimait cette photo, bien qu'elle-même en fût très contente. Man est toujours en train de s'entretenir avec la femme, si bien que Lee demande à Tanja si elle veut un autre verre, et les voilà qui se dirigent vers le bar où elles restent un moment à grignoter des canapés aux œufs et à éclu-ser leur verre pour en reprendre d'autres. Quand elles reviennent vers Man, Tristan Tzara l'a rejoint, et la conversation semble plus ou moins rouler sur les mêmes sujets que lorsqu'elles l'ont quitté, sauf que maintenant, d'autres personnes se sont rassemblées autour d'eux. Chaque fois que Lee se trouve en présence de Tristan, il pontifie, et à voir le sérieux de son expression, elle sait que ce sera encore pareil ce soir. Cet homme-là ne devrait jamais sortir sans un mégaphone.

— Comment justifier la production artistique quand il y a encore tant d'inégalités, quand tant de gens ont du mal à joindre les deux bouts, braille Tristan.

— La production artistique est sa propre justification ! s'écrie quelqu'un, et plusieurs personnes frappent la table de leur poing en signe d'approbation.

Lee s'approche de Man et l'embrasse sur la joue. Tristan la salue d'un signe de tête, puis continue, en français cette fois, parlant vite et fort :

— Il faut que les gens se libèrent de l'esprit petit-bourgeois ; sous le joug du système capitaliste, les gens sont exploités ; l'exploitation, c'est la mort.

Lee tire sur la manche de Man, voulant lui parler de la revue et savoir si oui ou non, ils peuvent demander à Tristan de publier aussi quelques-unes de ses photos, mais avant qu'elle puisse parler, Man lui dit :

— Nous allons consacrer le prochain numéro de *221* entièrement à ce sujet. Un nouveau manifeste à propos du rôle dévolu à la photographie pour affranchir les esprits de l'autosatisfaction.

Encore des manifestes. Bla bla bla. Toutes ces discussions servent peut-être à quelque chose, mais Lee n'en a pas encore vu les effets à ce jour. Elle préfère de loin les conversations sur l'art qu'elle a avec Man que ces discours en public, quand le seul but semble être la confrontation et la polémique. Au studio, ils parlent du désir, du fait que c'est très proche de la faim, que l'amour est aussi important pour l'art que la révolution. Lee trouve ça beaucoup plus intéressant, mais même ces idées-là sonnent un peu faux. Ou alors peut-être que ce ne sont pas tant les idées qui sont fausses, que le fait qu'elle ne croit pas que l'art ait toujours besoin d'un message pour être compris. Les créations de Man qu'elle préfère sont celles qui n'ont nul besoin d'explication ou de contexte, celles dont la contemplation provoque une émotion en elle.

Il y a malgré tout quelque chose de tonique dans ce que Tristan est en train de dire, dans la passion qui l'anime. Lee regarde derrière elle où Tanja a l'air de s'ennuyer ferme, et se rend compte qu'au cours des derniers mois, une partie de ce que lui et Man disent a commencé à avoir un impact sur son propre travail. Qu'avoir une raison et un but derrière les photos qu'elle crée est important, même si elle ne sait pas encore très bien lequel. Mais ce soir, elle est avec son amie et, en la regardant, Lee prend la mesure de l'affection qui les lie depuis toujours. Elle s'éloigne un peu du cercle de gens qui écoutent Tristan, passe son bras autour de l'épaule de sa vieille amie et choque son verre contre le sien avec un sourire.

12

Lee est étendue sur le canapé du studio avec Man. Les mains de Man ont laissé des traces de peinture sur son estomac et ses cuisses. Sa tête repose sur elle, il lui dit que ces derniers mois ont été les plus créatifs de sa vie. Les photos, les peintures, les sculptures, c'est ce qu'il a fait de meilleur à ce jour.

— C'est toi, dit-il. Toi et personne d'autre.

— Et Kiki, alors ?

Quatre mois qu'ils sont ensemble, et Man n'en a jamais parlé. Jusqu'à maintenant, Lee non plus, mais elle n'a cessé de s'interroger à son sujet. Lee ne s'est jamais préoccupée des maîtresses qu'avaient eues les hommes qu'elle a connus, mais, avec Man, elle se prend à se poser des questions sur son passé plus souvent qu'elle ne veut bien l'admettre.

— C'était différent.

— Différent comment ?

Lee s'assied et reboutonne son chemisier.

— Elle était jeune…

— Moi aussi je suis jeune.

Il la regarde et se reprend.

— Elle était jeune. J'étais jeune. Je l'ai rencontrée dans un café. C'était un malentendu… Ça ne te concerne pas.

— Mais si.

Lee finit par lui tirer les vers du nez. Il venait d'arriver à Paris. Il est allé à La Closerie des Lilas et a vu une femme assise dans un coin avec un ami. Même frais débarqué du paquebot en provenance de Brooklyn, il savait qu'elle n'était pas à sa place à cet endroit. Elle ne portait pas de chapeau, elle avait les cheveux qui lui retombaient sur les épaules, les joues un peu trop rouges et elle parlait vite, trop fort, d'une voix un peu rauque. Chez lui, à New York, Man avait fait des études de nu et, avec ses cheveux détachés, Kiki lui rappelait les prostituées qui posaient souvent pour lui, à l'aise dans leurs mouvements et reconnaissantes d'avoir un travail qui n'exigeait d'elle qu'une totale immobilité. Dès qu'il l'a vue, Man a eu envie de la protéger. Pendant qu'il l'observait, un serveur s'est approché d'elle pour lui signifier qu'elle devrait quitter le restaurant si elle ne se couvrait pas la tête. Kiki a hurlé qu'elle ne partirait pas. Comme le serveur insistait, elle s'est levée de son siège et a quitté sa table pour se diriger vers la porte. Au moment où elle passait devant lui, Man l'a saisie par le bras et lui a proposé de s'asseoir à sa table pour que le serveur cesse de l'importuner. Il parlait à peine le français et Kiki ne parlait pas l'anglais, ce qui ne les a nullement empêchés de se plaire. Il l'a invitée à dîner, puis au spectacle, puis dans son studio, et enfin dans son lit ; ils sont restés dix ans ensemble, puis il l'a quittée.

— Pourquoi l'as-tu quittée ?

Lee veut le savoir parce qu'elle souhaite affirmer sa supériorité sur Kiki, savoir toutes les erreurs que celle-ci a pu commettre.

— Elle était jalouse.

— Jalouse de quoi ? Qu'est-ce que tu avais fait ?

Man la regarde, l'air offensé.

— Rien ! Elle était instable… une actrice hors pair. Elle passait ses soirées à interpréter des chansons sur la trahison et, avec moi elle en voyait partout.

Il se lève et se dirige vers le bureau.

— Tiens, je vais te montrer quelque chose.

Il revient avec un petit carnet d'adresses noir. À l'intérieur, des dizaines de noms, tous écrits de la main ferme de Man, mais en regardant de plus près, Lee voit qu'un certain nombre de noms et de numéros de téléphone ont été modifiés, corrigés, surchargés encore et encore à l'encre noire, jusqu'à ce que les lettres ressemblent à des animaux difformes.

— Un jour je suis rentré et je l'ai trouvé comme ça.

Il feuillette les pages, en choisit une et tend le carnet à Lee.

— Ma cousine Flora, qui vit à Philadelphie. Ma grand-mère. Tous les noms de femmes qui s'y trouvaient.

— Avais-tu été avec quelqu'un d'autre ?

— Non, absolument pas.

Lee consulte rapidement le carnet. Le stylo a laissé des marques tellement appuyées sur les pages qu'elles sont visibles à l'envers ; par endroits, la pointe a même creusé la fibre du papier. Sur une page, Kiki a écrit *merde, merde, merde*[1] dans la marge. Lee imagine Kiki dans la chambre de Man, remontée, hystérique. Mais, en continuant de feuilleter, quelque chose de la

1. En français dans le texte.

colère de cette femme touche Lee, et elle se surprend à éprouver de l'empathie, voire quelque affinité avec elle.

— Il doit bien y avoir une raison qui explique son comportement…

— Eh bien, non. Je lui étais fidèle. – Le ton de Man est tranchant. – À l'époque où j'étais avec elle, j'ai fait tout ce que j'ai pu pour l'aider. Elle voulait peindre, alors je lui ai acheté des toiles et je l'ai laissée utiliser mes tubes de peinture. Elle voulait jouer la comédie, alors je l'ai emmenée aux États-Unis quand je suis rentré pour voir ma famille et je lui ai arrangé des rencontres à New York. Elle a voulu écrire… elle voulait raconter sa vie, alors j'ai lu ses premières pages et je l'ai aidée à les traduire en anglais. Je lui ai aussi présenté Broca, un de mes amis, qui publiait une lettre d'information sur Montparnasse parce que je pensais que les histoires de Kiki pourraient l'intéresser. Intéressé, ça oui, il l'a été. Elle a commencé à travailler avec lui à plein temps. À *écrire.* Puis elle s'est installée chez lui.

Lee ne comprend plus.

— Alors… c'est elle qui t'a quitté ?

Man reprend le carnet d'adresses des mains de Lee et le pose sur la petite table, puis il traverse la pièce pour aller regarder par la fenêtre.

— Non, c'est moi qui l'ai quittée. J'ai été très clair sur le fait que sa conduite était inacceptable. Et elle l'était. Broca s'est révélé un ivrogne et un drogué qui errait dans les rues en marmonnant dans sa barbe. Kiki n'est pas resté longtemps avec lui – je crois qu'elle l'a quitté pour son accompagnateur. Un accordéoniste.

À sa façon d'en parler, elle sent bien qu'il lui en veut encore. Il n'a pas répondu à Lee qui lui demandait pourquoi Kiki était si jalouse de lui, mais elle préfère ne pas trop le pousser dans cette voie. Comme il est allé se poster devant la fenêtre, elle s'avance vers lui, l'entoure de ses bras et lui embrasse l'oreille.

— Je voudrais la rencontrer, dit-elle au bout d'un moment. Je voudrais l'entendre chanter.

— Eh bien… Elle peut être cruelle. Elle sait que nous sommes ensemble.

— Tu as peur qu'elle m'agresse ?

Lee fait la moue, bat des cils.

Man lui caresse le visage du doigt, puis le cou.

— Tu veux savoir de quoi j'ai peur ? Que vous deveniez les meilleures amies du monde et que Kiki te raconte des histoires horribles sur moi qui te feront regretter tout ça. Elle en est capable. Elle l'a déjà fait.

— Et moi qui croyais que tu avais peur pour moi…

— Pour toi ? Je pense que tu es parfaitement capable de te défendre.

Chaque fois que Lee marche dans Montparnasse, elle voit des affiches pour le spectacle de Kiki, et quoi qu'elle fasse, elle n'arrive pas à se sortir cette femme de la tête. Quelques jours plus tard, elle demande à Man si elle peut voir les photos qu'il a prises de Kiki. Elle n'y peut rien. Il ne rate jamais une occasion de montrer son travail, si bien qu'elle n'est pas surprise de le voir se diriger vers le meuble où elles sont rangées et en sortir des cartons.

Elle éprouve d'abord un immense soulagement, qui libère la tension qu'elle ne savait pas aussi présente au niveau de sa nuque. Elle, la plus belle femme de Paris ? Aux yeux américains de Lee, Kiki a l'air aussi bouffie que du pain sous l'effet d'un excès de levure, elle est outrageusement maquillée, coiffée dans un style qui aurait été à la mode il y a vingt ans ; elle a la fesse large et tombante, pareille à un sac de farine à moitié vide.

Mais certaines des compositions lui sont désagréablement familières. Ici, les rideaux de la chambre de Man, les mêmes qu'aujourd'hui. Là, Kiki rejette la tête en arrière... Man a pris un gros plan de son cou. Ce pourrait être le cou de Lee, tellement les photos se ressemblent. Man ne paraît pas attendre de Lee qu'elle dise quoi que ce soit et continue de s'étendre sur ce qu'il pensait en prenant une certaine photo, ou bien s'arrête pour en examiner une autre et expliquer qu'il en ferait un tirage différent aujourd'hui.

Il lui montre une centaine de photos au bas mot. À la fin, comme elle n'a rien dit. Man lui demande ce qu'elle en pense. Lee hésite puis dit ce qu'elle pense devoir lui dire : que Kiki est très belle.

« Certes, dit Man. Mais que penses-tu de mon travail ? »

13

« Biarritz », dit Man.

Lee est penchée sur le livre de comptes ; Man est assis à la table qui se trouve dans le coin le plus éloigné. Des rendez-vous ont été pris pour le reste de la semaine.

— Biarritz ?

— Allons-y, dit-il. Je sors la voiture et on y va. Tu n'y es jamais allée, n'est-ce pas ?

C'est elle qui passe les coups de fil pour lui. Des excuses : Man Ray est tout à fait désolé, mais il y a eu un décès dans sa famille. Peut-on reprendre date ? Une partie d'elle-même sait que Man devrait penser aux problèmes d'argent, aux clients mécontents qui paient les factures, mais il lui est facile de ne pas s'étendre là-dessus. Si lui ne se fait pas de souci, pourquoi s'en ferait-elle ?

Ranger, passer chez elle, faire sa valise ne lui prend pas plus d'une heure. Lorsqu'elle sort de son immeuble, il est déjà là le long du trottoir dans sa Voisin qui tourne au ralenti, grondant comme un animal. Lee n'est jamais montée dans une aussi belle et grande voiture. Elle noue un fichu rayé sur ses cheveux et pose son bras sur la portière habillée de cuir, éprouvant une sensation de glamour un peu canaille. Elle laisse sa main sur la cuisse de Man pendant l'essentiel du trajet.

Le voyage est long, sur des routes médiocres, si bien qu'ils font une étape à Poitiers pour la nuit, se promenant comme des touristes le long des rues pavées, dînent dans un petit restaurant où on leur sert du pain complet et un *bœuf bourguignon*[1], dans une sauce au cognac particulièrement riche, avec carottes, pommes de terre et oignons perlés. Lee mange tellement que la ceinture de sa robe la serre trop lorsqu'ils quittent le restaurant. La nuit, ils font l'amour dans leur petite chambre d'hôtel éclairée par la pleine lune qui luit comme une lampe à travers les fenêtres sans rideaux, et, au matin, ils mangent des croissants au lit, les doigts glissants de beurre et fleurant bon le sucre et la levure. Ils sortent, se protégeant les yeux d'une lumière éblouissante, bien différente de celle de Paris, Lee prend des photos, les tours du Palais de Justice pareilles à des personnages coiffés de bonnets de bouffons, et elle se sent plus heureuse qu'elle ne l'a jamais été, libre, pure, remplie d'un sentiment de légèreté. Alors qu'ils empruntent une passerelle, elle se tourne vers Man.

— Je te prends en photo.

— Non, personne ne me prend en photo.

— C'est absurde, dit-elle, en levant son appareil à hauteur d'œil.

Un haussement d'épaules, un sourire, il accepte. Elle le cadre avec la large rambarde de pierre fuyant

1. En français dans le texte.

vers un point sur l'horizon, en décalant à peine l'appareil sur son axe pour que son corps soit parallèle au réverbère qui se trouve derrière lui. Il porte un foulard blanc, un pantalon de lin crème. Il sourit toujours, juste un peu, le vent agite ses cheveux et le foulard, les faisant voler sur le côté. Il a l'air vieux, un peu fatigué et, curieusement, elle ne l'en aime que davantage.

Biarritz, quand ils atteignent enfin leur destination après deux jours de conduite harassante, est une carte postale. Le soleil se couche au moment où ils arrivent en ville, Man décapote la Voisin et ils prennent la direction de l'esplanade du Port-Vieux, vers la villa Belza qui s'élève tout près de la route, comme creusée dans les falaises de grès. Man se gare à proximité, ils remontent ensemble l'allée conduisant au portail de la villa.

Man réserve une chambre pendant que Lee attend, admirant l'élégance du mobilier et des épaisses tentures de velours. Il la rejoint avec une clé géante dans sa main, qui la grise. Ils iraient encore plus vite s'ils le pouvaient. Elle monte les marches devant lui et le voilà qui glisse sa main entre ses jambes, chaude sur sa peau, au-dessus de la bordure de dentelle de ses bas, si haut qu'il doit pouvoir sentir la chaleur humide entre ses jambes. La porte de la chambre à peine refermée, ils se jettent sur le lit. La fenêtre est restée ouverte et, tandis que Man lui fait l'amour – brutalement et vite, comme elle aime –, une odeur de sel et de mer lui chatouille les narines, et elle se dit qu'il se pourrait bien qu'elle pense toujours au sel quand elle pensera à lui. Après l'amour, adossée à un oreiller géant, elle regarde autour d'elle pour la première fois. Les murs de la chambre sont recouverts de brocart rouge. Des rideaux rouges tombant du plafond habillent la tête de lit. Même la coiffeuse et le coin salon sont capitonnés de rouge.

— Mais qu'est-ce que c'est que cet endroit ? lui demande-t-elle.

— C'est étonnant, non ? dit-il, riant de son expression. Attends de voir le cabaret.

Ils s'assoupissent puis refont l'amour et émergent de leur chambre pour un dîner au cours duquel ils s'empiffrent de fruits de mer et de poissons : *moules marinières*[1], sériole à l'orange, un poisson inconnu de Lee servi presque cru, en marinade. Ils se resservent de vin chaque fois que leur verre est vide. Lee a l'impression qu'elle ne sera jamais rassasiée. Manger comme ça – commander ce dont elle a envie, racler les dernières miettes de glaçage de son dessert – lui donne le sentiment de retomber en enfance, ce qui provoque une certaine tension en elle. Mais Man l'emmène au cabaret, qui est aussi luxueux et prétentieux qu'il l'avait promis, et elle se détend. Ils s'assoient à une table miroir, genoux pressés l'un contre l'autre. Sur la scène, des femmes en soutien-gorge à sequins et bandeaux à plume dansent le charleston. L'orchestre joue fort et, quand le spectacle est fini, la musique continue, et la plupart des clients se lèvent pour aller danser. Man l'attire sur la piste de danse. Il bouge comme un chien fou, sans complexe, sans véritable grâce, mais avec un tel enthousiasme qu'elle ne peut

1. En français dans le texte.

pas ne pas se laisser emporter, le suivre, au point de finir par danser comme une folle elle aussi. Quand ils sont en sueur, essoufflés, Man embarque une bouteille de vin et les deux verres qui sont sur la table, et les voilà qui montent dans leur chambre, grimpent dans le gigantesque lit rouge et discutent jusqu'à trois heures du matin. D'art, d'inspiration, de la différence entre la peinture et la photographie. La conversation est une danse à elle toute seule, forme une boucle puis revient sur elle-même jusqu'à ce qu'elle soit quasiment à bout de souffle.

— J'ai eu une idée, dit Man, d'une série d'autoportraits que je veux faire. Six, peut-être sept, avec de subtiles variations. Un plan rapproché de mon visage et sur le bureau devant moi un masque, un masque de mort. Le changement dans les photos serait dans les autres objets se trouvant sur le bureau. Je ne sais pas encore lesquels je choisirai. Peut-être un nœud coulant, ou une plume. Pour dire quelque chose de la condition de l'artiste...

Lee hoche la tête avec enthousiasme.

— Oui ! Un jour tu n'arrives pas à penser à quoi que ce soit d'original et le lendemain les idées se bousculent dans ta tête – comment saisir ça ou comment tenir en capitalisant sur les bons jours...

— Et ne pas laisser les jours de nœud coulant t'obséder.

— Oui, dit Lee.

Elle laisse tomber les dernières gouttes de vin dans sa bouche et repose son verre. Il lui caresse le bras du bout des doigts et elle tend sa main vers la sienne, puis, l'élevant, presse le bout de ses doigts contre les siens.

— On s'y met dès qu'on rentre, promet-elle.
— Oui, dit-il, avant de l'embrasser.

Le lendemain matin, ils vont se promener jusqu'au Rocher de la Vierge, puis sur la Grande Plage, où ils ôtent leurs chaussures pour marcher sur le sable mouillé. On est à la mi-mai, avant la saison estivale, et la plage est peu fréquentée. Un alignement de cabines vides suscite l'intérêt de Lee, si bien que Man en loue une. Ils ouvrent les portes de toile et contemplent le flux et le reflux des vagues ourlées de blanc. Lee est étendue moitié au soleil, moitié à l'ombre, abandonnée sous un gigantesque chapeau qu'elle a acheté à un vendeur ambulant, ne s'asseyant que pour s'asperger les jambes et sentir la brise marine sur sa peau. L'eau y laisse une pellicule de sel quand elle sèche. Man dort à côté d'elle sur une chaise longue. Elle le regarde, les mâchoires détendues, la peau relâchée autour du cou, si paisible. Lee décide d'aller faire un tour pendant qu'il dort. Elle attrape son appareil photo et se dirige vers le sentier du front de mer où sont alignés les grands hôtels. Tous plus beaux les uns que les autres. Des hommes en chapeau de paille et pantalon à revers marchent main dans la main avec des femmes en pantalon elles aussi, mais large et vaporeux. Lee prend une photo de la rangée de cabines qui sortent du sable comme des champignons de Paris, une autre d'un couple portant un gigantesque parasol et qui se dispute tout en marchant. Au bout de la plage, une femme vend des colliers fabriqués à partir d'éponges de mer, ce qui séduit Lee au point qu'elle en achète un pour le montrer à Man. Il a une odeur d'eau salée, de décomposition marine, mais elle se le met autour du cou quand même et s'en retourne auprès de lui. Il dort encore, si bien que Lee s'assied, le visage levé vers le soleil. Au bout de quelques minutes, il se réveille, la voit, et ramasse son appareil photo. Elle ne bouge pas, ferme les yeux pendant qu'il prend des photos d'elle, le visage chauffé par le soleil, prête à fondre comme du beurre.

Avant de partir, ils entrent dans la cabine, en referment les portes. À l'intérieur de l'enceinte de toile épaisse, le bruit de la mer n'est plus qu'un murmure. Ils étalent leurs serviettes sur le sable blanc, s'allongent, et Man embrasse Lee, longuement, comme s'il la buvait. Elle est étonnée de le désirer à ce point. Elle prend sa main, la met sur la ceinture de son pantalon, et il le déboutonne, passe un doigt dans sa culotte, la caresse jusqu'au plaisir, la laissant tremblante, la peau humide et légèrement mouchetée de grains de sable. Après, elle s'allonge tout contre lui, le corps totalement détendu. Il la tient serrée, et elle voudrait que ce moment (et ce qu'elle ressent à cet instant) dure toute la vie, que rien ne vienne abîmer ce qu'elle éprouve.

Lee entend la phrase dans son esprit, mais veut que Man la dise en premier. Elle concentre toute son attention sur lui, veut qu'il la lui dise, va jusqu'à nicher sa tête contre sa poitrine et s'éclaircir la gorge à plusieurs reprises. *Je t'aime.* Ils restent un long moment silencieux, à écouter le doux bruit d'aspiration du ressac.

Finalement, il dit :

— J'aurais préféré que tu n'ailles pas te promener pendant que je dormais.

Lee se redresse un peu pour pouvoir le regarder en face, mais il a les yeux fermés.

— Pourquoi, mon Dieu ?

— Nous sommes dans une ville étrangère. Je ne savais pas où tu étais. Et toi, toute seule… ça m'a inquiété. Je n'aime pas savoir que d'autres hommes te regardent.

— Que d'autres hommes me regardent ? Il plaisante, ce n'est pas possible. Alors pendant tout le temps que tu dormais, j'aurais dû rester ici à attendre que tu te réveilles ?

Man ouvre les yeux, la regarde.

— J'imagine que ça paraît ridicule, dit comme ça, mais… J'ai besoin de toi, Lee.

Puis, plus doucement, il ajoute : Ne me quitte pas, jamais.

Il l'attire à lui, elle se retrouve à nouveau sur sa poitrine et il lui passe la main dans les cheveux.

Ce ne sont pas les mots qu'elle attendait. Pourtant, il y a en eux quelque chose d'électrisant. La vulnérabilité. Le pouvoir qu'il lui donne. Elle voudrait lui rendre la pareille, lui montrer qu'elle sait qu'il révèle quelque chose de lui-même, si bien qu'elle pose sa tête sur son épaule et dit :

— Non, jamais.

Si en restant avec lui elle peut être aussi heureuse qu'elle l'a été durant ce voyage, la promesse sera facile à tenir.

— Et si nous revenions ici chaque année ? lui demande-t-elle.

— Rien ne me ferait plus plaisir.

Lee imagine le rituel qu'ils se fabriqueraient, et pense à ce que ce sera dans vingt ans. Ses cheveux plus grisonnants que ses tempes aujourd'hui, les rides de son visage plus creusées, les yeux plus profondément enfoncés. Il aura des plaintes de vieux que Lee, qui portera ses fortifiants dans son sac à main, sera le genre de femme à trouver attendrissantes. C'est en l'aimant qu'il fera d'elle cette femme-là.

Man la serre plus fort contre lui et ils restent étendus en silence. Mais Lee a trop chaud. Il fait étouffant dans la tente. Alors elle se libère de son étreinte, s'assied, rajuste ses vêtements, puis va rouvrir les pans de la cabine et regarde dehors la ligne floue où l'océan et l'horizon se rencontrent, admirant la façon dont l'ouverture encadre la vue.

Saint-Malo
Août 1944

L'air se remplit de grondements et de plaintes stridentes avant même que Lee ne voie les avions piquer sur la citadelle. Ils se redressent dans un ensemble parfait et le bruit des réacteurs est couvert par le sifflement des bombes. En un instant, tout n'est plus que chaos, la citadelle explose, en flammes. Lee prend une photo de la chute d'une bombe, une autre d'un soldat dont le corps se détache dans la brume en une silhouette de feu. Après la guerre, elle découvrira que c'était la première fois que les Américains utilisaient le napalm – ce qui expliquera que ses photos aient été censurées, mais aussi que le feu semblait coller comme du sirop à la peau des soldats.

L'attaque ne dure pas longtemps. Les oreilles encore bourdonnantes, Lee descend vers le fort pour rejoindre le quartier général, mais la fusillade la suit et, quand les tirs se rapprochent au point qu'elle en sent les répercussions, elle plonge vers une cave souterraine et s'y terre, accroupie, serrant son appareil photo contre sa poitrine. La cave empeste la guerre et la pourriture; les murs sont couverts de ce qui pourrait être du sang. Lorsqu'elle fait un pas en avant, son talon touche quelque chose de charnu et, saisie de panique, elle remonte dans la rue, se met à courir. Ses tympans résonnent si fort qu'elle a du mal à se concentrer et, quand quelqu'un lui crie quelque chose, elle ne comprend pas qu'on lui pose une question. Elle se retourne et découvre quatre GI, les yeux fixés sur elle.

— Vous êtes… une fille ? lui demande l'un d'eux.

Lee est étonnée qu'ils s'en soient aperçus. Elle sait de quoi elle a l'air ; si sale qu'elle pourrait gratter la couche de crasse avec ses ongles. Mais ces hommes sont enchantés de se retrouver en présence d'une vraie femme, et de New York en plus. Ils la supplient de *continuer de parler. Les voix de nos copines nous manquent.* D'autres coups de feu retentissent et ils s'abritent dans ce qui se révèle être une cave à vin. Les caisses de vin sont empilées le long des murs : sauternes, languedoc, riesling. Quand les tirs cessent, les soldats en emportent autant qu'ils le peuvent et, plus tard le soir, de retour à l'hôtel durant le black-out, en compagnie de Lee, ils le boivent dans des verres en cristal empruntés qu'ils nettoient en les frottant avec des draps poussiéreux.

— Que vient faire une fille de Poughkeepsie dans un endroit pareil ? bredouille l'un des soldats, pointant son verre dans la direction de Lee, de sorte qu'il renverse un peu de vin sur son pantalon.

Sur ses joues, de l'acné et le feu du rasoir ; sur sa veste d'uniforme, l'unique chevron du soldat de première classe.

— Je me suis dit que j'allais pas vous laisser faire la fête sans moi, répond Lee.

Les autres soldats rient. Lee regarde toujours le simple soldat.

— Tu as déjà tué des Boches ? lui demande-t-elle.

— J'étais à Anzio.

— Mais en as-tu tué un ? Toi ?

Les autres hommes ayant repris leur conversation, Lee se rapproche de lui. Il acquiesce d'un signe de tête, sans la regarder.

— J'ai descendu un type, un tireur embusqué. Il avait tué mon copain, juste à côté de moi. Alors je l'ai abattu.

— Quel effet ça t'a fait ?

— Ça m'a rien fait. – La voix du soldat est avinée. – Mais j'y repense souvent. Il avait les cheveux très blonds, presque blancs. Je sais pas pourquoi mais je me dis souvent qu'il doit manquer à sa mère.

Lee sent un flot de haine lui remonter dans l'estomac.

— Sa mère est un monstre. Ce sont tous des monstres. J'aurais voulu le descendre moi-même.

Le première classe lui jette un drôle de regard, puis, de l'autre côté de la pièce, un autre soldat dit à Lee qu'il veut lui montrer une photo de la petite amie qu'il a laissée aux États Unis, si bien qu'elle laisse le premier pour aller vers lui. Sur la photo, la fille porte un rang de perles bien sage, elle a un sourire confiant, et Lee la déteste aussitôt, de la voir si propre et bien au chaud, en sécurité dans l'Indiana.

Les bouteilles circulent les unes après les autres, et ils restent éveillés toute la nuit, à boire et à discuter. Puis, au matin, à l'heure où le soleil dessine un rai de lumière à la lisière des rideaux occultant, les soldats se mettent à bâiller. Certains s'allongent à même le sol dans des couvertures d'emprunt ou bien dorment assis, affalés contre le mur. Lee se ressert, observe un instant son reflet déformé sur la surface du verre. Puis elle se lève et, d'un pas hésitant, s'avance vers l'endroit où le première classe s'est endormi, la bouche ouverte comme un enfant. Lee le réveille à petits coups de rangers dans la jambe, à quoi il répond par un sourire perplexe, comme si elle faisait partie du rêve qu'il était en train de faire. « Viens », lui murmure Lee, et il la suit dans le couloir de l'hôtel, jusqu'à une chambre vide. Elle l'attire à l'intérieur puis le pousse en sorte qu'il se retrouve assis au bord du lit, dans l'expectative, levant vers elle des yeux étonnés. Il doit avoir une quinzaine d'années de moins qu'elle.

— Madame ? dit-il.

— Chut.

Lee lui enlève ses rangers et, pendant qu'elle délace les siennes, il se débarrasse de son uniforme et s'allonge sur le lit, nu, la peau si pâle qu'elle en est presque translucide. Sa poitrine est douce et glabre. Lee a envie de le frapper. Elle avance à quatre pattes sur le matelas et lui fait signe de bouger pour venir derrière elle et, lorsqu'il est dans la bonne position, elle l'empoigne pour l'aider à se glisser en elle.

— Vas-y, dit-elle, d'une voix pleine de colère qui lui semble ne pas être la sienne dans le silence de la chambre.

Parcourue par une poussée d'adrénaline, elle conjure l'image du soldat blond que cet homme a tué et laisse la haine lui échauffer le sang. Lee ne sait pas à quel moment elle est devenue cette personne, pleine de rage, mais elle aime ce manque total de retenue, sentir ses émotions vibrer hors d'elle, incontrôlées.

— Plus fort, dit-elle.

Le jeune homme est heureux de lui rendre ce service, mais c'est à peine commencé que c'est déjà terminé, et quand il roule loin d'elle sur le matelas et lui murmure qu'il est désolé, elle a du mal à le regarder.

Quand Lee ressort, quelques heures plus tard, le soleil est déjà chaud dans un ciel sans nuages. Avec toute la fumée de la veille, on a du mal à croire qu'il puisse rayonner comme ça. Autour d'elle, la ville n'est plus qu'un cratère, les immeubles en ruine ressemblent à des coquilles vides. Lee, aussi, est vide. Elle marche des kilomètres pour rejoindre son convoi. Sur son chemin, on dirait que rien n'a été épargné par les bombes.

14

On est en juin, à présent, et Lee se rend compte qu'une année entière est passée depuis qu'elle est à Paris. La ville garde toute sa nouveauté pour elle, mais elle y a pris racine, y a trouvé ses marques et elle commence à s'y sentir chez elle. Quand les journées sont douces, elle flâne dans le cimetière du Montparnasse, à quelques rues de chez elle, ou bien elle passe l'après-midi au bois de Vincennes, à regarder les canots à rames et les cygnes sur les eaux du lac. Elle a toujours son appareil avec elle et adore prendre le manège en photo, avec ses porcs sculptés, l'acharnement qui se lit sur le visage des enfants qui attendent de traverser les anneaux métalliques à chaque passage. En début de soirée, elle et Man s'installent à une table en terrasse, au Select ou à La Coupole, et font durer les apéritifs, souvent habités par un contentement tel qu'ils n'éprouvent même pas le besoin de parler. Un vendeur de jouets que Lee aime bien s'installe fréquemment devant Le Select et, quand il vient à leur table, Man lui achète un de ses chiens-jouets. Lee en a maintenant une collection complète au-dessus de son buffet.

Elle ne broie plus que très rarement du noir comme c'était si souvent le cas à son arrivée à Paris. Quand elle repense à cette période, ses souvenirs sont teintés de solitude : en balade, bras croisés serrés sur la poitrine, assise sur son lit, jambes croisées, un carnet de croquis sur les genoux, ou saisissant le reflet de son visage mélancolique dans la vitrine d'un magasin. S'installer ici s'était révélé plus difficile qu'elle ne l'avait prévu. Mais maintenant, elle a l'impression qu'elle est là depuis beaucoup plus longtemps et que la jeune femme qu'elle était alors est bien loin d'elle, lui est devenue étrangère.

Certains soirs – plus souvent maintenant qu'ils ont des problèmes d'argent dont il faut parler et qui leur causent des soucis –, Man sort retrouver son cercle d'amis. Chez Drosso, où ils tentent de s'attirer les bonnes grâces de leur hôte, dans l'espoir qu'il va leur acheter leurs œuvres. Dans le somptueux appartement de Tristan, financé par une mystérieuse dotation familiale. Parfois au Dôme, où Man maugrée contre les prix et l'atmosphère.

Un soir, Lee avait voulu l'accompagner chez Tristan, mais ça s'était révélé une très mauvaise idée. Elle était la seule femme dans la pièce, et sa présence les avait perturbés. Man lui-même était différent – outrecuidant. La conversation tournait autour du sexe : les techniques de fellation, le désir homo-érotique, la description de la pénétration dans l'art surréaliste. Tout le monde avait les yeux fixés sur Lee, comme pour avoir son opinion, l'appelant Madame Man Ray, mais elle ne voyait pas très bien ce qu'on attendait d'elle. Au début, elle suivait la conversation, riant de bon cœur. Elle avait toujours apprécié les doubles sens et aimé la façon dont Man les traitait visuellement dans son travail – sa photo d'un batteur à œufs qui ressemble à des organes génitaux, ou le gros plan d'une pêche –, mais, à un moment, comme elle tentait une blague paillarde, Man lui avait lancé un regard désapprobateur qui l'avait laissée perplexe. Elle s'était demandé s'ils ne s'attendaient pas qu'elle se montre choquée, si la présence d'une femme n'incitait pas les hommes à se lâcher encore plus. Vers minuit, alors que tous ricanaient comme des collégiens, passablement ivres, Lee avait décidé de rentrer.

Dorénavant, quand Man sort le soir avec sa bande, elle reste le plus souvent à la maison, ou bien elle retourne au studio pour y travailler quelques heures. C'est un des charmes de la chambre noire. Elle y est totalement coupée du reste du monde, y perd la notion du temps, rythmé seulement par le minuteur quand elle fait passer ses tirages du bain de développement au bain d'arrêt, puis au fixateur. La transition de l'éclairage ambré de la chambre noire aux lueurs de la nuit lui est douce et, quand elle rentre chez elle, c'est souvent pour se mettre directement au lit, et plonger dans un sommeil sans rêves dont Man, rentrant tard, ne parvient pas à la faire émerger. Certains soirs, elle est agitée, elle a un trop-plein d'énergie, alors elle fait le tour de son quartier, un chapeau bien enfoncé sur la tête, et marche jusqu'à épuisement. Le soleil ne se couche pas avant dix heures ou presque et, même après, le ciel en conserve l'écho, bleuissant les nuages et obscurcissant les étoiles pendant des heures. Les nuits où il pleut, de la vapeur monte des pavés jusqu'à entourer les chevilles de Lee quand elle marche.

Man a reporté l'écriture de son essai pour *221*, mais la date butoir avance dangereusement, et chaque jour qui passe voit son anxiété grandir. Man se révèle un écrivain insupportable. Dans son bureau, il balaie les feuilles de papier du revers de la main et tape à grands coups sonores sur sa grosse Remington. Parfois, il pose ses doigts sur les touches durant cinq, voire dix minutes, puis tape comme un fou pendant un moment, tout ça pour arracher la feuille du rouleau et la jeter par terre. Lee se voit obligée de travailler sur une petite table d'appoint, où sa concentration est constamment interrompue par les soupirs et les questions de Man.

— Et ça, qu'en penses-tu ? demande-t-il, et il lui lit le passage à haute voix. L'artiste fonctionne essentiellement avec sa perception. Quand il perçoit la réalité, quand il la reproduit, l'artiste en vient à créer des automates de ses expériences, qui sont simultanément de nouveaux modes de construction de la réalité telle qu'elle est vue par l'œil de l'artiste, et aussi en définitive simulacres inférieurs de l'expérience vécue.

— Hum ! dit Lee, posant son stylo. Qu'est-ce que tu veux dire, au juste ?

Il grogne, se lève, et froisse la feuille en boule.

— J'essaie de dire que, lorsque je regarde une photo de toi, je veux me sentir aussi bien que lorsque j'ai pris la photo. La photographie peut saisir la réalité, mais comment peut-elle saisir l'émotion ? N'est-ce pas l'émotion qui rend la réalité réelle ?

— Alors pourquoi ne le dis-tu pas comme ça ?

— Mais c'est bien ce que je fais ! Tout au moins j'essaye.

— Parfois, il vaut mieux l'exprimer de façon plus directe, dit Lee avant de retourner à son courrier.

Un soir, alors que Man est sorti avec ses amis, Lee se rend à la petite galerie, boulevard Raspail pour y voir les photos de Claude. L'exposition est intitulée *Masques* et chaque photographe a interprété le mot à sa façon. Claude expose trois photos, où on la voit chaque fois avec un costume différent : celui de l'haltérophile, qui a été pris pour la carte d'invitation à l'exposition, celui de la nageuse avec ses accroche-cœurs, celui d'une matrone portant une perruque de pair de la Chambre des lords et une robe de toile de jute. Les photos sont bonnes. Saisissantes, même. Lee va et vient à plusieurs reprises d'un bout à l'autre de cette galerie toute en longueur. Claude avait raison : c'est moins une salle qu'un couloir entre deux immeubles. Lee regarde toutes les photos, n'en néglige aucune, torturée par la jalousie.

Quand Lee quitte les lieux, elle décide qu'elle a faim, que manger quelque chose va la calmer. Dans un petit bistrot au bout de la rue, il y a un tabouret libre au comptoir recouvert de marbre; Lee commande une grosse tranche de pâté piqué de pistaches qui lui est présenté avec un petit pot de moutarde, et l'accompagne d'un verre de vin blanc. Le repas est délicieux mais la laisse avec une sensation de ballonnement et de fatigue. Au lieu de rentrer chez elle, elle retourne dans la chambre noire où elle fait une dizaine de tirages du même négatif, chaque tentative gâchée par quelque chose de différent : l'un est surexposé, un cheveu est venu se poser sur le suivant, et sur un autre il y a une tache noire dans un coin. C'est raté chaque fois. Lee grommelle de frustration et entreprend de tirer encore une fois le négatif.

Man ne réussit à finir son article que bien après la date butoir. Ce soir-là, il reste jusqu'à trois heures du matin dans le studio et elle l'imagine dans le bureau, en train de boire et de passer ses mains dans ses cheveux jusqu'à ce qu'ils soient hérissés comme un plumeau.

Alors qu'il est en train de se déshabiller, tout doucement pour ne pas la réveiller, elle murmure, dans un demi-sommeil :

— Tu as fini ?

— Oui. Ça y est. Je l'ai appelé *La Lumière de notre temps*.

— *L'Âge de la lumière*, dit-elle. Ce serait mieux.

— C'est bon, ça, dit-il avec admiration. Tu es bonne pour ce genre de choses.

— Je suis bonne pour des tas de choses.

— Ça c'est vrai, dit Man en venant s'allonger à côté d'elle.

Lee se niche contre lui jusqu'à être complètement collée à lui.

L'idée lui vient un après-midi alors qu'elle est en train de marcher. Une femme, pas elle, à genoux derrière un bureau. Sur le bureau, une cloche de verre, avec la tête de la femme alignée de sorte qu'elle paraît flotter à l'intérieur du verre. Lee aime tant l'idée qu'elle en fait des croquis. Elle en a bientôt tout un carnet. Mais tant que sa composition n'est pas cadrée dans l'objectif, elle ne peut pas savoir si ça va marcher, si bien qu'elle fait des essais sans modèle dans le studio. C'est à ce moment-là qu'elle comprend l'intérêt d'avoir une Amélie, une personne interchangeable qui viendrait poser pour elle. Pour une raison qui lui échappe, elle n'a pas envie de parler de son projet à Man, veut se le garder pour elle. Elle va donc mettre une annonce à l'école d'art où il a lui-même trouvé ses modèles, et quelques jours plus tard, reçoit une réponse.

Lee fait venir le modèle au studio à sept heures du matin, bien avant l'arrivée de Man. La lumière est bonne, le modèle joli et docile, quoique, apparemment, surpris de voir une autre femme derrière l'appareil. Lee se sent devenir ferme et autoritaire. Il ne lui faut qu'une heure pour obtenir les clichés qu'elle veut.

15

La robe est empruntée. Man s'est débrouillé pour la piquer à quelqu'un. D'un vert pomme moiré, avec un corsage très élaboré recouvert de morceaux de soie en forme de feuilles superposées. Une jolie rangée de boutons qui descend jusqu'à une taille svelte, plus haute et plus serrée que ce n'était la mode ces derniers temps. La robe, qui est très longue, finit en une petite traîne, elle lui va comme si elle avait été faite pour elle. Quand Lee s'est montrée avec, Man l'a regardée, fasciné, et maintenant qu'ils sont arrivés chez Patou, Lee sent tous les regards braqués sur elle, des hommes comme des femmes. Quelqu'un lui a dit un jour que c'est surtout pour les autres femmes qu'on se met sur son trente et un, et là, voyant les femmes en tenues chatoyantes au milieu des hommes se jeter des regards furtifs, Lee se dit que c'est vrai.

— Impressionnant, n'est-ce pas ? lui murmure Man.

Il la prend par le coude et la guide à travers la somptueuse salle. Il a beaucoup travaillé pour Jean Patou ces dernières années et elle l'a entendu dire qu'il acceptait rien que pour ses soirées.

— On aurait pu espérer que leur rémunération soit à la hauteur. Allons boire notre poids en champagne pour compenser ça.

La tâche ne paraît pas insurmontable. Des dizaines de serveurs sillonnent la salle avec des plateaux couverts de flûtes de champagne, et sur le premier qui passe Lee en prend une, puis se dirige vers une alcôve, se disant qu'elle doit être très belle, là, avec la fenêtre pour cadre.

En réalité, c'est un milieu qui lui est bien plus familier qu'à Man. Il est un peu mal à l'aise dans son smoking, et elle a envie de lui dire d'arrêter de tirer sur son nœud papillon. Si elle était à New York, elle connaîtrait des tas de gens, mais il ne lui est pas désagréable de ne connaître personne. À l'autre bout de la pièce, Lee remarque deux hommes extrêmement beaux, qui se ressemblent tellement qu'ils doivent être frères. Elle s'efforce de les regarder discrètement, mais ils scrutent eux aussi les lieux et elle s'aperçoit qu'ils semblent venir droit vers elle. Ils portent le smoking comme s'ils étaient nés avec, le pantalon du smoking cassant un peu sur des chaussures vernies.

Lee est en train de chercher le mot d'esprit qu'elle pourrait leur servir quand ils la complimenteront – il est certain, à présent, qu'ils viennent vers elle pour lui parler –, mais ils sont là, devant elle, avant même qu'elle ait eu le temps de trouver quelque chose à dire.

« Man ! Tu nous as manqué », dit l'un d'eux en anglais, avec un accent russe prononcé, mais raffiné.

C'est à peine s'ils regardent Lee. Man tire sur le col de sa chemise. Ils se ressemblent tellement qu'ils pourraient être jumeaux . L'autre dit : « On se retrouve chez Dimitri, jeudi prochain. Tu y seras ? »

Tout en posant la question, l'homme fait un geste pour aider Man à remettre son nœud papillon d'aplomb. Puis sa main remonte vers le visage de Man et il la passe sur sa joue. Ça ne dure qu'un instant, et Lee aurait très bien pu ne pas le voir. Mais elle l'a vu. C'est un geste insouciant, intime, comme si, par inadvertance, on utilisait le petit nom qu'on donne à son amoureux devant des étrangers, et quelque chose, dans ce geste, la rend songeuse.

Man est visiblement embarrassé, et leur dit qu'il ira peut-être. Pour ce qui semble être la première fois, les frères la regardent. Ils disent encore deux ou trois choses à Man, rien qui ait beaucoup de sens pour elle, puis ils prennent congé.

— Je te remercie de m'avoir présenté, dit Lee une fois qu'ils se sont éloignés.

— Alexis et Deni Mdivani. Je pensais que tu les connaissais… ou que tu avais entendu parler d'eux.

— Non.

Il lui raconte une histoire alambiquée à propos d'une farce que les frères ont faite à une soirée récente, allant se changer en plein dîner pour revenir en salopettes et affirmer qu'ils devaient partir tôt pour être à temps à leur travail à l'usine.

— Ils travaillent dans une usine ?

Man prend l'air excédé.

— Ils sont apparentés à un tsar, ou un truc dans ce genre. Ils ont juste voulu faire une blague.

— Très drôle !

L'humeur de Lee s'est détériorée et, manifestement, celle de Man aussi. Ils finissent tous deux leur verre de champagne et se resservent.

— À quel genre de soirée t'ont-ils invité ? demande-t-elle pour finir.

Lee voit bien qu'il n'a pas envie de répondre, mais elle le regarde, en silence, patiente jusqu'à ce qu'il ne puisse plus ne pas répondre.

— Paul et Tristan – ils viennent tous deux de familles aisées ; tu le sais… – et donc ils fréquentent les mêmes cercles que les Mdivani. Nous nous retrouvons une fois par mois environ pour discuter d'art.

— Vous discutez d'art.

— Oui, dit Man, en tirant à nouveau sur son col.

Il fait très chaud dans la pièce. Il transpire. Elle ne comprend pas ce qui pourrait l'amener à lui mentir, ni pourquoi.

Il est tard quand ils rentrent à l'appartement de Lee, où elle a insisté pour qu'ils restent parce que c'est trop compliqué d'enlever la robe et de la ranger. Man dégage avec peine les boutons recouverts de tissu de leurs boutonnières. Puis elle lève les bras et s'en extrait avec son aide, en se déhanchant Alors qu'il est en train de tirer la soie raide au-dessus de sa tête, Lee prend conscience qu'elle est complètement saoule, abrutie par le champagne et, avant d'aller se brosser les dents, elle s'assied sur le parquet quelques instants, hoquetant devant son reflet dans le miroir, écoutant Man qui va et vient d'un pas mal assuré dans l'autre pièce. La mauvaise humeur n'a pas disparu, et pour la toute première fois, quand ils sont au lit, ils tirent la couverture jusqu'à leur menton et maintiennent une bonne distance entre eux, même si Lee est obligée de se retenir pour ne pas rouler vers le milieu du matelas.

— Tu m'as fait de la peine, ce soir, dit-elle enfin. – Man se rapproche pour la prendre dans ses bras, mais elle le repousse. – Pourquoi tu ne m'en as pas parlé... de ce dont tu n'as pas voulu me parler ?

Une voiture se gare au-dehors. On entend des rires, une portière de voiture claquer. Plus loin, la plainte aiguë et insistante d'une sirène.

— As-tu jamais... – La voix de Man est haut perchée, hésitante. – Est-ce que tu aimes...

Elle attend qu'il termine sa phrase.

— Parfois j'aime... être attaché.

La chambre est trop noire pour qu'elle puisse voir son expression. Une partie d'elle a envie de rire tellement elle est sur les nerfs. Mais elle sent, à sa voix, qu'il avait terriblement besoin de le dire.

Lee est si saoule que c'est tout juste si elle sent son corps. Man attend une réponse. Elle l'entend respirer ; il ne lui déplaît pas de le faire attendre. Au-dessus d'eux, quelqu'un fait grincer le parquet en marchant.

Elle attend jusqu'au moment où elle sait qu'il va dire quelque chose, s'excuser, ou bien expliquer, et se lève. Le sol est froid au contact de ses pieds nus. Elle trébuche. Sur son fauteuil, il y a son foulard rayé et elle va en chercher un autre dans son armoire.

Lee s'agenouille près de lui.

— Avec ça, ça ira ?

Son lit a un cadre bas en laiton qui grince quand ils font l'amour. Elle prend ses poignets entre son pouce et son index et sent les pouls s'emballer.

Les poignets de Man dans sa main, elle pense à nouveau aux deux frères, la façon dont l'un d'eux a approché sa main de sa joue, l'a touchée.

— Tu es allé avec eux, avec ces frères ?

Lee attache l'un de ses poignets bien serré au cadre de lit.

— Oui, dit-il.

— Combien de fois ?

— Pas tant que ça. Pas depuis que je suis avec toi.

La réponse de Man ne surprend pas Lee. Elle ne sait pas pourquoi. C'est comme si elle l'avait su à l'instant où l'homme l'avait touché à la soirée. Si cela avait été des femmes, elle serait furieuse, mais l'idée de ces hommes ensemble a quelque chose d'excitant : l'un des frères, ou les deux, Man attaché, soumis. La puissance qui s'en dégage.

Elle lui attache l'autre poignet.

— Et tu as aimé ça ?

Il répond d'une voix tellement basse qu'elle a peine à l'entendre.

— Oui, mais…

Lee l'interrompt.

— Je me fiche de ce que tu as fait avec eux. Mais ne le fais plus maintenant que tu es avec moi.

Man a toujours les couvertures sur lui. Lee les repousse, le découvre entièrement. Le corps de Man, son visage sont dans l'ombre, le blanc des yeux ressort comme des taches brillantes dans la chambre éclairée par la lune. Lee reste là à le regarder, attendant de respirer plus calmement. Puis elle s'agenouille et prend son pénis, déjà dur, dans sa bouche, accompagnant le mouvement de sa main. Elle le fait plusieurs fois, puis s'arrête et se redresse pour pouvoir le regarder. Elle joue, le fait attendre. Il ne la quitte pas des yeux. Elle porte sa main à son entrejambe et se caresse, adore lui en imposer le spectacle.

— Lee, s'il te plaît…, dit Man au bout d'un moment, d'une toute petite voix.

Elle attend avant de se pencher sur lui de nouveau jusqu'à ce qu'elle-même n'en puisse plus.

Plus tard, après, ce qui l'étonne le plus, c'est à quel point elle aime ça. Dominer lui donne un plaisir fou.

Paris
Décembre 1944

La benzedrine lui fait mal aux dents, mais l'aide aussi à écrire. Dave a piqué quelques inhalateurs de plus pour elle aux autres soldats, et Lee en a une petite réserve qui lui durera le temps qu'elle écrive l'article. Elle en prend dès qu'elle se lève. Ouvre l'inhalateur, en sort doucement la paille, la roule en boule pour en faire une pilule et l'avale avec de l'eau chaude parce que plus personne n'a de café. Puis elle s'assied à ce qui lui sert de bureau, pose ses doigts sur les touches, et se met à taper. Bientôt, ses veines commenceront à chanter et les mots viendront, les mots qu'elle voit derrière ses paupières quand elle est couchée, la nuit, trop agitée pour dormir, mais trop saoule pour se lever et se remettre à travailler. Sur le rebord de la fenêtre de sa chambre d'hôtel, il y a sa planque de jerrycans, pleins de framboise pour certains, de gin pour d'autres, tous à portée de main et très tentants. Elle doit finir son article d'abord.

Ses photos les plus récentes sont sur son bureau. Sur le haut de la pile, il y a celle de chirurgiens rassemblés autour d'un amputé, qui le tiennent comme une sorte d'horrible *Pietà*. Quand Lee a pris la photo, elle n'a pas pu cacher son dégoût. Heureusement, le soldat, qui était inconscient, n'a pas pu voir son visage. La regarder de nouveau l'excite encore plus que la benzedrine et elle tape quelques lignes à toute vitesse. Mais elle les relit et n'y distingue que des marques noires sur la feuille qui n'ont rien à voir avec ce qu'elle a en tête. Ce ne sont pas les mots justes. Rien n'est juste. Ses photos sont de la merde et l'article va être de la merde, elle déçoit Audrey et tous ceux qui lui ont fait confiance. Comme elle a été naïve, de croire qu'elle pourrait devenir écrivain ! L'angoisse naît au creux de son estomac, puis monte dans sa gorge comme un oiseau piégé, battant des ailes, affolé. Lee referme brutalement le capot de sa machine à écrire et toque au mur pour appeler Davy. Il arrive aussitôt, et elle sait qu'un seul regard lui suffit pour voir dans quel état elle est, mais il ne dit rien, se contente d'approcher et de lui masser le cou et les épaules jusqu'à ce que son cœur cesse de s'emballer.

Quand il l'a calmée, il prend la pile de photos sur son bureau et s'affale sur le lit.

— Celle-ci, dit-il, lui montrant une photo qu'elle a prise à Paris juste après la capitulation, celle d'une femme posant pour présenter un manteau en tweed sur la place Vendôme, au milieu de bris de vitrines explosées.

— Celle-là, elle est fabuleuse. Avec toutes ces traces de balles en toile de fond.

— Tu crois ?

— J'en suis sûr.

Ses compliments la remettent en selle, les mots reviennent. Lee se retourne et tape un paragraphe, ne s'arrêtant qu'une fois pour se demander si ça sonne juste. Quand elle a fini, elle sort le papier du rouleau et le lui tend. Il le lit lentement, mais cette fois Lee n'a pas besoin qu'il lui dise que c'est bon. Elle le sait. Pendant qu'il lit, elle ouvre la fenêtre et attrape un jerrycan, remplit deux verres à ras bord. Il n'est pas encore midi, mais depuis quelque temps, n'importe quel prétexte est bon pour trinquer.

16

Par une chaude soirée de juillet, environ un mois après la soirée chez Patou, et alors que Man est de nouveau sorti, Lee s'attarde au studio. Elle a travaillé sur ses images de cloche de verre. Il y en a une bonne série, à présent, et elle en est très contente. Le cadrage donne l'impression que la tête flotte à l'intérieur de la cloche, enfermée comme un spécimen sous verre, même si la fille était agenouillée derrière. Sur plusieurs clichés, elle est rêveuse; sur d'autres elle a les yeux fermés et la tête penchée d'un côté. Tous donnent une impression de claustrophobie à la fois provocante et familière pour elle. C'est ainsi que Lee commence à comprendre son travail : cette photo réussie n'est pas le fruit du hasard, mais bien la projection de son propre ressenti.

Lee se dit que, si elle peut finir toute la série ce soir, elle pourra la montrer à Man. Ce sont ses meilleures photos à ce jour et elle a attendu de les avoir toutes tirées. Quatre d'entre elles, peut-être, pourraient être encadrées, ou bien un triptyque pourrait paraître dans un numéro de *221.* Elles font plus d'effet à plusieurs comme si elles étaient elles-mêmes une collection de spécimens. Peut-être qu'un jour, si elle expose, les photos pourraient être punaisées au mur au lieu d'être encadrées, ou montrées à l'intérieur de cloches de verre. Ça, ce serait plus provocateur que tout.

Lee se meut avec aisance dans la chambre noire, désormais. C'est presque sa deuxième maison.

Quand Lee a fini de tirer ses photos, elle retourne dans la chambre noire. Il lui reste une pellicule de la séance sous cloche, et elle est curieuse de voir ce qu'elle contient. Elle aligne ses outils comme Man le lui a appris, éteint la lumière. C'est encore un peu difficile pour elle d'être plongée dans l'obscurité. Elle a ses mains sur le film et sur l'ouvre-boîte. Elle s'apprête à tremper le film dans le bain de développement quand elle sent un petit grattement, quelque chose qui grimpe sur sa chaussure et commence à lui courir le long du mollet. Lee pousse un cri, laisse tomber le film, secoue frénétiquement la jambe et, dans la panique, lève le bras et tire la corde qui allume le plafonnier.

La première chose que Lee remarque, c'est la queue de la souris qui court sous la table. Ensuite, elle voit son film, en vrac, déroulé sur la table et presque certainement fichu. Vite, elle éteint la lumière. Que faire ? Les chances de sauver le film sont minces. Mais elle aime tant ses photos – c'est la dernière pellicule de la séance sous cloche, celle dont elle pense que ce sont les meilleures.

Ne sachant trop quoi faire, elle continue, va jusqu'au bout du processus de développement. Quand les images atterrissent dans le fixateur, elle s'aperçoit qu'elles ne sont pas complètement noires, comme elle l'aurait imaginé ; elles sont sombres, peu contrastées, floues comparées aux autres de la même séance. Elle en éprouve une immense déception qu'elle sait imputable autant à son besoin croissant d'épater Man, qu'à la perte de son travail. Accrochés à la corde à linge pour sécher, les négatifs sont comme un triste petit ruban d'échec, et elle rentre chez elle sans tarder, n'ayant plus envie de faire les tirages prévus. Au retour de Man, elle fait semblant de dormir.

Le lendemain matin, quand Lee arrive au studio, elle récupère les négatifs pour les examiner. Ils sont endommagés, certes, mais en les regardant à la loupe, elle remarque qu'ils sont presque inversés, comme si les cristaux clairs et sombres sur le film avaient échangé leur place. Intriguée, elle en choisit un et en fait un tirage. Quand l'image apparaît dans la cuve de développement, elle prend une profonde inspiration. Elle avait raison, l'image est en quelque sorte inversée, et tout autour, là où les parties claires et sombres de la composition se rejoignent, il y a un mince filet noir, comme si quelqu'un y avait tracé un trait au crayon. L'image elle-même est très peu contrastée, ce qui est regrettable, mais avec l'effet fantomatique du liséré noir, ça ne ressemble à rien de ce qu'elle a vu jusqu'à présent.

Vite, Lee fait d'autres tirages de la série. L'effet est chaque fois légèrement différent… peut-être, se dit-elle, en raison de la façon dont tel ou tel négatif était positionné quand elle a allumé la lumière, mais ils ont tous ce filet noir, et cette même qualité éthérée. À l'heure où Man arrive, elle a en fait quelques-uns de plus qu'elle est très impatiente de lui montrer.

Il s'avance vers elle pour l'embrasser, mais le moment est mal choisi.

— Regarde.

Lee lui montre les tirages et lui explique ce qui s'est passé dans la chambre noire. Il en prend un, encore tout mouillé, pour le regarder à la lumière du plafonnier.

— Très curieux, dit-il.

Son doigt plane au-dessus de la surface du tirage et trace les contours de la cloche de verre.

— Alors comme ça, tu as allumé le plafonnier dans la chambre noire, et voilà ce que tu as obtenu. Ça me paraît invraisemblable.

— Je sais. Je croyais les avoir totalement détruits, mais je ne sais pas pourquoi, je les ai quand même développés et voilà ce qui en est sorti.

— Heureuse erreur, murmure-t-il, et Lee serre les dents de contrariété.

Il jette un œil à tous les autres tirages, lève une photo en disant :

— Tu sais, on pourrait poursuivre l'expérience. Voir ce qui se passerait si on exposait les négatifs à la lumière plus longtemps ou moins longtemps au contraire. Combien de temps penses-tu avoir laissé la lumière allumée ?

— Dix secondes, peut-être ?

— On pourrait essayer cinq, vingt… et on pourrait étaler la pellicule sur la table exprès, pour que les négatifs reçoivent tous la même exposition.

Il passe d'un tirage à l'autre tout en parlant.

— Je me disais que si, déjà, on sous-exposait la pellicule, les photos seraient moins floues.

Son visage s'anime.

— Ah oui… on devrait essayer ! Tout ce qu'il nous faut, ce sont de mauvaises photos sur lesquelles faire nos expériences.

Il sort de la chambre noire, avec elle sur ses talons. Il va chercher ses deux appareils dans le bureau et remet son manteau, puis glisse des pellicules de réserve dans son sac photo.

Dehors, Lee pose sur des ponts, fait des grimaces, prend des photos de Man faisant de même. Étant donné que le but est de finir la pellicule, ils prennent des photos des passants, des ombres, des poteaux indicateurs, des vitrines d'antiquaires. Ça finit bientôt par un jeu, c'est à qui va prendre la pose la plus étrange sur une photo avec un inconnu, si bien que Lee va s'asseoir derrière quelqu'un dans un café, se met une serviette sur la tête comme une babouchka, et regarde l'objectif l'air surpris. Man s'appuie sur la malle arrière d'une voiture qui vient tout juste de se garer ; Lee prend une photo de lui en train de tirer la langue juste au moment où le conducteur, qui ne l'a pas vu, ouvre la portière. À chaque pellicule, ils surexposent ou sous-exposent, et prennent soin de le noter pour savoir quels réglages ont été pratiqués. En moins d'une heure, ils ont utilisé tous les films et prennent le chemin du retour pour les développer.

Dans le studio, ils travaillent avec méthode. Il y a douze pellicules ; ils préparent un tableau qu'ils accrochent au mur, notant le temps d'exposition de chaque film et s'il a été initialement surexposé. Ils ne peuvent en développer qu'un à la fois, si bien qu'ils travaillent en équipe : Man s'occupe de l'exposition et les plonge dans le révélateur, Lee les agite dans le fixateur et les suspend à la corde pour les faire sécher. Quand ils parlent, il n'est question que de travail.

— Pour celle-là, douze secondes.

— Je pense qu'on devrait les marquer une fois qu'elles sont sèches pour ne pas les confondre et ensuite on rapprochera les résultats des données de départ.

Quand leurs regards se croisent, elle sait qu'ils partagent le même sentiment : celui d'être en train de faire quelque chose de capital. Pouvoir manipuler le négatif, ses propriétés chimiques, la nature même de la chose, au lieu de le changer manuellement en le grattant ou en le coupant, leur donne la sensation de créer un support entièrement nouveau. Elle espère que ça va marcher, que ce n'était pas qu'un curieux effet du hasard quand elle l'a fait la première fois.

Sans se concerter, on dirait qu'ils ont tous deux décidé d'attendre qu'ils aient développé toutes les pellicules pour regarder les images. Lee les accroche et les marque sans même les regarder à la lumière de la lampe de sûreté. Finalement, après plusieurs heures, les douze négatifs sont suspendus à la corde à linge, et Man lui caresse le dos pendant qu'ils restent là à les regarder.

Les mots lui viennent spontanément de la douleur qu'elle ressent au creux de l'estomac. « Je t'aime », dit-elle.

Man passe son bras autour de ses épaules et l'attire à lui. « Je t'aime aussi », murmure-t-il.

C'est la première fois qu'ils se le disent et cela devrait être un moment marquant, mais ce n'est que la continuité du travail accompli ensemble. Lee répond à son étreinte, puis s'en dégage très vite, attrape l'un des films encore humides pour l'emporter dans la pièce principale. Ils ont bel et bien re-créé l'effet accidentellement produit par Lee un peu plus tôt, c'est évident. Les lampadaires brillent d'une lumière blanche, se profilent sur des rues blanches. Les cheveux de Man qui se découpent sur la voiture sur laquelle il était assis sont entourés d'un filet noir. Les yeux de Lee sont d'un noir violent sur sa peau d'une blancheur cadavérique. Elle a l'impression de contempler des images venues d'une autre planète. Ensemble, elle et Man en choisissent douze, une de chaque pellicule, pour en faire un tirage, tournant l'un autour de l'autre dans la chambre noire comme s'ils exécutaient un ballet.

Quand les tirages sont étalés bord à bord, on voit bien qu'ils ont quelque chose en commun, que leurs expériences avec la sous-exposition ont créé un effet avec des variations subtiles. Ils parlent des photos un long moment, les admirent. Quel effet marche le mieux avec quelle image, les modifications qu'ils y apporteraient s'ils recommençaient. Tous les deux ont pris un tas de notes et, au bout d'un moment, Lee pose son crayon et s'étire, se massant le cou, où la tension a provoqué une irradiation douloureuse jusque dans les épaules.

— Tu as faim ? demande Man, lui écartant les mains pour les remplacer par les siennes et lui pétrir la nuque.

Elle roule la tête en arrière, ferme les yeux.

— Mmmm. Je meurs de faim. Mais je n'ai pas vraiment envie d'arrêter.

— Ce sera toujours là quand on reviendra, dit-il, si bien qu'ils vont chercher leurs manteaux et se dirigent vers Le Dôme, où Man commande une douzaine d'huîtres et du champagne.

Lee est presque trop excitée pour manger, mais la première huître lui frappe le fond de la gorge comme une goulée de mer et là, tout à coup, elle est affamée. Eau de mer et citron, le pétillement délicat du champagne quand elle avale, la main de Man sur sa jambe, le brouhaha du restaurant autour d'eux, tout est amplifié, plus grand et meilleur que ça ne l'a jamais été.

— Tu peux travailler, toi, après avoir bu ça ? demande-t-elle, avec un geste en direction de la bouteille.

— Non… mais arrêtons pour aujourd'hui. Ce sera toujours là demain.

Ils boivent donc la bouteille et en commandent une autre. Autour d'eux les gens vont et viennent, de nouvelles têtes apparaissent. Ils voient des gens qu'ils connaissent, les ignorent. À mesure que le temps passe, Lee entend de moins en moins les bruits et le brouhaha, comme s'ils étaient séparés des autres par une mince coquille. Ils ne voient personne, personne ne les voit. Quand ils rentrent chez eux, électrisés, émoustillés par l'alcool, ils filent directement au lit. Man commence à ses pieds et se met à l'embrasser, la couvrant partout de baisers délicats. Quand il arrive à sa bouche, il s'attarde, puis fait une pause et tend le bras vers la table de nuit pour en sortir l'un des foulards qu'ils ont déjà utilisés. Lee lève le bras pour le laisser l'attacher. Mais il fait non de la tête, plie le tissu sur lui-même pour en faire un bandeau, puis s'approche et le lui met sur les yeux.

Elle met sa main sur son torse pour le repousser. D'un coup, son cœur s'est emballé, elle transpire, elle ne peut plus respirer.

Man se fige. « Qu'est-ce qui se passe ? »

Lee ne peut pas parler. Le bandeau l'a terrifiée. Elle balance ses jambes hors du lit et s'assied, les bras croisés sur son estomac. Man lui caresse gentiment le dos. Son pouls bat la chamade dans son cou, et elle essaie de prendre une profonde inspiration pour se calmer, mais n'arrive à aspirer que quelques petites gorgées d'air. Man se lève pour aller lui chercher un verre d'eau. Elle l'avale d'un trait. Il attend qu'elle dise quelque chose.

Lee tient le verre vide sur ses genoux et ferme les yeux. Des souvenirs dont elle se serait bien passée lui reviennent par bribes. L'oncle… Lee ne s'autorise jamais à prononcer son nom, mais sa seule évocation lui donne la nausée. Elle avait sept ans, c'était à New York, dans la maison d'amis de la famille. Tous les autres étaient partis faire du patin à glace, mais Lee avait de la fièvre et, même si elle se sentait mieux, on lui avait demandé de la garder pendant leur absence. Il lui avait donné une gigantesque sucette au marrube et avait regardé Lee la manger. Ça avait presque le même goût que le médicament qu'on lui avait administré avant qu'il arrive. Il l'avait emmenée dans le salon et lui avait demandé si elle voulait jouer à cache-cache. « Mais on n'est que deux », se rappelle-t-elle lui avoir dit. « Pas de problème. On se cache chacun son tour. » Il avait trouvé un foulard, puis lui ayant bandé les yeux avec, l'avait fait tourner sur elle-même. Elle l'avait entendu s'éloigner pour se trouver un endroit où se cacher. Lee se rappelle avoir compté, se rappelle avoir fait un premier pas, battant aveuglément l'air devant elle; se rappelle son inquiétude quand elle avait cassé quelque chose dans le joli salon encombré. Après avoir compté jusqu'à vingt, Lee l'avait trouvé dans le garde-manger, où il l'avait prise pas la taille et installée sur son genou. Le reste est flou, de vagues sensations que Lee ne s'autorise pas à se rappeler : le bruit de la respiration de l'homme dans son oreille, une odeur douce-amère écœurante dans l'air, la pression de son énorme corps brûlant entre ses cuisses.

Lee ne parle jamais de ce souvenir et, d'habitude, parvient à le repousser. Mais ce soir, l'image revient la hanter. Elle voit bien que Man voudrait qu'elle dise quelque chose, qu'il attend une explication. Il voudrait savoir comment la réconforter, mais elle n'arrive pas à se décider à parler. Finalement, son pouls se calme et Lee parvient à faire entrer davantage d'air dans ses poumons. Elle dit :

— Je ne peux pas… Ne fais pas ça. Pas de bandeau sur les yeux.

— Mon Dieu, mais bien sûr.

Il attrape la robe de chambre de Lee, la lui met autour des épaules, puis lui caresse le dos à travers le tissu. Une petite ligne d'inquiétude s'est formée entre ses yeux, il a l'air soucieux, mais il ne la pousse pas à en dire plus.

Elle prend quelques respirations.

— Tu pourrais me faire une tasse de thé?

Man va dans la cuisine. Elle le suit; elle a besoin de rester près de lui. Quand la bouilloire siffle, elle sursaute de nouveau. Il lui tend un mug qu'elle prend dans ses deux mains, un peu réconfortée par cette chaleur sur laquelle elle se concentre. Ils restent assis un long moment en silence, ce dont Lee lui est reconnaissante.

Dans la pénombre familière de la cuisine, Lee penche la tête vers sa tasse de thé et hume l'odeur fleurie de la bergamote. Mais à peine l'a-t-elle fait qu'elle le regrette. D'autres images lui reviennent. Lee dans la baignoire avec sa mère. Après le viol, sa mère a dû lui passer, *en bas*, comme elle disait, un tampon d'iode et d'acide picrique censés la protéger d'une blennorragie, ce qu'elle a fait, lèvres pincées, une fois par mois pendant plusieurs années. L'acide dans la bouteille, d'un jaune pisseux, sentait si fort que ça faisait larmoyer Lee. Sa mère sur ses mains et ses genoux dans la salle de bains après, passant tous les endroits que Lee avait touchés à l'eau de Javel. Son expression, quand elle le faisait… de la répugnance pour le chlore, que Lee comprenait comme de la répugnance pour sa fille. Heureusement, il y avait son père qui la prenait dans ses bras après, l'odeur de cèdre de son savon chassant l'autre, et qui lui caressait les cheveux, les caressait jusqu'à ce qu'elle se calme.

La tasse de thé s'est refroidie dans ses mains avant que Lee ne soit prête à aller se recoucher. Ce qu'ils font sans parler, là encore, et elle attire Man près d'elle, le laisse la tenir contre lui jusqu'à ce qu'elle s'endorme.

Le lendemain matin, Lee regarde le soleil projeter des ombres changeantes sur le plafond. Man dort près d'elle, les mains repliées sous l'oreiller. Elle se glisse hors du lit, s'efforçant de ne pas le réveiller, et en s'asseyant elle remarque le foulard qui traîne par terre, encore plié en bandeau. De nouveau, son cœur se met à battre plus fort. Elle pousse du pied le foulard sous le lit, puis décide de penser à autre chose. Mais rien n'y fait, ses pensées reviennent sans cesse à la soirée précédente, à sa panique soudaine. Dans la salle de bains, elle se passe le visage à l'eau froide et se regarde dans le miroir. Elle a les cheveux emmêlés par une nuit de sommeil, d'horribles cernes sombres sous les yeux. Dans sa tête, il y a comme un bourdonnement électrique et, quand Man se lève, peu après, elle s'attend à ce qu'il lui pose des questions sur la soirée de la veille. Elle est heureuse qu'il n'en fasse rien.

Ils passent la journée dans le studio à travailler sur des photos de mode que *McCall's* a commandées à Man. Le temps qu'ils ont passé hier sur leurs expériences les a retardés, et Lee est heureuse d'avoir une urgence, un délai à respecter, un travail banal à faire. Heureuse, aussi, des gestes tendres de Man, qui pose doucement sa main sur son épaule quand il se déplace autour d'elle dans la pièce. À la fin de la journée, elle se rend compte que ça fait plusieurs heures qu'elle n'a pas pensé à ce qui s'est passé, et bien qu'elle ne sache pas si Man essaie de lui donner un peu d'espace ou s'il se sent trop maladroit pour évoquer le sujet, c'est un grand soulagement pour elle qu'il continue de se taire.

Plusieurs jours passent, ils ne font pas l'amour ni ne parlent de ce qui est arrivé. Lee sent la honte qu'elle a éprouvée après sa réaction de panique s'estomper, et elle sait qu'elle finira par pouvoir faire comme s'il ne s'était rien passé. Que bientôt, dans un jour ou deux, elle pourra de nouveau faire l'amour avec Man. Ce serait si facile de renvoyer ses pensées aux oubliettes.

De se refermer, comme elle sait si bien le faire. Elle se demande s'il le lui permettra. Mais une autre partie d'elle sait que, si elle ne lui dit rien, si elle le garde à distance comme elle l'a fait avec tous les autres, leur relation ne pourra pas évoluer. Ils n'arriveront jamais à se connaître vraiment l'un l'autre. C'est comme ça qu'elle a agi avec tous les amants qu'elle a eus. Elle ne les laissait approcher que jusqu'à un certain point, puis les repoussait ou les abandonnait carrément. Ce n'est pas ce qu'elle veut. Jusque-là, elle a été différente avec Man, et elle voudrait bien que cela continue, créer quelque chose de mieux et de plus durable que ce qu'elle a connu jusque-là.

Trois nuits plus tard, ils sont au lit, allongés nez à nez, la chambre uniquement éclairée par la petite lampe de verre coloré que Man a achetée pour la table de nuit de Lee. Elle le regarde – les contours familiers de son visage, ses longs cils – et ferme les yeux, sait que chaque morceau de lui existe dans sa mémoire, aussi détaillé que dans la réalité. Elle se racle la gorge, mais les mots ne viennent pas. L'atmosphère devient lourde. Man lui prend la main et la presse sur son torse, chaude au contact de sa peau.

— Quand j'étais petite, murmure-t-elle finalement, quelque chose m'est arrivé, un truc moche. Je n'en ai jamais parlé à qui que ce soit.

— Dis-moi.

Sa voix est calme. Il lui laisse le temps. La sueur lui picote les aisselles, Lee sent son cœur battre de façon irrégulière. Mais elle continue.

— J'étais chez des amis de la famille parce que ma mère était très malade. Ils vivaient à New York.

L'homme, nous l'appelions l'oncle… – Elle a failli dire son nom, mais elle ne peut pas. – Un jour, on m'a laissée seule avec lui. Mes parents sont venus me chercher. J'avais sept ans.

Elle raconte l'histoire telle qu'elle lui revient toujours, de manière décousue, par bribes, et quand elle a fini, elle est épuisée.

— Mon Dieu, Lee. Je suis vraiment désolé.

Man lui serre doucement la main.

Lee essaie de retrouver son souffle. Man attend.

— Après, mes parents m'ont emmenée chez un psychanalyste pendant des années, et ça m'a beaucoup aidée. L'analyste m'a aidée à comprendre que ce qui m'est arrivé… que ce n'était pas ma faute. Il m'a dit que je devrais mettre ce souvenir dans une petite boîte et en jeter la clé. Ça a marché, mais parfois… le souvenir refait surface.

— Mais bien sûr, c'est normal.

— Il m'a également dit que c'est arrivé à mon corps, et que ça n'a rien à voir avec mon… eh bien, il a appelé ça mon âme. Il a dit que, quand je grandirais, je trouverais quelqu'un qui m'aimera et que ce sera très différent.

Lee a la bouche pâteuse, c'est comme si c'était quelqu'un d'autre qui parlait. La chambre est très peu éclairée et elle est contente de ne pas voir l'expression de Man.

— C'est très différent, dit Man.

— Je sais.

— Je suis vraiment désolé de ce qui t'est arrivé. Désolé, vraiment.

Il passe son bras autour de sa taille et elle roule en sorte de se retrouver dans ses bras. La sensation de chaleur animale qu'il lui procure la réconforte. Lee se détend un peu, son cœur bat moins fort.

— Je t'aime tellement, lui dit-il.

— Moi aussi je t'aime.

— Est-ce que ça a été difficile pour toi ? demande Man. Nous deux ? Les choses que j'ai voulu que tu fasses ?

Elle est un peu perdue.

— Non… je ne crois pas, dit Lee. Mais… le bandeau. J'ai eu peur.

— Je suis tellement désolé. On n'est pas obligés de faire ça, tu sais. Évidemment que non.

— Je crois que ce qui me fait peur, pour une part, c'est justement que j'en ai envie.

Il l'enserre plus étroitement encore avec ses jambes, ses bras, et elle se laisse imprégner de la chaleur de sa peau. Tout doucement, il lui passe la main dans les cheveux, lui embrasse les joues, le cou. Ils restent ainsi un long moment, puis, finalement, elle dit :

— Je veux que tu le fasses.

— Tu es sûre ?

Il semble aussi nerveux qu'elle.

— Oui, je crois.

Il se lève pour ramasser le foulard, puis s'arrête.

— Non, dit-il, un jour peut-être, si tu le veux vraiment, mais pas maintenant.

Lee le regarde. Il l'attire de nouveau à lui, et ils restent ainsi un moment, puis leurs lèvres se rejoignent. Elle se sent vidée, affamée, comme si elle avait fait de la place en elle en le lui racontant. Il est doux avec elle, là encore, timide, mais soudain, elle le veut plus près d'elle, et elle presse ses lèvres plus fort contre les siennes, se colle à lui de toute la longueur de son corps.

Quand Man vient sur elle, elle ferme les yeux, se les cache avec un bras, imaginant ce que ça ferait d'être aveuglée par le bandeau. Les yeux ainsi dans le noir, il ne reste plus que le toucher : les pouces de Man sur ses bouts de sein, sa cuisse entre ses jambes. Sous ses paupières, de magnifiques flashs de lumière explosent. Puis Man se met à bouger en elle, elle ne pense plus qu'à lui, ne pourrait même plus penser à autre chose, même si elle essayait. Elle est seule avec lui dans l'obscurité qu'elle s'est créée et, quand il prononce son nom, elle a la sensation de se dissoudre en étincelles, en grains photographiques, pour, à la fin, fusionner avec lui au point de ne plus savoir qui est qui.

Cela devient plus fort encore qu'avant. Il n'en a jamais assez d'elle. Le matin, il la prend en photo pendant qu'elle s'étire comme un chat au sortir du lit. Au studio, il la fait poser près de la fenêtre, ou pliée en deux ; les mains appuyées contre le mur. Au lieu d'utiliser l'appareil photo du studio, il s'en met un plus petit autour du cou et s'approche d'elle. Il passe sa main dans ses cheveux courts, lui tire la tête en arrière, prend des gros plans d'elle, des photos floues de son cou. Sur les images, sa peau ne ressemble même plus à une peau mais à une rivière, ses muscles à de l'eau courant sur des galets. Il lui caresse la poitrine et prend des photos de la chair de poule qu'il provoque. Il voudrait pouvoir s'en approcher encore, prend des dizaines de photos, rien que de ses lèvres, rien que de son oreille, de son œil.

Dans la chambre noire, ils perfectionnent la technique qu'elle a découverte, cherchant le temps précis d'exposition nécessaire pour recréer l'effet hypnotique de dédoublement. Et quand ils font un essai sur des photos d'elle, quand elle voit ce qu'ils ont mis au point ensemble, son torse à elle rayonnant comme un fantôme, qui a subi de telles modifications qu'elle se reconnaît à peine. C'est tout à la fois l'excitation, la fierté et l'amour qu'elle sent monter en elle.

Solarisation, c'est le nom qu'ils lui donnent. Ça dit bien ce qu'elle éprouve, une sensation d'éblouissement, comme si, ayant libéré son corps de ses entraves, tous deux l'avaient rapproché du soleil.

Au bout de plusieurs semaines d'expérimentation, ils font un tirage qu'ils trouvent parfait. Simple, juste une photo du profil de Lee. Elle se détache sur un fond gris, et la solarisation donne l'impression que son visage est nimbé de noir. Elle ressemble à un croquis, intemporel. Elle est plus belle qu'elle ne l'a jamais été. Man prend un stylo et écrit sur la bordure blanche du tirage « Man Ray/Lee Miller, 1930 », puis appose sa signature dessous et lui tend le stylo. Lee signe de son nom d'une main tremblante. Rien n'est plus merveilleux que de voir leurs noms ainsi accolés sur la photo.

Quelques semaines plus tard, Lee finit sa série de portraits sous cloche, un triptyque comme elle l'avait imaginé. La première photo montre le modèle les yeux ouverts, regardant au-delà du spectateur. Dans la deuxième, elle a les yeux fermés et la tête légèrement penchée de côté, comme reposant sur le verre. La troisième est solarisée, ce qui donne un effet de submersion, l'impression que la tête est sous l'eau. Ces photos lui semblent très intimes. Comme si elles racontaient une histoire ou révélaient quelque chose qu'elle n'a pas été en mesure de dire.

Lee les montre timidement à Man. Dans son for intérieur, elle sait qu'elles sont bonnes, mais pendant qu'il les regarde, elle est prise de panique. Elle pensait avoir un œil, mais non, elle n'est qu'une imposture. Il les regarde un long moment, et elle essaie de se rappeler que c'est ce qu'il fait toujours.

À la fin, Lee n'en peut plus.

— Je ne suis pas sûre de la qualité des tirages ; peut-être que la première devrait être plus sombre pour faire le pendant à la dernière ? Ou alors je devrais n'en utiliser que deux au lieu de trois ? La première et la dernière, peut-être ? Ou la deuxième et la troi… ?

— Elles sont incroyables, dit-il enfin. Les trois ensemble… ce sont celles qu'on devrait publier dans *221*. Je vais en parler à Tristan.

Ce soir-là, aux anges, Lee va au Bricktop pour écouter de la musique. Elle y va seule et se choisit une table au fond. Joséphine Baker chante. La voix est râpeuse, la chanson lente et sentimentale. « *Blue days, all of them gone / Nothin' but blue skies from now on*[1]. »

Lee ferme les yeux et appuie sa tête contre le mur. La chanson est on ne peut plus appropriée.

---

1. Chanson intitulée *Blue Skies* composée par Irving Berlin en 1927. « Les jours de blues sont derrière moi / Seuls les ciels sont bleus, désormais » (traduction de l'éditeur).

Deuxième partie

17

Paris
1930

À la fin du mois d'août, par une journée de chaleur suffocante, Lee se tient pour la dernière fois sur le seuil de son appartement. Elle a déjà expédié ses cartons chez Man et vendu le peu de meubles qu'elle avait. Elle regarde autour d'elle, l'espace, vidé de tout ce qui lui appartient et espère avoir pris la bonne décision.

Des raisons de s'installer avec Man, il y en a mille. L'argent est devenu un problème, ces derniers mois – la vie à Paris est encore assez abordable, mais les récits des conséquences du krach se multiplient venant de parents et amis qui vivent aux États-Unis et un certain nombre de leurs relations résidant en France depuis des années rentrent au bercail. Man reçoit moins de commandes de portraits et les magazines limitent les dépenses eux aussi, réduisent leurs tirages. Man ne semble pas s'en inquiéter mais il est d'accord qu'il sera plus agréable d'avoir un loyer de moins à payer que de lésiner sur d'autres choses. L'un comme l'autre ont beaucoup de mal à se restreindre ; Lee s'est habituée à aider Man à dépenser son argent et, lorsqu'il a décidé de la gâter, elle a bien du mal à refuser.

Cela fait des mois qu'ils n'ont pas passé une nuit séparés et, avant même qu'ils aient évoqué l'idée de cohabiter, de plus en plus d'affaires appartenant à Lee se sont retrouvées dans l'appartement de Man. Mais là, alors qu'elle regarde ces pièces vides, elle est un peu inquiète. Comme Tanja l'a à juste titre souligné lors de son passage à Paris, Lee et Man travaillent ensemble, sortent et rencontrent des gens ensemble, et maintenant elle n'aura même plus d'espace à elle. Leurs mondes fusionnent. Comment fera-t-elle quand elle aura besoin d'être seule ? Quand elle sera irritable ou triste, sans autre choix que de se montrer ainsi à Man ? Lee se revoit à son arrivée à Paris, tuant le temps dans des cafés déserts. Désormais, elle sortira pour avoir un peu d'espace à elle et non par soif de rencontres.

Pour Man, faire vie commune va de soi. Un de leurs lits reste vide chaque soir, c'est du gâchis. Et il l'aime. Il aime être avec elle, déteste qu'ils soient séparés. À quoi bon garder deux appartements ?

Il y a déjà plusieurs semaines qu'ils vivent ensemble quand, au dîner, Lee lui demande :

— Est-ce que tu as vécu avec Kiki ?

Il prend un peu de salade, mâche puis avale avant de répondre.

— Oui, quelques années. Tu aurais dû voir ça. Un petit appartement à côté de la rue Didot. C'était aussi mon studio. J'avais installé un rideau que je pouvais tirer autour du lit lorsque des gens venaient pour être pris en photo. C'est un miracle qu'on m'ait pris au sérieux.

— Depuis combien de temps étiez-vous ensemble quand elle s'est installée chez toi ?

Man prend la serviette qui est sur ses genoux et se tamponne les lèvres avec.

— Elle s'est tout de suite installée chez moi mais il faut que tu comprennes : Kiki n'avait pas un sou. Rien. Elle habitait chez les hommes avec qui elle était, si bien que ça s'est fait tout naturellement. Il y a un bail que je n'ai pas repensé à cet endroit. Il fallait monter quatre étages à pied, et c'était étouffant... plus chaud même que ce soir. Pas un souffle d'air. Je ne pourrais plus vivre dans ces conditions.

— Kiki passait d'un homme à un autre ?

Lee prend un air dégoûté.

— Lee, c'était en 21, 22. Paris, c'était la folie à l'époque.

Lee soupire.

— Je commence à en avoir assez de toutes ces histoires qu'on raconte sur le Paris de cette époque.

— Elles sont vraies, pourtant.

— Et avec Adon, tu vivais où ? C'était comment ?

— Petit, on était à l'étroit. Quatre pièces sur une place, avec une mansarde où je travaillais. On avait une belle vue, cela dit. Par beau temps, on pouvait voir au-delà de Hackensack jusqu'à Paterson. Et Adon avait mis des bacs à fleurs sur le rebord des fenêtres.

L'évocation des bacs à fleurs est charmante, une vie de famille bien éloignée de Lee, qui ne ressemble pas du tout à Man. Elle ne l'imagine pas même en vouloir et, pour la première fois, elle prend vraiment conscience de ce qu'avant elle, Man a vécu une vie entière dont elle ignore presque tout. En fait de bacs à fleurs, ils ne sont jamais allés plus loin que cette rose qu'il lui avait offerte, qu'elle avait laissée se faner dans un vase au bureau, et dont les pétales trop ouverts s'étaient répandus sur la table de travail.

Elle a probablement l'air inquiète car Man lui dit « c'était une autre vie » et il tend la main par-dessus la table pour prendre la sienne.

Dans l'appartement qu'ils partagent dorénavant, Man a entrepris de peindre un tableau de sa bouche. Il a pendu la toile audessus de leur lit et peint ses lèvres en rouge, de la teinte du rouge à lèvres que Lee porte presque tous les jours. C'est un tube doré avec un capuchon gravé qui fait un bruit sec quand on l'ouvre, et le bâton de rouge en sort en tournant, de façon presque obscène, la moiteur perlant à sa surface dans l'humidité estivale. Lorsque Lee en met, cela a un fini mat très réussi mais, pour l'enlever, c'est un cauchemar. Des dizaines de cotons à démaquiller dans la poubelle, du rouge sang dans sa crème de beauté, un reste de rouge veinant ses lèvres.

Man mélange un pigment rouge pour retrouver cette nuance, un assemblage de cadmium écarlate et de rose Windsor. Par pots entiers. Sa toile est énorme – deux mètres cinquante de large – et la bouche de Lee, désincarnée, étirée y flotte dans un ciel pommelé.

Man dit qu'il n'a jamais vu plus belles lèvres que les siennes. Mais il dit la même chose de ses yeux, de ses oreilles, de sa peau, et même de ses dents de devant pourtant irrégulières. Quand elle finit par lui avouer qu'elle déteste ses dents, il lui dit qu'il les aime, passe son doigt, sa langue dessus. D'une certaine façon, c'est la chose la plus intime qu'il ait faite avec elle.

Man travaille sans cesse à ce tableau. Lee comprend mieux son incroyable ténacité, à présent. Son comportement lui rappelle les premières semaines qu'ils ont passées ensemble : il annule des rendez-vous, saute des repas, et observe le monde avec des yeux injectés de sang. Mais, pour elle, ce n'est pas la même chose. Maintenant qu'elle a son propre travail, elle se rend compte qu'elle n'a aucune envie de se contenter d'être là à le regarder et finit par s'agiter au bout d'un long moment passé assise à côté de lui. Il répète qu'il a besoin qu'elle reste là. Alors, même si, comme souvent, elle n'en a pas envie, Lee demeure étendue sur le lit pendant des heures tandis qu'il travaille au-dessus d'elle, la tête tournée vers lui. À la fin de la journée, la bâche et sa peau sont éclaboussées de peinture.

Il peint en silence la plupart du temps, mais s'il a du mal à obtenir l'effet recherché ou s'il a besoin d'une pause après s'être longtemps concentré, il lui parle de ce qu'il espère accomplir avec cette toile. Il lui dit que ses lèvres sont comme leurs deux corps au repos, que l'horizon derrière eux les réunit comme le ciel et la terre. Derrière sa bouche, au bord du tableau, il peint l'Observatoire qu'ils voient chaque soir en remontant le boulevard Saint-Michel pour rentrer chez eux.

— Je veux que l'on puisse identifier l'espace dans lequel s'inscrivent tes lèvres, lui dit-il, et que tout le monde sache que c'est toi que j'ai peinte.

Quand il arrive à Man de demeurer silencieux, Lee ne pense à rien, ou bien elle laisse son esprit vagabonder. Et quand elle reste étendue suffisamment longtemps, elle se met à penser à sa vie comme à un long fil, toutes ces choses qu'elle a faites, reliées entre elles, en une continuité allant du passé dans le futur. Elle a enfin le sentiment d'être ici à la proue d'elle-même. Elle a tant appris. Tellement qu'elle voit d'un autre œil ses années de mannequinat, considérant qu'elles sont importantes puisqu'elles l'aident à comprendre les images qu'elle veut créer maintenant. Ces photos dans *Vogue* ou *McCall's* dont elle n'était pas capable de voir les qualités artistiques, elle les examine dorénavant d'un œil critique. La structure des compositions lui semble plus évidente et elle se surprend à questionner les choix d'éclairage ou à placer ses mains sur la page pour en modifier le cadrage.

— Man, lui dit-elle un matin alors qu'il est en train de peindre, qu'est-ce que Tristan a dit de mes photos ? Pour le *221* ?

Il la regarde, l'air penaud.

— Eh bien… Je suis vraiment désolé. Mais je ne l'ai pas vu depuis que tu m'en as parlé. Je vais lui poser la question, bientôt… la semaine prochaine.

— Très bien, commente Lee, mais elle est déçue.

Elle pense avoir entendu Man parler d'aller voir Tristan l'autre jour, mais peut-être se trompe-t-elle.

Man peint un moment puis il dit :

— Ah ! une autre chose que j'ai oubliée. Comment ai-je pu ne pas t'en parler ? La Société photographique de Philadelphie a tellement apprécié mon essai qu'ils m'ont invité à présenter des photos pour leur prochaine exposition.

Lee sait que cette institution mondialement respectée expose certains des travaux les plus remarquables du moment. Pour de nombreux photographes, son exposition annuelle est le saint graal, et Lee a l'impression que Man n'a pas apprécié qu'on ne lui ait pas demandé d'exposer plus tôt.

— C'est merveilleux ! Que vas-tu présenter ?

— Je ne sais pas encore. J'ai quelques idées mais je vais y réfléchir. Quelque chose de spectaculaire. Sans précédent.

Lee sait ce que cette proposition peut signifier pour lui et elle s'efforce d'en être heureuse, mais sa négligence vis-à-vis de Tristan et de son propre travail lui reste sur le cœur.

— Ce serait drôle, non, si nous pouvions exposer nos travaux en même temps, toi et moi ?

Elle ne l'a pas plus tôt dit qu'elle le regrette tant ça lui semble mesquin même à ses propres oreilles.

Man pose son pinceau et la regarde.

— Lee… Je vais lui demander, je te l'ai dit. Les choses ne sont pas faciles pour lui actuellement. Je dois trouver le bon moment.

— Bien sûr. Je suis désolée, je n'aurais pas dû t'en reparler.

Lee ferme les yeux et le laisse se remettre à peindre, imagine ce que donnera la toile terminée au mur d'une galerie.

18

Toutes les cases du calendrier sont vierges.

— Rien ? Ça fait combien de jours d'affilée ? demande Man d'une voix lasse.

— Pas tant que ça.

Trois semaines qu'ils n'ont pas eu un client payant, mais Lee sait très bien qu'il vaut mieux ne pas le dire à Man. Il a été si obsédé par sa peinture et la rédaction de sa démarche artistique pour Philadelphie qu'il n'a même pas remarqué, et attirer son attention sur les problèmes financiers risque de gâcher son plaisir de pouvoir consacrer du temps à son art, le vrai.

Man s'avance derrière elle et, par-dessus son épaule, voit la page toute blanche de l'agenda.

— Je vais me mettre à la gamme de flacons de parfum, dit Lee.

— Non, j'ai une meilleure idée. Il fait un temps magnifique. Inutile de travailler quand il n'y a pas de travail. Je vais sortir la voiture et on va aller pique-niquer à Chantilly.

À peine sa phrase terminée, l'attitude de Man change du tout au tout. Il se dirige aussitôt vers un placard et en rapporte un panier, ainsi qu'une pile de couvertures et son nécessaire à cocktails.

Pendant que Man sort la voiture du garage, Lee va chercher les provisions, et remplit le panier de pain, de radis, de beurre, de dinde froide, de *saucisson sec*[1] sans oublier leurs petits éclairs favoris de la pâtisserie voisine. Elle rassemble le tout autour d'une bouteille de sémillon bien frappé et la voilà sur le perron du studio, avant même que Man soit de retour avec la voiture, son manteau boutonné jusqu'au cou, appréciant la douceur du col en fourrure de lapin contre ses joues. Man tourne au coin et elle lui fait signe juste au moment où un jeune cycliste de la Western Union s'arrête devant le studio et en monte les marches en courant, une enveloppe à la main.

— Pour Man Ray ? lui demande Lee.

Le garçon jette un coup d'œil au nom dactylographié sur le pli.

— Non, pour Monsieur Lee Miller.

— C'est moi.

Le garçon fronce les sourcils de confusion, mais lui tend le télégramme et le registre de réception pour la faire signer, puis s'éloigne sur son vélo. Man est devant la porte, le moteur tournant au ralenti, quoique bruyant dans cette rue calme. Lee fait signe à Man de patienter et ouvre le télégramme, s'attendant au pire : quelqu'un est mort ou malade, ou estropié dans un horrible accident. Mais non.

LI-LI J'ARRIVE A PARIS 1 OCT SUR SS ALGONQUIN POUR AFFAIRE ET TE VOIR – STOP – ERIK ET JOHN T'EMBRASSENT – STOP – TON PÈRE QUI T'AIME.

---

1. En français dans le texte.

Man klaxonne plusieurs fois, Lee fourre le télégramme dans son sac et court vers lui, cale le panier de pique-nique à l'arrière de la voiture, puis s'installe sur le siège avant. Elle tire son béret sur ses oreilles.

— Quelque chose d'important ? lui demande Man.

— Non, pas vraiment. Je te dirai plus tard.

— Très bien, alors, on y va ! s'écrie Man, d'une voix joyeuse, pleine d'insouciance.

Il parle en conduisant. Lee se tait. Son sac est sur ses genoux, le télégramme dedans. Police de caractères impersonnelle, le message est froid, rien à voir avec son père, mais il suffit à le ramener à elle. *Ton père qui t'aime. Pour affaires et pour toi.* Il sera là dans moins d'un mois, dans leur appartement, fourrant son nez dans le nid qu'elle et Man se sont construit. Elle a imaginé l'impression que lui donnerait sa nouvelle vie, mais maintenant l'idée qu'il soit là en chair et en os la met mal à l'aise. Que va-t-elle lui dire ? Quel regard posera-t-il sur le monde dans lequel elle vit ? Man continue vers le nord après être sorti de la ville et, très vite, la route s'ouvre sur des terres cultivées, des pâturages alternant avec des champs de culture, ponctués ici et là par des bosquets de hêtres, aux feuilles pas encore rougies par l'automne.

« C'est magnifique », dit Lee, et elle baisse un peu la vitre pour pouvoir respirer l'air qui exhale une odeur de feu maîtrisé, au loin, teintant le ciel de gris.

Lee sait comment la situation pourrait être interprétée : elle est passée d'un homme qui prenait des photos d'elle à un autre. Cet autre n'est pas son père, bien sûr. Pourtant, elle ne supporte pas l'idée que son père voie leur appartement, où des tas de photos que Man a prises d'elle sont accrochées aux murs.

À Chantilly, Lee et Man visitent le château et passent un moment dans sa magnifique bibliothèque. En début d'après-midi, comme ils meurent de faim, ils reprennent la voiture pour aller un peu plus loin sur les terres du château et garent la voiture près d'un cours d'eau qu'enjambe une jolie petite passerelle. Il n'y a pas de vent, l'eau est si calme qu'on y voit s'y refléter les arbres et les nuages. Lee étend la couverture du pique-nique, coupe de gros morceaux de beurre qu'elle étale sur du pain, y superpose des radis coupés en tranches extrêmement fines, les parsème de sel qu'elle a mis dans un petit sachet en papier. Man mange les yeux clos, l'air béat, et ils arrosent le tout du sémillon, plus aussi frais mais délicieux quand même.

— Parfois je me dis que j'aimerais être chef de cuisine, dit Lee, fourrant une tranche de morbier dans sa bouche et adorant le mélange de la croûte et son goût terreux avec le radis et le vin.

Man ouvre grand les yeux, la regarde.

— Je ne t'ai jamais vue cuisiner quoi que ce soit.

— Oh ! mais si, je cuisine ! Enfin, c'est ce que je ferais si j'avais le bon matériel. Des poêles, un garde-manger. Je cuisinais beaucoup quand je vivais encore chez mes parents.

— Quel genre de plats ?

— Oh ! des tas de choses. Je n'utilisais jamais de recette. Des soupes, des ragoûts… je mettais tout ce qui me tombait sous la main dans une cocotte jusqu'à ce que ce soit bon.

— Et ça marchait ?

— Mon père le pensait, en tout cas.

Lee se revoit le servant à son bureau, marchant dans le couloir, portant la soupière qu'elle tenait avec deux maniques. Elle la posait à côté de son coude et tournait autour jusqu'à ce qu'il pose son journal, ou son stylo, et qu'il en avale une bouchée, attendant un regard, un sourire de sa part. Oh, comme elle aimait son père, dans ce temps-là !

— Je te ferai peut-être un bon petit plat, un de ces jours, dit Lee.

— Si tu veux. Mais j'aime bien t'emmener au restaurant.

— Nous ferions des économies, dit-elle, puis, après un silence : Il vient me voir, mon père. C'est ce que le télégramme de ce matin m'annonçait.

Man se met sur son séant et saisit la bouteille de vin, lui remplit son verre d'abord, puis le sien.

— Je ne savais même pas que tu étais en contact avec lui.

— Je ne l'étais pas.

La dernière fois que Lee a eu des nouvelles de Theodore, c'était lorsqu'il lui a annoncé la publication de ses photos dans une lettre à laquelle elle n'avait pas répondu. Elle l'évoque ici et là, mais Man n'a jamais eu l'air intéressé. Lui-même a coupé tout contact avec sa famille et n'en a semble-t-il aucun regret. C'est une philosophie qu'il partage avec la plupart des autres membres de son cercle. Comme eux, il dit qu'il ne veut plus être prisonnier des liens de son passé, parce que être libre l'aide à se concentrer sur son art.

— Tu as envie de le voir ?

Lee regarde un oiseau picorer la terre au bord de l'eau et réfléchit à la question.

— Franchement, je n'en sais rien. Je lui en ai voulu de ne pas m'avoir fait signe, mais j'en suis aussi un peu responsable.

— L'important, c'est que tu saches si tu serais heureuse de rester en contact avec lui. Et si c'est le cas, alors tu devrais le voir.

Lee fait oui de la tête. Au bout d'un moment, elle dit :

— Quand j'étais petite, mon père avait cet album, des tas d'albums, en réalité, et il y consignait absolument tout ce que je faisais. Mes premiers pas, ma première visite chez le médecin quand j'ai eu la fièvre, bébé. Tous mes devoirs d'école, et ces petits poèmes ridicules que j'écrivais et que je lui donnais. Il était toujours si fier de moi. Et il prenait tellement de photos. Même les souvenirs que j'ai de mon enfance, parfois, me viennent des photos.

— Est-ce qu'il faisait des albums aussi pour tes frères ?

— Je crois, mais j'étais sa préférée, c'était évident. Et j'avais plus besoin de lui qu'eux.

— Pourquoi ?

— À cause… à cause de ce qui est arrivé.

— Bien sûr. Bon sang, je suis désolé.

— Tu n'as pas à être désolé. C'est juste que je… qu'il me manque. Il a toujours été là pour moi. Il m'aimait.

Man change de position et grimace de douleur tout en étirant ses jambes devant lui.

— Bien sûr qu'il t'aimait. C'est normal pour des parents. Ce que je voulais dire, c'est que tu n'es pas obligé de le voir si tu n'en as pas envie. Tu es une adulte. Tu ne lui dois rien.

Lee fait oui de la tête à nouveau. Une partie d'elle est d'accord avec Man : le simple fait que Theodore lui ait finalement envoyé un télégramme n'efface pas tous ces mois au cours desquels il n'a pas donné signe de vie. En plus, il ne vient pas spécialement pour la voir, si elle lit correctement le message : le voyage est pour affaire, elle ne vient qu'après. Mais les mots « ton père qui t'aime » n'arrêtent pas de défiler dans sa tête ; il y a eu un temps, pendant toute son enfance, où c'était vrai.

Man se lève, s'étire, et se tapote le ventre. Il s'éloigne en direction du cours d'eau, ramasse une pierre et l'envoie faire des ricochets. Lee le rejoint, se met à ramasser des pierres et en remplit ses poches.

— Tu veux que je t'apprenne ? demande Man.

Lee sort une pierre de son manteau. Elle la garde un moment au creux de sa main, puis d'un mouvement vif du poignet la lance doucement sur l'eau, où elle fait deux fois plus de ricochets que Man avant de sombrer. « Ha ! » crie-t-elle, toute contente. Man siffle d'admiration. Lee lance une autre pierre, puis encore une, la technique lui revenant, chaque fois améliorée. Elle et son frère passaient des après-midi entiers à l'étang sur leur propriété, à faire des ricochets dans l'eau, à attraper des poissons, Lee avec son pantalon relevé jusqu'aux mollets, les rubans blancs très comme il faut, que sa mère voulait absolument la voir porter dans ses tresses, retombant, éclaboussés de boue. Man a arrêté de lancer ses propres pierres pour l'observer, et elle se délecte de cette attention, une attention différente de celle qu'il lui porte quand il la prend en photo.

— Tu étais une enfant un peu sauvage, alors ? demande Man.

— J'imagine, oui.

Lee sait que par sauvage il veut dire libre et c'est vrai qu'elle l'était, surtout quand elle était très jeune. À l'époque, il n'y avait pas de différence entre elle et ses frères. Ils passaient des jours entiers dehors, en exploration ; c'était comme si elle tenait le monde entier dans sa main, comme si elle pouvait le manger à la cuiller. Avant ce qui s'était passé avec… elle entend presque son nom dans sa tête mais s'arrête comme chaque fois. Son enfance est divisée, du coup, en deux parties bien nettes, avant et après. C'est après qu'elle est devenue vraiment sauvage, mais pas dans le sens où l'entend Man. Quand son côté sauvage est devenu quelque chose qu'elle avait le sentiment de devoir cacher à tout le monde.

Lee arrête de faire des ricochets et reste là à regarder l'eau. Peut-être que Man sait à quoi elle pense. Elle n'en est pas sûre. Il se tait, en tout cas, et elle lui en est reconnaissante.

Au bout d'un moment il dit : « Tu me montres comment tu fais, ce petit mouvement du poignet, là. »

Elle s'avance derrière lui et met sa petite main sur la sienne, leurs doigts reliés autour du galet froid, et elle lui montre deux ou trois fois avant d'inviter Man à essayer par lui-même. Sa première tentative aboutit à un plouf dans l'eau, mais il ne lui faut pas longtemps pour maîtriser cette élégante cassure du poignet que Lee a apprise il y a tant d'années. Quand ils finissent par se lasser du jeu, ils se dirigent vers la passerelle où ils restent un moment à regarder l'eau couler, sa surface aussi lisse qu'un miroir maintenant que les vaguelettes provoquées par les galets ont disparu.

Plus tard, alors qu'ils sont sur la route du retour, Lee enlève ses chaussures, cale ses pieds sur son siège et pose sa tête sur l'épaule de Man. Elle est bien, au chaud, somnolente. Elle se dit qu'il ne sera pas si difficile de voir son père. De lui montrer sa nouvelle vie. Elle est sur le point de le dire à Man quand celui-ci lui demande :

— Ces albums que faisait ton père… Est-ce que ta mère l'aidait ?

Même là, alors que Lee se sent si bien, la seule mention de sa mère la remplit d'aigreur.

— Je doute qu'elle soit même allée regarder des photos de moi petite.

— Tu ne parles jamais d'elle.

— Je n'ai aucune envie de parler d'elle. On ne s'est jamais entendues, je te l'ai dit, même quand j'étais vraiment gamine. Et en grandissant… je n'arrivais jamais à la rendre heureuse. Je m'attirais toujours des ennuis à l'école. Elle n'était jamais contente de ce que je faisais. Et elle était jalouse de moi.

Comme toujours quand elle parle de sa mère, Lee ne peut pas empêcher l'amertume de transparaître dans sa voix.

— Jalousc de toi ?

— Absolument. Quand j'étais jeune, elle était jalouse à cause de toutes les photos que mon père prenait de moi, et quand j'ai été plus âgée, elle a été jalouse de ma carrière de mannequin. Jeune, elle était très belle, mais j'ai toujours été encore plus jolie qu'elle. Et puis, elle avait très peur de vieillir, de perdre sa beauté.

Ils approchent de la ville, et Lee regarde par la vitre les maisons modestes éparpillées dans le paysage. Man dit :

— Je ne suis pas étonné que ta mère ait mal pris les séances de photos.

Il maintient fermement le volant avec ses mains. Lee lève la tête pour le regarder.

— Oui. Elle ne supportait pas que mon père et moi soyons si proches.

Man ouvre la bouche comme pour dire quelque chose, puis la referme. Ils restent un moment silencieux. Puis il dit :

— Après ce qui t'était arrivé, j'aurais pensé que ton père t'aurait un peu mieux protégée. C'est bizarre, ce que tu m'as raconté au sujet de ces photos.

— Ah mais non, dit Lee, et elle se rassied correctement sur son siège. Il a fait toutes ces photos pour me faire du bien, au contraire. Pour m'aider à reprendre confiance en moi.

— Ah bon.

Man en reste là, de sorte que Lee poursuit.

— Je suis sûre que c'est la raison pour laquelle j'ai pu réussir si vite en tant que mannequin. Sans compter que mon métier m'a amenée à Paris, et donc à toi.

Elle se penche pour embrasser le bras de Man, puis pose à nouveau sa tête sur son épaule.

Ils ont bifurqué sur une plus petite route où ils se retrouvent bloqués par une charrette. Man doit se concentrer pour empêcher la voiture de caler. L'air, qui manque maintenant qu'ils roulent au pas, est lourd et poisseux, et Lee s'évente, sans grand succès. Ils arrivent enfin à un endroit où la charrette peut se déporter sur le bas-côté et les laisser passer, et une fois qu'elle est loin derrière eux, Man accélère un bon coup, les pneus projetant une gerbe de gravier sur les bas-côtés. Ils franchissent une crête et là, Paris s'offre à eux, donnant l'impression, même à cette distance, de fourmiller de vie après le calme de la campagne. Au début, les bâtiments paraissent bas sur l'horizon, mais à mesure que Man entre dans la ville, des immeubles plus hauts se dressent en masse dans le ciel, les lignes pentues des toits à la Mansart plus beaux aux yeux de Lee qu'un paysage de montagne. Les rues sont engorgées, les gens s'agglutinent aux carrefours. Quand Man emprunte le boulevard Raspail, Lee prend conscience que cette ville lui fait un bien fou, qu'elle s'y sent chez elle. Elle lève la tête et respire l'odeur de leur quartier, mélange de granit et de détritus.

— Mon père, je pense que je vais le voir en fin de compte, dit-elle.

Man lui serre le genou.

— C'est toi qui décides.

— Je veux qu'il voie… je veux qu'il voie ce que j'ai fait depuis que j'ai quitté New York. Que je suis bien, seule ici.

— Mieux que bien.

— Oui, beaucoup mieux.

Lee regarde les immeubles défiler et essaie de voir sa vie avec les yeux de son père. Tout le chemin parcouru. Toute la fierté qu'il en éprouvera.

19

Le jour où Theodore arrive à Paris, Lee, qui a décidé d'aller l'attendre à la gare, y arrive avec presque une heure d'avance. On est en octobre, il fait frais et le vent qui souffle en rafales s'insinue entre son chapeau et son col, lui faisant regretter de ne pas avoir emporté un foulard.

Cela fait plusieurs semaines que Lee pense à la façon dont va se passer la visite de Theodore. À ce qu'elle va faire et dire pour l'impressionner. Maintenant, alors qu'elle attend l'arrivée du train en gare, elle passe en revue les activités qu'elle a prévues pour eux, qui seront autant d'aperçus de sa vie d'artiste à Paris. Un repas dans un bistrot, pour lui faire découvrir des plats tout nouveaux. Un tour complet de Montparnasse, avec des références occasionnelles aux rues et aux immeubles où vivent et travaillent des artistes et des écrivains dont elle sait qu'il les admire. Une visite au studio, afin de lui montrer l'équipement de la chambre noire et peut-être même certaines de ses photos, s'il l'y invite.

Le train entre en gare, pile à l'heure, Theodore est l'un des premiers à en descendre. Lee l'aperçoit avant qu'il ne la repère dans la foule et cette vision lui cause un choc. Cela fait un an qu'ils ne se sont vus, mais il paraît beaucoup plus vieux ; la peau de son visage semble s'être affaissée sur les os. Même emmitouflé dans un manteau épais, il a l'air plus mince que jamais, éprouvé, peut-être, par ce long voyage. Quand il la voit, son visage sévère s'éclaire d'un sourire. Lee a prévu de l'embrasser sur les deux joues, quelque chose d'enjoué, mais il marche vers elle les bras tendus et, avant que Lee ne comprenne ce qui se passe, ils sont dans les bras l'un de l'autre, elle est pressée contre son manteau, enveloppée d'odeurs de cendres et de voyages. « Ma Bitsie, dit-il, tu m'as manqué. »

Ça fait des lustres qu'elle ne l'a pas entendu l'appeler par ce petit nom affectueux qui a raison de sa résolution à paraître indépendante, et elle se laisse aller contre lui. Bien que cela ne soit pas ce qu'elle avait prévu, elle répond : « Toi aussi, Papa, tu m'as manqué », consciente de l'avoir dit avec un trémolo dans la voix.

Theodore confie ses bagages à un porteur et les expédie à son hôtel, puis Lee et lui se dirigent vers le bistrot qu'elle a choisi. C'est un endroit confortable, avec nappes à motif cachemire rouge et bougeoirs maculés de cire fondue sur chaque table, mais Theodore insiste pour rester en terrasse, même s'il fait si froid qu'ils doivent garder leurs manteaux.

« D'après le Dr Koopman, on devrait être au grand air six à dix heures par jour », dit-il à Lee, ignorant la serveuse qui leur tourne autour, attendant manifestement qu'ils changent d'avis et se replient à l'intérieur. Theodore a toujours été friand des derniers régimes et exercices physiques à la mode. Pendant des années, il a marché dix kilomètres par jour et évité de mélanger certains aliments. Pas de fromage avec la viande. Pas de fruits avec les céréales. Lee, qui l'avait presque oublié, examine le menu, se demandant à présent comment ses habitudes alimentaires vont s'accommoder des menus parisiens. Pas bien, apparemment : il passe cinq minutes à interroger la serveuse dans un français très approximatif jusqu'au moment où Lee s'en mêle et commande pour lui. Poulet rôti, pommes de terre, salade. Maintenant qu'ils sont installés, il examine Lee.

— Tu as bonne mine. L'air en forme. Un peu plus en chair, mais pas trop. Je le vois à ton visage.

— C'est gentil à toi de me le faire remarquer, Papa, dit-elle en fronçant les sourcils.

— Eh bien, si tu veux retrouver ta ligne, tu n'as qu'à suivre…

— La méthode Koopman. Je sais.

Lee passe aux civilités, lui demande des nouvelles de ses voyages d'affaires, et de ses fils. Il lui explique que son entreprise, DeLaval, se diversifie et qu'il est venu pour étudier un nouveau séparateur breveté par un Français. Le niveau de prix pratiqué par Hoover pose des problèmes à la société et, si elle veut rester rentable, Theodore doit élargir son champ d'action. Il découpe son poulet de façon méthodique tout en parlant. Lee picore, puis s'adosse à son siège et inspecte ses mains manucurées. La conversation lui est familière ; c'était le genre d'échange qu'elle surprenait quand, enfant, elle avait la permission de se glisser sous la table et de s'asseoir sur le tapis, le dos appuyé contre ses tibias, en attendant que les adultes aient fini leur repas.

Lee se demande à quel moment il en viendra à parler d'elle, à l'interroger sur sa vie ici, mais ce n'est qu'à la fin du repas qu'il se décide.

— Les parents de Tanja sont passés nous voir il y a quelques mois, dit Théodore. Ils nous ont dit que tu t'instruis auprès de Man Ray ?

Lee est étonnée qu'il sache cela, mais ça explique qu'il ait connu l'adresse du studio.

— Instruire n'est pas le mot. Je travaille avec lui.

— Son travail dans l'univers de la mode est impressionnant.

Theodore se targue d'être un grand connaisseur en la matière. Dès qu'elle a commencé sa carrière de mannequin, il a rempli ses albums de photos de Lee et d'autres mannequins qu'il admire.

— Tout son travail est impressionnant.

Theodore lui jette un œil interrogateur par-dessus ses lunettes, ce qui la met mal à l'aise ; puis elle se souvient qu'elle a vingt-trois ans et que sa relation avec Man ne le regarde pas.

— J'aimerais beaucoup le rencontrer pendant mon séjour, dit Theodore.

— Il a…, commence Lee, puis elle se reprend : Nous avons beaucoup de travail au studio. Je vais voir s'il peut trouver un moment.

Le lendemain, en prévision de la visite de son père, Lee range bien le studio, pliant les toiles de fond, empilant les magazines et redressant les cadres. Elle n'est pas nerveuse, mais elle veut que Theodore voie cet endroit sous son meilleur jour. Quand Man arrive et constate qu'elle a rangé sa collection de nids d'oiseaux sur la cheminée, il pousse un soupir de désapprobation.

— Il vient à deux heures ? demande Man. Est-ce qu'il... qu'est-ce que tu lui as dit ? Je suis ton amant ou ton employeur pour lui ?

— Mon employeur.

— Bon. Je vais éviter de dire en sa présence que je te baise comme un fou, alors.

Il le dit sur le ton de la plaisanterie, mais Lee voit bien que ça le dérange.

— Chéri, dit-elle en allant vers lui et en l'entourant de ses bras par-derrière, on peut lui dire, si tu veux. C'est juste que... Il pose toujours des milliers de questions, jusqu'au moment où tu te dis que tu regrettes de lui avoir dit quoi que ce soit.

— Ce n'est pas parce que tu as honte de moi ?

— Quoi ? Mais qu'est-ce qui te... ?

Man se libère de son étreinte et se retourne pour lui faire face, se montrant lui-même des pieds à la tête.

— Quel âge a ton père ? Cinquante ans ? Est-ce tu réalises que je suis plus près de son âge que du tien ?

— L'âge que tu as n'a aucune importance pour moi. De plus, tu es sage. Pas vieux.

— Sage.

— Oui, sage. J'aime que tu sois plus vieux que moi, que tu aies plus vécu que moi. De toute façon, mon père a cinquante-six ans.

— C'est toujours plus près de mon âge.

— Tu n'as rien à voir avec mon père, dit Lee. C'est précisément la raison pour laquelle je ne veux pas lui dire que nous sommes ensemble.

Man l'attire contre lui à nouveau.

— Très bien. Nous ne dirons pas à ton père que je suis ton sage et vieil amant. Je me tiendrai tout le temps à quelques pas de toi et, s'il pose des questions, je pontifierai à son intention. Avec sagesse.

De nouveau, sur le ton de la plaisanterie, mais il quitte la pièce presque aussitôt et va dans la chambre noire où il reste pendant qu'elle finit de mettre de l'ordre.

Le père de Lee est ponctuel comme toujours. Elle le fait entrer et lui recommande de baisser la tête pour ne pas se cogner dans l'entrée. Il regarde autour de lui, l'air d'apprécier, s'arrêtant sur le Braque et le Léger, sur les murs, entre deux œuvres de Man.

— Les cubistes, dit-il, reniflant puis cherchant un mouchoir dans sa poche et se mouchant le nez. Ce n'est pas ce que je préfère, mais c'est très en vogue. – Il range son mouchoir. – Je suis sûr que j'ai attrapé un rhume. Je trouve l'air de Paris terriblement vicié.

— Je suis persuadée que Koopman a la solution.

Theodore ne relève pas.

— Oh, j'ai mangé plus de légumes crucifères depuis que je suis là pour neutraliser ça. Mais j'ai du mal... il y a tellement de pommes de terre aux menus.

C'est un véritable hypocondriaque, une angoisse qu'il lui a transmise. Elle a la gorge irritée rien qu'à l'entendre parler de rhume.

Man descend l'escalier juste à ce moment-là.

— Monsieur Miller, s'écrie-t-il. Quel plaisir de vous rencontrer ! Ma charmante assistante que voici m'a beaucoup parlé de vous.

Un sentiment de gratitude envahit le cœur de Lee au vu de cet accueil.

— Monsieur Ray, tout le plaisir est pour moi, dit Theodore.

Il secoue longuement la main de Man. Ils sont habillés presque pareil : pantalon noir à taille haute et chemise blanche. Après ce que disait Man un peu plus tôt, Lee doit se maîtriser pour ne pas faire de comparaison.

Man le précède dans l'escalier, bavardant comme il le ferait avec un client ; pendant qu'ils montent, Lee s'attarde, exprès, laissant traîner sa main sur la rampe.

Dans le bureau, son père est déjà passé à la photographie, et Lee l'entend bombarder Man de questions techniques auxquelles elle serait parfaitement capable de répondre désormais s'il les lui posait.

— Vous savez, entend-elle Man lui expliquer, je passe beaucoup de temps à jouer sur les temps d'exposition. Quand je travaillais sur l'une de mes séries, ces images que j'appelle rayographies…

— Des objets posés à même le papier photographique. Oui, j'en ai entendu parler.

Lee n'a nul besoin de regarder Man pour savoir que ça lui fait plaisir.

— Vous devez avoir pas mal de connaissances en photographie. Il n'y a pas beaucoup de gens qui en ont entendu parler aux États-Unis.

— Le fait est que j'aime être au courant des dernières technologies. La photographie est une de mes passions.

Theodore se promène dans le bureau, inspecte les photos accrochées au mur. La plupart sont anciennes – Man a la flemme de les changer –, mais il y a aussi celles qu'il a prises de Lee, et elle se sent de plus en plus nerveuse à mesure que Theodore avance. Près de la cheminée, il y a un portrait d'elle regardant par-dessus son épaule, le dos nu, le regard amoureux. Elle prie pour que son père ne le voie pas.

« Papa, dit Lee. Viens, je vais te montrer l'équipement de la chambre noire. » Theodore se retourne et semble surpris de la voir. « Oh ! Oui, Bitsie, bien sûr », puis lançant un regard presque désolé à Man, il la suit dans l'autre pièce.

Lee sait que Theodore n'a jamais vu un matériel aussi professionnel que celui de Man. Il semble particulièrement s'intéresser au prototype de projecteur qui se trouve dans le coin, avec son rhéostat, et il l'examine sous tous les angles. Il est également intrigué par son système d'éclairage au xénon.

— Il faudrait que je m'en procure un comme ça. Ou par une lampe à arc. Est-ce que Madame Ray en a une ?

— Je ne crois pas.

— Elles sont tellement brillantes que c'est comme si on photographiait en plein soleil quand on est à l'intérieur. J'ai lu un truc là-dessus.

— Ce n'est pas plutôt pour le cinéma qu'on les utilise ?

— En principe oui, mais les avantages qu'elles présentent pour le travail en studio sont évidents. Tu te rappelles toutes les fois où je te faisais poser dehors alors que tu ne voulais pas ?

Bien sûr qu'elle se le rappelle. Toute son enfance. Dedans, dehors, des centaines de photos. Son quatorzième anniversaire, quand il avait imaginé Lee en moderne dryade, volée dans les pages d'Ovide, la tête couronnée de branches, debout au bord du petit ruisseau tout près de leur maison. Ça avait été une année triste pour elle, rien ne pouvait la sortir de ses idées noires, et il lui avait dit que la séance serait amusante, comme si elle jouait la comédie. « Ça te remontera le moral », mais ça n'avait pas marché. L'intention était bonne, mais ce jour-là, elle s'était sentie gênée devant l'appareil photo. Elle n'avait pas trouvé les mots pour le lui dire. Sur les photos, elle est courbée, frissonnante, les bras croisés sur sa poitrine nue, les yeux ronds et aussi ternes que les pierres du ruisseau qui lui blessaient les pieds pendant qu'elle posait.

Lee ne veut plus penser au passé. « Attends, je vais te montrer quelque chose », dit-elle, puis elle l'entraîne vers le classeur aux tiroirs plats et en sort quelques-unes de ses photos récentes, dont une extraite de la série sous cloche et un cliché abstrait qu'elle a pris récemment d'un voilier faisant partie d'une régate d'enfants. Elle les étale sur la table et laisse le temps à son père de bien les regarder. Il en prend quelques-unes en main et les examine de plus près, les tenant par les bords, avec délicatesse. Lee attend avec impatience de l'autre côté de la table. Elles sont bonnes, pense-t-elle. Elle attend qu'il le lui dise. Theodore prend la photo du voilier dans ses mains et la regarde un long moment. Lee se baisse et en sort d'autres d'un deuxième tiroir, des scènes de rue et d'autres clichés pris en studio, tous ceux dont elle est l'auteur. Dans son ensemble, la collection est impressionnante, mais plus ils restent là, plus Theodore passe de temps à prendre une photo dans ses mains, à la reposer, à en prendre une autre, plus Lee se sent vaciller.

— Elizabeth, dit-il pour finir, elles sont toutes de toi ?

Lee fait oui de la tête et s'apprête à répondre quand Man arrive dans la pièce, un foulard autour du cou. Il regarde la table, puis Lee.

— Je pensais sortir prendre un petit café. Ça vous dirait de vous joindre à moi tous les deux ?

Gênée que Man ait vu qu'elle ait voulu faire admirer son travail, mais soulagée qu'il se montre aussi amical, Lee se dépêche d'entasser toutes les photos et de les remettre dans leurs cartons.

— Avec plaisir. Papa ?

— Bien sûr. Je ne voudrais pas rater une occasion d'obtenir quelques conseils de plus de Monsieur Ray.

Alors qu'ils sortent dans la rue, Lee prend Theodore à part et lui dit à voix basse « Appelle-le simplement Man. Ou bien Man Ray. Personne ne l'appelle Monsieur Ray. »

Ils vont au Café de Flore et se serrent autour d'une petite table ronde en terrasse. Man commande un double expresso et un pastis, puis se tourne vers Lee.

— Pour toi, la même chose ?

C'est toujours ce qu'ils boivent quand ils viennent ici ensemble.

— L'alcool au beau milieu de la journée, c'est très mauvais pour la digestion, déclare Theodore, puis il se tourne vers le serveur et, dans un français approximatif, dit : Je prendrai un verre d'eau chaude avec du citron, et ma fille prendra un thé noir.

— Non, dit Lee, pour moi ce sera un café crème, s'il vous plaît.

Le serveur fait oui de la tête avant de s'éloigner et, dans le silence qui s'ensuit, Man dit :

— Le pastis est un digestif. Pour la digestion, justement. Ça me fait du bien à l'estomac, n'est-ce pas le but ?

Lee soupire. Man a donné à Theodore une occasion rêvée d'expliquer ses habitudes alimentaires et, comme il se lance dans un sermon, l'atmosphère, autour de la table, devient tendue. Lee voit bien que Man est contrarié ; il pense que tous les régimes sont des théories de charlatans, ce qu'il est en train de dire haut et fort.

— Prendre soin de soi, c'est une affaire sérieuse, dit Theodore, très digne.

Man toussote, se verse de l'eau de la carafe dans son verre, puis agite le liquide brumeux avec une cuiller à long manche.

— Mais ne pas mélanger certains aliments ? Ils finissent tous au même endroit une fois que vous les avez avalés, non ? Pardonnez-moi, mais je trouve ça absurde.

Lee l'a déjà souvent pensé, mais elle essaie tout de même d'arrondir les angles.

— Je crois que les gens devraient faire ce qui leur semble juste.

Man lui lance un regard perçant.

— C'est ce que tu fais ?

— Oui, dit Lee, puis elle fronce les sourcils à l'adresse de Man avant de se tourner vers son père et, changeant ostensiblement de sujet, dit : C'était comment, l'opéra, hier soir, Papa ?

Theodore sourit.

— Merveilleux. Vraiment merveilleux. J'ai toujours voulu voir *Guillaume Tell*. Et l'Opéra Garnier est tellement plus ornementé que celui de Collingwood. Tu y es déjà allée, Bitsie ?

— Non, pas encore.

— Tu m'étonnes. Tu as toujours adoré l'opéra. – Puis s'adressant à Man : Vous n'imaginez pas comme elle était concentrée, déjà toute petite. Ses frères s'ennuyaient au bout de vingt minutes, mais Elizabeth, elle, en était folle. Elle disait qu'elle voudrait être Sarah Bernhardt, quand elle serait grande. Ou une star de cinéma.

— Oh, tu te souviens quand on l'a vue ?

Lee devait avoir dix ans quand Sarah Bernhardt, qui faisait sa tournée d'adieu, est passée par Poughkeepsie. Elle s'en souvient encore dans les moindres détails : les immenses bouquets de lys dans le hall embaumant l'air de leur parfum sirupeux ; les gens de Poughkeepsie se pressant aux balcons et dans les loges, presque méconnaissables dans leurs plus belles tenues ; le toit en forme de dôme qui s'élevait au-dessus d'eux avec ses belles fresques d'inspiration italienne. Lee était restée captivée d'un bout à l'autre de la représentation : le film muet qu'ils avaient montré en lever de rideau, les tableaux vivants, et puis, enfin, la divine Sarah, resplendissante dans une robe de velours bordeaux, qui avait fait son entrée sur la scène en s'aidant d'une canne en ivoire avant de rejouer la mort de Cléopâtre, se pâmant sur une chaise longue très exactement de la même couleur que sa robe.

Theodore fait entendre un petit rire.

— Tu te rappelles, après, tu voulais absolument rejouer la scène de la locomotive du film qu'ils ont passée ?

— Ah oui ? Non, je ne me le rappelle pas.

Theodore se tourne vers Man.

— Le frère d'Elizabeth a fabriqué une locomotive miniature dans la grange derrière la maison, y compris des rails en bois qui descendaient jusque dans un champ un peu plus bas. Étonnant, vraiment. Il est ingénieur en aéronautique, à présent. Après avoir vu ce film muet, Elizabeth a absolument voulu monter sur la locomotive et descendre en arrière, en tenant son brownie comme le cascadeur qui tenait la caméra dans le film.

— Ah, mais oui ! dit Lee. J'avais complètement oublié cette vieille locomotive. Je voulais que tu me donnes une prime de risque, comme à un vrai cameraman.

— Et c'est ce que j'ai fait. Après que tu as développé tes photos, je t'ai donné trois dollars.

Lee rit de bon cœur à ce souvenir. Man les regarde tous les deux, mais reste silencieux.

— On peut dire que j'ai été ton premier client.

Theodore avance sa main et tapote la cuisse de Lee, puis l'y laisse, l'air satisfait de lui-même. Lee avale le reste de son café et se tait. Le regard de Man va du visage de Theodore à l'endroit où sa main repose sur la cuisse de Lee.

Quand ils ont fini leur verre, Man se lève pour payer, mais Theodore l'en empêche d'un signe de la main. « Permettez-moi », dit-il, tout en faisant de grands signes au serveur. Man remet ses billets dans sa poche, sans mot dire.

Quand ils se retrouvent devant le studio, Lee se dit qu'il est temps que son père s'en aille. Il est quatre heures, et il voudra se reposer avant d'aller dîner.

Mais quand elle le lui dit, au lieu de répondre, il se tourne vers Man et lui demande :

— Avant de partir, j'aimerais beaucoup que vous nous preniez en photo avec ma fille. Avons-nous le temps ?

Lee est morte de honte. C'est tellement déplacé.

— Papa…, dit-elle.

Mais Man, qui a l'air tout aussi stupéfait, dit :

— Oh, mais bien sûr ! J'aurais dû vous le proposer.

— Il est tard, dit Lee. Il n'y a sûrement plus assez de lumière.

Man, qui est sur une marche en dessous d'elle devant la porte du studio, pose sa main une seconde sur le creux de ses reins. « Pas de problème, Lee. Nous avons encore suffisamment de temps. » Lee regarde son père pour voir s'il a remarqué le geste de Man, mais non, il tripote son foulard sans leur prêter attention.

Ils entrent tous dans le studio. Man tire un fauteuil à haut dossier au centre de la pièce et y installe le père de Lee, puis fait quelques essais. Lee se tient debout un peu à l'écart, les bras croisés. Son père est assis bien droit, raide comme un piquet, et elle observe son profil, son nez aquilin, ses favoris impeccablement dessinés.

Lee s'avance pour prendre place à côté de lui et essaie de détendre son visage pour paraître moins contrariée. Man prend deux ou trois photos comme ça, puis Theodore dit : « Bitsie, c'est un portrait, on n'est pas à l'armée, là. Viens t'asseoir avec moi. » Il lui prend la main et l'attire vers lui, et elle se laisse faire pour, avant qu'elle n'ait eu le temps de s'en rendre compte, se retrouver sur ses genoux, comme lorsqu'elle était petite, sa tête appuyée sur l'épaule de son père.

La voix de Man s'élève de sous le voile noir : «Prêts ?»

La veste de Theodore lui gratte la joue, il s'en dégage une odeur qui lui est familière, d'herbe, de terreau, et de cèdre provenant de son savon. Lee regarde la caméra bien en face, presque au travers, et elle flotte hors d'elle-même, voit l'image du point de vue de Man : les corps à l'envers dans l'objectif, Lee accrochée au cou de son père. Docile, passive, exactement comme elle ne veut pas être. La pose lui paraît si normale – elle s'est assise sur ses genoux des milliers de fois –, mais que Man en soit témoin lui est subitement insupportable. Lee essaie de se libérer, mais le bras de son père la maintient solidement à la taille, et il resserre son étreinte, au contraire.

Après avoir pris quelques photos de plus, Man sort de sous le voile et dit : «Je dois aller chercher une autre plaque.» Le ton est sec, professionnel, et il va vite vers l'armoire de fourniture, ses talons faisant un bruit sourd sur le parquet.

Lee se lève.

— Vous en avez fait combien ?

— Cinq ou six.

— Je suis sûre qu'elles seront très bien, dit Lee, puis s'adressant à son père : Man travaille vite. Tu ne seras pas déçu.

Même s'ils en ont terminé, Theodore a l'air de vouloir s'attarder, alors que Lee n'a qu'une idée : qu'il s'en aille, le plus vite possible. Man est manifestement heureux de le voir partir. Lee raccompagne Theodore à son hôtel, marchant à vive allure, si vite qu'elle étouffe sous son manteau et que même son père, qui marche à grands pas, a du mal à la suivre. Il s'avance pour l'embrasser sur la joue devant l'entrée de l'hôtel, mais elle fait un pas en arrière et le laisse là, livré à lui-même.

Quelques dizaines de mètres plus loin, elle entre se réfugier dans un café et va s'asseoir au bar, prend une profonde inspiration et commande un brandy, puis un autre, boit jusqu'à ce que ça lui brûle l'estomac, qu'elle a vide. Ce n'est que lorsqu'elle a fini ses deux verres qu'elle prête attention à ce qui l'entoure, regarde les clients du café. Paris reste pour elle une ville pleine d'inconnus. Ils sont tous en couple, ou en groupe de trois, visages ronds et vides, lunaires. Ça rit, ça bavarde autour d'elle, avec de grands gestes, comme sur une scène de théâtre.

Lee voudrait bien n'avoir pas accepté de voir son père lors de sa venue en France. Qu'il ait découvert sa nouvelle vie avait quelque peu dévalorisé celle-ci. L'avait dévalorisée, elle aussi. Elle se souvient des rages dans lesquelles elle entrait, enfant : hurlant, donnant des coups de pied dans les murs, tirant sur ses cheveux jusqu'à en arracher des poignées entières. Toute cette rage, qui ne menait à rien, en fin de compte. Qu'à son consentement. À la soumission exigée par son père. C'est ce qu'elle a de nouveau ressenti quand Man les a pris en photo, quand Theodore a posé la main sur sa cuisse. Elle pensait que cette partie de sa vie était derrière elle, mais le voir ici à Paris l'avait fait resurgir, comme deux côtés d'un stéréoscope qui se fondent en une seule image. Et en quoi sa relation avec Man est-elle différente ? Ne se conforme-t-elle pas à tous ses désirs également ?

À son retour au studio, Lee se rend compte qu'elle a oublié sa clé. Elle sonne, Man vient lui ouvrir la porte.

— Je ne savais pas quand tu rentrerais, dit-il.

— Je l'ai juste déposé à l'hôtel, et je me suis arrêtée pour prendre un verre en chemin.

Man fait une grimace, de dégoût, pense-t-elle.

— Je le sens sur toi.

Elle grimpe l'escalier pour aller dans le salon, Man sur ses talons.

— On en prend un autre ? lui demande-t-elle. Je pense qu'on devrait en prendre un autre.

Elle s'active devant le bar roulant, verse deux cognacs dans des verres identiques. Quand elle lui en tend un, Man dit :

— Merci, *Bitsie*.

Il a bien insisté sur le nom et Lee se crispe.

— Arrête... tu arrêtes ça...

— Et toi, c'était quoi ton idée ? Toi, ton père... on aurait dit que vous faisiez tout pour me rendre jaloux.

— Qu'est-ce que tu veux dire ?

— Le laisser payer les cafés... Me faire prendre des photos de vous...

— Je ne l'ai pas laissé faire quoi que ce soit. Il fait ce qu'il veut. Sans compter que tu aurais dû le proposer.

Lee ne le pense pas vraiment ; la demande de Theodore l'a mise aussi mal à l'aise que Man, mais elle a envie de s'en prendre à lui.

— Ah vraiment ? dit Man. Ce n'est pas de vous photographier qui m'a dérangé. C'est que je me suis senti de trop. Comme si vous n'aviez pas besoin de moi.

Il dit les derniers mots doucement, d'une voix qui trahit le manque, l'apitoiement sur soi, ce qui la hérisse encore plus.

Lee pose son verre sur une petite table et fait de même avec celui de Man après le lui avoir pris des mains. Elle lui attrape le col de la chemise et l'attire à elle, puis l'embrasse sur la bouche, fort, à s'en faire mal.

— Attends-moi là, dit Lee.

Elle va chercher son foulard dans l'entrée, celui qu'il portait cet après-midi. De retour face à lui, elle le fait passer de toute sa longueur entre ses mains.

— Lee…

D'une main, elle le pousse sur le canapé puis se met à califourchon sur lui, écrase de nouveau ses lèvres sur les siennes. Il résiste, mais elle le sent durcir à travers leurs vêtements. Elle aime ça, avoir un tel pouvoir sur lui. Elle prend le foulard et le lui met sur les yeux, l'attache par un nœud serré derrière la tête, puis le pousse en sorte qu'il se retrouve allongé sur le canapé. C'est la première fois qu'ils font ça. Le voir comme ça, un bandeau sur les yeux, l'excite encore plus qu'elle ne l'aurait imaginé. Elle est même tellement en demande qu'elle en a presque honte. Peut-être est-ce la colère. Elle a envie de faire mal à Man, envie de le voir souffrir. Elle l'aide à se dévêtir, puis se déshabille elle aussi. Ensuite elle prend son sexe dans sa main et le glisse en elle, commence à bouger sur lui.

— Lee, c'est… je ne crois pas…

Il y a presque de la peur dans sa voix, mais elle lâche ses poignets et pose aussitôt sa main sur sa bouche pour l'empêcher de parler. Elle le chevauche, toute à ce que veut son propre corps, accélérant le rythme, tellement qu'elle sent ses couilles claquer contre son sexe. Il gémit, l'appelle par son nom, comme s'il lui était difficile de le dire, lui attrape la taille et l'aide à se jeter contre lui, encore et encore.

Il tente de la mettre dans une autre position pour la ralentir, mais elle ne le laisse pas faire. Elle continue, plus vite, encore plus vite, jusqu'au moment où elle sent le corps de Man se raidir et où il crie son nom à nouveau. Mais même là, elle n'arrête pas, le besognant à grands coups de reins, et quand elle jouit, elle lui ratisse les épaules avec ses ongles.

Après, elle repose sur lui, peau contre peau, et tend les bras pour l'aider à ôter le bandeau. Man l'attire contre lui. Maintenant que c'est fini, elle craint qu'il ne veuille parler de nouveau, si bien qu'elle ferme les yeux et feint de s'endormir. Il lui caresse les cheveux un moment. Comme elle ne réagit pas, il la repousse gentiment et se libère d'elle. Elle l'entend se rhabiller, puis le sent déposer une couverture sur elle. Elle reste là étendue pendant des heures, jusqu'à ce que la lumière qui entre par les fenêtres baisse et qu'il fasse nuit dans la pièce, regrettant de ne pas avoir un endroit où aller pour être seule.

Leipzig
20 avril 1945

Il faut une éternité pour que le 83e atteigne Leipzig après la reddition des Allemands. Lee est freinée par son régiment. Elle sait que Margaret Bourke-White l'a devancée en ville, ainsi que d'autres probablement, alors qu'elle est encore là dans la Jeep des GI qui se traîne dans la boue, à demander qu'on accélère. Pour finir, ils n'ont qu'une demi-journée de retard. De vielles femmes en robes brunâtres les accueillent dans les rues avec des fleurs, les saluent de la main, sourient, portent leurs enfants à bout de bras. Non loin de là, les combats se poursuivent et on entend des coups de feu sporadiques qui couvrent les acclamations des femmes.

On a raconté à Lee des tas d'histoires sur ce que les nazis sont capables de faire pour éviter d'être capturés, mais elle ne sait pas si elle doit les croire. Poison, coup de feu, pendaison. Un directeur d'usine invite une centaine de personnes à dîner. Quand le 69e prend la ville, il presse un bouton et déclenche une explosion qui tue tout le monde à table. Des amis se mettent mutuellement en joue, comptent jusqu'à trois et appuient sur la détente. Quelqu'un lui dit qu'à la

Neues Rathaus[1] de Leipzig, tous les nazis se sont suicidés et cela ne fait que renforcer son exécration de ces lâches.

Lorsque Lee y arrive, la Rathaus est tranquille, une épaisse couche de poussière blanche recouvre tout. Elle se promène, seule, de bureau en bureau. Dehors, une bombe explose, provoquant une nouvelle chute de plâtre du plafond. Au premier étage, elle s'arrête sur le seuil d'une salle somptueuse. Une fenêtre est ouverte. Des meubles en cuir ciré sont la seule chose que la poussière ne recouvre pas. Sur des canapés, une mère et sa fille sont allongées sur le côté. Un homme est assis à son bureau, la tête reposant sur le buvard placé devant lui. Pendant un instant, Lee a l'impression de les avoir surpris en pleine sieste, mais, sur le bureau, un flacon vide de cyanure sert de presse-papier à des documents familiaux.

La fille doit avoir à peine vingt ans. Elle porte une coiffe d'infirmière et un brassard de la Croix-Rouge sur sa veste noire. Elle a les mains jointes sur l'estomac. Lee prend un plan large puis s'approche, pour qu'on ne voie quasiment plus que le visage dans le cadre. Des cheveux blonds coupés comme ceux de Lee. Des pommettes aussi saillantes que les ailes d'un oiseau. Les lèvres sont ouvertes, la mâchoire relâchée. Ses dents sont exceptionnellement belles et, après avoir pris la photo, Lee tend la main rien que pour en sentir la matérialité.

1. Nouvelle mairie.

20

Les affichettes font leur apparition un peu partout dans Montparnasse, punaisées sur des panneaux, empilées à l'entrée des cafés, scotchées sur les murs de la station de métro. On y voit une femme en robe décolletée ornée d'un gigantesque boa en plumes, bouche ouverte, souriant d'un air extatique. « Le retour de Kiki » est imprimé sous l'image. Impossible d'y échapper. Chaque fois qu'elle passe à côté du Jockey – ce qui lui arrive souvent, c'est à deux pas de leur appartement –, Lee regarde le flot de gens qui se déverse bruyamment sur le trottoir, ayant manifestement vécu un grand moment de leur vie, et se demande de nouveau ce que Kiki a de si exceptionnel.

Ça devient vraiment embarrassant pour elle de penser aussi souvent à cette fille. Man a bien insisté pourtant ; il ne l'aime plus, il n'aime que Lee. Alors pourquoi Kiki colonise-t-elle encore ses pensées ?

Un jour froid d'octobre, le vent arrache une affiche de la façade d'un immeuble, laquelle vient se plaquer sur son tibia. Elle la récupère et l'emporte chez elle. À peine entrée, elle tient l'affiche en l'air et dit à Man :

— Je veux y aller. Ce soir.

Il grogne. Il est déjà en robe de chambre, assis au bord du lit, un grand livre sur les genoux.

— Je croyais qu'on restait à la maison.

Lee examine les dates figurant sur l'affiche.

— D'accord, pas ce soir. Jeudi ?

Il soupire, accepte. Elle dépose l'affichette sur la table qui est devant lui et il y jette un œil.

— Elle a au moins dix ans, cette photo, dit-il.

— Vraiment ?

— Kiki a l'air plus âgée aujourd'hui. Elle est devenue trop grosse pour danser.

Lee est contente.

— Je me fiche qu'elle ait grossi. On y va. D'ailleurs, je croyais que tu les aimais un peu rebondies.

Quand arrive le jeudi, Man tient parole. C'est sans mot dire qu'il l'accompagne au Jockey. Il porte un pantalon de flanelle tout neuf et un béret qu'il n'arrête pas de tripoter en marchant. Lee porte sa robe la plus chic et s'imagine en train de danser le shimmy sur une table de café. Lee de Montparnasse.

— Ça fait combien de temps que tu ne l'as pas vue ? demande Lee tandis qu'il lui prend le bras pour le glisser sous le sien.

— Je l'ai vue la semaine dernière, chez Éluard.

— Tu ne m'en as pas parlé.

— Je la vois de temps à autre. Elle pose pour des tas de gens. Je la croise. Nous sommes restés en bons termes.

— Tu m'as pourtant dit qu'elle était jalouse, non ?

Man la regarde avec une expression amusée.

— Elle l'était. Moi aussi. En fait, c'est comme ça que j'ai su que nous étions amoureux.

— Parce qu'elle était jalouse ?

— Parce que nous l'étions tous les deux. Au début, pendant un temps, nous avons eu une relation libre, mais ça n'a pas marché. Et même après, quand nous avons convenu de ne pas avoir d'autres partenaires, je continuais de l'imaginer avec d'autres hommes quand nous n'étions pas ensemble.

Man en parle légèrement, mais Lee n'aime pas cette facette de son caractère. Il lui revient qu'il n'avait pas du tout apprécié quand, à Biarritz, sur la plage, elle l'avait laissé un moment pour aller se promener seule.

— Il ne doit pas y avoir de jalousie entre nous, jamais, décrète Lee.

— Ce n'est pas si mal d'être jaloux, parfois.

Il y a des ordures sur le trottoir et Man l'attire plus près de lui pour les éviter.

— Je me souviens d'un soir où Kiki était sur scène. Elle chantait une vieille chanson dont je comprenais à peine les paroles, j'ai regardé autour de moi, dans la salle, tous les gens s'étaient arrêtés de parler, ils avaient tous les yeux fixés sur elle. Quand elle danse, elle a un mouvement très particulier : elle se baisse, beaucoup, genoux serrés, et elle remue les hanches, en relevant un peu sa robe. C'est hilarant et sexy… Impossible de ne pas la regarder. J'ai su ce soir-là que j'étais amoureux d'elle, et je me rappelle avoir pensé que je le savais parce que je voyais que tous les autres, hommes comme femmes, avaient follement envie d'elle et qu'elle était à moi. J'étais jaloux qu'ils puissent la regarder comme ça mais, en réalité, ce sont eux qui auraient dû être jaloux de moi. Peut-être qu'ils l'étaient, d'ailleurs.

Lee s'écarte de lui, s'arrête sur le trottoir et lui fait face. Elle plie les genoux et commence à se déhancher. Sa robe remonte sur ses cuisses, on voit ses jarretelles.

— Comme ça ? demande-t-elle. C'est ça qu'elle faisait ?

— Hmm... quelque chose comme ça, oui. Mais ta version est plus... *yankee*.

Il s'approche, l'attrape par les bras et l'attire à lui. Ils sont debout au milieu du trottoir où se pressent les promeneurs du soir. Ils forment un bloc au milieu de ce flot : derrière eux, les gens doivent marquer un temps, les contourner, puis rependre leur trajectoire.

— Crois-tu que tous ces gens soient jaloux de nous, là ? demande-t-elle.

— Je crois que n'importe quelle personne ayant des yeux serait jalouse de ce que je suis avec toi.

— Et si j'avais envie d'être avec l'un d'entre eux ? Tiens, celui-là ?

Lee indique l'autre côté de la rue où un homme de forte corpulence est en train de descendre d'un taxi.

— Toi et ce type ?

— Mais oui, pourquoi pas ?

Man rit, mal à l'aise.

— Je préfère ne pas y penser.

Il l'a dit sur un ton qui n'admet pas de réplique, mais Lee ne veut pas en rester là.

— Nous n'en avons jamais parlé, de la possibilité d'avoir d'autres partenaires. Pas même au début.

Lee n'a pas réfléchi à ce qu'elle dit. Tout ce qu'elle sait, c'est qu'ils vont voir Kiki et qu'elle veut que Man n'ait d'yeux que pour elle.

— Je ne veux pas que tu ailles avec d'autres hommes.

Ils sont toujours au beau milieu du trottoir. Elle se demande s'ils vont finir par provoquer un attroupement.

— Et toi, alors ?

— Depuis qu'on se connaît, je n'ai pas eu envie d'aller avec qui que ce soit d'autre. À aucun moment. Je veux passer ma vie avec toi, Lee.

Man, l'air particulièrement grave, ne détourne pas les yeux. Lee sait que ces mots devraient lui faire plaisir, mais elle pense à ce que ça signifie dans les faits, à tous ces hommes avec lesquels elle ne coucherait pas, tous des inconnus pour elle et qui le resteraient. Puis elle se représente un avenir différent, imagine ces hommes arrivant dans sa chambre, se débarrassant de leurs bretelles, le ventre dur, ses mains défaisant le premier bouton de leur braguette et les attirant sur elle, la sensation de leur langue aussi douce et chaude que la sienne. Elle en voit des dizaines, une centaine, même, toute une file qui s'étire dans le futur, puis les remplace par Man dans son esprit. Presque comme un test, elle se penche vers lui et l'embrasse sur la bouche. Il l'embrasse en retour, et c'est aussi bon que chaque fois qu'ils sont ensemble, meilleur, même, tandis que le flot des piétons continue de s'écouler autour d'eux, sur le trottoir. Lee se moque totalement que ces gens les voient, même lorsque Man lui empoigne l'arrière de la cuisse sous sa robe et glisse ses doigts dans le haut de son bas. Au contraire, elle n'est pas mécontente qu'on les voie, si bien qu'elle enroule sa jambe autour des siennes pour l'attirer tout contre elle.

Au bout d'un moment ils se détachent l'un de l'autre.

— On va au Jockey ? lance-t-il, repassant son bras sous le sien.

À l'intérieur du Jockey, toutes les tables sont occupées, les gens ont tous l'air intéressant. La salle est spacieuse mais divisée par d'importantes colonnes décorées de scènes de cow-boys et d'Indiens, toutes différentes. Dans le coin se trouve une petite estrade où un accordéoniste accompagné d'un singe qui a l'air sauvage interprète une chanson que Lee connaît. Un épais nuage de fumée de cigarette flotte dans l'air. Man se tourne vers elle et lui pose une question, mais le bruit est tel qu'elle ne l'entend pas.

— Qu'est-ce que tu dis ? crie-t-elle.

— Tu veux boire quelque chose ? crie-t-il à son tour, mimant le geste de porter un verre à ses lèvres.

— Oui. Prends-moi un verre !

Il se fond dans la foule et elle va s'appuyer contre une colonne sur laquelle est peint un guerrier indien chevauchant un cheval cabré.

Elle aperçoit Man qui tente de revenir vers elle avec deux martinis-gins, un zeste de citron en forme de spirale flottant dans chaque verre. Mais il est arrêté en chemin par deux hommes avec qui il parle une minute, puis il lève un des verres en direction de Lee. Juste à ce moment-là, l'accordéoniste arrête de jouer et le niveau sonore baisse légèrement. Lee se dirige vers eux ; Man la présente, des noms qu'elle ne connaît pas. Les deux hommes la mangent des yeux. Man trouve deux chaises libres et les tire près de la table. À peine assise, Lee prend son verre de martini et en ingurgite quasiment tout le contenu en une seule gorgée. Elle aimerait en avoir un autre, mais Man et les deux hommes sont en grande conversation, penchés au-dessus de la table, comme si elle n'existait pas. Puis quelqu'un lui tape sur l'épaule. Elle se retourne, c'est un homme, assis, qui lui tend un grand verre à cocktail plein à ras bord d'un liquide clair et pétillant. Il a un regard pénétrant et elle prend le verre qu'il lui tend.

— Je fais des films, dit-il en anglais avec un fort accent.

Ses épais cheveux bruns bouclent sur son front, il a un long nez régulier, des yeux bruns presque noirs. Il est assis bien droit contre le dossier de sa chaise et ses lèvres sont si proches de son oreille, sa voix si profonde, qu'elle l'entend parfaitement.

— Je fais des photos, répond Lee avant de boire une gorgée.

— Je suis en train de réaliser un film. J'ai été inspiré par les peintures d'ici et j'ai besoin de quelqu'un pour jouer une statue. Avez-vous déjà joué dans un film ? Vous êtes très belle.

Son franc-parler l'agace un peu, et puis il continue de la dévisager. Man est toujours en grande conversation avec les deux hommes à leur table, mais son regard glisse régulièrement sur elle aussi, de sorte que Lee a l'impression qu'elle va croiser le regard de quelqu'un où qu'elle tourne la tête. Elle prend une autre gorgée de gin-fizz. Il est délicieux, léger et citronné – inattendu vu que tout ce qu'elle sent, c'est la fumée.

L'homme ne cligne pas des yeux, ce qui est déconcertant.

— Je ne vois pas pourquoi vous avez besoin de quelqu'un pour jouer une statue, dit-elle, sur un ton taquin. Vous ne pouvez pas en utiliser une vraie ?

— Le poète est à la recherche d'une muse. La statue prend vie. Vous en avez tout à fait l'allure. – Il recule sur son siège, semble se donner une contenance. – Je m'appelle Jean Cocteau, dit-il, lui prenant la main pour y déposer un baiser. Avez-vous entendu parler de moi ?

— Non.

Son verre est déjà vide et la force qui émane de cet homme la dérange. Elle regarde en direction de Man et, ayant capté son regard, lui mime un subtil appel au secours assorti d'un coup d'œil en direction de Cocteau. Man, qui comprend ce qui se passe, se lève et contourne la table pour se rapprocher d'elle.

— Jean ! s'exclame-t-il.

Que Man vienne à son secours, Lee en rougit de plaisir.

— Mmmm... mm... mm, fait Cocteau entre ses lèvres sans même lever les yeux vers Man.

— Jean, répète Man. Ça fait longtemps. On ne s'est pas revus depuis notre dernière séance, si ?

— Mmm, fait à nouveau Jean, et il est clair qu'il fredonne un air, comme le ferait un enfant.

Lee se sent très mal à l'aise et se demande si elle ne peut pas changer de table.

Mais juste à ce moment-là, tout le monde se met à applaudir. Chacun tourne sa chaise pour faire face à la scène.

Kiki apparaît par une porte latérale et s'avance vers l'estrade d'une manière très étudiée, exagérant sa démarche qui ressemble presque à un dandinement. Elle pose un pied sur la marche, puis le retire en riant. La salle est silencieuse. Elle pose de nouveau le pied sur la marche et étend ses bras, comme un funambule, puis monte lentement, avec précaution sur la scène. Celle-ci est vide à l'exception d'une chaise de bistrot qu'elle retourne pour s'y asseoir à califourchon, face au public. Sa robe est courte et, même du fond de la salle, Lee peut voir sa culotte. Kiki rit encore et tout le monde rit avec elle, y compris Lee, bien que ne sachant pas très bien pourquoi. D'un petit sac posé à côté de la chaise, Kiki sort un miroir, des produits de beauté, et entreprend de se maquiller. Elle est fascinante à regarder. Elle prend un bâton de rouge, le passe sur ses lèvres, puis les presse l'une contre l'autre pour les uniformiser. Ensuite, elle prend un crayon à sourcils bleu vif et trace des arcs, deux bons centimètres au-dessus des sourcils naturels qu'elle a rasés, puis elle regarde le public en formant un O d'étonnement avec sa bouche. Elle peint ses paupières en vert, se met du fard à joues rose vif sur les pommettes, puis range lentement, soigneusement tous ses produits et le miroir dans le sac qu'elle repose à ses pieds.

Pendant tout ce processus, qui dure cinq bonnes minutes, Lee ne cesse de jeter un œil du côté de Man qui se roule une cigarette, la porte à ses lèvres, tire de courtes bouffées, gardant la cigarette à quelques centimètres de son visage tout en exhalant la fumée. Derrière Lee, Jean est tout entier à ce qui se passe sur la scène.

Le piano attaque et Kiki se penche en avant vers le dossier de la chaise en bois courbé, en sorte d'y plaquer ses seins, les jambes encore plus écartées.

Il n'y a plus de doute dans l'esprit de Lee : Kiki est affreusement laide. Le nez est large et épaté ; la bouche trop petite, en dépit de tout ce rouge à lèvres ; les cheveux sont tellement tirés en arrière que le front en est déformé ; la jupe remontée révèle des cuisses pleines de cellulite. Et pourtant, lorsque Kiki se met à chanter, Lee commence à comprendre ce qui la rend si attirante. Elle a une voix haut perchée mais rauque, comme si elle venait de se réveiller d'un sommeil prolongé, une sonorité qui évoque à Lee une chambre à coucher. C'est presque comme si la laideur de Kiki la rendait encore plus sensuelle. Sa chanson est aussi canaille que son apparence. Une sorte de poème français burlesque qui parle d'un écolier, d'un cercle de pupitres et d'un vieux maître méchant armé d'un fouet. Kiki mime tellement bien ce qu'elle chante que Lee n'a pas besoin de comprendre les paroles. Quand Kiki prononce le mot « fouet », elle soulève un de ses sourcils vertigineux qui lui prend tout le front, puis le laisse retomber. Elle chante une chanson intitulée « La Connasse[1] » et empoigne les bourrelets de son ventre avant de s'en prendre à son entrejambe. Elle domine son public par ses gestes provocants et, quand elle

1. En français dans le texte.

baisse la voix jusqu'à murmurer, la salle fait silence pour ne rien en perdre.

Après une douzaine de chansons, Kiki annonce qu'elle s'apprête à en interpréter une dernière. Un grognement parcourt le public. Elle agite un doigt en l'air, « non, non, non », et elle lui demande de ne pas être triste. Puis, s'approchant du bord de la scène, elle regarde ostensiblement dans la direction de Man et dit en français : « Cette chanson est pour le grand Man Ray, qui est parmi nous ce soir et m'a donné de nombreuses années de bonheur. » Et elle lui adresse un gentil sourire tandis que tous les spectateurs applaudissent et se tournent vers lui, levant leur verre à l'amant de Kiki, l'amant de Montparnasse. Lee se dit qu'elle adore Kiki à cet instant. Elle a l'air d'être une chic fille, debout sur scène en pleine lumière, et Lee est heureuse que Kiki ait vécu des moments de bonheur auprès de Man. Elle en sera peut-être capable, elle aussi, un bonheur véritable qui durera des années. Entendre Kiki faire son éloge lui plaît, plus encore voir tous ces gens lui porter un toast sans qu'il ait l'air gêné ou satisfait de lui-même. Il a un petit sourire aux lèvres et semble détendu sur sa chaise, comme si cette scène n'avait rien que de très normal. Ce qui est peut-être le cas ; cela se produisait peut-être fréquemment quand il était avec elle.

Kiki s'est remise à chanter. Au début, rien à redire, une histoire de chats au clair de lune ou quelque chose de ce genre. Mais la chanson continuant, Lee voit Man se raidir, croiser les bras et la regarder avec inquiétude. Lee lui sourit pour lui montrer qu'elle passe un bon moment. Man se lève et se dirige vers le bar, où il commande une boisson et y reste à regarder la scène.

« Un pour toi / Deux pour toi / Y a que moi et toi », chante Kiki, et, se penchant en avant, elle commence à déboutonner son chemisier. Il y a beaucoup de boutons, quelques rubans aussi ; très vite pourtant, il est ouvert jusqu'à la taille. Et là, regardant directement Man toujours près du bar, elle sort un de ses seins qu'elle exhibe comme une mamelle tandis que les spectateurs tapent du poing sur les tables et l'acclament. Elle fait de même avec l'autre sein et les presse à deux mains en chantant, « Pas pour toi / Pas pour toi / Puisque tu es parti. »

Kiki, en réalité, est bien pire que les photos que Man a prises d'elle. Elle est tellement plus… eh bien… réelle, et Lee prend conscience qu'ils n'auraient pas dû venir. Elle ne peut pas regarder Man. Elle ne veut pas voir son expression. Elle se tourne vers Jean qui ne s'intéresse plus du tout à la scène et prend des notes sur un petit carnet. Il jette un coup d'œil à Lee et dit « Honteux », rejetant la semi-nudité de Kiki par un hochement de tête désapprobateur.

Lee rit. Il lui est agréable de voir un homme rester insensible à une paire de seins dénudés. Elle rapproche sa chaise de lui.

— Ils ont tous l'air sous le charme, pourtant, dit Lee.

Les gens acclament Kiki, l'applaudissent, penchés en avant sur leurs sièges, tapant du poing sur leur table encore plus fort qu'avant.

— Des porcs. Vous êtes venue avec lui ?

Jean désigne Man.

— Oui.

Jean lève les yeux au ciel.

— J'aimerais que vous veniez voir mon studio, là où je tourne mes films.

— Maintenant ?

Kiki chante toujours en ondulant sur scène de manière suggestive, mais Lee s'efforce de ne pas la regarder.

— Non, dans la journée, quand la lumière est bonne. Demain, peut-être ? dit Jean. Vous le permettra-t-il ?

Lee se redresse sur sa chaise.

— Man ? Bien sûr ! Vous savez, je ne lui demande pas la permission pour faire ou ne pas faire quelque chose.

Jean se penche en avant et murmure :

— Il ne m'aime pas.

— Il a été aimable quand il vous a salué.

— Il pense que je suis quelqu'un qu'il peut être utile de connaître. Ce qui est vrai.

Pendant qu'ils parlaient, Kiki a terminé son numéro. D'un geste modeste, elle remet son chemisier en place, puis conclut comme elle avait commencé, en descendant de l'estrade avec une lenteur exagérée. Lee s'attend qu'elle se dirige vers Man et elle s'arme de courage dans cette perspective, mais non, Kiki fend la foule et s'avance vers elle, se rapproche jusqu'à se planter devant elle. De près, son maquillage est horrible, conçu pour la scène et non pour une telle proximité.

— Je sais qui tu es, dit Kiki dans un anglais manquant de naturel, sur quoi un petit crachat sort de sa bouche et atterrit sur la joue de Lee.

Celle-ci tressaille, porte sa main à son visage et s'essuie. Autour d'elles, on murmure, on se retourne sur sa chaise.

— Ah oui, qui ? rétorque Lee en se levant.

Elle fait bien vingt centimètres de plus que Kiki, qui doit renverser la tête en arrière pour continuer de la regarder.

Man se dirige vers elles, le bras tendu comme s'il hélait un taxi.

— *Putain*[1] *!* hurle Kiki, assez fort pour attirer l'attention de dizaines de personnes. – Man est encore à mi-chemin. – *Tu es la putain de Man. Tu es la fille d'un gay et d'une pute. Je te pisse au cul*[2] *!*

Elle lève le bras, gifle Lee et se prépare à la gifler une seconde fois quand Man lui saisit la main et l'en empêche. Lee a la joue en feu.

Le silence règne dans le café. Man maintient Kiki, qui se contorsionne, lui immobilise les bras le long du corps. Jean s'est levé si vite qu'il en a renversé sa chaise. Il s'approche de Lee, trempe une serviette de table dans un verre d'eau. Il l'applique sur sa joue. Kiki se remet à hurler, les yeux rétrécis, un cercle de fureur rouge en guise de bouche.

— Ne reviens jamais ici, ne remets jamais les pieds ici, espèce de garce, espèce de pute, de sale petite connasse.

Lee a froid, tout à coup. Elle a peine à croire que Kiki ait pu aussi vite passer de son personnage de

1. En français dans le texte.
2. En français dans le texte.

scène à cette colère incontrôlée. C'est comme si cette rage faisait partie d'un autre numéro, mais peut-être est-ce le cas : Lee a l'impression que tous les regards sont braqués sur leur table. Elle n'a jamais été giflée. Elle veut que Man fasse quelque chose, la réconforte, n'importe quoi sauf ce qu'il est en train de faire, à savoir tenir Kiki en lui murmurant de se calmer. Quelqu'un qui ne sait pas de quoi il retourne pourrait croire qu'il s'agit d'un couple d'amoureux enlacés.

— Vous ne devriez pas rester ici, lui dit Jean.

Sans trop y réfléchir, Lee le laisse la pousser jusqu'à la sortie. Elle se retourne pour échanger un dernier regard avec Man, qui a lâché Kiki et se dirige vers elle. Mais Lee continue son chemin, laissant Jean la conduire vers la porte principale dotée d'une clochette qui tintinnabule joyeusement lorsqu'ils sortent dans la rue, encore pleine de monde, l'air de la nuit rafraîchissant le visage échauffé de Lee. Ils remontent ensemble le boulevard du Montparnasse et prennent à gauche le boulevard Saint-Michel pour entrer dans le jardin des Grands Explorateurs.

Il est tard et, contrairement aux trottoirs, l'allée de gravier qu'ils empruntent est presque déserte.

— Votre joue, ça va ? demande Jean.

— Un peu douloureuse.

— Vous devriez mettre de la viande dessus. Un steak.

— Un steak ?

Lee croit à une erreur de compréhension de sa part.

— Oui. Ça chasse l'ecchymose.

Il figure une pièce de viande avec ses mains, puis fait mine de la presser contre sa joue.

Elle sent le gravier à travers la semelle de ses chaussures qui crissent à chacun de ses pas. Au-dessus d'eux, des ormes bruissent dans le vent.

— Ah, voilà ce que je voulais vous montrer, dit Jean en désignant la grande fontaine à la lisière des jardins paysagers.

À la base de la fontaine se trouvent des chevaux bondissant hors de l'eau agitée, leurs corps transformés en queues de poissons, les yeux exorbités d'effroi. Au sommet, quatre femmes tiennent un globe en l'air et regardent vers le ciel.

— Vous voyez cette femme, là ? C'est celle qui me fait penser à vous. C'est à cause d'elle que je vous imagine dans mon film.

— Vous voulez que j'incarne cette statue dans votre film ?

— Pas elle, non. Vous serez Calliope, la muse de la poésie épique. Je vais vous dire à quoi vous ressemblerez. À une statue magnifique, intouchable. Puis vous prendrez vie, vous verrez. Ce sera sublime. Comme tous mes films.

Son assurance devrait être odieuse à Lee, mais elle ne l'écoute qu'à moitié. Elle ne peut s'empêcher de penser à la façon dont Man s'est occupé de Kiki et non d'elle. Elle se rejoue mentalement la scène, en boucle ; elle essaie de comprendre ce qui lui est passé par la tête, sans y parvenir. Il l'a abandonnée et, après leur conversation au sujet de la jalousie, ça la met particulièrement en rogne.

Ils restent un moment à contempler la fontaine, observant le mouvement ascendant de l'eau qui semble demeurer en suspension dans l'air avant de retomber dans la vasque de marbre. Lee s'efforce d'arrêter de penser à Man ; elle aurait voulu avoir son appareil photo. Elle aurait pris l'œil du cheval avec cet arc d'eau qui l'entoure, une exposition prolongée qui ferait de l'eau une tache floue et homogène sur la pierre.

— Il faut que je rentre, dit Lee, rompant le silence, je suis épuisée.

— Et où est-ce, chez vous ? demande Jean. Avec lui, chez Man Ray ?

— Oui.

— Vous vous aimez, tous les deux ? demande Jean.

Lee acquiesce mais ne dit rien. Bien sûr qu'elle aime Man, mais, après ce qui s'est passé au Jockey, elle ne veut pas discuter de ses sentiments avec un inconnu. Et puis, aimer, qu'est-ce que ça veut dire ? Elle et Man n'ont eux-mêmes quasiment pas employé ce mot-là entre eux : sauf lorsqu'ils travaillaient à la solarisation, et plus tard, au lit. Elle déteste le caractère formel de ce mot, le poids de l'histoire de tous ces couples qui l'ont prononcé avant eux. À moins qu'elle ne craigne l'extrême vulnérabilité auquel il la réduit : parce que le dire, c'est s'exposer, sans compter que c'est un mot qui exige la réciprocité.

L'eau s'élève et retombe, s'élève et retombe. Lee pourrait la regarder indéfiniment. Elle ne sait pas quoi dire à Jean. Elle décide d'être sincère, en fin de compte. Il est tellement franc et entier, qu'elle a envie de se confier à lui.

— Il m'arrive de penser que je ne sais même pas comment aimer.

Jean lui jette un regard appréciatif.

— Comment n'est pas la question. C'est comme respirer. C'est aussi simple que ça.

— Oui, dit Lee, mais il y a une hésitation dans sa voix.

Il y a eu des moments où c'est ce qu'elle ressentait – étendue dans le lit, son corps mêlé à celui de Man, tellement proches qu'elle avait le sentiment qu'ils ne faisaient plus qu'un –, mais souvent, surtout ces derniers temps, elle s'est surprise à observer leurs relations avec une certaine distance, racontant son amour pour lui : *Voici l'homme que j'aime. Regardez-nous, voyez comme nous tenons l'un à l'autre. Quelle chance j'ai d'être aimée comme ça.* Lee sait que ce n'est pas normal, mais c'est parfois le seul moyen qu'elle a de se sentir vivre le moment présent. Pourtant, elle ne va pas le dire à Jean. Elle lui demande plutôt :

— C'est ça le sujet de votre film ? C'est une histoire d'amour ?

— Ah, d'amour, pas vraiment, plutôt une histoire qui traite de l'art. Mais les deux sont liés, non ? Le film sera une exploration de l'art et des rêves, du combat entre la vie et la mort. Une grande expérience.

— J'ai toujours voulu jouer dans un film.

— Eh bien voilà ! J'ai su que vous seriez parfaite dès que je vous ai vue.

Lee est flattée, mais elle repense à Man. Où est-il à cet instant, que dirait-il si elle lui annonçait qu'elle allait tourner dans ce film ? Aussitôt, elle se dit qu'il devrait être heureux pour elle. Il devrait vouloir qu'elle saisisse cette chance. Et, dans le cas contraire, eh bien, peut-être est-ce lui qui ne comprend pas vraiment ce qu'aimer veut dire.

— Je travaille, vous savez ; je suis l'assistante de Man.

— Et j'imagine qu'il vous paie en… savoirs ? – Jean sourit malicieusement. – Du savoir, mon studio en regorge. Le cinéma c'est l'avenir. Et je vous donnerai aussi cent francs par jour.

— Cela prendra combien de temps ?

— Une semaine, peut-être deux ? Pas tous les jours de la semaine. Et tous les jours sont payés.

Lee contemple la statue et s'imagine recouverte de délicates feuilles d'or, se libérant pour émerger dans une tenue de déesse.

— Je veux le faire. Il faut juste que je prévienne Man, m'assurer qu'il n'y a pas de problème.

— Merveilleux !

Jean fait des bonds, son enthousiasme déclenche le rire de Lee. Ils s'éloignent de la fontaine et prennent un chemin qui s'enfonce dans les jardins. Ils marchent un moment tout en échangeant des banalités jusqu'à ce que, réprimant un bâillement, elle lui redise qu'elle doit rentrer.

— Où habitez-vous ?

— Rue Campagne-Première.

— Je sais où c'est. C'est à côté de son studio. J'y suis allé plusieurs fois pour qu'il me prenne en photo.

— Au Jockey, vous n'aviez pas l'air de le porter dans votre cœur, pourtant.

— Il arrive souvent qu'on n'aime pas quelqu'un. Ce n'est pas une raison pour ne pas travailler ensemble.

Jean s'apprête à la raccompagner mais soudain, elle l'arrête. Lee s'imagine arriver à l'appartement, le trouver sombre et vide, imagine Man encore dehors quelque part avec Kiki.

— Et vous, où habitez-vous ? demande Lee.

— À deux pas d'ici.

— Est-ce que je pourrais y dormir ce soir… juste dormir ?

Lee éprouve le besoin de clarifier les choses.

Jean la dévisage à la faible lueur du réverbère.

— Si vous aviez une barbe et une queue, vous m'auriez intéressé. Mais là, vous n'avez rien à craindre.

Elle éclate de rire, glisse son bras sous le sien et le laisse la conduire chez lui. Elle se dit que, pour une nuit, Man peut bien s'inquiéter de l'avoir perdue.

21

Le lendemain matin, Lee se réveille dans le grand lit blanc de la chambre d'amis de Jean. Elle est haute de plafond, et la lumière du matin y pénètre par de grandes fenêtres. C'est une belle pièce, blanche, dépouillée. Lee se dit qu'elle serait parfaite pour des photos. Elle reste étendue un moment, s'abandonnant à la fraîcheur des draps qui sentent le citron. Elle songe qu'à la maison, Man doit se réveiller, lui aussi, peut-être même vient-il de se rendre compte qu'elle n'est pas rentrée. À moins qu'il ne soit pas là, lui non plus, qu'il soit allé chez Kiki. Lee ne sait pas quel scénario est le plus probable. S'il est à la maison, il doit être furieux contre elle.

Jean lui a laissé une note indiquant qu'il a dû se rendre au studio mais qui l'invite à faire comme chez elle, si bien qu'elle prend un bain rapide et examine sa joue dans le miroir de la salle de bains. Pas trace d'hématome, mais elle est tendre et chaude au toucher. Impossible de se coiffer, en revanche. Aucun signe d'une présence féminine dans la salle de bains, pas même un peigne. Lee se passe la main dans les cheveux pour les démêler un peu, puis abandonne.

À son retour, l'appartement est vide. Elle va de pièce en pièce, mais il n'y a aucun signe de Man. Les événements de la soirée de la veille reviennent assaillir Lee. La chanson, la fureur de Kiki, Man s'efforçant de la calmer, son propre départ. Elle va à la cuisine pour se préparer un expresso, allumant le feu et mesurant bien le café comme elle a appris à le faire. Une légère écume se forme et une odeur âcre se répand dans la cuisine.

Leur domaine. Dans la lumière vive du matin, et après être allée chez Jean, Lee trouve l'endroit petit et mal tenu. La table où elle s'est assise pour boire son café est encombrée de tirages ratés, de verres vides et d'une assiette avec un reste de sauce brune qui a séché. Lee n'a rien d'une femme d'intérieur. Jusqu'à présent, elle n'a pas fait attention au désordre – le sien, mais aussi celui de Man, car on ne peut pas dire qu'il soit très ordonné – et la vaisselle empilée, le fouillis, lui rappellent le temps qu'ils ont passé ensemble, et qu'il leur a été facile durant ces derniers mois d'ignorer les choses du quotidien. Mais là, le capharnaüm qu'ils ont créé la dégoûte. Elle range, met un peu d'ordre dans les papiers, remplit l'évier avec tout ce qui est à laver.

Lee n'a pas passé beaucoup de temps seule dans cet appartement. Ça fait bizarre. Man et sa forte présence lui manquent. Sans lui, les pièces lui paraissent sans âme. Elle remarque que de la poussière s'est accumulée dans les coins, que les raccords du papier peint chinois sont loin d'être parfaits, que les branches de cerisiers en fleur sont coupées à l'endroit où le papier s'est décollé du mur.

Où est-il ? Elle se rappelle l'une des photos de Kiki que Man lui a montrées, tournant le dos à l'appareil photo et visage de profil, les imagine ensemble à l'heure qu'il est, Man suivant délicatement de ses doigts l'arrondi de la colonne vertébrale de Kiki. Ses seins, pâles et remuants, les mains d'ouvrier carrées de Man les pétrissant comme de la pâte. Malgré elle, Lee imagine Kiki jetée à plat ventre sur le lit de Man, ses mains liées derrière le dos, et le corps de Man entre ses jambes. Cette pensée la fait frémir. Elle sent le coup de fouet que lui donne l'expresso. Alors qu'elle s'active, trois mugs qu'elle tient réunis dans sa main par leur anse, une pile d'assiettes en équilibre sur son avant-bras, la lumière du jour arrive sur une photo encadrée de telle sorte qu'elle se voit reflétée dedans, avec sa robe fripée, ses cheveux secs et abîmés, pas coiffés, et la vision de son reflet la déprime, la tristesse s'abattant sur elle avec une telle force, tout à coup, qu'il s'en faut de peu qu'elle ne tombe. Lee pose la vaisselle et s'écroule dans un fauteuil.

Qu'a-t-elle fait ? Et si Man était vraiment en colère contre elle ? Sans lui, qu'est-ce qu'elle a ? Elle n'a rien fait pour se créer une vie indépendamment de lui. Elle voudrait aller se réfugier sous les draps, s'abandonner à la tristesse, attendre que Man la réconforte quand il rentrera. S'il finit par rentrer.

Ou alors elle pourrait partir. Lee a toujours eu l'art de résoudre les problèmes par la fuite, s'éclipsant de soirées où elle n'a pas envie de rester sans même dire au revoir, traversant l'océan pour échapper à un travail qui ne lui apporte plus aucune satisfaction. Si elle part, elle pourra peut-être conjurer la tristesse qui menace de la submerger.

Dans la chambre, Lee se recoiffe. Enfile une autre robe, s'applique une couche de rouge à lèvres foncé et se met des pendants d'oreilles. Le tout très vite, sans un geste de trop, avant de sortir de l'appartement et de laisser la porte se refermer brutalement. Puis elle s'éloigne, les talons de ses chaussures claquant sur le pavé.

Dans le studio de cinéma où Lee a débarqué, c'est la pagaille. Jean est derrière la caméra au milieu d'une scène, l'acteur principal, torse nu sur le plateau, se tape sur la poitrine apparemment dans un état d'extrême souffrance. Vingt ou trente personnes courent d'un endroit à l'autre et aucune n'a le moindre regard pour Lee, debout sur le seuil, qui embrasse tout ça d'un coup d'œil. Jean crie « Arrêtez ! » et l'acteur se détend, fait craquer ses jointures et roule lentement sa tête pour se relâcher. Jean s'approche de lui et se met à parler avec animation.

— Tu es le poète, dit Jean, s'accrochant aux poignets de l'acteur, les secouant. C'est ton sang. Tu dois le sentir. Je ne vois pas ça dans le film. Je vois *pschittt.*

Il fait le bruit d'un ballon qui se dégonfle puis regarde l'acteur avec optimisme.

— On la refait, d'accord ?

— D'accord, dit l'homme.

Il roule la tête en avant puis de nouveau en arrière, s'étirant tellement que les tendons ressortent dans son cou. Il a des yeux noirs et ne s'est pas rasé depuis plusieurs jours. Il remonte son pantalon, puis le laisse se replacer sur ses hanches pendant que Jean le regarde avec une attention particulière.

— Écoute-moi bien, dit Jean. Tu vis dans la solitude la plus totale. À ce moment du film, je veux te voir prendre conscience que ce que tu as volé à ton enfance, le destin ne peut pas te le rendre. Tu comprends ?

Ils recommencent trois fois la scène. Lee pense que l'acteur en fait trop, mais peut-être ne comprend-elle pas totalement la différence entre la photo et ce nouveau médium. Elle aimerait inviter l'acteur à respirer, à ralentir ; si Man était derrière la caméra, il lui dirait d'oublier qu'il est filmé, de s'imaginer seul dans un champ paisible et vert. Jean ne fait rien de tel. Plus l'acteur s'énerve, plus Jean se crispe, et contracte les muscles de son bras en tournant la manivelle pour faire défiler la pellicule. Finalement, après la troisième prise, Jean semble satisfait. « Bien. Quinze minutes de pause et on reprend », lance-t-il à la cantonade, et l'acteur ainsi que tous ceux qui s'activaient autour de lui s'éloignent du plateau. La salle est silencieuse. Jean s'approche d'une table et allume une cigarette, inhalant et rejetant la fumée lentement, de sorte qu'elle s'enroule autour de son nez comme une moustache grise.

Lee reste où elle est, adossée à une colonne à l'entrée de la pièce.

— Jean, dit-elle.

Il se retourne, l'aperçoit. Un sourire apparaît sur son visage.

— Ah, ma Calliope ! Votre gardien vous a ouvert la cage ?

La colère monte en elle.

— Il n'y a pas de cage.

Jean acquiesce.

— Bien. Êtes-vous venue travailler, commencer aujourd'hui ? Ou juste venue voir ?

Lee regarde la scène, le plancher noir usé et sale. Les murs simples, de plâtre blanc avec une seule fausse fenêtre. Au centre, une petite table en bois et deux chaises. Qu'en dira Man quand il saura qu'elle est là ?

Deux heures plus tard, ils ont bricolé ensemble une espèce de moule qui leur permettra de faire le costume de Lee. Il est censé ressembler à un buste de femme, plus large que celui de Lee, les bras coupés au niveau des coudes pour lui donner l'apparence d'une statue grecque. Ils le drapent avec un tissu blanc à la manière d'une toge de sorte que Lee est entièrement couverte du cou jusqu'aux pieds. Elle ne peut pas s'asseoir ni bouger les bras qu'on lui a attachés le long du corps. Le tissu est recouvert d'un mélange rigidifiant, et de plusieurs couches de peinture appliquées avec un large pinceau et qu'on a laissé durcir. Dedans, Lee transpire, ça la démange. Jean et trois autres hommes se rassemblent autour d'elle pour en discuter. Ils prennent une grosse éponge et lui couvrent le visage d'un fond de teint blanc, plusieurs couches, puis Jean repart derrière la caméra pour la voir à travers le viseur, revient, grommelant que ce n'est pas encore ça, que ça ne ressemble pas assez à une statue, que ça ne va pas. Très vite, ils décident d'essayer le mélange sur son visage et ses cheveux, lui commandent de ne pas bouger d'un poil pendant qu'ils l'appliquent.

— Ça brûle, dit Lee, les mâchoires immobilisées l'obligeant à parler entre ses dents.

— Ça va passer, lui dit Jean.

Ce n'est pas du tout ce qu'elle s'imaginait. Où est la feuille d'or, le rayonnement ?

Quand le mélange a durci, ça ne brûle plus, sauf sur la joue qui lui fait encore un peu mal, et sur laquelle elle se concentre pour ne pas sentir la douleur dans d'autres parties de son corps. On appelle Enrique, l'acteur principal. Lui, Jean et les machinistes sont réunis, parlant d'elle comme si elle était un accessoire, et elle sent monter une irritation qui lui échauffe le sang à l'intérieur du costume, ce qui augmente son inconfort et la fait transpirer encore plus.

— Ce sont les plis du tissu. Ça ne va pas, dit Enrique. Ça ne donne pas l'effet du marbre.

Les hommes parcourent la salle en quête de quelque chose qu'ils pourraient utiliser. Un machiniste italien vient vers eux et entreprend de décrire quelque chose à grand renfort de gestes comme s'il remuait de la pâte à gâteau dans un bol. Puis voilà qu'on amène du beurre et du sucre dans un vrai bol, et que l'homme les bat pour eux et en applique avec un couteau sur les plis du costume de Lee. Ça sent bon, comme un sablé cuisant au four.

Une autre heure passe. Les hommes n'en ont toujours pas fini avec elle. Ils lui font essayer différentes poses sur la scène, marcher de sorte que la partie inférieure de son corps semble glisser, mais Jean n'est pas satisfait. Lee est de plus en plus mal à l'aise ; elle a bientôt une terrible envie d'aller aux toilettes, mais elle ne peut rien faire tant que ce n'est pas encore le moment d'ôter le costume.

— C'est toujours une femme, dit Jean, déçu.

Évidemment qu'elle est une femme ! Que lui veulent-ils ? Lee a l'habitude de satisfaire les hommes qui dirigent un appareil photo sur elle. Elle marche de nouveau d'un bout à l'autre de la scène, sans lever les pieds du plancher, mais ça ne va toujours pas. Elle a mal partout. Des tensions sont apparues dans son cou et ses épaules, la chaleur que dégage sa peau enfermée l'oppresse. Elle a un besoin irrépressible de bouger les bras, de se gratter, de s'accroupir, de se libérer de cette gangue.

Puis Lee se rappelle une scène d'un des films de Man qu'elle a vu récemment, et qu'il a tourné avant de renoncer définitivement à faire des films. Kiki y figure allongée, regardant la caméra au-dessus d'elle, puis, quand elle ferme les yeux, des yeux apparaissent, peints sur ses paupières. Elle se dirige vers le centre de la scène et abaisse ses paupières, sachant que c'est ce dont ils ont besoin, qu'elle soit aveugle, puis elle avance avec hésitation sur le plancher, aveugle, spectrale.

Jean adore, et quand il vient pour ajuster son costume une dernière fois, elle lui parle entre ses dents serrées de l'idée de Man de peindre les yeux de Kiki sur des paupières closes. Un petit sourire d'émulation apparaît sur son visage. Il va chercher un crayon à sourcils et elle en sent la pression sur ses paupières. Lee ouvre et ferme les yeux une fois pour lui en montrer l'effet puis les laisse fermés pour le reste de la journée de tournage.

Les yeux clos, le rapport de force n'est plus le même. Lee a maintenant le sentiment d'avoir pris le contrôle. Les hommes dans la pièce n'ont plus d'importance.

Elle est séparée d'eux. Elle marche quand ils lui disent de marcher, bougeant son corps pour éviter des choses qu'elle ne peut pas voir, mais ils ne sont plus que des sons pour elle. Au bout d'un moment, elle perd la capacité de distinguer d'où viennent les sons, tout dans la salle est altéré, flou comme s'ils étaient tous retenus dans un gigantesque bocal à poissons.

Et la tension se relâche, elle flotte hors de son corps douloureux, comme ce fut tant de fois le cas quand on la prenait en photo. Mais cette fois, elle ne s'évade pas ; elle est là, ici et maintenant. Les yeux clos, elle se voit traverser la salle avec grâce, tout en continuant de voir aussi le jeu de lumières et les ombres à travers ses paupières qui viennent des changements d'éclairage et des taches sombres des autres acteurs qui passent devant elle. Et pour finir, Lee ne sent plus son corps du tout, mais elle peut le voir là, sous le plâtre, et imaginer le pouvoir qui sera le sien quand, sur l'écran, elle donnera vie à la statue.

Une fois les spots éteints pour la journée, Jean s'approche de Lee et la conduit vers une chaise, où lui et un assistant entreprennent de la libérer de son costume. Ils lui enlèvent l'armure et détachent la corde qui lui maintient les bras en place. Quand ils ont fini, elle étire ses bras au-dessus de sa tête et s'émerveille presque de pouvoir bouger. Puis Jean pose ses mains de chaque côté de son visage et appuie doucement jusqu'à ce que le maquillage craquelle. Ensuite il commence à enlever les couches de mélange et à l'écaler comme un œuf dur. Il le fait doucement, presque tendrement, et quand il a fini, il va chercher un grand morceau de tissu pour essuyer tout ce qu'il peut de ce qu'il en reste.

La journée terminée, alors qu'ils s'en vont tous, elle dit à Jean qu'elle va passer un instant au studio de Man. Lui et Enrique se proposent de l'accompagner. Les hommes sont vannés, mais Lee, elle, se sent de plus en plus vivante. La journée l'a transformée. Tout – la bousculade, l'agitation sur le plateau, la formidable énergie qui s'en dégageait – était si différent d'une séance photos, tellement plus vivant.

Au début, Lee marche un peu devant eux, mais Enrique la rattrape.

— Avez-vous déjà joué dans un film ? demande-t-il. Je ne vous ai jamais vue.

Elle fait non de la tête.

— Vous étiez très bien. C'est dingue ce que Jean arrive à faire faire aux gens.

Lee rit, mais la souffrance infligée par le costume n'est déjà plus qu'un souvenir, et ce qu'il en reste est un étrange sentiment qu'elle a du mal à définir. Comme si elle avait reçu une gifle qui avait exacerbé ses émotions.

Pas un souffle de vent ; des odeurs de feuilles en décomposition sur la terre mouillée et de feux de poubelles flottent dans l'air, mêlées à d'autres comme celles du pain levé et des vieux légumes tombés en pourriture émanant des restaurants et des boulangeries sur leur passage. Lee s'aperçoit qu'elle meurt de faim : elle ne peut plus penser qu'à ça, manger, un bon ragoût de veau, peut-être arrosé d'un vin rouge fruité. Elle a de la pâte à gâteau dans les cheveux et sa robe est couverte de poussière de plâtre et de taches de maquillage de scène, mais elle s'en moque. Elle balance les bras en marchant. Jean la regarde de temps à autre et sourit.

« On a de la chance de l'avoir, non ? » dit-il à Enrique alors qu'ils attendent pour traverser, la regardant se tortiller pour débarrasser son corps de ce qui lui reste de raideur.

Enrique acquiesce avec un sourire un peu forcé. Il est aussi tendu que pendant le tournage, et il semble presque en colère contre Jean, ce que Lee ne comprend pas.

Ils arrivent au studio de Man, et la vision familière de sa porte avec un simple marteau en cuivre lui remue les tripes – d'anticipation, ou d'appréhension, elle ne sait pas trop.

Jean dit « Lee ? », et elle prend conscience qu'il était en train de lui parler. « On vous voit demain ? » Lee fait oui de la tête.

Les hommes s'éloignent et Lee reste sur le perron quelques secondes. Man est à l'intérieur, ou pas. Elle ne sait pas ce qui serait le pire. Elle ouvre la porte et laisse un rai de lumière entrer dans le couloir obscur.

22

À l'intérieur, tout est calme, et silencieux. Lee s'engage dans l'escalier, monte au premier étage. Entre d'abord dans le salon, puis dans le bureau. Man n'y est pas. Son ventre gargouille de nervosité, une sensation plus forte que la faim. Le studio est habité par les ombres de la nuit, l'appareil photo tapi dans un coin comme un animal endormi.

Lee envisage de courir jusqu'à l'appartement pour voir s'il s'y est, mais, en revenant devant la chambre noire, elle voit qu'à côté de la porte le témoin lumineux orange est allumé.

Elle toque trois fois. Il ne répond pas. Elle s'apprête à frapper à nouveau juste au moment où Man ouvre la porte. Il tient une planche contact encore humide entre les mains et ne la regarde tout d'abord pas vraiment. Puis il jette un rapide coup d'œil vers son visage et voit dans quel état elle est. La bousculant un peu pour aller poser le tirage sur la table, il lui dit :

— Tu as dormi dans une fabrique de colle ?

Le fait est qu'elle doit avoir une drôle d'allure. Elle porte les mains à ses cheveux et y sent des morceaux de pâte durcis, puis jette un œil sur ses vêtements couverts de poussière de plâtre.

— J'étais…

Il l'interrompt.

— Pourquoi ne m'as-tu pas dit où tu allais ? Tu aurais pu être n'importe où. Avec un autre homme. Comment aurais-je pu le savoir ?

Elle lui oppose sa propre colère.

— Je t'avoue que je n'ai pas eu très envie de te parler après ce qui s'est passé. Tu as couru auprès de Kiki, alors qu'elle venait de me gifler devant tout le monde.

— Il fallait que je la calme. Quand elle se met dans cet état-là… tu n'imagines pas…

— Tu as raison : je n'imagine pas. Je préfère pas. Je n'arrive pas à croire que tu aies pu passer dix ans avec quelqu'un comme elle.

— Le temps qu'elle se calme, tu étais déjà partie. Partie ! Je ne savais même pas où tu étais.

Lee écarte les bras en un geste de défi. Ce faisant, elle sent sa propre odeur, un mélange de pâte et de plâtre ainsi qu'un reste de sueur après toutes ces heures de prises de vues.

— Eh bien, dit-elle, se sentant flageolante, prête à déraper. Je ne savais pas que je devais te dire à chaque instant où j'étais, comme si j'étais une enfant.

— Une enfant. Alors comme ça, je suis ton père ? Tu veux vraiment mêler ton père à ça ?

— Qu'est-ce que tu essaies me dire, là ?

Man fait une pause et semble réfléchir à ce qu'il a dit.

— Tu es ridicule. Toi et moi, on sait qu'il y a une différence entre suivre chacun de tes mouvements et le fait que tu ne sois pas rentrée.

— Tu n'es pas rentré non plus, autant que je sache.

— Ah, mais ça, c'est parce que tu n'étais pas là.

Lee produit un son à mi-chemin entre grognement et soupir.

— Jean m'a ramenée chez lui et j'ai dormi dans sa chambre d'amis.

— Jean ? Toi et Jean, vous vous appelez déjà par vos prénoms ?

Le ventre de Lee émet un gargouillis sonore et elle croise les bras par-dessus.

— Il m'a demandé si je voulais tourner dans le film qu'il est en train de réaliser. Il s'est occupé de moi.

— Lee, tu ne peux pas plaire à tous les hommes. Et encore moins aux homos.

Man sourit comme si c'était une blague, et ce sourire la met en rage.

— Je vais tourner dans son film, dit Lee. Je ne viendrai pas travailler ici. Pendant une semaine, peut-être un peu plus.

— Tu ne peux pas faire ça.

— Une semaine, c'est tout. Et il va me payer.

— Je veux dire que tu ne peux pas travailler pour lui. Cocteau n'est qu'un petit flagorneur. Ce qu'il défend est une condamnation de ce tout que je fais. Tristan ne le supporte pas, André ne le supporte pas non plus, et je ne suis pas le seul…

Lee a envie de pousser Man dans ses retranchements, voir jusqu'où elle peut aller.

— C'est précisément là le problème : toi, tu ne l'aimes pas. C'est ton art. Mais moi, je ne suis pas toi.

Man a une raideur dans le cou, qu'il se masse.

— Tu n'es pas pas moi …

— Et ça veut dire quoi, ça ?

Comme toujours lorsqu'elle est en colère, Lee est au bord des larmes. Il y a un fauteuil à côté d'elle sur lequel elle s'affale, se frotte le front et regarde les bouts de plâtre tomber par terre.

Man relève le menton. D'une petite voix, il dit :

— La nuit dernière... quand j'ai vu que tu n'étais pas rentrée... j'ai pris conscience que les choses avaient changé entre nous. Ce que je t'ai dit sur la jalousie, quand nous parlions de Kiki... c'était ce que je ressentais quand j'étais avec elle, mais avec toi c'est différent. J'ai besoin de quelque chose de plus. Je ne suis plus... je ne peux pas être heureux, je ne peux pas rester avec toi si je n'ai pas une sorte d'engagement de ta part.

— Tu as besoin de quelque chose de plus.

Lee lève les yeux vers lui.

— Tu veux savoir ce que j'ai fait hier soir ? Après ton départ, j'ai mis Kiki dans un taxi et je l'ai renvoyée chez elle. Je ne voulais pas être avec elle une minute de plus... je ne pensais qu'à toi. Sais-tu l'effet que tu me fais ? Je ne suis pas comme ça, d'habitude. Ce n'est pas mon genre. Je suis rentré à la maison, je me suis assis dans la cuisine, j'ai attendu, attendu, en vain ; tu n'es pas rentrée. J'ai imaginé des choses terribles...

Sa voix se brise et elle le voit croiser les bras le plus serré possible, pour s'empêcher de trembler.

— Je t'imaginais blessée, ou avec quelqu'un d'autre, c'était insupportable. L'idée que tu puisses être avec quelqu'un d'autre m'était vraiment insupportable.

— Je n'étais pas avec quelqu'un d'autre, je te l'ai dit...

Il l'arrête.

— Peu importe. Sache que je ne pourrai jamais supporter que tu ailles avec quelqu'un d'autre. Il faut qu'on soit d'accord là-dessus… ou bien…

Lee se lève et croise les bras, soudain glaciale.

— Ou bien quoi ? Je ne vois pas ce que tu veux dire. – Elle s'éloigne. – J'ai besoin d'un verre.

Elle traverse le bureau, le salon, va au bar roulant et se sert un whisky. Man la suit et elle lui tend le verre avant de s'en resservir un. Elle tient son verre serré et passe les doigts sur le motif qui y est gravé en surface. Quand Man parle de nouveau, c'est d'une voix beaucoup plus posée.

— Prends un engagement envers moi et tu pourras faire ce film, dit-il. C'est ça que je veux. Sinon, ça ne marchera pas.

— Mais qu'est-ce que tu veux dire par engagement ?

— Promets-moi qu'il n'y aura personne d'autre.

— Pour toujours ?

— Oui.

Lee ne sait que dire. Le whisky ne la réchauffe pas comme d'habitude, alors elle avale une plus grande gorgée. La conversation a pris un tour qu'elle n'avait pas du tout prévu. C'est elle qui devait être en colère, elle qui a dû se débrouiller seule la veille. Elle revoit les bras de Man autour de Kiki, sa bouche proche de son oreille alors qu'il lui murmurait des paroles apaisantes.

— Tous ces gens t'ont vu aller vers Kiki et pas vers moi. Comment as-tu pu me faire ça devant eux ?

Man se passe la main dans les cheveux.

— Il fallait d'abord que je la calme. Tu ne sais pas de quoi elle est capable. Elle aurait pu faire n'importe quoi, je t'assure.

— Tu en parles comme d'une sorte de bête sauvage. Pour qui avais-tu peur : toi, elle, ou moi ?

— Je ne sais pas. Je ne me suis pas posé la question. Et le temps de me retourner, tu avais disparu.

— Je ne pouvais pas rester là. Je déteste cette femme. – Lee le dit d'une voix enfantine, quelques larmes coulent de nouveau sur ses joues. Elle les essuie et rit, même. – Vraiment. Je la déteste.

Man pose son verre et s'approche d'elle. Il s'éclaircit la voix.

— Lee… Ce que j'essaie de te dire c'est que, pour moi, ce n'est pas que de l'amour. Ce que je ressens pour toi… c'est plus que cela, quelque chose de plus fort. Ça me transforme… ça me ramène à ce que j'étais avant et que j'avais oublié d'être. La nuit dernière dans notre lit… il m'a paru si grand, si vide. Je tâtonnais sans arrêt de ton côté dans l'espoir de t'y trouver. Et ce matin… j'ai à peine dormi ; je ne suis pas vraiment moi-même aujourd'hui, tu as dû le remarquer… j'ai pris le chemin le plus long pour venir travailler, je voulais voir la Seine et, pendant tout le temps où je marchais, je t'imaginais à mes côtés. Non, ce n'est pas tout à fait ça. Je ne l'imaginais pas. Je te voyais à côté de moi. Je ne pouvais pas ne pas te voir, où qu'ait porté mon regard.

Il tend le bras, lui retire son verre et le pose sur une petite table, puis il lui prend les mains. Elles sont chaudes. Lee sait qu'il attend un mot d'elle, quelque chose, mais elle ne sait pas quoi. C'est la première fois qu'il lui parle comme ça. Ils ont discuté du mariage mais seulement pour partager leur aversion à son sujet. Ils étaient d'accord sur le fait que ce n'est pas pour eux. Mais là… là c'est autre chose. La voix de Man est rauque ; il lui serre les mains un peu trop fort, comme si ça allait aider Lee à mieux comprendre ce qu'il est en train de dire.

Il continue, sans attendre que Lee s'exprime.

— Je veux tout te donner, tout. Moi. Pas un autre. Je t'ai donné, déjà, tellement… C'est avec moi que tu es devenue si talentueuse. Et chaque fois que tu me montres tes travaux et qu'ils sont meilleurs que les précédents, je me dis que j'ai de bonnes raisons de t'aimer, d'avoir pour toi ces sentiments que je ne peux même pas m'expliquer.

Elle regarde les doigts de Man qui enserrent les siens, les petits poils noirs entre les jointures. Il est terriblement sérieux mais ses mots n'ont pas vraiment de sens à ses yeux. Un engagement de sa part… dire oui, être d'accord. Et si ça lui vaut une place permanente, ici, à ses côtés, dans ce studio, n'est-ce pas ce qu'elle veut ? Alors elle acquiesce et le dit.

— Très bien, d'accord. Tu sais que je t'aime.

Il lui serre les mains si fort qu'elle a l'impression qu'il va lui broyer les os.

— Je veux que tu m'aimes toujours.

— Toujours, dit-elle en hochant la tête, puis, comme elle ne veut rien dire de plus, elle dégage ses mains, le prend dans ses bras et le laisse la bercer d'avant en arrière.

Ils restent ainsi un moment. Puis elle se libère de son étreinte. Il redresse les épaules, semble vouloir reprendre le contrôle de lui-même.

— J'ai du travail, dit-elle en se dirigeant vers la chambre noire.

Elle se retourne pour voir s'il va la suivre. Au lieu de quoi il prend l'un des nids d'oiseaux qui sont sur la cheminée dans le creux de sa main.

— Lee, dit-il au moment où elle quitte la pièce, le film… fais-le.

— Très bien, dit-elle encore.

Bien sûr qu'elle va le faire ; elle l'a déjà décidé. Mais quel mal y a-t-il à lui laisser croire qu'il prend part à cette décision ?

À l'extérieur de la chambre noire, Lee regarde la planche contact qui se trouve sur la table.

— Qu'est-ce que tu es en train de tirer ? lui demande-t-elle.

— Des photos de toi, répond Man. Quoi d'autre ?

Lee prend la loupe. La planche comporte neuf images, presque identiques, comme si Man avait appuyé plein de fois et aussi vite qu'il le pouvait sur le déclencheur. Sur ces photos, Lee est au lit, endormie. Elle a un bras rejeté en arrière, l'autre autour de son torse. Elle est sous les draps, mais, aux plis qu'ils forment, on voit qu'elle a les jambes écartées, et Man l'a prise sous un angle qui crée des ombres sur les draps, lesquelles convergent comme une flèche vers le centre de son corps. Lee n'a aucun souvenir du moment où il les a prises, cela pourrait être hier ou il y a des mois. Man a déjà fait des photos d'elle endormie ; ça ne l'a jamais dérangée. Mais maintenant qu'elle se regarde dormir en trois rangées de clichés, elle n'aime pas ce qu'elle voit. Pas parce qu'elle serait mal à l'aise à l'idée que Man l'observe dans son sommeil, l'aspect voyeur de la chose. Non, ce qu'elle n'aime pas, c'est la confiance induite par ces photos, ce que cela révèle de leurs relations. La vulnérabilité qui s'en dégage.

Lee se demande si c'est là ce que Man veut dire par engagement. Si ce qu'il veut est une capitulation totale de sa part.

Plus tard, ils rentrent ensemble. Man semble satisfait de leur conversation. Il lui tient la main, la tire vers lui pour lui éviter un nid-de-poule. Une fois rentrés, il lui fait couler un bain et, après s'être séchée et avoir enfilé son peignoir, elle le retrouve dans leur petite cuisine où il lui a préparé un œuf brouillé. Il est là, tout chaud dans une assiette sur le plan de travail, et Man y ajoute un toast qu'il tartine de beurre. Lee, qui meurt de faim, mange l'œuf, puis un autre. Elle se laisse envahir par la sensation de chaleur que lui procurent la nourriture dans son estomac, le bain et le peignoir qu'elle a noué autour de sa taille. Elle et Man parlent à peine, mais il y a quelque chose de rassurant dans leur silence. Si ce n'est pas ça, l'amour, qu'est-ce que c'est ?

Dachau
30 avril 1945

Si Lee utilise un grand-angulaire et prend le paysage, intégrant les pelouses bien tondues du village tout proche dans la photo, elle pourra montrer que les trains passaient bien près des civils, et donc que ceux-ci savaient, qu'ils devaient savoir…

Si elle cadre sa photo par la porte ouverte du train, mettant au premier plan le crâne de l'homme mort, ses pommettes passant presque au travers de ce qui subsiste de sa peau…

Si elle prend une photo d'un des lapins élevés dans le camp, de sa fourrure blanche immaculée, de ses rondeurs dodues d'animal bien nourri. Élevé pour devenir un manchon dans lequel une *Frau* suralimentée pourra glisser ses poings. Un prisonnier nourrissant le lapin de ses mains souillées de boue…

Si elle photographie quelqu'un d'autre voyant ce qu'elle voit. Des prisonniers, les yeux hagards, affamés, face à ces corps qu'on jette dans une fosse. Un garde SS, la mâchoire brisée, qui regarde le sang gicler du nez écrasé d'un autre garde…

Si elle essaye différents angles, en gros plan. Le bol en fer-blanc vide, le numéro sur l'avant-bras d'un homme, la moitié du pied arraché quand il enlève sa botte…

Si elle photographie des responsables. Un fonctionnaire allemand qui vomit à côté d'un empilement de cadavres. Ou un suicidé, la langue sortant de sa bouche comme un ver noir…

Parfois, Lee porte son appareil photo à son visage rien que pour pouvoir fermer les yeux. Parfois, elle prend les photos à l'aveugle.

S'ils savaient – ils savaient, c'est sûr –, il est exclu qu'ils aient pu ne pas savoir…

Si elle… l'odeur. Elle va écrire à Audrey à ce sujet.

L'un après l'autre, les correspondants de presse s'en vont. Lee reste. Elle doit porter témoignage. Elle a les poches remplies de boîtes de pellicule, des grenades à envoyer pour publication.

23

Jean est allé chercher ses acteurs et son équipe de techniciens dans toute l'Europe. C'est un groupe hétéroclite, mais quand Lee débarque, résolue et motivée, le deuxième jour, elle en fait aussitôt partie. La plupart ne parlent pas la même langue, mais, quand ils sont ensemble, ça n'a pas d'importance : ils plaisantent, soliloquent en boucle et curieusement, on en comprend assez pour qu'un esprit de camaraderie s'installe. Une femme répondant au nom d'Anush lit les lignes de la main et, un soir, toutes les personnes présentes sur le tournage se voient dire la bonne aventure, ce qui les amène à raconter des choses dont elles n'auraient sinon jamais parlé. Un autre soir, ils boivent du cognac, vident une poubelle métallique et y font un feu, là, sur le plateau. Au bout de quelques jours seulement, Lee se dit que ces gens pourraient figurer au nombre de ses amis.

Parfois l'après-midi, quand le tournage du jour est dans la boîte, ils dévalisent la réserve de costumes. Ils s'affublent de tenues edwardiennes, les hommes comme les femmes, avec des corsets serrés à ne plus pouvoir respirer, ou bien revêtus de cottes de mailles, ils combattent avec des lames émoussées. Ils jouent des sketches, tombent les uns sur les autres en riant.

Quand Jean est content du tournage du jour, il endosse le rôle du chef et invente pour eux des scénarios délirants et merveilleux.

Lee découvre qu'elle aime jouer. Quand, à la fin de la journée, elle est enfin libérée des contraintes du costume de la statue, elle se laisse aller, sans retenue. Elle va se mettre la couronne de Néfertiti sur la tête et sentir que son maintien n'est plus le même, qu'elle marche autrement, de façon plus langoureuse, avec un port de reine, et sa véritable identité va s'effacer. Qu'elle n'ait jamais tourné, les autres membres de la distribution n'en reviennent pas. Elle s'abandonne à leurs éloges et se surprend à redoubler d'efforts pour les impressionner. Ce film inspire également son travail photographique ; il y a des analogies entre sa façon de l'aborder et ce qui se passe sur le plateau. Elle commence à voir la photographie comme cinématique. Quand elle prend une photo, elle privilégie un instant dans un *continuum* de milliers d'instants potentiels, et le fait de le choisir, de l'isoler des autres est constitutif de la démarche artistique.

Derrière la caméra, Jean est un maître. C'est désormais évident pour Lee. Sa façon d'asticoter les acteurs, et même de les pousser à bout est efficace. Il obtient d'eux ce qu'il veut. D'Enrique particulièrement. Tous deux sont engagés dans ce qu'elle voit bientôt comme une même dynamique, que ce soit sur le plateau ou en dehors : ils sont amants et toutes leurs interactions en portent l'empreinte. La relation est orageuse. Ils crient l'un après l'autre devant le reste de la distribution, et Lee surprend même Enrique en train de lever la main pour frapper Jean. Chacun les ignore consciencieusement, se contente de commenter la variété du jeu d'Enrique. Pour finir, Lee se dit que leurs histoires viennent nourrir leur art, et elle ne peut s'empêcher de penser à sa relation avec Man, au fait qu'elle n'arrive pas à séparer ses sentiments pour lui du travail qu'ils accomplissent ensemble.

Même si elle est ravie d'être seule, Lee pense souvent à Man quand elle est sur le plateau. Le sentiment de légèreté qui l'habite alors la remplit de culpabilité, et il y a des moments où penser à lui, seul au studio, lui fait regretter de s'amuser autant. Elle n'est pas certaine de mériter de se sentir aussi bien ; elle ne devrait pas être aussi heureuse d'être ici sans lui. Mais l'instant d'après, elle rit tellement qu'elle en oublie de cacher ses dents avec sa main, et là, elle n'a qu'une hâte : partager tout cela avec lui, l'associer à cette joie.

Un après-midi, après le long tournage d'une scène bizarre dans laquelle la bouche du poète se détache de son corps pour réapparaître dans sa main, Lee est assise au bord du plateau sur une chaise bancale. Ils lui ont fait signe pour des scènes de foule et elle a adoré se faire filmer sans maquillage. Autour d'elle, d'autres acteurs discutent, se détendent. L'un d'eux a apporté une bouteille de cognac et la fait circuler. Un autre roule des cigarettes sur un tabouret de bar et les offre à la ronde, si bien que très vite le plateau est enfumé. On ne sait plus s'il est quatre heures de l'après-midi ou si on est au milieu de la nuit. Comme la chambre noire, le plateau de cinéma a quelque chose d'intemporel et Lee a envie de s'y attarder. Elle a l'estomac vide et le cognac y fait bouillotte, lui apportant réconfort et chaleur. Au bout de quelques minutes, la bouteille est vide et, l'un après l'autre, les acteurs se lèvent pour rentrer chez eux et vont chercher manteaux et chapeaux avant de prendre congé.

Lee est bientôt l'une des dernières à partir. Elle prend son manteau et va jeter un ultime coup d'œil en coulisses. Dans l'espace sombre flottent des odeurs de fumée, de laine humide et de nettoyant à base de plantes qu'elle respire avec plaisir. Encore quelques jours et ce sera la fin du tournage. Elle n'a pas envie que ça s'arrête.

Quelqu'un s'approche d'elle par-derrière et lui met la main sur le bras. Elle sursaute, mais c'est Jean.

— Vous m'avez fait peur !

— Je suis désolé, dit-il en prenant une profonde inspiration. Vous aussi vous vous attardez, je vous ai vue. Je n'ai jamais envie de rentrer.

— Moi non plus.

Elle se retourne pour lui faire face et voit de l'estime dans son regard.

— Je vais à l'opéra ce soir. C'est la première chorégraphie de Serge Lifar. Vous voulez venir ?

Lee se lisse les cheveux et jette un coup d'œil à sa robe fripée.

— Je suis à faire peur.

— Vous avez l'air d'une apparition. Et puis, on s'y glissera, incognito.

Jean fait le geste avec ses mains d'un petit animal qui se faufile, et ça la fait rire.

Le soleil se couche lorsqu'ils quittent le studio. Des masses de nuages pourpres se rassemblent transpercés par les rayons du soleil.

— Oh, regardez, dit Lee, et ils s'arrêtent pour profiter du spectacle jusqu'au moment où le soleil bascule et les rayons disparaissent. Puis Lee glisse cordialement son bras sous le sien.

— Enrique n'a pas voulu venir ? demande-t-elle.

Jean fait la grimace.

— Enrique ne veut pas être vu en ma compagnie.

— Je ne vous crois pas !

— C'est l'impression que j'ai depuis quelque temps.

— Je suis désolée.

Jean hausse les épaules.

— Et vous ? Man Ray ne vous emmène pas quelque part ce soir, pour vous séduire ?

— Man n'a plus besoin de me séduire, dit Lee en riant.

Jean la regarde avec insistance.

— Oh mais si, on a toujours besoin d'être séduit. Quelqu'un devrait le lui dire.

La façade du Palais Garnier est l'une des plus belles de Paris, ornée de statues qui représentent les muses de la poésie et de l'harmonie. Lee s'avance vers l'entrée principale, mais Jean lui fait faire le tour pour entrer, côté sud, par une porte dérobée.

— Alors on se faufile vraiment ? demande-t-elle.

— Oui… comme des petites souris. Il faut que vous voyiez les coulisses.

Ils empruntent un étroit couloir et émergent dans la réserve des costumes. Des douzaines de tutus sont suspendus en l'air sur une délicate structure métallique boulonnée au plafond. Se détachant sur le bois sombre de la salle, les tutus sont des nuages éthérés courant à vive allure dans un ciel nocturne. Lee se précipite sur son appareil et prend quelques photos, mais la lumière tombant des petites fenêtres baisse et elle sait qu'elles ne seront pas bonnes.

« Pourrez-vous me ramener ici une autre fois ? » demande-t-elle à Jean, mais il l'entraîne déjà plus loin. Encore quelques marches à monter et les voilà dans les coulisses. Ce qu'elle découvre lui coupe le souffle. Du bois sombre et des éléments de décor recouverts de tissus. Un vaste parquet de scène taché de noir et éraflé par des milliers de chaussons de danse, une odeur de colophane qui flotte dans l'air. Lee s'avance vers la scène et, ses yeux s'habituant à la pénombre, elle remarque les décors prêts à être utilisés ce soir-là : de belles tapisseries avec des paysages champêtres, une toile peinte pour faire croire à un lit à baldaquin, une scène de salle à manger avec une table dressée pour une fête somptueuse. Comme les tutus, chaque panneau de décor est suspendu à une série de câbles, et Lee aime voir toutes ces cordes qui hachurent le plafond et lui attirent l'œil vers le sommet de la salle, où les restes du couchant filtrent par une rangée de petites ouvertures. La poussière tourbillonne, scintille dans la lumière.

Lee reste là à regarder tout ça jusqu'au moment où elle remarque qu'il y a un homme, là-haut dans les chevrons, debout sur une plateforme en bois suspendue entre deux cordes. Il tend une jambe en dehors de la plateforme, saisit un câble, passe à un autre rebord, descend adroitement le long d'une échelle et s'approche du sol. Elle le voit mieux, à présent. Il est tout de noir vêtu : pantalon noir ajusté, chemise noire, foulard noir noué autour de la taille comme une ceinture. Quand il se remet à bouger, tirant sur un autre câble pour ajuster un élément de décor, elle voit la puissance qui se dégage de son corps, sa gracieuse virilité. Quand elle parvient enfin à en détacher son regard, elle voit que Jean, lui aussi, l'a observé, et ils échangent un petit sourire complice.

— Caruso ! crie Jean à l'homme. On t'a vu !

Celui-ci se tourne vers eux et Lee prend son appareil photo et le cadre dans son viseur, sa silhouette se détachant dans l'ombre sur les cordages. Elle fait sa mise au point, déclenche et met son appareil de côté. L'homme descend et saute, se réceptionnant magnifiquement sur le parquet, provoquant du même coup un nuage de poudre de colophane.

Jean va vers lui et le prend dans ses bras, ce que l'autre subit sans lui rendre la pareille.

— Caruso ! répète Jean. Mais qu'est-ce que tu fais ici ? J'ai besoin de toi sur mon tournage !

Caruso ne répond pas mais adresse un sourire fugitif à Jean. Puis son regard se pose sur Lee qu'il semble reconnaître à en croire la petite lueur qui apparaît dans ses yeux.

Et là, Lee le resitue à son tour. Cheveux bruns soyeux, pommettes saillantes, chemise ouverte sur une abondante toison. Lèvres charnues et sèches. Son prénom lui revient immédiatement. Antonio. Chez Drosso.

Antonio porte la main à une poche arrière dont il sort une blague à tabac aplatie, puis il s'assied sur une chaise et entreprend de sc rouler une cigarette.

— Caruso, Caruso, dit Jean, j'ai besoin de toi pour ma scène finale. Il faut que tu me peignes une salle de billard.

Antonio lèche le bout du papier à cigarette et le tord pour le fermer.

— Tu sais combien me paie Lifar ? Un bon paquet.

Il allume sa cigarette et tire une énorme bouffée, inhalant si fort que ses lèvres en deviennent toutes blanches. Puis il fait le geste de passer la cigarette à Lee.

— Je ne fume pas, lui dit-elle, mais il l'ignore et lui met la cigarette entre les lèvres.

Cette audace la surprend et, quand ses doigts lui touchent le visage, elle pense d'abord qu'il a dû la brûler, tellement la sensation de sa peau sur la sienne l'embrase. L'effet est absurde, disproportionné, comme si le monde lui apparaissait avec une grande précision, comme si elle s'était frotté les yeux et que tout soit soudain devenu plus net. L'endroit où il l'a touchée sur la joue est comme séparé du reste de son visage, a une vie qui lui est propre. La fumée lui brûle la gorge quand elle exhale, elle a du mal à ne pas tousser. Antonio allume deux autres cigarettes, une pour lui, l'autre pour Jean, cependant que Lee fait tout ce qu'elle peut pour ne pas le regarder. Mais, chaque fois que ses yeux se posent de nouveau sur lui, elle rencontre les siens. Il les a aussi clairs que des plaques de glace sur un lac gelé, et il n'a pas du tout l'air gêné de la dévisager.

Ils continuent de fumer tous les trois. Lee voudrait le toucher encore pour voir si elle éprouvera la même sensation. Elle ne parvient pas à faire attention aux banalités qu'ils échangent, alors elle s'écarte pour aller examiner un élément de décor. C'est un panneau de soie Dupioni peint à grands coups de pinceau pour donner l'illusion d'une forêt. Ici et là, des motifs d'oiseaux très élaborés ont été dessinés, à peine visible au milieu des traits plus relâchés censés représenter les branches et les feuilles. Un courant d'air venu de quelque part agite la soie.

— Je me souviens de vous, dit Antonio, qui s'est approché derrière elle.

La nuit chez Drosso lui revient aussitôt en mémoire.

— Vous êtes un ami de Poppy et Jimmy, dit-elle.

— De ces deux-là, non, pas vraiment.

Sa conduite de cette nuit-là la rattrape, tous ces verres qu'elle a bus pour se sentir détendue, à sa place.

— J'ai revu Poppy une fois, lui dit Lee. Elle a fait comme si elle ne me connaissait pas. Je ne comprends toujours pas pourquoi.

— Ça vaut sans doute mieux pour vous. Elle est toujours en train de préparer un nouveau coup.

— Que voulez-vous dire ?

Antonio hausse les épaules.

— Avec elle et Jimmy... il y a toujours une arnaque. Je ne l'ai compris que récemment, mais ce sont des parasites.

Lee se demande si ce sont eux qui ont volé son appareil photo. C'était le seul objet de valeur qu'elle avait en sa possession. Quand il a fini sa cigarette, Antonio regarde sa montre. « Presque l'heure », dit-il et, au même instant, les premiers danseurs et machinistes apparaissent dans les coulisses. Lee fait mine de s'en aller mais Jean lui adresse signe, index recourbé, et la conduit au rideau. Il est massif, en velours très épais et bordé de plusieurs rangées de franges tressées. Jean l'écarte et passe sa tête dans l'ouverture.

« Venez… Il faut que voyiez ça », dit-il, si bien que Lee le rejoint et prend sa place. Elle passe juste le visage, l'encerclant avec les rideaux qui lui font comme un voile lourd, et elle regarde la salle de l'Opéra encore vide, les rangées de fauteuils dont les dernières sont reléguées dans l'ombre, encadrées de chaque côté par de somptueuses loges dorées. Tout est silencieux ; la salle est comme en attente. Qu'est-ce que ça fait de jouer sur cette scène quand, aveuglé par les projecteurs, on ne peut pas voir les centaines de gens dont on devine la présence ? De sentir l'orchestre résonner sous vos pieds ? Lee laisse retomber le rideau et s'avance d'un pas, mais elle s'aperçoit qu'un tas de gens se pressent dans les coulisses. L'heure est venue de quitter les lieux.

En partant, Lee jette un œil autour d'elle en quête d'Antonio. Il est là, dans un coin, en train de parler à un autre machiniste, mais son regard capte le sien et un sourire diabolique inattendu apparaît sur son visage, comme si lui et Lee partageaient une blague d'un bout à l'autre de la scène. Lee sourit à son tour et un lien fort se tisse entre eux.

Lee et Jean sont parmi les premiers à s'asseoir. Pendant que la salle se remplit autour d'eux, ils parlent de leur film, de danse ; Jean lui dit tout ce qu'il sait du spectacle qui les attend. Puis les lumières baissent et les premières notes de musique retentissent. Les danseurs envahissent la scène, jambes et bras aussi durs que le marbre, mais aussi flexibles que des rubans quand ils sont en mouvement. Ils sont tous tellement beaux. Lee n'a jamais vu des corps aussi puissants, hommes et femmes confondus, elle en a des frissons dans le dos. Les décors, qui sont presque aussi beaux que les danseurs, s'élèvent et s'abaissent avec une élégance qui est une danse en soi. Lee imagine Antonio, là-haut dans les cintres, son corps animant les scènes qu'il a créées, maîtrisant les pièces et les paysages qu'il a conçus.

Lee regarde dans une sorte de transe. Une partie de sa tête est toute au spectacle du ballet, l'autre à ce qu'elle ressentirait si Antonio la touchait, avec ce corps de danseur, ferme et musclé qui est le sien. La salle de l'Opéra est pleine de parfums divers, mais l'odeur du tabac d'Antonio est encore là, sur elle, et Lee porte ses doigts à ses lèvres pour mieux la sentir. Elle aime sa façon de porter son pantalon assez bas sur les hanches, sa haute taille, la souplesse de ses cuisses quand il a sauté à terre. Sur la scène, deux danseurs se promènent, puis le bras de l'homme encercle la taille de la femme et il la soulève au-dessus de lui aussi facilement que s'il s'étirait. Elle s'enroule alors autour du corps du danseur. À cette pensée, quelque chose vibre en Lee comme les cordes dont Antonio s'est aidé pour descendre des cintres.

À la fin de la représentation, tous les spectateurs se lèvent, applaudissant à tout rompre, criant « Bravo ! Brava ! » encore et encore quand les danseurs reviennent saluer. Lifar a réussi, c'est un succès. Jean applaudit un moment puis met son bras autour de Lee. Elle-même applaudit à en avoir les mains en feu.

24

Quand Lee se réveille le lendemain matin, elle étend le bras pour atteindre Man. Leurs deux corps sont chauds sous les couvertures, ils n'ont pas fait l'amour depuis qu'elle a commencé à travailler sur le film, et ça lui manque. Elle lui embrasse l'épaule puis le cou. Son corps frémit de désir. Man lui rend son baiser et Lee se colle contre lui, mais elle sent qu'il a l'esprit ailleurs. Elle aussi à vrai dire : elle est encore au ballet et elle lui en parle. La première mise en scène de Serge Lifar. Elle omet d'évoquer Antonio, dont elle sent encore les doigts quand il lui a glissé une cigarette entre les lèvres.

— J'avais oublié que tu adorais la danse, dit Man. J'aurais dû penser à t'y emmener.

Il se détache de son étreinte et sort du lit, enfilant la chemise et le pantalon qu'il a posés sur le dossier d'une chaise.

— J'ai été tellement distrait. Ce tableau me prend toute mon énergie.

— Ce n'est pas grave, dit Lee. On a été très occupés tous les deux.

Plus tard ce même jour, Man est debout pieds nus sur leur matelas, face au tableau qu'il peint de sa bouche. Les draps sont recouverts d'une bâche de protection. Assise dans un coin de la pièce, Lee regarde le tableau à travers le V renversé que forment les jambes de Man. Un morceau de cirrus, une tache de sa lèvre inférieure. Sous cet angle, son corps divise la toile géante en deux.

Elle pense encore au ballet.

— Allons-y ce soir, lui dit Lee. Viens avec moi.

Lee se dit que le feu que cette danse a allumé en elle l'enflammera lui aussi.

— Ce soir ? On ne peut pas, dit Man. C'est le Salon.

Lee a oublié. Le battage organisé par Breton. Des affiches ont été placardées dans tout le quartier, les noms des artistes exposés figurant en arc de cercle sur la largeur de la page : « Dalí – Ernst – Ray – Arp ».

— Il faut vraiment que j'y aille ?

Lee n'a pas encore réussi à faire la différence entre ce Salon et les réunions des autres soirs de la semaine auxquelles Man s'est rendu récemment. Des réunions où elle ne sait jamais quel rôle il veut lui faire jouer si elle l'accompagne : l'ingénue timide, la maîtresse fidèle, le garçon manqué à la vie dissolue. Elle les a tous essayés, mais il semblerait qu'aucun ne lui sied vraiment, ni ne plaise totalement à Man.

— Bien sûr ! Tout le monde y sera. Éluard veut que sa nouvelle compagne soit intégrée au groupe – comment s'appelle-t-elle, déjà ? Nusch ? – et Breton a accepté. Et c'est une manifestation publique, pas une des réunions habituelles de Breton.

— Alors, Nusch, Paul… qui d'autre ?

Man compte les noms sur ses doigts.

— Tristan, Soupault, Aragon. Très certainement Tatiana et Ilse Bing ; tu as déjà rencontré Ilse ?

Lee ne se souvient pas. Elle connaît le premier cercle des amis de Man, mais les membres plus périphériques, ceux qui vont et viennent au gré des changements dans les couples, la déconcertent. Tout particulièrement les femmes, dont l'introduction dans ces soirées est entièrement tributaire de leur compagnon du moment. Mais Lee a eu l'occasion de rencontrer Tatiana, la blonde Moscovite dont l'accent est si prononcé qu'on croirait sa bouche farcie d'éponges. Et elle aime bien Nusch, une femme qui a quelque chose d'un oiseau et dont Paul Éluard est récemment tombé amoureux.

Les autres femmes liées au cercle de Man, Lee pourrait s'en passer. Il y a peu de temps, elle est tombée sur un groupe d'entre elles au Dôme ; elles étaient serrées autour d'une table comme des vautours autour d'une charogne. Elle a tiré une chaise mais aucune n'a bougé pour lui faire une place, de sorte qu'elle est restée à la périphérie de leur groupe, son martini en équilibre sur un genou, vu qu'elle n'avait nulle part où le poser. Lee a compris ce jour-là que les autres femmes ne l'aiment pas parce qu'elle est trop jolie ; elle les intimide toutes, sauf Tatiana qui, à sa façon, est dotée d'une certaine beauté, assez majestueuse.

Man secoue la tête.

— Elles t'ont battu froid ce jour-là parce que tu étais censée leur offrir une tournée, dit-il.

— Je n'en ai pas les moyens ! réplique Lee, choquée.

— Elles pensent que si, et c'est ça qui compte. D'ailleurs, si… une tournée, tu aurais pu.

Comme toujours, l'attitude désinvolte de Man à l'égard des questions d'argent l'agace.

— Eh bien, quelle qu'en soit la raison, elles ne m'aiment pas et je ne sais pas comment régler ça. Je ne vois pas pourquoi je devrais régler ça, d'ailleurs, ajoute-t-elle avec une petite moue de déception.

— Mais si, elles t'aiment bien. Tout le monde t'aime bien. Éluard t'adore. Et Breton va présenter un film que j'ai tourné, ce soir. Je voudrais que tu le voies.

— Un film ? Je croyais que tu avais abandonné.

— Un vieux. Un film vraiment Dada, mais tout le monde était tellement bourré quand je l'ai projeté que je peux le remontrer en le qualifiant de surréaliste, ils ne seront pas foutus de faire la différence.

Man sourit.

Lee se lève, s'étire, va dans la salle de bains. Devant le miroir elle exécute une mauvaise petite pirouette, regrettant de ne pas pouvoir retourner à l'Opéra Garnier.

Dans la galerie, on a installé des chaises pliantes en bois et un projecteur tourné vers le mur du fond. Elle est déjà plus qu'à moitié remplie quand Man et Lee arrivent. À son entrée, Man est applaudi. Il répond modestement par un petit salut de la main et va s'asseoir au centre. Deux poètes vont et viennent devant le projecteur, leur silhouette étrangement déformée derrière eux pendant qu'ils déclament. La pièce est enfumée, pleine d'hommes, et il y a un tel brouhaha de voix graves et étouffées qu'il est impossible d'entendre celle des poètes ; pas un ne semble leur porter le moindre intérêt. Lee aperçoit Fraenkel – elle le reconnaît toujours à sa petite moustache en brosse – assis dans un coin, lisant un journal et faisant sonner de temps à autre une grosse cloche à vache en cuivre.

Au bout d'un moment, l'assistance fait silence. Sur l'estrade, Philippe Soupault, un homme anguleux et fier que Lee a déjà rencontré à plusieurs reprises, fait un salut qui manque de naturel, ferme les yeux, et commence à déclamer.

Allez, allez,
Partez vadrouiller
Le plat s'est sauvé sur ses pieds
Quand tout s'est cassé
Brisé, brisé, broyé
La mariée
Un palefrenier
Dernier
Dernier
Dernier
J'ai pris la laitue dans le mur
Et je l'ai mangée[1]

Quelqu'un dans la rangée du milieu lui jette une boule de papier froissé, et voilà qu'aussitôt tout le monde le hue, le siffle. Lee est étonnée qu'ils ne l'aiment pas ; le poème ressemble beaucoup à tous les écrits surréalistes qu'elle a entendus ; du n'importe quoi à ses oreilles, d'ailleurs. Soupault ne se laisse pas déstabiliser par les huées, continue, jusqu'à ce que, finalement, Tristan monte sur l'estrade et le sorte de

1. Poème *à la manière de* Soupault.

là. Rien pendant quelques instants, puis on entend les crachotements qui annoncent la projection d'un film et l'assistance se calme de nouveau. Tristan présente le film de Man, intitulé *Le Retour à la raison*, puis il est projeté sur le mur. Des silhouettes de vis et de pinces. La calandre d'une Bugatti avec les yeux d'une femme à la place des phares, clignotant. Encore des outils, des ciseaux et des marteaux, d'un noir intense sur fonds blancs. Délirant et bizarre, comme toutes les créations de Man. Au bout d'un moment, certaines personnes dans l'assistance, qui s'étaient tues au début, se mettent à tousser, à gigoter. On entend les chaises racler le sol. Tous les bruits de l'impatience. À côté de Lee, Man est assis, recroquevillé sur lui-même.

Il se penche vers elle et chuchote : « Ils ne le comprennent pas. » Lee lui prend la main. Elle ne le lui a jamais dit, mais à la vérité, elle non plus ne le comprend pas. Un peu comme si elle était assise dans le studio à feuilleter tout un tas de photos n'ayant aucun lien entre elles. Mais peut-être est-ce justement le but. Lee est affreusement gênée pour Man. Elle voudrait que tout le monde aime le film. L'aime lui.

Soudain, on entend un bruit de cassure de cellulose. Man saute sur ses pieds et va aider Breton, qui est à genoux à côté du projecteur et passe la main sur la bobine du film pour arrêter le défilement de la pellicule. Les murmures de l'assistance se muent en vacarme. Les gens se détendent sur leur siège ou tournent leurs chaises pour bavarder avec ceux qui sont derrière eux. Lee embrasse la salle du regard pour voir s'il y a des gens qu'elle connaît. Les Mdivani sont assis quelques rangs plus loin, impeccables dans leurs *knickers*. Lee ne les a pas vus depuis la soirée chez Patou, et maintenant qu'elle les a remarqués, elle les surveille du coin de l'œil, se demandant s'ils vont aller s'entretenir avec Man. Elle se demande si Man sait qu'ils sont là, s'il les a revus depuis qu'il lui a parlé d'eux, il y a quelques mois. Tatiana porte un chapeau à large bord avec une voilette et, perché au-dessus, un petit oiseau en peluche. Lee croise son regard, elles se saluent d'un signe de tête. Dans la rangée au-dessus se trouve Claude Cahun, qui a l'air plus normale que d'ordinaire en costume noir et nœud papillon rouge. À côté d'elle est assise une femme qui porte un petit appareil photo pendu à son cou. Elle a les cheveux bruns, coupés court comme ceux de Lee, et elle a un grain de beauté parfaitement centré au milieu de sa nuque, juste au-dessus du col de sa robe de lin blanc. Son visage lui dit quelque chose, et Lee se rend compte qu'elle a déjà vu une photo d'elle, posant avec un Leica dans le dernier numéro de *Das Illustrierte Blatt*. Ça doit être Ilse Bing, dont parlait Man un peu plus tôt. Comme sur la photo, alors qu'elle se retourne pour parcourir la salle des yeux, elle a une expression d'intelligence spéculative. Lee est alors presque aussi intéressée par sa personne que par son coûteux appareil photo.

Lee est sur le point de se lever et d'aller dire bonjour à Tatiana quand le film repart. Man est resté devant avec Breton. Encore plus ou moins les mêmes images, des outils et des vues d'un paysage morne, mais cette fois l'assistance ne fait pas silence. Les gens continuent de chuchoter pendant la projection. Man laisse son regard errer dans la salle, mais ces bavardages n'ont pas l'air de le perturber ; il est plus curieux qu'autre chose. Lee se demande si quelqu'un – Man lui-même – pourrait expliquer à quoi rime ce film.

À la fin de la projection, on entend quelques applaudissements timides. Man s'attend manifestement à des commentaires, à des questions, mais de là où il est, dans le coin, Tristan annonce qu'il est temps d'aller dans la galerie si bien que l'assistance se lève et se rue dans la salle contiguë. Certains commencent à replier les chaises pour faire de la place. Quelqu'un sort les bouteilles de vin et, aussitôt, un groupe se forme autour de la table. Lee aperçoit Man à l'autre bout de la pièce, mais décide de se prendre un verre, et se retrouve à faire la queue derrière Ilse et Claude.

Lee n'a pas vu Claude depuis le vernissage de sa propre exposition, et elle a entendu dire, dans le cercle de Man, que celle-ci est allée passer l'été dans le Sud avec quelques-uns de ses amis peintres et qu'elle s'est installée dans un studio à Antibes. Le climat de la Côte d'Azur lui a réussi. Elle a le teint moins cireux et elle a laissé pousser ses cheveux de sorte qu'elle ressemble à un petit garçon qui a du chien. Claude se tient tout près d'Ilse, et elles avancent bras dessus, bras dessous dans la file d'attente qui progresse lentement, tout en se parlant à voix basse. Elles ne remarquent pas Lee jusqu'au moment où ayant été servies et passant devant elle, Claude se penche, le souffle chaud contre son oreille pour lui demander : « Tu viens ce soir ? »

Lee se demande de quoi elle parle. Ne sont-elles pas déjà là ? « Oui », répond-elle.

Ilse regarde Lee de la tête aux pieds, la dévisage, puis dit : « Bien », avant d'avancer le bras et de pincer le nez de Lee entre ses doigts. Avant que Lee ne comprenne ce qui vient de se passer, Ilse et Claude se sont éloignées et Lee en tête de la file d'attente prend le verre qu'on lui tend, maladroitement rempli à ras bord.

Dans la galerie, Lee contemple les œuvres. De toutes celles qui sont exposées, la toile de Dalí intitulée *Les Arrangements du désir*, qu'elle ne peut voir qu'après avoir dû faire la queue, est sa préférée. C'est un petit tableau, des formes impossibles à définir sur une plage avec des têtes de lion, un postiche, des fourmis, et des coquillages peints dessus. Les formes évoquent à Lee des lèvres de vulve, la peinture rouge en leur centre du sang menstruel, ce qui la titille et l'horrifie en même temps. Elle sait par Man que Dalí a peint ce tableau pour Gala, désormais ex-femme d'Éluard ; sait, en fait, que sa création a coïncidé avec la fin de leur mariage. Lee se demande ce que peut ressentir Éluard à voir l'œuvre exposée ici : une représentation de l'infidélité de sa femme. À sa place, Lee serait morte de honte, pense-t-elle, mais regardant autour d'elle, elle l'aperçoit, un bras passé autour de Nusch, sa nouvelle maîtresse, apparemment tout joyeux. Nusch a l'air tout aussi insouciante, bien qu'il y ait fort à parier qu'elle connaisse l'histoire qui se cache derrière ce tableau. Gala, elle, est absente, mais il faut dire que Breton l'a toujours méprisée. Dalí est là, déjà intouchable au milieu d'un cercle d'hommes à l'autre bout de la galerie. Lee finit son verre, puis va en chercher un autre.

Tous ces gens, chacun avec son drame personnel. Au cours de l'année qui vient de passer, Lee a tout fait pour les connaître ; au début surtout pour graviter autour d'eux, profiter de leur célébrité. Puis elle a voulu les connaître parce que Man les connaissait. À force de passer du temps avec eux, Lee les voit dorénavant comme des personnalités à part entière, avec les mêmes excentricités, les mêmes lubies que n'importe qui, et non plus comme des personnages hermétiques et intimidants. Et maintenant, Lee fait partie de ces gens. C'est son monde, pour le meilleur et pour le pire. Elle pense qu'ils ne l'acceptent que parce qu'elle est la compagne de Man, et c'est un sentiment très différent de celui qu'elle a avec l'équipe de tournage de Jean, dans laquelle elle s'est sentie immédiatement à l'aise. Peut-être est-ce parce qu'elle a débarqué sur le plateau avec une totale disponibilité. Personne dans ce groupe n'avait d'idée préconçue sur elle. Elle n'était pas l'amie de Man, là-bas, elle n'était qu'une actrice, payant autant de sa personne que les autres.

Lee aimerait bien être au studio de Jean à cet instant, au lieu d'être ici. Elle ferme les yeux et la voilà de nouveau dans les coulisses du plateau, quand ils se repassaient la bouteille de cognac. Là-bas, elle pensait à Man. Maintenant qu'elle est avec Man, elle voudrait être sur le plateau. Lee n'arrive pas à croire qu'elle y était encore hier, que c'était hier qu'elle a vu le ballet ; et Antonio.

Pour s'aider à chasser les pensées qui la ramènent à Antonio, Lee refait le tour de la galerie. Max Ernst expose quelques-unes de ses œuvres sur le thème de la forêt, la peinture granitée avec du métal et des morceaux de bois. Jean Arp expose une sculpture et un étrange tableau que Lee aime bien, des taches noires et blanches découpées dans du bois et disposées de façon aléatoire. Ces gens ne se comportent peut-être pas toujours très bien, mais ici, dans cette galerie, à voir toutes ces œuvres exposées sur les murs, Lee se dit qu'ils sont de véritables artistes, et talentueux de surcroît. Si seulement son propre travail avait pu lui aussi être présenté ici. Elle l'a tellement voulu, mais qu'a-t-elle vraiment fait pour que cela arrive ? La plupart de ces gens ne se rappellent probablement même pas qu'elle est photographe, qu'elle aussi prend son art au sérieux.

Ces pensées la rendent mélancolique ; du coup, elle avale une autre gorgée du vin qu'on lui a servi, qui est terriblement mauvais, comme s'il avait été fait avec des raisins secs. À l'autre bout de la salle, Man est en grande discussion avec Soupault et Tristan, et voyant Lee le regarder, il lui fait signe. Quand elle arrive près de lui, il tend le bras et l'attire à lui, et là, à ses côtés, contre lui, elle se détend, éprouve ce sentiment de soulagement qu'elle a toujours en sa compagnie.

À dix heures du soir, il y a des verres qui traînent partout, des bouteilles renversées qui ont laissé des taches rouges visqueuses sur le plancher, et comme une humidité dans l'air. Plus personne ne regarde les œuvres. Des petits groupes se sont formés, on passe son bras sur les épaules de son voisin, les conversations sont devenues nébuleuses. Après cinq verres, Lee s'appuie lourdement contre Man, qui lui caresse le bras d'un geste mécanique. Les gens commencent à partir, et il ne reste bientôt plus qu'une douzaine de personnes environ. Comme pour réagir au changement qui est en train de se produire, Breton tape dans ses mains et annonce que la soirée est finie. Man embrasse la joue de Lee qui lui demande :

— Et maintenant ?

— La fête continue, non ? dit-il, l'attirant tout contre lui.

Les derniers visiteurs s'en vont, Breton va fermer la porte de la galerie à clef. Il ne reste qu'un petit groupe qui monte dans un appartement privé au-dessus de la galerie. Sur le palier, Soupault les yeux bandés, tient un petit coffre en bois. Lee comprend que ce doit être ce dont parlaient Claude et Ilse quand elles avaient évoqué les véritables festivités de la soirée.

— Gages ! crie Soupault.

Lee se retient de rire. Elle n'a pas joué à ce genre de jeu depuis la pension, quand, toutes lumières éteintes, elle et les autres filles se retrouvaient, jetaient quelques-uns de leurs bijoux dans une boîte, et se mettaient au défi de faire des choses ridicules, comme lancer un œuf sur la maison de la directrice ou manger un plat avarié.

Tout le monde fait la queue, attendant que chacun décide ce qu'il va mettre en gage. Des objets de valeur – une épingle de cravate, une montre à gousset – sont salués par des acclamations, des objets plus petits – un peigne bon marché en écaille de tortue, une paire de dés –, par des huées. Il y a encore quelques personnes devant Lee, dont Tatiana qui enlève son magnifique chapeau et le pose délicatement dans le coffre. Un écrivain dont Lee ne se rappelle pas le nom y dépose un stylo-plume en ivoire qu'il sort de sa poche. Claude retire une grosse chevalière de son doigt et l'ajoute à la collection. Lee porte rarement des bijoux et n'a qu'une barrette en strass dans les cheveux, qu'elle laisse tomber dans le coffre en passant devant Soupault. Elle s'attend à des huées, mais la queue ayant encore avancé, elle entend des rires et des vivats. Ils ne sont pas pour elle. Lee, qui se retourne, voit Ilse passer la lanière de son Leica par-dessus sa tête et tripoter sa robe. L'espace d'un instant, Lee pense qu'elle va mettre l'appareil photo dans le coffre, mais voilà qu'Ilse dégrafe son soutien-gorge, sort les bras de ses bretelles et le pose sur le dessus de la pile.

Dans la pièce du haut, tout le monde est assis en cercle sur le plancher, Soupault et le coffre au milieu. On passe une bouteille de whisky à la ronde. Quand celle-ci arrive à Lee, elle porte le goulot à ses lèvres, renverse la tête en arrière, adore l'âpreté et la douce brûlure du whisky au passage, adore, en un élan soudain de magnanimité favorisé par l'alcool, ces gens et le caractère frivole de cette activité, le fait qu'elle soit là à boire avec eux, tout comme elle l'a fait l'autre soir sur le plateau. Elle se sent plus détendue, s'assied les jambes repliées, décontractée, ses chaussures posées près d'elle. Man se retrouve à sa gauche, Breton à sa droite, et quand la bouteille de whisky passe à quelques personnes d'eux, Breton sort de sa veste une flasque qu'il lui tend avec un haussement de sourcils interrogateur. Lee en prend une gorgée ; elle ne sait pas ce qu'il y a dans cette flasque, mais c'est encore meilleur que le whisky.

Soupault promène son regard autour de lui, puis prend le coffre et le pose sur ses genoux. Il en inspecte le contenu un bon moment avant d'en sortir un nœud papillon. « J'ai ici un nœud papillon en soie, passé de mode depuis vingt ans », dit-il, sur quoi tout le monde éclate de rire. « Bleu avec des rayures blanches, et il en émane un parfum de gardénia qui est celui d'une certaine personne. » Encore des rires ; Nusch rit aussi, puis se couvre le visage avec les mains.

Paul Éluard, col de chemise ouvert, dit : « Le mien, bien sûr. Quel est mon gage ? »

Soupault se gratte le menton. « Je te donne Nusch comme partenaire. »

Ça aussi, Lee s'en souvient, quand elle était plus jeune et qu'elle jouait à ce jeu à un anniversaire, et qu'elle avait eu Johnny Whiting pour partenaire, un gars qui habitait à quelques fermes de chez eux. Chaque fois qu'il lui posait une question, elle devait faire un pas de plus vers lui, et il choisissait les questions les plus faciles qu'il pouvait trouver pour pouvoir l'embrasser plus vite, son haleine sentant le sandwich au concombre qu'ils venaient de manger.

Éluard rit.

— C'est trop facile, ça.

— Je démarre doucement, dit Soupault.

Éluard acquiesce et lui et Nusch se lèvent pour aller se mettre au centre du cercle, à environ trois mètres l'un de l'autre. Au début, ils se contentent de se regarder.

— Est-ce que tu aimes la pluie ? lui demande Éluard.

— Oui, répond-elle.

Nusch est petite, menue, toute de noir vêtue et ses cheveux sont retenus par un foulard de dentelle. Elle est là, debout, les yeux baissés, et il y a quelque chose de pur et de sincère dans sa voix qui pompe l'air de la pièce de toute son hilarité d'ivrogne. Ils font un pas l'un vers l'autre.

— Aimes-tu T. S. Eliot ? murmure-t-elle.

— Oui.

Ils font un autre pas l'un vers l'autre.

Soupault se lève et tape dans ses mains.

— Je reprends la main. C'est trop facile. C'est moi qui poserai les questions. Paul, aimes-tu Salvador ?

— Pas franchement, dit Éluard, et une vague de rire entendus traverse la pièce.

Ni Éluard ni Nusch ne font un pas l'un vers l'autre.

— Nusch, trouves-tu que Paul est beau ?

— Oui, murmure-t-elle, et ils font un pas l'un vers l'autre.

— Paul est-ce que tu aimes coucher avec Nusch ?

Une pause.

— Oui.

Un autre pas en avant. Ils ne sont plus qu'à trente centimètres l'un de l'autre.

— Nusch, est-ce que Paul t'a demandé de l'épouser ?

Nusch ne répond pas, mais ils font le dernier pas l'un vers l'autre, ils s'embrassent, puis Paul la soulève et la tient en l'air de sorte qu'un malaise s'installe, du genre qu'on éprouve lorsqu'on est témoin de quelque chose qu'on ne devrait pas voir. Mais là, un cri retentit à la suite de quoi tout le monde applaudit. Éluard repose Nusch et lève les bras au-dessus de sa tête comme un champion de boxe, puis tous deux retournent s'asseoir dans le cercle. Lee avance sa main sur le sol pour toucher celle de Man, et observe l'autre couple, assis enlacé, leur attirance mutuelle visible, les isolant du reste du groupe. Lee regarde Man qui lui sourit et lui prend la main.

Soupault lance à Éluard son nœud papillon puis plonge à nouveau la main dans le coffre. Cette fois il en sort le chapeau de Tatiana et dit : « J'ai ici un beau spécimen de chapellerie féminine russe. Cet élégant accessoire de mode ornait la tête de nulle autre que… »

Tatiana lève la main.

« Tata, mets du rouge à lèvres à André, les yeux bandés ! » crie quelqu'un, et tout le monde rit tandis qu'elle se lève et se met le bandeau puis essaie tant bien que mal de mettre le rouge à lèvres que quelqu'un lui a tendu sur le visage de Breton, lui dessinant une deuxième bouche rose de quelques centimètres plus grande que la vraie.

D'autres personnes sont choisies, les gages deviennent de plus en plus étranges. Max Ernst fabrique une espèce de déguisement en papier journal pour Fraenkel et l'oblige à se mettre en sous-vêtements, puis il l'en affuble en l'attachant sur lui avec une ficelle. L'écrivain dont Lee a oublié le nom arpente la pièce avec une pomme de terre entre les cuisses. Un homme doit s'asseoir sur les genoux d'un autre pendant trente minutes.

Pendant tout ce temps la bouteille est repassée plusieurs fois par Lee, et ce qui lui apportait chaleur et détente au début est devenu flottement, hébétude. Elle ferme les yeux et se dit que ce serait merveilleusement bon d'avoir un verre d'eau. Ça va sûrement bientôt être son tour, et elle se demande ce qu'ils vont lui faire faire quand ils sortiront la barrette du coffre.

Au fur et à mesure des gages, l'organisation du cercle a changé, et maintenant, quand Lee rouvre les yeux, elle se retrouve assise à côté d'Ilse.

— Qu'est-ce que tu penses de tout ça ? lui demande Ilse, désignant le cercle.

Lee cligne des yeux plusieurs fois pour se concentrer.

— C'est plutôt rigolo, non ?

— Rigolo. Oui. Sais-tu que je voulais exposer ici, moi aussi, et qu'André me l'a refusé ?

— Oh, je ne savais pas.

Avec le whisky, les mots roulent comme des billes dans la bouche de Lee.

— Évidemment que tu ne savais pas. Comment l'aurais-tu su ? – Il y a de la véhémence dans son ton. – Toi. Claude m'a prévenue à ton sujet.

Qu'est-ce que Claude aurait bien pu avoir à lui dire à son sujet ? Lee regarde du côté de Claude qui, allongée sur le dos, un cigare entre les lèvres, fait des ronds de fumée au-dessus de sa tête en tirant des petites bouffées.

Comme Lee ne répond pas, Ilse continue.

— Mes photos sont bonnes. Aussi bonnes que celles de n'importe qui ici, et André n'a même pas voulu les voir. Qu'est-ce qu'il faut faire ? Sucer la queue d'un homme pour qu'il daigne jeter un œil sur votre travail ?

Ilse la fusille du regard. Lee ne sait que dire.

— Je ne sais pas si… Je suis désolée qu'il ne t'ait pas invitée, risque-t-elle.

— Tu es désolée. Tout le monde est désolé. André, aussi, sera désolé. Claude et moi, nous allons exposer ensemble.

— Tant mieux pour vous.

Elle le dit mais ne le pense pas. En elle, la jalousie déploie déjà ses tentacules.

— Tu sais, j'ai tout quitté pour venir vivre ici, poursuit Ilse. Mes études, ma famille. Je suis seule avec mon appareil photo et, quand je suis arrivée à Paris, j'ai pensé que j'allais rencontrer d'autres femmes. Qu'on s'entraiderait. Et puis j'ai entendu parler de toi, et je me suis dit que peut-être nous pourrions nous associer. Que ça t'intéresserait de faire quelque chose avec moi, d'envoyer tous ces hommes au diable. Mais j'ai compris en te voyant que ça ne t'intéresserait pas.

Lee se redresse, lutte contre les effets de l'alcool.

— Comment le sais-tu ?

Ilse hausse les épaules.

— Toi… tu es comme un joli vase, avec des jolis yeux et un joli visage, rien d'autre. C'est ce que tu es, complètement transparente ; on voit à travers toi.

Lee est choquée par cette dureté.

— Tu ne sais absolument rien de moi.

— Je sais que Kiki t'a giflée, l'autre soir. On connaît tous l'histoire, à présent. Je la comprends. Elle doit te haïr, de lui avoir piqué Man Ray.

— Ça c'est sûr, commente Claude de l'endroit où elle est allongée.

Lee, qui ne savait pas qu'elle écoutait, se met à trembler.

— Ce n'est pas du tout comme ça que ça s'est passé, s'indigne-t-elle, mais Ilse lui tourne dédaigneusement le dos et se penche pour chuchoter quelque chose à l'oreille de Claude.

Lee essaie d'entendre ce qu'elles se disent, en vain.

Kiki, maintenant Ilse… ces femmes sont plus cruelles que les hommes. Lee sait comment gérer les hommes, comment flirter avec eux et leur faire faire ce qu'elle veut. Mais ces femmes, c'est autre chose. Elles la jugent avant même de la connaître.

Au centre du cercle, Soupault se lève de nouveau. Il sort quelque chose qui brille du coffre. « J'ai ici une barrette triangulaire. Des diamants peut-être, mais » – il met la barrette entre ses dents et la serre – « peut-être pas. »

Lee saute sur ses pieds, encore sonnée par la conversation qu'elle vient d'avoir avec Ilse, et crie :

— Moi. Quel est mon gage ?

— Oh ! dit Soupault. Madame Man Ray.

Comme toujours, Lee préférerait qu'ils ne l'appellent pas comme ça. Éluard se lève aussi, son nœud papillon tombant de travers, et les deux hommes s'entretiennent, puis se mettent à rire. Man est à présent à l'autre bout du cercle, et Lee peut dire à quel point il est ivre à sa façon de s'écrouler, presque vautré par terre.

Finalement, après un silence pour faire durer le suspense, Éluard dit : « Nous voulons que tu nous dises si Man Ray est homosexuel. »

Des cris et des sifflements d'ivrogne. Man se redresse tout d'un coup. Les gens les regardent, lui et Lee, attendant que l'un ou l'autre réagisse. Lee ne sait pas du tout quoi faire, si bien que pour détendre l'atmosphère, elle dit : « Je ne pourrais pas me contenter d'aller d'un bout de la pièce à l'autre avec une pomme de terre ? »

Un rire s'élève, mais Éluard fait non de la tête et répète la question.

Ce n'est pas la première fois que le sujet de l'homosexualité est abordé ; en fait, Lee les a entendus en parler le jour où elle est allée rejoindre les hommes chez Tristan. Ensemble, ils se lissent les plumes, de vrais coqs apeurés. Lee pense que ça ne leur ferait pas de mal de se sodomiser une bonne fois pour toutes et qu'on n'en parle plus ; cette façon infantile qu'ils ont de tourner en dérision ce qu'ils désirent la dégoûte. Même Man, toujours assis par terre, la dégoûte tout à coup. Pourquoi ne pas lui poser la question à lui ? Lee n'est pas son porte-voix. Et qu'est-ce que Man attend d'elle à cet instant ? Elle connaît son secret, ce qu'il a fait avec les Mdivani, qui, heureusement, ont disparu du paysage. Heureusement pour Man. Mais ce que Man lui a dit dans leur chambre à coucher ne regarde qu'eux ; elle ne trahirait sa confiance pour rien au monde. Donc elle va dire non, puis elle traversera la pièce pour aller l'embrasser, et la nuit se poursuivra comme prévu. Qui Man a aimé, comment et pourquoi, ça ne regarde aucun de ces hommes. Sa façon de l'aimer elle, comment il est quand il est seul avec elle ne les regarde pas. Mais avant qu'elle puisse dire un mot, Man se lève et s'avance vers Éluard, ses postillons prenant la lumière tandis qu'il fanfaronne.

— Toutes ces rumeurs circulent parce que je ne refuse personne dans mon studio. Vous êtes une putain et vous voulez qu'on vous prenne en photo ? Vous êtes drogué ? Je prendrai votre photo. Oui, absolument.

— Ça ne répond pas à la question, dit Éluard, la voix enrouée. Es-tu homosexuel ?

Man, l'air hagard, boit un coup à même la bouteille qu'il tenait dans sa main avant de s'essuyer la bouche sur sa manche.

— Je réponds à ta question par une autre question. Si j'étais inverti, comment expliquerais-tu ma pièce à conviction numéro 1 ?

Il désigne Lee et tous les regards se portent sur elle. Ilse s'étrangle de rire.

La colère la gagne. Man étend les bras comme un prédicateur de rue, une main toujours serrée autour de la bouteille. Ses vêtements sont fripés et sur son pantalon il y a une longue traînée de poussière qui doit venir de l'endroit où il était assis. Lee le fusille du regard, au point qu'il finit par détourner le sien. Elle voit bien qu'il est gêné, mais il a l'air d'être dépassé, pris dans cette étrange posture de macho. Elle est encore plus en colère que lorsqu'elle l'a laissé avec Kiki l'autre soir.

Soudain, Claude se lève et tape du pied sur le plancher. Le bruit attire l'attention de tous. « Vous tous, dit-elle d'une voix traînante. Vous êtes tellement chiants. » Elle écrase son cigare dans un verre vide puis se dirige avec nonchalance vers la porte, là se retourne pour leur faire face et leur fait un bras d'honneur en bonne et due forme. Puis elle disparaît dans l'escalier.

Le silence s'abat un instant sur la pièce. Puis Aragon dit : « Je l'ai toujours trouvée charmante », sur quoi tout le monde éclate d'un rire aviné.

Personne ne semble plus avoir envie de continuer le jeu des gages après cela et, très vite, quelqu'un met un disque, l'aiguille craque sur les sillons, la chanson commence. Nusch et Paul se mettent à danser, d'autres se joignent à eux, mais Lee et Man, qui sont restés debout, se jaugent. Finalement, Lee lui enlève la bouteille des mains, et en avale une bonne rasade, grimaçant au passage du cognac dans sa gorge.

— Pièce à conviction numéro 1 ? proteste-t-elle, bras croisés sur la poitrine, le fusillant toujours du regard.

— Pas ici, Lee.

— Pas ici ?

Man avance son bras vers elle, puis se retient.

— Je suis désolé, bredouille-t-il, d'une si petite voix qu'avec la musique elle a peine à l'entendre.

Lee désigne l'ensemble de la pièce. Pour quoi au juste ? Pour tout ça ?

La colère se dissipe et elle n'aime pas du tout ce qui s'installe à la place : un fossé entre eux.

Lee se détourne de lui. Alors qu'elle s'éloigne, quelqu'un éteint les lumières et, dans le noir, la musique semble plus forte. Le bruit des pas des danseurs résonne sur le plancher. Lee pourrait partir – ce serait la deuxième fois depuis qu'elle vit avec lui qu'elle s'en irait seule quelque part – ou bien rester. Elle contemple les ombres des silhouettes qui bougent autour d'elle. Juste devant, Ilse danse toute seule, avec des mouvements de bras désordonnés. Lee se débarrasse de la bouteille vide et l'envoie valdinguer sur le sol, puis pose une main de côté à hauteur du torse d'Ilse, qui est en sueur, et l'attire contre elle. Ensemble elles évoluent avec aisance d'un bout à l'autre de la pièce. Tout en dansant, Lee déplace sa main du dos d'Ilse à son cou, à la naissance des cheveux là où sa peau, douce, a été impeccablement rasée, pas parce qu'elle en meurt d'envie, mais par curiosité. Depuis le spectacle de ballet de la veille, c'est comme si Lee n'avait eu qu'une idée en tête : sentir le corps d'inconnus contre le sien, et là, tenir Ilse, pour Lee, c'est un peu comme si elle prenait les rênes, montrait à cette femme – à elle, à Man, à tout le monde – qu'elle mérite qu'on s'intéresse à elle.

La chanson est finie, elles s'écartent l'une de l'autre, et alors qu'une nouvelle commence, un homme, Aragon, ou l'écrivain, peut-être – Lee n'arrive pas à le voir – s'approche d'Ilse. Elle se retourne vers Lee mais s'éloigne d'elle et va danser avec lui.

Lee danse toute seule un moment, un lent shimmy. Quelque part, dans la pièce, Man l'observe. Elle virevolte, lentement, puis le voit, debout un peu à l'écart dans un coin. Lee s'avance vers lui. On entend « Puttin' On the Ritz », à présent, une chanson que Lee trouve ridicule, mais elle s'en moque : elle danse sous le regard de Man, et elle voit bien qu'il aimerait la rejoindre, mais n'est pas sûre qu'elle le veuille. Lee elle-même n'en sait trop rien, mais c'est si naturel d'être avec lui, que lorsque la chanson suivante commence, quelque chose de plus lent, elle l'attire à elle et ils commencent à bouger ensemble.

Ils dansent des minutes ou des heures. Elle ne s'en souviendra plus. Tout est embrumé par le whisky, réduit à des instantanés d'émotions, à des bribes de sons décousus. À la fin de la nuit, presque au matin, Lee et Man sortent de la pièce en titubant. Sur le seuil, en haut de l'escalier, Ilse leur bloque le passage, fumant une cigarette avec un long fume-cigarette en argent. Avant qu'elle ne se pousse pour les laisser passer, Lee, un peu dans les vapes, se penche vers son visage. Elle serre ses doigts autour du bras d'Ilse. « Tu te trompes, dit Lee. J'aurais volontiers travaillé avec toi. »

Ilse hausse une épaule toute menue. « Peut-être », dit-elle.

Alors qu'ils descendent l'escalier, Lee se retourne : Ilse est là, au-dessus d'elle, ses bouts de seins, libérés du soutien-gorge qu'elle n'a pas remis, projetant des ombres à travers le tissu léger de sa robe en lin. Sur son visage, un sourire arrogant, forcé.

25

Le lendemain matin, Lee a la bouche comme du carton et un mal de tête épouvantable. Elle se lève avant Man, va s'installer dans la cuisine, boit un verre d'eau à petites gorgées. Le souvenir de la soirée lui revient en flashs – les toiles dans la galerie, les ronds de fumée de Claude, Man la mettant dans l'embarras, Nusch et Paul, ce qu'elle a ressenti au contact des cheveux d'Ilse – et ces fragments mis bout à bout lui donnent un sentiment d'échec épouvantable, comme si elle n'avait pas réussi à passer une épreuve. De tout ce qui est arrivé, c'est son échange avec Ilse et Claude qui la perturbe le plus, l'idée qu'elles se font d'elle, de quelqu'un de vide, qui n'est rien d'autre que la compagne de Man.

Lee a envie de se recoucher, se glisser sous les couvertures et les tirer par-dessus sa tête. Elle voudrait que Man se lève, qu'il voie dans quel état elle est et qu'il s'occupe d'elle. Ou, mieux encore, elle voudrait retrouver son lit d'enfant, quand son père lui apportait un bol de lait chaud sucré mélangé à du thé très léger.

Mais aujourd'hui, c'est le dernier jour de tournage, et, après un autre verre d'eau et un bout de pain grillé sans beurre, Lee retrouve suffisamment d'énergie pour s'habiller et aller sur le plateau. Man est encore au lit ; la veille, il a bu encore plus qu'elle, elle ne va pas le déranger ; d'autant qu'à dire le vrai, elle n'a aucune envie de lui parler. Il leur serait impossible de parler sans évoquer ce qui s'est passé au moment des gages et la dispute qu'ils ont failli avoir après. Elle laisse une note à l'endroit habituel, lui disant où elle sera. Elle signe *Tendresse, L* non sans avoir hésité un instant.

Le tournage se déroule sans histoire. Ils refont la scène finale dans laquelle un ange gardien extrait un as de cœur de la poche d'un tricheur, et Lee se transforme en statue qui marche dans de la fausse neige sans laisser de traces de pas. Après, alors qu'elle est en train d'ôter son lourd costume pour la dernière fois, elle se fait la réflexion que, si inconfortable qu'il fût, il pourrait bien lui manquer.

À la fin de la journée, Lee, Enrique et quelques autres membres de la distribution restent avec Jean jusqu'à ce que tout soit fini et qu'il soit l'heure de fermer le plateau. Ils s'en vont un par un, il ne reste plus que Lee et Jean. Ils sortent, Jean tourne la clé dans la serrure, mais aucun des deux n'a envie de partir.

Jean a réservé un billet pour Rome, où il dit pouvoir se ressourcer et terminer le montage. Enrique ne l'accompagnera pas. Peut-être est-ce que leur relation ne peut se poursuivre hors du monde clos du studio. Jean dit au revoir à Lee. Il a l'air triste, les traits tirés.

— Prends soin de toi, chaton, lui dit-il.

— Fais-moi signe quand tu es de retour.

— Bien sûr. Et tu seras parmi les premiers à voir le film.

Lee le prend dans ses bras et elle est surprise d'avoir les larmes aux yeux. Elle a du mal à croire que le tournage n'a duré que quelques semaines. Elle a le sentiment d'être là depuis des mois.

— Ah, j'allais oublier.

Jean fouille dans la poche de sa veste et en sort une carte de visite blanche qu'il lui remet. « Madame Anna-Letizia Pecci-Blunt », peut-on y lire, en caractères gravés à empattement, avec en dessous une adresse proche du Trocadéro.

— Tu la connais ? demande-t-il.

Est-ce que Lee connaît Madame Pecci-Blunt ? Tout le monde la connaît, tout au moins de nom. C'est une des femmes les plus fortunées de Paris, presque une altesse, vaguement apparentée au pape.

— Je ne la connais pas personnellement, si c'est ce que tu veux dire.

— Avec toi, on ne sait jamais. Elle organise chaque année une grande réception. Tout le monde y va. Je l'ai vue un soir, récemment, et elle m'a dit que cette année, elle allait faire un bal blanc. LE Bal blanc. Toute la décoration sera en blanc. Les invités seront habillés de blanc. Du fantomatique, de la pureté. Elle m'a demandé si je pouvais l'aider à en faire quelque chose d'incroyable. Je ne peux pas m'en occuper, alors je lui ai parlé de toi.

— De moi ?

Jean donne un signe d'impatience.

— Je lui ai donné l'adresse du studio de Man Ray. Mais c'est de toi que je lui ai parlé. Quand elle appellera, c'est toi qui dois t'entretenir avec elle. C'est une occasion rêvée. Avec une telle référence, tu pourrais vendre tes photos, démarrer ton propre studio. Je lui ai dit tout le bien que je pense de toi.

— Vraiment ? Je ne savais même pas que tu aimais mon travail.

Quand elle lui avait montré ses photos au studio, quelques semaines auparavant, elle s'était sentie aussi gênée qu'avec Man. Il y en avait même un certain nombre qu'elle ne tenait pas à montrer à Jean, et elle accélérait la présentation de son portfolio, de peur qu'en s'attardant sur une image, il ne démasque l'imposteur qu'elle craint toujours d'être.

— Bien sûr que j'aime ton travail. Tu as du talent, chaton, et il faut que tu en aies conscience. Tu n'as sûrement pas encore montré tout ce dont tu es capable. Mais tu as ce quelque chose. Je l'avais aussi, et regarde-moi maintenant. Ce métier récompense l'audace, pas les assistants. Trouve-toi un mécène. C'est la seule façon de percer. Le vicomte, c'est lui qui m'a donné le million de francs dont j'avais besoin. Sans lui, pas de film.

C'est la première fois que Lee entend parler de la somme et elle est impressionnée. Mais surtout, elle est ravie d'apprendre que Jean lui reconnaît du talent.

— Et qu'est-ce que Madame Pecci-Blunt voudrait que je fasse ? lui demande-t-elle. Que je prenne des photos ?

— Voilà ce que tu vas faire. Rencontre-la. Après les présentations d'usage, demande-lui si tu peux l'appeler Mimi, ça vous mettra sur un pied d'égalité. Écoute ce qu'elle a à te dire. Qu'elle te décrive sa vision, les fantômes, le blanc, la pureté. Tu lui diras « Oh, mais c'est terriblement excitant. J'ai une foule d'idées, l'embarras du choix, même. » Fais-la parler jusqu'à ce que tu aies bien compris ce qu'elle veut. Ces gens-là... ils croient vouloir embaucher un artiste de talent mais, en fait, ce qu'ils veulent c'est avoir le sentiment que l'idée vient d'eux. Peu importe le concept sur lequel elle s'arrête, même s'il n'a rien de génial, saisis-le et fais-en quelque chose. Tu pourrais... je ne sais pas... mettre tout le monde en blanc et leur faire porter des parasols blancs ou porter le même masque blanc. Ou bien leur donner de la peinture blanche et les laisser tout peindre. Je suis sûr que tu trouveras quelque chose.

Jean met son foulard autour du cou et l'embrasse sur les deux joues. Lee tient la carte de visite dans sa main, regarde le nom joliment gravé de Madame Pecci-Blunt et essaie de se représenter la rencontre que Jean a décrite. Elle n'a aucun mal à l'imaginer telle qu'elle la voudrait, se voit très bien charmant avec assurance cette femme riche autour d'un thé fastueux. Lee aime beaucoup cette vision. Elle remercie Jean, le prend dans ses bras et pose sa joue contre la douce étoffe de son manteau. Ils restent quelques instants comme ça, puis il s'en retourne chez lui et Lee le regarde s'éloigner. Elle prend la direction opposée, descend le boulevard Raspail, la carte de Mimi dans sa main.

L'air automnal est doux, le soleil amorce sa descente et la lumière vire au jaune, se densifie. Lee décide de prendre le chemin des écoliers pour rentrer par la Sorbonne et le Panthéon, avec sa façade à colonnes plongée dans l'ombre. En arrivant à Montparnasse, elle emprunte une petite rue par laquelle elle n'est jamais passée et, au coin de la rue Victor-Schœlcher et de la rue Victor-Considérant, son œil est attiré par un panneau derrière la baie vitrée du rez-de-chaussée d'un immeuble étroit : « Atelier à louer : s'adresser à l'intérieur ». Lee s'arrête devant et essaie de voir à l'intérieur, mais sans grand succès, tout est dans l'ombre. Les baies vitrées sont larges, courent du sol au plafond, et elle imagine la configuration de la pièce, ce qu'elle pourrait en tirer si c'était à elle. Comme pour la réception qu'elle pourrait mettre en scène, elle peindrait cet atelier en blanc : sol, murs et plafond. Elle aurait un canapé blanc, un tabouret blanc. Et, à l'heure où la lumière de l'après-midi filtrerait, la pièce s'embraserait comme une chandelle et les clients venus se faire photographier seraient plus beaux que jamais, rayonnants, les yeux baignés de lumière, la peau douce et veloutée. Sur la porte, elle accrocherait une petite plaque. Simple, modeste, discrète. Trois mots : « Studio Lee Miller ».

Elle continue de marcher et, le temps d'arriver chez elle, le ciel est devenu pourpre. Man est dans la chambre en train de peindre. Il est hirsute et, avant de l'apercevoir, il penche la tête et se passe les mains pleines de peinture dans les cheveux. Lee s'éclaircit la gorge, il se tourne vers elle, avec une expression mêlée de soulagement et d'inquiétude

— Je ne t'ai pas entendue rentrer. Le tournage est terminé ?

— Oui. Jean part à Rome.

— Pour se rapprocher de sa muse, j'imagine.

Lee sourit malgré elle, s'avance jusqu'au lit et s'affale dessus. Man manque de perdre l'équilibre et la fusille du regard. Lee examine attentivement la toile, maintenant peinte d'un bord à l'autre cependant que Man l'observe.

Avant qu'elle n'ouvre la bouche il dit :

— Je suis revenu à Lautréamont. Quand j'étais plus jeune, la partie du poème qui me touchait le plus était celle abordant le départ de la maison et le rejet du passé, mais maintenant j'y vois autre chose. Je n'ai établi ce lien que ce matin : ce ne sont pas seulement tes lèvres. Ce sont les lèvres de saphir de Maldoror. La tentatrice. Le démon. Mais ce sont aussi tes lèvres. Je veux qu'on ait les deux images simultanément à l'esprit.

Man a déjà montré à Lee ce poème de Lautréamont. Elle l'avait trouvé sans intérêt, mais ne lui avait pas dit. Pour elle, c'est de l'onanisme pur, une succession de scènes de violence, de sexe sanglant, de destruction. Le fait qu'il l'aime – tous ses amis l'aiment, Soupault en a une copie fatiguée dans la poche de son manteau – la dépasse.

— C'est une idée fascinante, dit Lee. Sauf que moi je vois beaucoup de sensualité dans cette toile. Je n'y vois aucune violence.

Man descend du lit, va prendre un livre écorné sur la commode et se met à le feuilleter rapidement.

— Ah, voilà, dit-il. C'est ce que j'ai lu aujourd'hui pendant ton absence. Laisse-moi te le lire.

Deux cuisses nerveuses se collèrent étroitement à la peau visqueuse du monstre, comme deux sangsues ; et, les bras et les nageoires entrelacés autour du corps de l'objet aimé qu'ils entouraient avec amour, tandis que leurs gorges et leurs poitrines ne faisaient bientôt plus qu'une masse glauque aux exhalaisons de goémon ; au milieu de la tempête qui continuait de sévir ; à la lueur des éclairs ; ayant pour lit d'hyménée la vague écumeuse, emportés par un courant sous-marin comme dans un berceau, et roulant, sur eux-mêmes, vers les profondeurs inconnues de l'abîme, ils se réunirent dans un accouplement long, chaste et hideux !... Enfin, je venais de trouver quelqu'un qui me ressemblât !... Désormais, je n'étais plus seul dans la vie !... elle avait les mêmes idées que moi !... J'étais en face de mon premier amour !

(*Les Chants de Maldoror* – Chant II)

Man le lit de plus en plus vite puis, quand il a fini, il la regarde, attend sa réaction. Le poème la dégoûte, de A à Z. Il est à l'image de tout ce qui est malfaisant et noir en ce bas monde et, quand elle l'entend, elle se sent elle-même chanceler au bord de sa propre noirceur, où elle refuse de s'aventurer.

Sur la toile qui est au-dessus de sa tête, sa bouche rouge flotte tranquillement dans un ciel nuageux. Malgré ses efforts, Lee n'arrive pas à relier ce tableau au sombre naufrage du poème.

— Alors c'est comme ça que tu me vois ? finit-elle par dire. Comme une sorte de... de monstre ?

Man s'approche du mur et désigne la toile.

— Non, bien sûr que non. Dans le tableau, ta bouche est ta bouche. Mais le démon du poème y est également présent. Le bien et le mal. La souffrance et le plaisir.

Man a cette folie dans le regard qui lui rappelle l'air qu'il avait la veille, pendant le jeu de gages. Elle se lève, s'approche du miroir de la coiffeuse et se brosse les cheveux, avec une telle force que son cuir chevelu en est presque douloureux.

— Je n'aime pas ça. Que tu te serves de moi de cette façon.

Dans l'obscurité grandissante, son visage tel que reflété par le miroir est une sphère pâle, comme l'une de ces formes blanches sur une plage dans le tableau de Dalí.

— J'aurais pensé que tu serais flattée. Cette toile… honnêtement, je pense que c'est mon plus beau tableau.

— Tu penses que c'est ce que Salvador a dit à Gala quand il l'a peinte ?

Le changement de sujet semble perturber Man.

— La toile qui était à la galerie hier soir ?

— Oui. Tu l'as regardée ? Moi, je l'ai adorée. Elle était tellement évocatrice.

Lee ne dit cela que pour le provoquer, il déteste qu'elle fasse des compliments sur le travail d'autres artistes.

— On ne peut pas comparer.

— Comparer entre ta peinture et la sienne, ou entre sa façon de se servir de Gala et ta façon de te servir de moi ? Tu m'as dit toi-même à propos de la toile de Salvador qu'il l'avait peinte au moment où il poussait Gala à quitter Paul. Et il y a quelque chose d'elle dedans, c'est évident. Alors je ne vois pas de différence. Ce que je veux dire, c'est que je ne veux pas que tu te serves de moi pour me dire ensuite que je suis un monstre.

— Je ne me *sers* pas de toi, Lee. Tu es ma source d'inspiration. Tu le sais.

Lee tient sa brosse à cheveux devant sa bouche, comme si c'était un micro.

— Et voici notre pièce à conviction numéro 1, entonne-t-elle, la femme qui a inspiré à Man Ray son plus beau tableau.

Man prend un air entendu, presque condescendant.

— Ah ! Je comprends mieux. J'avais bu. Il fallait que j'arrête Paul. Et ça a marché. Si je t'ai offensée, j'en suis désolée.

— Tu m'as offensée, oui.

Comme souvent quand Man comprend que Lee est vraiment mécontente, son attitude change. Il s'approche d'elle, lui enlève la brosse à cheveux des mains et la prend dans ses bras.

— Lee, ma chérie, je suis désolé, murmure-t-il. Ce n'étaient que des mots. Tu sais ce que je ressens pour toi.

Elle se laisse enlacer. Pendant un instant, elle se représente ses bras comme les tentacules du poème de Lautréamont, qui se saisissent de son corps pour l'entraîner au fond d'une mer démontée. Elle sent son pouls s'accélérer, mais elle secoue la tête pour se focaliser sur ce qui est devant elle. Man. Son Man, qui l'aime. Il l'embrasse dans le cou, juste derrière l'oreille, comme elle aime qu'il le fasse, et l'image se dissipe. Lee se détend dans ses bras. Son odeur est rassurante, familière : térébenthine, tabac à pipe, sans oublier le vétiver de l'eau de Cologne. Dans cette étreinte, le poème, les événements de la veille semblent moins importants : ce ne sont que des mots.

Puis très vite il s'écarte d'elle et retourne à sa palette. Il prend un pinceau, l'enduit de peinture rouge. « Viens ici », dit-il.

Il lui tend le pinceau et ils montent tous les deux sur le lit. Il lui désigne l'endroit où il a peint sa lèvre inférieure et Lee passe le pinceau sur la toile, de manière hésitante d'abord, puis avec une assurance croissante, le rouge qu'il lui a donné apportant une touche de brillance à une partie plus sombre de sa bouche. Elle n'a pas peint depuis son arrivée à Paris.

— Le Lautréamont, dit-il. Je suis le monstre, tu es la tentatrice. C'est ce que je voulais dire. Ce que je t'ai lu sur le fait de ne pas se sentir seul, de trouver quelqu'un qui me ressemble. Voilà ce que je veux faire passer dans ce tableau.

Lee continue de peindre.

— Je vois.

— Je panique un peu quand tu n'es pas là, dit-il en riant. Mon imagination me joue des tours. Et tu as été souvent absente ces derniers temps.

Sur un ton léger, elle dit :

— Eh bien, comme je te l'ai annoncé, le tournage est fini. Je suis de nouveau toute à toi.

— Tant mieux.

— Oui, dit Lee en sautant du lit et en remettant de la peinture sur son pinceau. Quel nom vas-tu donner à cette toile ?

— Elle s'appelle *Les Amants*.

— Aucun démon là-dedans, dit Lee en remontant sur le lit.

Ils peignent ensemble pendant un moment. Elle a le visage tellement près de la toile qu'elle ne voit que ses lèvres.

26

Le tournage achevé, Lee et Man reprennent le cours de leur vie d'avant. Au fil des semaines, et grâce au travail, une certaine routine s'installe, rassurante. Lorsque des clients occasionnels se présentent, Lee reprend son rôle d'assistante, réglant l'éclairage, allant chercher les réflecteurs, changeant les toiles de fond avant que Man ne prenne les photos. De temps à autre, elle suggère une légère modification du cadrage, qu'il approuve la plupart du temps ; elle voit bien qu'il n'est pas vraiment à ce qu'il fait, ce qui est toujours le cas quand il passe le plus clair de son temps à peindre.

À la fin d'une séance, Man lui demande :

— Lee, peux-tu t'occuper du règlement de Miss DuBourg ?

Maintenant ? Lee est étonnée. D'habitude, ils facturent plus tard, bien après la livraison des photos.

— Oui. Ne compte que la séance, on fera le point pour le reste, quand tout sera fait.

Lee, gênée, explique donc à la cliente ce qui doit être payé ce jour-là. Celle-ci ne dissimule pas sa contrariété, mais sort un chéquier de son sac et s'exécute, tendant à Lee le chèque pincé entre deux doigts.

Après le départ de Miss DuBourg, Lee va au bureau et donne le chèque à Man.

— Était-ce vraiment nécessaire ? dit-elle.

Il se passe les mains dans les cheveux et tousse.

— Je suis un peu à court, dit-il. Rien de grave, mais il nous faudrait de nouveaux clients, une nouvelle commande. Quelque chose.

Lee repense à la comptabilité qu'elle a faite récemment.

— On a pas mal d'argent dehors, mais une bonne partie devrait rentrer avant la fin du mois, et avec le chantier du catalogue de Patou…

— Patou vient de me lâcher.

— Vraiment ? Pourquoi ?

— Ils le font en interne. Avec Blumenfeld. C'était couru.

Lee fait la grimace.

— Je déteste son travail.

— Je sais. Moi aussi. Aucune énergie, rien d'original. Les mannequins pourraient tout aussi bien se photographier elles-mêmes en se regardant dans la glace.

— Ce serait même plus intéressant.

Man rit mais son visage s'allonge de nouveau.

— J'ai besoin d'une grosse commande, un Rothschild ou un Rockefeller qui aurait besoin de se faire tirer le portrait. Mais je crains de ne plus avoir la cote auprès de ces gens-là. Si je gagnais le prix de Philadelphie, ça me relancerait.

— Je peux voir les photos que tu as sélectionnées… ou t'aider pour le texte présentant ta démarche artistique. Je t'ai aidé, la dernière fois, pour ton essai…

Man a les yeux rivés sur le chèque.

— Je ne sais pas. Je n'ai pas encore décidé de ce que je vais leur soumettre. Entre-temps, le plus utile serait de voir s'il n'y a pas un travail qu'on a oublié de facturer ou quelqu'un qui n'a pas payé.

Lee pense à la carte de visite de Madame Pecci-Blunt. Elle avait l'intention d'écouter Jean et de garder ça secret, voir si elle pourrait s'occuper seule de la réception, mais le moment est trop parfait. Elle ne peut pas se retenir.

— Eh bien, dit-elle, souriant d'un air entendu et allant jusqu'à l'endroit où elle avait accroché son sac à main, ce n'est pas Rothschild, mais regarde ça.

Elle tend la carte à Man.

Il la lit et secoue la tête, perplexe.

— Où est-ce que tu as eu ça ?

— C'est Jean qui me l'a donnée.

— Elle veut nous commander un portrait ?

— Non. Apparemment elle donne chaque année une réception et elle cherche un artiste pour l'aider à en faire quelque chose de vraiment inoubliable. Jean ne peut pas s'en occuper et il m'a passé le relais.

— Je n'aurais jamais pensé que Cocteau me ferait une faveur, dit Man.

Lee lui reprend la carte et la remet dans son sac.

— Je pense que c'est à moi qu'il fait une faveur.

— Hum.

Lee attend qu'il en dise plus, et comme il se tait, elle poursuit.

— Jean lui a parlé de moi – Lee met une certaine emphase en disant « moi ». Espérons qu'elle va bientôt appeler.

Un sourire se dessine sur le visage de Man.

— Oh, c'est bien ça. C'est même très bien. Rendre cette réception intéressante, ça, c'est dans nos cordes. J'ai fait quelque chose de ce genre pour les Wheeler, une fois ; je t'ai raconté ? Ils avaient organisé un dîner et j'ai fait des sculptures pour la table puis j'ai filmé tous ces gens en train de danser après le dîner.

Il se lève et arpente la pièce en parlant, ramassant tout ce qui traîne et le rangeant au passage, comme à son habitude quand il est agité. C'est le seul moment où il range quoi que ce soit.

— On pourrait demander cher, dit Lee. Jean dit qu'on peut demander ce qu'on veut.

— On va pratiquer des tarifs aristocratiques, voilà ce qu'on va faire.

Lee rit.

— Ah, des tarifs aristocratiques ! Et ça va chercher dans les combien ces temps-ci ?

— Suffisamment pour que je n'aie pas à vendre la Voisin.

Lee est étonnée de l'entendre dire ça, même si la logique imposait de la vendre. Ils ne s'en servent presque pas et le garage à lui seul représente une dépense dont ils pourraient bien se passer. Et pourtant, elle n'a pas envie de la perdre. Elle pense au voyage à Biarritz, son foulard envolé à cause du vent, et puis après, les picotements sur sa peau, le paysage défilant devant ses yeux, cadré dans la vitre ouverte. Elle voudrait tant qu'ils y soient, maintenant, étendus au soleil à contempler l'océan. Ou assis au cabaret, partageant une bouteille de vin, genoux pressés l'un contre l'autre, les avant-bras se touchant sur la petite table. Mais Lee s'avise qu'elle pourrait recréer cette sensation ici, à Paris, que leur bonheur n'est pas quelque chose d'irrécupérable ; elle peut le recréer si elle le veut.

Elle veut aborder le sujet avec lui, revivre Biarritz ensemble. Le seul fait d'y penser atténue les tensions de ces dernières semaines, son éloignement de lui pendant le tournage, l'empoignade qu'ils auraient dû avoir après les gages, l'amertume qui couve encore en elle. Mais il est évident que Man n'a pas la tête à ça. Il met d'équerre une pile de magazines au coin du bureau.

— Au fait… Arthur Wheeler a appelé ce matin, dit-il.

Lee attend la suite. Elle n'a rencontré les Wheeler qu'une fois, lorsque Tanja était en ville. Arthur est dans les affaires – Man est toujours vague quant à l'origine de sa fortune – et Lee sait que les Wheeler ont financé bon nombre des projets les plus expérimentaux de Man et qu'ils l'ont emmené à plusieurs reprises en voyage, en Italie et sur la Côte d'Azur notamment, où il a produit certaines de ses meilleures œuvres.

— Ils ont été durement touchés par la crise et Arthur se retire de son projet pétrolier. Il voudrait toujours que je fasse un autre *Emak Bakia*.

— Mais tu lui as dit que tu ne voulais pas, non ?

— C'est plus compliqué que ça. Il était assez désemparé, en fait. Mais film ou pas, il est clair que je ne peux plus compter sur eux. Même si j'avais été d'accord pour retravailler avec eux – et ça n'est pas le cas –, je ne sais pas s'ils auraient pu financer un nouveau projet.

Man se dirige vers le mur du fond et redresse un cadre qui penche chaque fois qu'ils ouvrent ou ferment la porte. Lee se dit pour la énième fois qu'elle devrait mettre un petit peu de mastic derrière le cadre pour le maintenir en place. Il y a tant de corvées comme celle-là qu'elle n'a pas envie de faire. Les contraintes du quotidien, la routine, tant à l'appartement qu'au studio, l'épuisent. Il n'y avait rien de tout ça à Biarritz, ni sur le tournage du film de Jean, où tout était appelé à être éphémère. Ici, à regarder Man tourner en rond dans la pièce et mettre de l'ordre, elle éprouve un besoin urgent de fuir. Elle ne veut plus parler des Wheeler, ni du krach, ni de vendre la Voisin.

— Et si on allait se changer les idées ? Allons à l'Opéra voir le ballet, dit-elle. Tu sais que j'ai envie de t'y emmener depuis que je l'ai vu et on n'a rien de prévu ce soir.

Man secoue la tête.

— Tu es comme une petite fille, parfois dit-il, mais gentiment. Je te dis qu'on n'a pas d'argent et tu veux qu'on aille au spectacle.

— Et pourquoi pas ? On pourrait prendre des places au fond. Elles sont moins chères.

— Je ne m'assieds pas au fond, dit Man, mais, après avoir un peu maugréé, il accepte et ils rentrent se changer.

Une fois chez eux, Man change d'avis. Il est fatigué. Il n'aime pas la danse, elle le sait. Tout ce qu'il veut c'est une soirée tranquille avec elle. Elle lui a manqué, il veut juste dîner en tête à tête.

Ce n'est pas du tout ce que veut Lee. Déjeuner ou dîner ensemble, ils ne font quasiment plus que ça, désormais. Ils sont devenus un vieux couple marié, dans toute l'acception du terme, sauf du point de vue légal. Sauf, aussi, il est vrai, que Man est le seul des deux à être vieux. Mais elle accepte parce que se disputer pour quelque chose d'aussi trivial n'en vaut pas la peine. Si elle le forçait à aller à l'Opéra, Man se tortillerait sur son siège et regarderait sans arrêt sa montre comme chaque fois qu'il s'ennuie. Et comme toujours, le consentement de Lee fait plaisir à Man ; il est aussitôt de meilleure humeur, ce qui produit le même effet sur elle.

Il lui prend la main. « Allons dans ce bistrot du quatrième arrondissement dont je t'ai parlé. Leur poulet rôti est délicieux. »

Ils parlent de prendre un taxi mais décident d'y aller à pied, fiers d'avoir fait le choix de cette petite économie. Ils marchent en silence en direction du bistrot, une vingtaine de minutes depuis l'appartement. Le vent transperce la robe de Lee sous son manteau et elle sent le métal de son porte-jarretelles refroidir sur ses cuisses. Elle n'est déjà plus d'aussi bonne humeur qu'en partant. Elle ne trouve rien à dire et compare ce qu'elle ressent maintenant à ce qui se passe quand elle parle avec Jean dont l'énergie communicative lui remonte toujours le moral. Penser à Jean lui fait penser au ballet, et, malgré elle aussitôt après à Antonio, dont elle avait tellement hâte de revoir les décors, de le savoir là-haut dans les cintres, derrière la scène.

À marcher dans le froid, Lee sent ses joues s'échauffer. Elle a les yeux braqués sur le trottoir, évite le regard de Man. Rien n'a changé. Elle ne fait que penser. Elle n'arrêtait pas de penser aux hommes avant d'être avec Man. Mais les *choses* auxquelles elle pense maintenant : la queue d'Antonio en elle. Ses mains lui laissant des hématomes sur les jambes. Son maquillage qui coule, les doigts d'Antonio accrochés à sa bouche. Ce qu'elle imagine là, elle le sent jusque dans sa chair. Si Man posait les yeux sur elle à cet instant, il le verrait sur son visage, c'est sûr. Mais elle reste de marbre et regarde droit devant elle.

— Nous irons voir le ballet une autre fois, dit Man, bien qu'elle n'en ait pas reparlé.

Lee prend une grande inspiration. A-t-il lu dans ses pensées ?

— Ce n'est pas grave, parvient-elle à dire. Mais je crois que tu aimerais.

— Peut-être, oui. – Le ton de Man est condescendant. – Il y a certaines choses qui t'échappent parce que ça ne fait pas assez longtemps que tu vis à Paris. Rouché veut redonner ses lettres de noblesse à la danse ; c'est pour ça qu'il a engagé Serge Lifar. Lifar est sans doute l'homme de la situation. Mais pourquoi commencer avec *Prométhée* ? La musique est terriblement métronomique et inconsistante. Il aurait pu commencer par quelque chose de plus marquant. *Giselle*, par exemple. Ou bien de plus solide, comme *Le Sacre du Printemps*.

— Je ne sais pas, dit Lee, sautant sur cette occasion de penser à autre chose. Je ne peux que comparer avec ce que j'ai vu à New York.

— Tu n'as pas besoin de comparer pour mesurer si c'est une réussite ou non. Cette œuvre doit être jugée en soi. Lifar est un danseur, un bon. Mais ça n'implique pas forcément un talent artistique. C'est comme si… je ne sais pas, moi… comme si Amélie se mettait tout d'un coup à prendre des photos.

Ils viennent juste de s'engager dans une autre rue et à ces mots, Lee s'arrête au beau milieu du trottoir.

— Tu as décidé d'être grossier avec moi ou quoi ? demande-t-elle en retirant son bras.

Man la regarde, surpris.

— Quoi ? Non ! Mais je ne parlais pas de toi.

— Alors tu parles, en général, d'un modèle qui serait incapable de devenir une bonne photographe.

Man a un petit rire.

— Tout ne tourne pas autour de toi, Lee.

— Pas même quand tu parles de quelque chose qui me concerne directement ?

Man grogne et tend le bras pour la prendre par les épaules.

— Le ballet est probablement bon. Nous devrions y aller. Tu es une bonne photographe. Je t'aime. J'ai faim, je suis fatigué, je n'ai qu'une envie : trouver ce restaurant, m'y attabler avec toi et me détendre avec un verre de vin.

Ils marchent encore et encore, jusqu'au moment où Man finit par admettre que le bistrot en question a peut-être fermé. Comme ils ont très faim, ils choisissent un autre endroit, sans doute plus chic que ne l'aurait voulu Man. Dès qu'ils sont assis plusieurs serveurs s'affairent autour d'eux, pour leur présenter la carte des vins, les serviettes et apporter les modifications d'usage au dressage de la table. Ils commandent tous les deux du poulet – Man lui en a donné très envie –, mais il se révèle décevant : tiède et pas assez salé.

Ils mangent en silence. Un flot de pensées tourbillonne dans la tête de Lee. Antonio. Le commentaire de Man au sujet d'Amélie. Elle a envie de le titiller, comme si Man était une dent gâtée qu'elle ne peut s'empêcher de toucher avec sa langue. Ou alors peut-être veut-elle le choquer, lui faire savoir, tout à coup, vers quoi sont allées ses pensées, qu'il n'est pas tout pour elle. Elle prend une bouchée de poulet et se demande comment il réagirait s'il savait à quoi elle a pensé en marchant ce soir.

Au lieu de quoi, elle lui dit :

— Ça fait longtemps que Tristan n'a pas publié *221.*

Man mâche puis avale ; sa pomme d'Adam monte et descend quand il déglutit.

— Je sais. Des problèmes d'argent. Comme nous tous.

— Il va la ressortir un jour ?

— Aucune idée. C'est un sujet un peu délicat. Et je ne suis absolument pas dans la situation de pouvoir contribuer à son financement.

Man pose sa fourchette et se frotte les mains comme s'il les lavait.

— Et… mes photos ?

Il la regarde d'un air absent.

— Mes photos, dans la revue.

Man baisse la tête.

— Lee, dit-il, ce n'est vraiment pas le moment de demander une faveur à Tristan.

Lee s'attend à autre chose, à ce qu'il s'excuse. Voyant qu'il n'en est rien, qu'il reste assis là, muet tout à coup, elle dit :

— Je pensais que tu lui avais déjà demandé. Et je ne savais pas que c'était une faveur.

Man produit un son hybride, mi-rire, mi-grognement, et cache son visage dans ses mains.

— Non, ce n'est pas une faveur. Ce n'est pas ce que je voulais dire. C'est juste que j'ai plein de choses en tête en ce moment. Tu l'aurais compris si tu avais été plus présente ces derniers temps.

Il a fini son poulet. Même s'il n'était pas très bon, il n'en a rien laissé. Les os, tellement nettoyés qu'ils semblent avoir été bouillis, sont bien rangés au bord de son assiette. Lee le découpe n'importe comment, sans se soucier de ce qu'elle gâche.

— J'ai eu une idée, dit Man. Tu m'as demandé cet après-midi comment tu pourrais m'aider ? Eh bien, l'autre soir, au Bœuf sur le Toit, j'ai rencontré George Hoyningen-Huene. Il travaille pour *Vogue* et il m'a dit qu'il en a assez de ses mannequins attitrés. Il voudrait quelqu'un de nouveau, de moderne. J'ai évidemment pensé à toi.

Lee se redresse, s'adosse à sa chaise.

— Je t'ai dit que je ne veux plus poser…

— Oui, je sais. Mais c'est tellement bien payé. Et comme tu as demandé de quelle façon tu pourrais aider.

— Je voulais dire… Et le Bal blanc ? Veux-tu qu'on appelle Madame Pecci-Blunt ? Tu as dit qu'on pourrait demander une fortune.

Lee se demande s'il entend la frustration dans sa voix, ou si les inquiétudes de Man ont noyé les siennes. Elle ne veut plus poser ; il le sait. C'est sûr.

— La réception est dans six semaines, dit Man. On ne sera pas payés avant l'année prochaine, avec un peu de chance. Hoyningen-Huene cherche quelqu'un maintenant. Que dirais-tu de ça : j'appelle Madame Pecci-Blunt et tu passes chez *Vogue*. Va le voir, au moins. Il paraît qu'il est vraiment très bon, d'ailleurs. Ça pourrait être amusant.

— Que dirais-tu de ça : c'est moi qui appelle Madame Pecci-Blunt.

— Tu ne penses pas qu'il vaudrait mieux que l'appel vienne de moi ?

Lee pose sa fourchette et croise les bras.

— C'est moi que Jean a recommandée. Et puis, il m'a dit qu'elle voulait travailler avec une femme, donc je pense que je devrais l'appeler, moi. J'expliquerai que nous travaillons ensemble toi et moi.

Pour la femme, ce n'est pas vrai, mais Lee a dans l'idée que Man ne pourra pas réfuter cet argument. Il pianote sur la table.

— Je pense que je devrais l'appeler, dit-il pour finir. Mais j'utiliserai nos deux noms. Je nous présenterai comme une équipe.

Lee y réfléchit.

— Très bien. Mais je veux qu'on soit vraiment une équipe. Je veux être là à toutes les réunions et je veux participer à l'élaboration du concept. Et je veux que mon nom soit à côté du tien dans les journaux.

— Je ne peux pas contrôler ce qu'ils mettent dans les journaux.

— Eh bien, tu peux essayer. On pourrait parler d'une production Man Ray/Lee Miller, ou quelque chose de ce genre.

Man acquiesce et finit de nettoyer son assiette en la sauçant avec un morceau de pain.

— D'accord, dit-il.

Sur le chemin du retour, elle insiste pour qu'ils s'arrêtent boire un verre dans l'espoir de sauver de cette soirée ce qui peut encore l'être. Ils choisissent un endroit où ils ne sont jamais allés avant, où la clientèle est essentiellement masculine, comme s'ils se trouvaient tous là, dans ce bar, pour faire des affaires. Lee descend son premier martini-gin et fait signe au serveur de la resservir avant même que Man n'ait fini le sien. Réchauffée par le gin, elle regarde les autres clients autour d'elle, cherchant en eux quelque chose qui lui rappelle Antonio : le foulard de soie autour du cou de l'un d'entre eux, les cheveux dans le cou d'un autre, les jambes écartées d'un troisième. Elle se prend à imaginer qu'ils sont Antonio, vraiment, tous, à tel point qu'elle pourrait s'asseoir à une autre table avec lui au lieu de Man. Ses pensées l'embarrassent, mais c'est plus fort qu'elle. Au bout de quelques instants, Lee se force à revenir à Man, à son large front, aux deux petites rides entre ses sourcils, à cette petite plaque sur son menton où la barbe ne pousse pas, au blanc si brillant de ses yeux et au souvenir de l'effet qu'ils lui faisaient il y a seulement quelques semaines, alors qu'elle ne pouvait imaginer regarder un autre homme que lui.

Munich
Prinzeregentenplatz 16
1er mai 1945

La mise en scène est une idée de Lee. Elle est assise sur le fauteuil d'osier à côté de la baignoire et délace ses bottes, s'en débarrasse, les laissant là où elles atterrissent, puis déboucle sa ceinture et enlève son uniforme, sous les yeux de Dave qui la regarde du seuil de la porte avec un petit sourire en coin. Ce n'est pas la première fois qu'il la voit nue ; elle aussi l'a vu, d'ailleurs. Ça n'a pas d'importance. Ce qui est choquant à cet instant, c'est sa peau, si blanche sous ses vêtements, pâle et tendre dans la lumière crue tombant du plafond. Ce sera son premier bain depuis trois semaines et, dans le petit miroir de la coiffeuse, son visage et son cou sont marron comme les fournitures militaires, la saleté s'étant localisée aux endroits où elle a séché sur plusieurs couches de transpiration.

« Sale *Auslander*[1] », dit Dave, singeant l'accent allemand, et ils rient tous les deux.

Elle fait couler l'eau du robinet, aussi chaude que possible, verse des sels de bain d'Epsom d'un petit

1. *Auslander* : étrangère.

récipient posé à proximité, et la salle de bains se remplit de vapeur et d'une forte odeur saline qui lui rappelle l'océan et lui fait penser qu'il y a bien longtemps qu'elle n'a rien vu de beau.

Dave joue avec son appareil photo, essaie différents cadrages. Il quitte la pièce et revient avec un petit portrait de Hitler, qu'il place sur le rebord de la baignoire.

— C'est trop ? demande-t-il.

— Il y a tellement de foutues photos de lui dans cette maison que je m'étonne qu'il n'y en ait pas une ici. Laisse-la.

Elle entre dans la baignoire, l'eau est tellement chaude qu'elle en a la chair de poule.

— Tu vas laisser une sacrée trace de crasse autour de cette baignoire, dit Dave.

Il est saoul. Elle aussi. Dans leur planque, ils ont picolé depuis qu'ils ont quitté la Haute-Bavière, une espèce de bibine que les Boches appellent du vin et qui leur a donné des aigreurs d'estomac. Ici, au 16 Prinzeregentenplatz, ils ont poussé un cri de joie en ouvrant un meuble bar et en le trouvant plein de cognac Braastad, un luxe qu'ils n'ont pas connu depuis le début de la guerre. Ils s'en versent dans des verres gravés AH, blasonnés de swastikas, et se noircissent copieusement.

Lee s'assied dans la baignoire et Dave lui tend un gant de toilette et un pain de savon. Là, sous le regard accusateur du Führer, les mains sur les hanches, dans une pose dont Lee est certaine qu'elle se veut pleine d'autorité, mais qui serait plutôt celle d'une maîtresse d'école faisant la leçon, elle se frotte vigoureusement pour ôter la crasse de Dachau, jusqu'à en avoir la peau irritée.

— Attends que *Life* voie celles-là, dit Dave.

— Tu n'oserais pas.

Il rit.

— Non, elles sont rien que pour nous. Pour le souvenir…

— Pas pour le souvenir. Pour enterrer ce putain de monstre.

Dave prend toute une pellicule de photos et Lee reste dans le bain jusqu'à ce que l'eau refroidisse. Ensuite elle sort, remet son uniforme, boucles et boutons désormais aussi familiers que son propre corps et, prenant la photo encadrée dans sa main, la laisser tomber face contre le carrelage. En un mouvement extrêmement rapide, elle pose le pied dessus et l'écrase, le verre crissant sur la céramique, puis quitte la pièce.

Ils passent encore trois heures dans la maison de Hitler avant l'arrivée du reste du régiment. Lee a comme l'impression de connaître un peu le Führer à ce stade. Elle s'est assise à son bureau, a lu les lettres que lui a adressées Eva, feuilleté ses carnets d'esquisses, vu sa chambre, ses fixe-chaussettes et ses remèdes contre la migraine. Plus il lui semble normal, plus elle le méprise. Elle déborde de haine, à s'en étouffer.

27

Frogue[1], comme tout le monde l'appelle, c'est bien plus que *Vogue.* Dire qu'il est plus français serait être loin du compte. Il est beaucoup plus que cela. Épicentre, noyau. Ici, dans ses bureaux très chics et très encombrés, la rédaction choisit la mode que le *Vogue* américain copie ; on y crée les tendances, on ne les imite pas.

Quand Man lui demande comment ça se passe, Lee en parle avec mépris, mais, à sa grande surprise, elle adore y aller. Aimerait-elle être de l'autre côté de l'appareil photo ? Bien sûr. Doit-elle se retenir de lancer des directives au beau milieu d'une séance, tenir sa langue quand le photographe fait un choix qu'elle désapprouve ? *Mais oui*[2]. À *Frogue*, cependant, comme tous les autres mannequins, elle est traitée avec un respect qu'on ne lui a jamais témoigné à New York. Dès son arrivée au siège, à contrecœur, et avec le sentiment que Man lui a forcé la main, elle bénéficie d'une certaine considération. Dans la salle d'attente, l'obséquiosité

1. Jeu de mots réunissant *frog* et *Vogue*, le mot *frog* étant le nom que les Anglo-Saxons donnent aux Français en raison du fait qu'ils mangent des cuisses de grenouille.

2. En français dans le texte.

des assistantes arrive à vaincre sa mauvaise humeur. Elles l'introduisent directement dans un studio pour qu'elle fasse la connaissance du photographe ; elles ne la font pas attendre. En fait, elles paraissent honorées de l'accueillir, se comportent à son égard avec une déférence due à une notoriété que Lee ne pensait pas avoir. Et ce n'est pas lié à Man Ray : ça vient d'elle, du travail effectué pour Condé Nast, des photos d'elle prises par Steichen et de ce que, au magazine, chacun sait qu'elle va apporter quelque chose de plus aux vêtements présentés. Ici, c'est ce qui compte avant tout. La mode en tant que phénomène culturel. Lee n'a évidemment pas oublié qu'elle est belle, mais c'est bien agréable de se le voir rappelé, surtout dans un lieu aussi emblématique.

Sa vie trouve soudain son équilibre. Madame Pecci-Blunt les a retenus, mais il n'a pas été possible d'obtenir des précisions de sa part, de sorte que Lee et Man passent plusieurs heures par semaine à établir des plans préliminaires de leur côté. Lee passe quelques jours à *Frogue*, et le reste de la semaine au studio. Elle aime bien la frénésie d'une journée sous les projecteurs, prendre le temps de déjeuner dans le quartier comme les employés de *Frogue* dans leurs bistrots préférés. Et elle aime bien George Hoyningen-Huene, le photographe avec lequel elle travaille le plus étroitement quand elle est là-bas.

George prend des photos d'elle habillée en Paquin, en Chanel. On l'aide à se glisser dans des robes coupées en biais qui soulignent sa taille et s'étalent joliment sur le sol autour de ses pieds. Un jour que Lee exprime son admiration pour une robe de Madeleine

Vionnet, particulièrement belle – en lin blanc avec garnitures géométriques en forme d'œil –, celle-ci arrive à la porte de son appartement après la séance de pose, dans une boîte attachée par un ruban avec une carte : *Compliments*[1] – *G.*

George est un grand professionnel, méticuleux, travaillant sur une photo longtemps après que Man ou Lee elle-même l'auraient considérée comme réussie. Il est exigeant mais pas trop non plus. Ses photos sont assez épurées, modernes ; son style correspond parfaitement à la mode du moment. C'est pourquoi Lee est un mannequin qui lui convient bien. Comme à New York, au début de sa carrière, elle a le sentiment que sa beauté sied aux canons de l'époque. C'est une chance. Des photos encadrées du passé tapissent les murs des bureaux de *Frogue* – des filles à la taille de guêpe dégoulinant de fanfreluches – et Lee remercie le ciel de ne pas être née trente ans plus tôt.

Certaines des photos qu'ils prennent de Lee sont également reproduites dans le *Vogue* américain, et elle n'a pas longtemps à attendre avant d'avoir une lettre de son père à ce sujet. Lee n'a pratiquement pas été en contact avec lui depuis sa visite. Elle a essayé la méthode de Man, ne pas aller vers lui, et constate qu'il ne lui manque pas vraiment. Sa lettre est pleine d'éloges. Il se dit ravi qu'elle retravaille et lui rappelle qu'il l'a toujours trouvée belle et talentueuse. Avant, ça l'aurait agacée – elle n'a pas cessé son véritable travail : prendre des photos –, mais elle ne ressent pas grand-chose à la lecture de sa lettre. Quelque chose a basculé

1. En français dans le texte.

lors de son passage ; il a perdu son pouvoir sur elle. Elle range la lettre dans son sac à main, n'y répond pas.

Il y a un mannequin avec qui George la prend souvent en photo. Il s'appelle Horst P. Horst et il ressemble tellement à Lee qu'il pourrait être son frère. Il est grand, mince, avec des yeux bleu clair et des cheveux blonds qui lui retombent en une ondulation parfaite sur le front. Comme Lee, Horst apprend la photo et veut abandonner le mannequinat pour devenir photographe. George est pour Horst ce que Man est pour Lee, et il arrive souvent pendant un shooting que tous deux travaillent ensemble sur une image et qu'une tension sexuelle soit palpable dans l'air. Lee se contente d'observer, amusée, heureuse de rester extérieure à ce jeu.

Lee n'a aucune envie de se lancer dans la photo de mode, mais elle apporte son Rollei, et photographie des scènes vues dans les coulisses. Une rangée de chaussures, lacets dénoués et languettes pendantes, qui font penser à une succession de bouches souriantes. Une femme en train de pleurer au téléphone dans le couloir, son mascara lui dégoulinant sur les joues. Plus tard, lorsque Lee développe ces photos, elle a presque le sentiment de s'en tirer à bon compte, d'avoir volé des idées et de la beauté à son lieu de travail.

Un soir, après une séance de photos, et alors qu'ils s'attardent dans le hall, Horst invite Lee à se joindre à George et lui pour dîner et, alors que d'habitude elle refuse, cette fois-ci elle accepte et demande si elle peut inviter Man.

Lee appelle le studio et convient du lieu et de l'heure du rendez-vous. Avant de partir, George fait signe à

Lee et à Horst de son index recourbé, les invitant à revenir vers l'une des penderies, et à choisir quelque chose à porter au dîner. Lee prend une mousseline de soie aigue-marine qu'elle a présentée plus tôt, dos nu, avec un tour de cou brodé. Horst lui tend une étole de renard argenté et des talons joailliers ; les deux hommes assortissent leurs pochettes et cravates à ses couleurs. Dehors, l'un d'eux lui prend le bras droit, l'autre le gauche. La fourrure est douce sur les bras nus de Lee, elle ne s'est jamais sentie aussi belle.

Pour une fois, se dit-elle, les Parisiens la regardent. Il suffit de deux cavaliers et d'une création originale de Schiaparelli pour vaincre leur morgue. Man les attend devant le restaurant quand ils y arrivent. Elle et lui se repèrent de loin et elle aime le voir la regarder déambuler sur le trottoir. Quand leur trio n'est plus qu'à quelques mètres de Man, celui-ci s'avance, passe son bras autour de la taille de Lee et l'embrasse de façon possessive.

— N'est-elle pas ravissante ? demande George, et Man acquiesce, puis, sans la lâcher, serre la main de George et se fait présenter Horst.

— C'est un honneur, dit Horst, un grand honneur de vous rencontrer. Votre travail est une source d'inspiration pour moi.

— Vraiment ?

Le ton de Man est faussement modeste.

— Oh oui ! Vos photos de mode, particulièrement votre travail antérieur, pour *Vogue* en 25, 26. J'ai même essayé de reproduire certaines d'entre elles, juste pour voir si j'arrivais à retrouver cette lumière.

Lee sait que les mots de Horst ne sont pas les bons, lui parler de ses travaux anciens au lieu de ses projets actuels. Man vit toujours ça comme une insulte, et il déteste par-dessus tout que les gens utilisent ses idées. Mais Horst ne peut pas le savoir.

— Sans compter la chance que j'ai de travailler avec cette beauté, poursuit Horst, penchant la tête vers Lee. Vous devez passer la moitié du temps à repousser ses soupirants.

Man offre un sourire forcé à Horst ; Lee sait qu'il a déjà décidé qu'il ne l'aimait pas. Elle attire Man contre elle et se penche pour l'embrasser sur la joue.

— Je suis parfaitement capable de les repousser moi-même, merci, réplique-t-elle, et elle sent Man se détendre contre elle alors que les hommes rient un peu plus fort que ne le mérite cette répartie.

Ils entrent et au serveur qui vient à leur table, ils commandent des escargots, des œufs de caille à la diable, et des cœurs de palmiers, qu'ils arrosent d'un pastis et, quand ils ont bu le pastis, d'une bouteille de riesling, le meilleur vin à boire avant le dîner d'après Horst.

Maintenant qu'ils sont assis, Man se montre charmant. Il aime bien Hoyningen-Huene, échanger des anecdotes et parler technique avec lui. Clients bizarres, séances de photos sabotées, c'est bientôt à qui en aurait le plus à raconter. Man se souvient du jour où il a tiré le portrait de Hemingway et Horst se penche par-dessus la table pour mieux l'entendre.

« Dites-moi, demande Horst, comment est-il ? J'ai beaucoup aimé son dernier livre. »

Man hausse les épaules avec condescendance, l'air entendu. « C'était il y a six ou sept ans, je crois ; il était encore totalement inconnu. Gertrude Stein m'avait demandé de faire son portrait. Me disant que c'était un type hors du commun. Elle me demandait toujours de tirer le portrait de ses amis artistes, à l'époque. Il arrive avec une demi-heure de retard pour une séance d'une heure, et sonne au moins dix fois à la porte. Je descends l'accueillir et il est appuyé contre l'encadrement de la porte comme un ivrogne avec un gigantesque bandage autour de la tête.» Man fait le geste d'entourer sa tête pour montrer ce qu'il veut dire. «Je lui demande ce que c'est que ce bandage. Il répond qu'un vasistas s'est cassé et lui est tombé dessus. Ça m'a paru bizarre, mais bon, qu'il soit un ivrogne menteur, qu'est-ce que j'en avais à faire? Certains des meilleurs portraits que j'ai faits étaient des ivrognes.» Tout le monde rit. «Bref, nous montons dans le studio. Il ne chancelle pas, ne sent pas le whisky, mais quand je l'installe pour la photo et que je lui demande d'enlever son bandage, il refuse. Je lui dis que je le prendrais de trois quarts, que personne ne verra la coupure. Il me redit non. Puis il sort de la poche de sa veste ce petit feutre triangulaire, le déplie et le pose sur sa grosse tête, l'air content de lui. Le chapeau ne cache pas du tout son bandage. Mais je me dis, ça ne fait rien. Personne ne le connaît à l'exception de Gertrude Stein, alors s'il veut un portrait de lui en farfadet blessé à la tête, qu'il en soit ainsi.» Man s'interrompt, reprend une gorgée de vin. «C'est un portrait que j'aime assez, en fin de compte.»

— Et peu de temps après, il publie *Le soleil se lève aussi*, intervient Lee.

— Oui, et ils ont utilisé ma photo dans la critique de l'*Atlantic Monthly*. Portrait de l'écrivain ! Il n'avait même pas boutonné sa chemise.

— C'est un bon portrait, en tout cas, commente Lee. Cela dit, on aurait du mal à prendre une mauvaise photo d'Ernest Hemingway.

Man lui lance un regard.

— C'est vrai, dit Horst.

— Oh, je ne vous ai pas raconté le meilleur, poursuit Man. Quand le moment vient de me payer, il insiste pour me donner un tableau. Dit qu'il n'a pas un sou, mais qu'il a ce petit Picasso que Stein lui a conseillé d'acheter. L'apporte lui-même. Il ne semble pas avoir compris que je connais Picasso. Comme s'il me confiait un secret, une occasion de faire un bon investissement.

— Et vous avez pris le tableau ?

— Bien sûr que je l'ai pris. Vous ne l'auriez pas pris, vous ?

Lee regarde Man pérorer et éprouve un regain d'affection pour lui, regarde George et Horst assis là, en tenue de soirée d'emprunt, et se dit que c'est exactement comme cela qu'elle avait imaginé sa vie à Paris. De la bonne chère, du vin dans des verres raffinés, des hommes autour d'elle la traitant comme une cristallerie d'exception, fine, rayonnante. Man, un bras reposant sur le dossier de sa chaise, passe de temps à autre sa main sur son bras, et c'est chaud, c'est doux sur sa peau. Et elle pense, avec émerveillement, que sa vie est comme une énorme boule de cristal tournant au plafond dont la surface fragmentée capte la lumière à des moments différents. Qui aurait cru que revenir au mannequinat serait une bonne idée ? Mais elle en est heureuse. Ça lui appartient. Rien à voir avec Man, et c'est une facette de sa vie dont elle n'avait pas du tout conscience qu'elle lui manquait jusqu'à ce qu'elle s'y remette. D'une certaine façon, être assise à cette table avec son amant, son photographe et un ami mannequin lui aussi, elle a le sentiment que toutes ces facettes se rejoignent. Elle bouge sa chaise de quelques centimètres pour être plus près de Man, et il la serre de plus près.

C'est le genre de repas qui dure des heures. Le riesling est remplacé par un bourgogne capiteux, à la robe sombre. Les plats se succèdent. Encore des escargots farcis à l'ail, au persil et au beurre qui leur coule sur le menton. Un camembert cuit au four, bien fait, qui pue tellement que Lee en a la langue qui pique. Des moules marinières. Une blanquette de veau qu'elle n'a jamais goûtée avant. Des haricots verts et des courges d'été à l'ail. Et avec tout ça encore du vin, et le vin la libère, lui donnant un sentiment d'abandon et de contentement.

Georges est en train de parler de la séance de photos en maillots de bain qui a eu lieu dans l'après-midi. Il a emmené Horst et Lee sur le toit, où il les a pris sur fond de ciel en leur disant de faire semblant que c'était la mer.

« C'est devenu difficile de demander à *Vogue* de financer des prises de vues en extérieur », dit-il, se tournant avec complicité vers Man, qui s'est reculé de la table, une cheville sur le genou opposé, l'image même de la relaxation. « De sorte que je fais de plus en plus ce genre de choses ; des photos en plans rapprochés, tout en laissant l'arrière-plan suggérer une ambiance au lieu de dominer l'image. » George prend son verre dans sa main et fait tourner le fond de vin qui s'y trouve. « Mais ils veulent une grosse séance de photos pour le numéro de l'été, et Horst a eu l'idée qu'on la fasse à Biarritz ou à Saint-Tropez, sur la plage. Ils seraient magnifiques, non ? Vous imaginez ces deux têtes blondes avec cette lumière ? » Il incline son verre à l'intention de Lee, puis de Horst. « Vous connaissez le magazine mieux que moi. Comment puis-je les convaincre de me laisser faire ça ? » George regarde Man, enthousiaste.

— Il vous faudra une meilleure raison que la lumière pour leur faire accepter de vous laisser aller en extérieurs, répond Man. En fait, je suis sûr que quoi que vous ayez en tête de photographier là-bas, vous pourriez facilement le faire ici. Vous avez raison quand vous dites que le cadre n'a plus autant d'importance en matière de photos de mode aujourd'hui.

Horst se penche en avant vers le centre de la table, baisse la voix.

— Mais nous voulons aller à la plage. Qu'ils nous paient pour qu'on s'allonge sur du vrai sable, sous un vrai soleil.

Il rit et fait un clin d'œil à Lee.

Lui et Lee ont eu cette conversation l'après-midi même quand ils étaient assis dos à dos sur la planche que George avait fabriquée pour qu'elle ressemble à un plongeoir, frissonnant dans le vent qui soufflait fort sur le toit. « Si je me les gèle un peu plus, elles vont finir par se détacher », lui avait murmuré Horst, et pour oublier l'air froid, ils avaient passé le reste de la séance photo à se décrire l'un à l'autre le paradis baigné de soleil où ils se trouveraient si celle-ci se déroulait sur la Côte d'Azur. Elle l'avait pris à la rigolade, mais maintenant, avec Man qui les regarde comme s'ils étaient de vilains enfants, Lee n'a qu'une envie, changer de sujet.

— Je n'arrive jamais à savoir si c'est une bonne ou une mauvaise chose de rêver de soleil et de chaleur en hiver, dit Lee. J'ai grandi dans un coin perdu parmi les plus froid des États-Unis, si bien que j'ai l'habitude.

Mais Horst n'abandonne pas. Il tend le bras pour toucher la joue de Lee.

— Un visage comme ça mérite le plus beau cadre qui soit. De même que celui-ci.

Et il encadre son propre visage avec ses deux mains, tout en leur offrant un sourire facétieux.

— Je veux ficher le camp de cette ville. Aller à l'aventure.

— Eh bien, essayez de vous faire offrir ça par *Vogue* si vous y arrivez. Ils ont rarement cédé à mes demandes, dit Man d'un ton sec.

Il lève le bout de la serviette qu'il a coincé dans le col de sa chemise et s'essuie les lèvres avec avant de se tourner vers Lee.

— Si ça marche, cela dit, tu ne pourrais pas y aller. J'ai besoin de toi, ici, au studio.

Lee voit Horst et George échanger un regard, et levant son verre de vin, elle avale une longue gorgée de façon à ne pas voir leur expression. C'est un court instant dans la soirée – on change vite de sujet pour parler du dernier film de Dalí, dont la première aura lieu dans quelques jours –, mais ça sonne la fin du plaisir que Lee y a pris, et elle ne peut pas s'empêcher d'éprouver un sentiment qui lui était familier quand elle était enfant, comme si elle avait été grondée pour avoir fait quelque chose dont elle ne savait même pas que ce n'était pas bien.

28

Au cours des semaines qui suivent, Lee continue de se partager entre son activité de mannequin et le studio de Man, mais elle ne cesse de repenser au dîner avec Horst et George, voit toujours Horst cadrer son visage dans ses mains et parler d'aventure. Et elle se voit sur la plage, la peau chauffée par le soleil. Et chaque fois qu'elle y pense, elle pense aussi à la réaction de Man, et ce dîner devient le moment où une distance s'installe entre eux. Pas un fossé, plutôt comme une fissure dans le trottoir, avec elle d'un côté, lui de l'autre. La sensation qu'il lui est soudain devenu étranger. Et qu'elle-même pourrait bien l'être devenue pour lui.

Elle travaille plus, rentre de plus en plus tard le soir, sort prendre un verre avec Horst et d'autres personnes qu'elle a rencontrées à *Frogue.* En plus du mannequinat, Lee accepte d'écrire des petits articles, des histoires de fille, surtout, mais elle aime le bruit qu'elle fait quand elle les tape à la machine et aime encore plus y voir sa signature. Lee se prend d'amitié pour une des femmes qui travaille au service financier, une expatriée britannique répondant au nom d'Audrey Withers qui meurt d'envie de rentrer à Londres, la première amie véritable depuis Tanja. Et elle se met à sortir tellement tard chaque soir que, quand elle rentre, Man est endormi ; quand le jeudi arrive elle prend conscience qu'il faut qu'elle se rende au studio, qu'elle n'a pas eu de véritable conversation avec lui depuis dimanche, qu'elle ne s'en est même rendu compte, pas vraiment, et qu'il ne lui a pas manqué tant que ça.

Un jour, alors qu'elle arrive au studio, au début elle n'accorde pas vraiment d'attention à son humeur. Penché sur sa table de travail, il écrit sur un grand cahier, nerveusement, un stylo de réserve derrière l'oreille, un tas de feuilles froissées répandues sur le sol autour de lui.

— Du thé ? demande-t-elle.

Il lève la tête, lui jette un bref coup d'œil. Il a des poches sous les yeux, il n'est pas rasé.

— Oui, merci.

Elle met la bouilloire à chauffer. Depuis l'autre pièce, elle l'entend déchirer une autre feuille de papier du cahier, puis c'est le silence, puis de nouveau le grattement rageur du stylo. Quand l'eau bout, elle sort leurs deux tasses, remplit la théière, met du sucre dans les tasses vides et pose le tout sur un plateau qu'elle apporte au bureau suivant un cérémonial bien réglé au fil du temps. Elle place le plateau au bord de sa table et lui approche sa tasse, attend un peu que le thé infuse, le verse et agite la cuiller. Pendant tout ce temps, Man ne dit mot, il continue d'écrire sans désemparer.

— C'est ta démarche artistique pour Philadelphie ? demande-t-elle lorsqu'il s'interrompt.

— Oui, ça vient, enfin. J'ai trouvé ce que je voulais dire tard hier soir.

— Formidable, s'écrie Lee, sincère. – Après s'être servi sa tasse de thé et être restée quelques instants à côté de lui, elle poursuit : Je vais me mettre au tirage des photos d'Artaud. On a dit qu'on les livrerait vendredi.

Man lève les yeux vers elle avec une expression indéchiffrable.

— Dis-moi, est-ce qu'on a quelque chose de prévu cet après-midi ? J'aimerais te prendre en photo. J'ai une idée en tête.

Lee est étonnée. Flattée. Ça fait un bout de temps qu'il n'a pas pris la moindre photo d'elle et la pensée lui vient tout à coup que ce doit être ce qui leur manque en ce moment, cette collaboration qui nourrissait leur relation.

Lee travaille toute la matinée, puis, quand elle entre dans le studio l'après-midi, Man a deux de ses appareils Graflex passés autour du cou. Elle est presque intimidée. Il se tient près de la fenêtre et regarde la rue en dessous.

— La lumière est bonne, là, déclare-t-il.

Lee commence à déboutonner son chemisier, mais il fait non de la tête. Elle pose à côté de la fenêtre, là où il l'a installée, les mains sur le rebord. Man s'approche d'elle, l'objectif à quelques centimètres seulement de son visage, plongeant son œil dans le sien. Il fait sa mise au point et déclenche rapidement, plusieurs fois d'affilée.

— C'est pour quoi faire, ces photos ?

— Je t'expliquerai plus tard, dit-il.

Il passe à l'autre appareil, s'approche encore. Il prend des photos de son oreille, de son œil, de sa bouche, de son nez. Lee reste parfaitement immobile ; c'est tout juste si elle respire. Le boîtier de l'appareil cache le visage de Man, elle peut même sentir le froid du métal sur le sien. Elle voit ses propres traits, rétrécis, distordus sur la surface incurvée de l'objectif, et sent monter la panique à l'idée d'être touchée par son appareil. Et le silence de Man, complètement absorbé par son travail, n'arrange rien.

— Ton œil, dit Man qui s'arrête un instant pour recharger un des appareils. Quand je m'approche autant, je peux le ramener à de la géométrie pure, à la règle d'or. C'est comme ça que je le vois en le prenant en photo.

Lee a le cœur qui bat la chamade ; elle le sent dans sa gorge.

— Ce n'est que mon œil.

— Ton œil est ce que j'en fais.

Il lui déplace doucement l'épaule pour que son visage accroche la lumière.

— Il y a une belle ombre sur ton iris qui va faire toute la largeur du cadre. Je pourrai même le travailler encore au tirage. Une abstraction totale. De la géométrie. C'est ça.

Lee voudrait bien qu'il s'écarte, qu'il lui donne un peu plus d'espace. Elle ferme les yeux mais il continue de prendre des photos. Elle a les paupières qui battent furieusement. Au bout d'un moment n'en pouvant plus, elle s'éloigne.

— Je ne… Arrête.

Lee recule encore, dans l'ombre des rideaux et il finit par poser l'appareil. Ils se regardent un moment.

— Ça me suffit, dit-elle.

— Pas moi.

Lee sort du studio. Elle tremble. Man la suit. Il est furieux ; elle sent sa colère transpirer par tous les pores de sa peau.

— Ton œil est mon œil, dit-il avec un tremblement dans la voix, les mâchoires serrées de sorte que deux plis lui marquent les joues. Tu m'appartiens. Tu le sais, non ? Tu es mon modèle. Mon assistante. Ma maîtresse.

Elle recule.

— Dis-moi que tu es à moi. Dis-le.

La gorge de Lee se serre au point que c'est d'une voix étranglée, toute fluette qu'elle prononce ces mots :

— Je suis à toi.

Elle lui a dit ce qu'il voulait qu'elle dise, mais il ne semble pas satisfait. Lee se demande ce qu'il veut vraiment, si elle pourrait dire quelque chose qui pourrait l'apaiser. Ils continuent de se regarder.

— Tu n'es le modèle de personne d'autre. Ni de Hoyningen-Huene, ni de Cocteau, ni de quiconque. Et si tu veux aller quelque part, retourner à Biarritz ou ailleurs, c'est moi qui t'y emmènerai.

Lee ne l'a jamais vu dans cet état. Il tient l'appareil photo comme un bouclier, mais elle voit qu'il tremble. Elle aussi tremble. Il l'a perturbée, au point de lui donner envie de s'en aller, mais aussi de l'apaiser.

— Je suis à toi, murmure-t-elle, les mots ayant beaucoup de mal à sortir de sa bouche.

Qu'elle les ait répétés semble le satisfaire. Ses épaules se détendent. Il lâche l'appareil photo qui pend au bout de sa lanière. Les autres fois où elle l'a vu en colère, c'était déjà comme ça : des éclats spectaculaires, très vite éteints. Aux antipodes de sa façon de fonctionner à elle, des braises couvant des jours durant. Mais, pour l'heure, Lee est extrêmement soulagée de l'avoir tranquillisé.

— Bien. Finissons ces prises, j'ai encore quelques idées que je voudrais expérimenter.

Man semble considérer que c'est passé. Il tend la main, lui caresse la joue.

Lee acquiesce. Elle le suit à nouveau dans le studio, mais elle se meut avec difficulté ; comme si elle était en cire. Man doit la mettre dans la position qu'il veut, elle se laisse faire. Mais quand il reprend son appareil, son esprit se remet à vagabonder comme autrefois. Elle le regarde droit dans les yeux sans le voir, s'imagine être pilote aux commandes d'un avion qui survole la ville, regardant le ruban de la Seine. Les lunettes d'aviateur sont trop serrées sur ses pommettes ; l'air est imprégné d'une odeur de carburant et de fumée âcre. Son cœur tambourine ; elle saisit le manche et le tire à elle pour faire remonter l'avion au-dessus des nuages, là où l'air est plus léger. Quand Man approche de nouveau l'appareil de son visage, elle plisse les yeux et les remplit de ciel pour le chasser de sa vue.

Plus tard, lorsque Man en a enfin terminé, Lee rassemble ses affaires et s'en va sans dire au revoir. Dans l'escalier, elle continue de le voir brandir son appareil devant elle, de sentir la chaleur de son souffle sur son visage. Elle veille à ce que Man ne l'entende pas partir et, à peine arrivée sur le trottoir, elle prend une profonde inspiration puis expire lentement. Elle passe la bandoulière de son Rolleiflex autour du cou et marche vers le nord, sans but précis, avec comme seule idée de s'éloigner le plus possible. Elle descend le boulevard Saint-Michel d'un pas rapide, laissant la ville défiler derrière elle en un mouvement ininterrompu. De l'autre côté de la rue, un jeune garçon se cramponne à la main de sa mère tout en léchant une énorme sucette qui lui a barbouillé le visage en rose. Un homme aux cheveux blancs, les mains dans les poches, avance tête baissée pour résister au vent. Devant une boulangerie, une femme passe sa main gantée devant toutes les baguettes avant d'en choisir une. Lee a sans arrêt envie de porter son appareil à son visage et de prendre une photo, mais elle ne le fait pas. Elle laisse la vie s'écouler sans intervenir, sans l'interrompre, sans la saisir. Qui est-elle pour vouloir y jouer un rôle ?

Lee poursuit son chemin, traverse la Seine, passe par l'île de la Cité et le pont au Change. Elle marche et observe. Arrivée aux Halles, elle prend soudain à droite une rue plus calme, puis tourne de nouveau dans la rue Saint-Denis où sont les bordels. Lee est déjà passée par ici mais sans son appareil. La rue a un parfum de clandestinité, de débauche qui convient très bien à son humeur. Les murs des immeubles, peints jadis de couleurs vives qui ont passé depuis, s'écaillent par endroits ; les volets restent clos à toute heure du jour. Quelques femmes, les bas pendouillant sur les jarretelles, vêtues de robes démodées depuis plusieurs années, sont adossées aux immeubles ou assises sur les marches, jambes écartées. L'une d'entre elles lui semble familière. Un nez pointu, une petite bouche, les cheveux noirs plaqués sur le cuir chevelu en crans serrés. Les coutures de sa petite robe noire tendues sur ses chairs menacent de craquer.

Lee s'approche d'elle. « Kiki ? » demande-t-elle. Tout excitée, elle va procéder aux réglages de son appareil. Mais quand la femme lève les yeux, avec son visage marqué, maquillée à la va comme je te pousse, Lee se rend compte que ce n'est pas Kiki. Bien sûr que non. De près, elle ne lui ressemble pas du tout. Au moment où la femme tend le bras pour empêcher Lee de prendre sa photo, celle-ci le porte à son œil et déclenche. Ce que voyant, la femme se met à hurler, un torrent d'injures en français. Ayant pris sa photo, Lee s'en va sans demander son reste, se retournant une fois pour s'assurer que la femme ne la suit pas. Et là, empruntant une autre rue, elle a soudain une conscience claire du pouvoir qui est le sien. Lee n'a pas besoin de développer la pellicule pour savoir ce qu'elle a saisi. La photo montrera cette femme, la bouche tordue par la colère, la main tendue comme une mendiante, le tissu de sa robe au bord de craquer. On y verra l'effet de surprise, de juxtaposition imprévue, comme si, en saisissant le moment précis où éclatait la colère de cette femme, elle la montrait telle qu'elle est vraiment, à la fois suppliante et prostituée.

Rue Pierre-Lescot, Lee s'arrête et s'efforce de se calmer, respire profondément. Elle tient son appareil à deux mains et c'est comme s'il adhérait à sa peau, comme s'il était connecté à elle. Avoir pris cette photo a évacué Man de ses pensées et l'a ramenée au présent. Les gens qui passent à côté d'elle lui apparaissent en flashs, une pellicule qui se déroule au fur et à mesure qu'elle marche. Elle retourne vers les Halles. La rue noire de monde. Lee observe toutes ces vies autour d'elle et commence à redevenir elle-même – ou à devenir elle-même, pour la première fois. Ses paupières sont comme l'obturateur d'un appareil photo ; quand elle cligne des yeux, un mouvement, une image s'impriment dans son esprit. De temps à autre, une de ces images mérite d'être conservée, de sorte qu'elle la fixe sur la pellicule. Toutes les photos qu'elle prend ainsi semblent vivantes et inattendues. Et Lee elle-même se sent plus vivante que jamais du seul fait de les prendre.

29

Il est six heures à présent, les derniers rayons du soleil de novembre tombent en oblique sur la ville, tout devient gris sous les ombres qui s'allongent. Lee n'a aucune envie de revenir à l'appartement, mais il le faut. Ses pieds la font souffrir ; ça fait des heures qu'elle marche ; elle a faim. Elle a l'intention de parler à Man de sa photo : de la bouche de cette femme, arrondie pour former un O parfait, de son émotion aussi visible que sa chair. Mais ce n'est pas à Man qu'elle veut en parler. C'est à elle-même, et elle se rejoue la scène mentalement, revivant sans cesse le sentiment de puissance qu'elle a eu en déclenchant à l'instant où il le fallait.

Lee lambine devant la porte, espérant que Man sera sorti, mais, quand elle finit par rentrer, elle entend l'eau du bain couler depuis le couloir et elle voit les vêtements de Man par terre, qui marquent son trajet. Elle l'entend même chanter. C'est une nouvelle chanson, « Un paquet de vieilles lettres d'amour », très mélo. Et là, elle comprend qu'elle ne peut pas rester. Elle ouvre rapidement son armoire, passe ses robes en revue. Quelle est celle où elle sera le plus à son avantage ? Elle en choisit une en crêpe Georgette vert, l'enfile précipitamment, ainsi qu'une paire de chaussures plus confortables, fixe sa barrette en strass dans ses cheveux avant que Man se rende compte qu'elle est passée.

Lee a déjà marché des heures ; pourtant, elle ne se sent plus du tout fatiguée. Elle a envie de bouger, d'être ailleurs et, surtout, de faire quelque chose qui lui videra la tête et la libérera de toutes les pensées qui s'y bousculent.

Elle est à une heure à pied du Palais Garnier. Une marche agréable, un but comme un autre. Elle sait combien de temps cela prend, elle l'a déjà fait quelques semaines auparavant. La nuit est claire, il fait bon et Lee ne tarde pas à déboutonner son manteau qui se soulève derrière elle. Elle accélère, marchant si vite que son cœur bat fort dans sa poitrine. Elle fait le chemin en trois quarts d'heure seulement et se retrouve à l'Opéra à sept heures, juste pour l'ouverture des portes au public.

Elle s'offre un fauteuil d'orchestre, encore plus proche de la scène que lorsqu'elle était avec Cocteau. Elle paie sans hésiter. Une extravagance, certes, mais elle a plaisir à se l'offrir, pour une fois. En attendant l'entrée en scène des danseurs, Lee consulte le programme à la recherche des noms qu'elle connaît – mécènes, danseurs et techniciens, créateurs des décors, musiciens. Le voici imprimé noir sur blanc. « Antonio Caruso », les mêmes caractères noirs que le reste des noms, mais incandescents à ses yeux.

Les premières notes s'élèvent à peine que la scène est prise d'assaut par les danseurs. Cette fois encore, Lee est transportée. C'est la plus pure expression de l'émotion : des sentiments qui s'incarnent, comme inscrits dans les corps. Ah, ces corps ! Lee adorerait les photographier. Rien que les os, le tissu conjonctif visible sous la peau, comme si elle devait voir de quoi ils sont faits. Lee voudrait les prendre en photo devant les décors d'Antonio, les muscles apparaissant en relief sur les panneaux de soie. La fermeté de leurs corps la fascine et, quand ils se meuvent, Lee pense aux douleurs causées par la danse, aux pieds des ballerines, écrasés dans leurs chaussons et qui leur font si mal quand elles sont sur les pointes, aux mollets puissants des hommes entourés de bandages. Et à son propre corps, mou, en comparaison. À l'exception de ses mains, à la peau sèche, desquamée, qui se sont endurcies dans la chambre noire. Elle souhaiterait épaissir, voir son corps devenir un cal à force de travailler. Lee voudrait être quelqu'un qui se dépense, qui essaie des choses. Elle ne veut pas être molle.

À la fin du spectacle le public se lève et applaudit à tout rompre, aussi enthousiaste que lors de la première représentation. Lee se lève et applaudit aussi, encore et encore, jusqu'à être la dernière à partir.

Elle ne sait pas ce qu'elle fait. Ne sait pas ce qu'elle veut. Non. Ce n'est pas vrai. Elle sait ce qu'elle fait et ce qu'elle veut mais refuse de l'admettre, se dit que ça ne sera pas la vérité si elle ne l'admet pas.

Elle attend si longtemps à la porte sud qu'elle n'est pas loin de penser qu'il ne viendra pas. Mais le voici qui arrive, elle reconnaît la silhouette, mince, souple, une écharpe par-dessus son manteau déboutonné. Il la voit à son tour. S'arrête, la regarde. Elle lui répond par un regard inexpressif. Elle a fait un geste. À présent, elle veut qu'il vienne à elle. Et il s'exécute : s'avance, s'approche tellement d'elle que sa veste la frôle. Il est si grand que, pour le regarder, elle doit renverser la tête en arrière. Le réverbère projette des ombres bizarres sur le visage d'Antonio, faisant apparaître des ridules en forme d'étoile autour de ses yeux, une peau fine et délicate.

— Eh bien, dit Antonio.

— Eh bien, répond Lee.

— Je vous emmène ?

Elle acquiesce. Il hèle un taxi. Pendant qu'elle s'y engouffre, Antonio dit quelque chose qu'elle n'entend pas au chauffeur. Ils s'asseyent à l'arrière et observent la ville qui défile, les réverbères projetant des rubans de lumière qui ondulent sur leurs corps.

Quinze minutes plus tard, ils s'arrêtent dans une petite rue qui lui est familière. En sortant du taxi, Lee comprend : il l'a emmenée chez Drosso. Elle devrait éprouver quelque chose, un peu de culpabilité, elle sait qu'elle devrait, tout au moins craindre que des amis de Man ne la voient ici, mais elle n'éprouve rien. Cette fois, quand Drosso ouvre la porte et l'embrasse sur la joue, elle lui tend la sienne pour mieux sentir la pression de ses lèvres. Elle et Antonio vont chacun dans une pièce différente pour se changer, et même l'acte de se déshabiller, d'enlever la robe dont elle se rend compte à présent qu'elle l'a choisie à son intention, lui fait un effet érotique, comme si elle se dénudait pour lui, même s'il n'est pas là, et elle se passe les mains sur le corps puis entre les jambes avant de mettre le peignoir dont la soie est fraîche sur sa peau.

Lorsqu'ils sortent dans le couloir, tous deux en peignoir, Lee se sent toute légère, euphorique, au point qu'elle ne peut pas s'empêcher de rire.

Une agréable odeur de fumée filtre sous la bibliothèque, et Lee reste en arrière pendant qu'Antonio actionne le levier qui leur permettra d'entrer. Ce soir, il y a du monde, une dizaine de personnes qui se partagent le houka sur la table de bronze au milieu de la pièce secrète, tous couchés en chien de fusil sur des coussins étalés par terre, assoupis les uns à côté des autres. Sur un divan dans un coin, un groupe de moustachus est en grande conversation, à voix basse mais pressante. Quelqu'un quelque part joue du piano, toujours la même phrase musicale. Lee met un moment à comprendre que c'est le bras du gramophone qui saute. À peine l'a-t-elle remarqué qu'elle ne peut plus penser à autre chose, mais personne dans la pièce ne semble y prêter attention. Lee se dirige vers l'appareil et remet l'aiguille au début du disque. Un silence, puis la pièce se remplit d'une belle envolée de notes de musique classique. Elle prend une profonde inspiration. À l'autre bout de la pièce, Antonio l'observe, et elle lui adresse un petit sourire rien que pour le voir sourire en retour.

Il vient vers elle et incline la tête en direction du bar roulant.

— Pas de ça pour vous ce soir, dit-il.

— Vaudrait mieux pas, en effet, répond-elle, mais une partie d'elle-même veut à nouveau sentir le verre froid dans sa main, comme la dernière fois, avec la perte de conscience qui a suivi.

Un homme s'approche d'eux, vêtu d'un peignoir chinois, coiffé d'un petit fez. Il s'incline, désigne le houka.

— Vous fumez ? demande Antonio à Lee.
— Non.
— C'est dommage. Ça pourrait être amusant.

Un ange passe. Lee pense à sa mère. Pendant des années, Ellen a caché sa seringue sous le lavabo de la salle de bains, où elle devait avoir la certitude que personne ne la verrait. Lee l'a découverte, un après-midi qu'elle était malade ; elle était allée dans la salle de bains pour vomir, puis s'était allongée sur le carrelage, aimant le contact de la faïence contre sa joue. Et c'était là, un petit étui en cuir noir portant les initiales de sa mère, gravées dessus à la feuille d'or et, bien tenues à l'intérieur par des élastiques, il y avait plusieurs petites fioles bleues et ce qui ressemblait à des aiguilles chirurgicales. Après l'avoir trouvé, Lee palpait sous le lavabo chaque fois qu'elle allait dans la salle de bains, rien que pour voir si l'étui était toujours là. Il l'a été pendant des années, les fioles plus ou moins remplies. Mais au bout d'un certain temps, sa mère cessa d'être aussi cachottière et l'étui resta dans la poche de sa robe de chambre, déformant le tissu, trop délicat pour en supporter le poids. Un jour que sa mère faisait la sieste, Lee entra pour la voir et le bruit de la porte de la chambre qui s'ouvrait et se refermait la dérangea de sorte qu'elle se tourna et étira un bras nu au-dessus de sa tête, la peau blanche, délicate, couverte de petites croûtes. Lee regarda longtemps ce bras, jusqu'à ce que sa mère bougeant de nouveau, Lee s'en aille sur la pointe des pieds pour ne pas être prise sur le fait.

Maintenant, chez Drosso, Lee reprend son souffle.
— Quel effet ça fait ?

Antonio hausse les épaules.

— D'être éveillé sans l'être. D'être heureux.

L'homme au fez tire sur le peignoir de Lee et lui désigne un tuyau de houka libre.

— Je suis bien assez heureuse comme ça, dit Lee.

Ça lui coûte de dire ça et une partie d'elle-même se demande si en refusant sa proposition elle ne gâche pas tout.

Mais Antonio hoche la tête, congédie l'homme d'un geste et pose sa main au creux de ses reins, où elle sent sa chaleur comme un tison à travers la soie. Il l'entraîne gentiment vers une autre porte au fond de la pièce. Ils empruntent un petit couloir. La pulsation d'un rythme de jazz fait vibrer le plancher sous ses pieds. Tout au bout du couloir Antonio ouvre une porte qui donne sur une autre pièce, beaucoup plus grande que la fumerie. Tout, ici est d'un vieux rose tendre, le papier peint tontisse, les banquettes en velours, la moquette et les petites tables autour desquelles les gens, vêtus de peignoirs rose pâle qui semblent étrangement coordonnés au reste de la pièce, sont assis en petits groupes, et parlent fort pour couvrir la musique. Mais qui sont ces gens ? Ils sont penchés les uns vers les autres par-dessus les tables, portent des mains couvertes de diamants à leur gorge en rejetant la tête en arrière pour rire à gorge déployée. Les peignoirs des femmes laissent voir des clavicules très arquées et des pendentifs aux couleurs profondes nichées au creux de leur cou. Les hommes ont la poitrine glabre, la peau mate, des épaules carrées qui donnent quelque chose de très masculin à leurs peignoirs. Ils ont une classe fabuleuse. Tout au bout de la pièce, on a installé un bar derrière lequel officie une barmaid vêtue d'une robe en soie pas plus épaisse qu'un slip. Le mur derrière le bar est couvert d'une feuille d'or rose, et les bouteilles sont alignées sur des étagères en verre, de sorte que tout le bar flamboie, comme éclairé de l'intérieur.

— Oh, dit Lee, je ne peux pas ne pas prendre un verre dans un endroit pareil.

Personne n'accorde d'attention à Antonio et à Lee.

— J'ai aidé Drosso à peindre cette pièce, dit-il avant qu'ils n'aillent s'asseoir. Nous l'avons terminée il y a deux mois.

— C'est sublime, dit-elle, sincère. C'était votre idée ?

— Oui. Je voulais qu'on ait la sensation d'être à l'intérieur d'une bouche. Je pensais qu'il fallait que ce soit tout rose, mais Drosso a eu l'idée du serpent, alors je l'ai ajouté.

Lee regarde autour d'elle et voit qu'il s'agit en fait d'une peinture murale dorée représentant un serpent gigantesque qui ondule autour de la pièce, avec des écailles de la taille d'une assiette toutes ornées de plus petits dessins de serpents et de ce qui lui semble être le Jardin d'Éden.

— Je ne suis pas douée pour ce genre de choses ; imaginer un décor comme celui-ci, dit-elle. Mais je pourrais en faire une bonne photo !

Antonio lui tire une chaise ; elle s'y laisse tomber.

— En réalité, ce n'est pas ça que j'ai envie de faire, les décors, tout ça, lui confie-t-il, pas du tout, mais j'y excelle. Vous me donnez une caisse et je la transforme en palace.

Lee pense à ses décors pour la scène de l'opéra, la forêt et la salle de bal, leur réalisme stupéfiant.

Imagine ce que ce serait de faire d'une pièce entière un tableau, de placer les spectateurs à l'intérieur de ce qu'ils regardent.

— Qu'est-ce que vous avez envie de faire ?

— Une œuvre personnelle. Pas créer en fonction des commandes que je reçois. Mais personne ne semble s'intéresser à ce qui m'intéresse.

— Et c'est quoi ?

— Oh, ces derniers temps, ce sont des petits tableaux que je fais avec de la peinture à l'huile et de la cire de bougie. « Tellement sombre que c'en est déprimant », si on en croit le seul critique ayant jamais écrit quelque chose sur mon travail.

— J'aimerais les voir. Je parie que j'aimerais.

Antonio hausse les sourcils et lui adresse un sourire en coin.

— Vous savez quoi ? C'est bien possible.

La pièce rose rappelle à Lee une soirée costumée où elle était allée il y a quelques années à New York, dont le *Times* avait fait le compte rendu et dont on avait parlé pendant des mois. On avait demandé aux invités de s'habiller en diables ou en anges et de faire en sorte que personne ne puisse deviner qui se cachait sous le déguisement. Une fois là-bas, selon l'identité qu'ils avaient choisie, ils devaient se rendre à un étage de la maison. Lee était un diable, bien sûr, avec un masque en soie rouge qui lui couvrait presque tout le visage et des vrilles comme des flammes qui couraient dans ses cheveux et s'enroulaient autour de son cou. La pièce où on l'avait dirigée était éclairée par des lumières rouges, et il y avait une grosse flambée dans la cheminée. Elle commence à le raconter à Antonio puis dit :

— Oh !

— Quoi ?

Il se penche vers elle, la regardant droit dans les yeux, et la tension crépite entre eux comme un feu de bois.

— C'est juste que… J'ai accepté un travail récemment, important, et être ici dans cette pièce, me remémorant cette soirée, ça m'est venu d'un coup, ce que je pourrais en faire.

Antonio attend qu'elle poursuive.

— C'est une soirée en blanc. Le Bal blanc. Madame Pecci-Blunt en organise un chaque année. Mais si on en faisait une soirée en noir et blanc ? Tout le monde habillé en blanc, avec des mots et des images projetées sur les corps pendant qu'ils vont d'une pièce à une autre. Comme des photographies. Les invités eux-mêmes pourraient être le papier et on développerait les photos sur eux. Des photos, des mots, des phrases bizarres…

— C'est une merveilleuse idée, dit Antonio avec emphase. J'aurais aimé l'avoir eue.

Il ne rit pas, ne détourne pas les yeux, et elle sait que c'est une bonne idée, une très bonne idée même.

Une serveuse vient vers eux. Antonio commande aussitôt, et celle-ci revient avec un plateau chargé de cristal taillé. Cérémonieusement, elle pose sur la table un bol de sucre, deux verres à absinthe, deux cuillers percées, une petite carafe d'eau avec des glaçons et une bouteille verte.

— De l'absinthe ! s'écrie Lee.

— Drosso, dit Antonio, en guise d'explication.

Il remplit la partie bombée de leurs verres, le liquide brillant comme du jade dans ce décor rose.

Ils y déposent leurs cuillers, sur lesquelles ils ont mis un sucre, puis Antonio verse un filet d'eau sur la cuiller de Lee. Venant de lui le geste est sensuel, d'une lenteur provocante. Au fond du verre, le liquide clair est devenu trouble. Lee prend la carafe des mains d'Antonio et fait la même chose pour lui, sentant son regard sur elle. Ils utilisent leurs cuillers pour remuer, trinquent, et portent les verres à leurs lèvres. La bouche de Lee se remplit de menthe et de réglisse, le nez lui picote quand elle avale.

Antonio prend une gorgée, tousse, sort son tabac de sa poche. En un geste fluide, il se roule une cigarette et l'allume, tirant une si longue bouffée que le bout s'embrase et grésille. Il la tend à Lee, qui s'apprête à refuser puis se dit *Pourquoi pas ?* La fumée qu'elle inhale exalte l'absinthe au point qu'elle a l'impression de brûler de l'intérieur. Elle prend une autre gorgée, une autre bouffée de cigarette, et très vite, les voilà qui remplissent de nouveau leurs verres et recommencent le même processus. La force de leur attirance réciproque flotte dans l'air, suspendue comme un costume prêt à être enfilé.

« Alors », dit finalement Antonio, la mine curieuse.

Lee prend une autre gorgée et comme elle met sa main sur la table, il pose la sienne par-dessus. Le monde de Lee se rétrécit à un point dont il est devenu le centre.

Les gens vont et viennent. La musique est plus forte, le rythme plus marqué. Plusieurs couples se lèvent et repoussent les tables pour pouvoir danser. Les femmes soulèvent le bas de leurs peignoirs, exposant des jambes minces, nues. Lee et Antonio sont assis très près l'un de l'autre. Autour d'eux, le monde tourne. Lee a cette impression, comme si ce drôle d'endroit contenait tout ce dont tout être humain pourrait jamais avoir besoin. Les couples qui dansent… alors qu'elle les observe, le temps ralentit sa course, et elle s'adosse à sa chaise, se noie dans les détails : un hématome sur un genou, l'éclat de lumière prismatique que projette une boucle d'oreille sur le cou d'une femme, les expressions des danseurs pendant qu'ils bougent, à la fois gauches et sans retenue, les yeux clos tandis que des sourires et des grimaces de concentration apparaissent et disparaissent sur leurs visages. Lee saisit des bribes de conversations venant d'autres tables : « Je faisais pousser des gardénias, vous vous rendez compte ? » « Nous avons réussi à redescendre avant qu'il ne se mette à neiger sérieusement, mais j'avais perdu un ski. » « Patrice est intenable quand elle est à côté de lui. »

Lee se penche plus près d'Antonio de sorte que ses lèvres lui touchent presque l'oreille.

— Vous savez ce que je voudrais ? Je voudrais prendre des photos de cet endroit.

Il verse encore de l'absinthe dans le verre de Lee.

— Vous faites du bon travail, n'est-ce pas ? Vous vous y consacrez entièrement.

Lee ne sait pas ce qui a pu lui donner cette impression, mais c'est vrai. Le fait qu'il le sache le rend d'une certaine façon encore plus vrai que lorsque Man, ou même Jean, le lui ont dit.

— Oui, c'est vrai. J'ai le sentiment que…

Elle regarde autour d'elle les danseurs qui s'agitent, sautillent, les autres couples aux tables voisines.

— J'ai le sentiment d'avoir enfin compris ce que j'essaie de faire.

La pièce est si bruyante qu'ils sont obligés de se pencher pour pouvoir échanger sans élever la voix, ce qui crée entre eux une incroyable intimité.

— Je pense que le monde… poursuit-elle, que le monde continuera de tourner que je prenne une photo ou pas. Mon art c'est de choisir quand prendre la photo. Ce n'est pas la mettre en scène. C'est juste être là au bon moment, et décider qu'il se passe quelque chose dont personne d'autre n'a conscience.

Il acquiesce.

— Ça me plaît.

Elle se sent rougir. Elle n'est pas certaine qu'il l'ait comprise. Lee n'a jamais formulé cette pensée à qui que ce soit. Elle en est encore à essayer de la clarifier pour elle-même. D'une main tremblante, elle prend son verre d'absinthe et avale une grande gorgée brûlante, puis se ressert elle-même. L'eau tombe sur l'absinthe et tourbillonne comme de la fumée dans le verre. Ce qu'elle cherche avant tout, c'est cet instant où l'évidence s'impose, ou la décision doit être prise. Elle veut créer des moments et les saisir sur la pellicule. Saisir l'expérience en train de se vivre, la sensation d'être vivant.

À l'autre bout de la pièce, elle voit la barmaid tendre un verre de vin à un homme comme si elle lui offrait une rose. Elle voit un homme baisser la tête et se masser la nuque. La pièce sent la réglisse et le parfum, et elle est humide de la présence de tous ces corps – exactement, pense-t-elle, comme Antonio avait dû l'imaginer en la voulant pareille à une bouche. Lee prend la bouteille et lui remplit à nouveau son verre ; puis elle se penche au-dessus de la table et l'embrasse.

Quelques heures plus tard, ivres, tout vibrant de désir, ils empruntent en chancelant un couloir peu éclairé dans une partie de l'appartement de Drosso que Lee ne croit pas avoir déjà vu. La main d'Antonio maintient serrée celle de Lee qui, de son pouce, lui caresse le poignet en retour.

Quelqu'un vient vers eux dans la pénombre.

« Il nous faut une chambre », marmonne Antonio.

La personne ne répond pas, s'éloigne en titubant.

Ils essaient une poignée de porte après l'autre. Gloussant, à présent, à moitié endormis et en même temps alertes. Que de portes ! Ils en ouvrent une qui donne sur une salle de bains, se regardent. S'interrogent. Antonio met son bras autour d'elle, sa grande main serrée autour de sa cage thoracique. Une telle chaleur se dégage de lui qu'elle a l'impression qu'il va la faire fondre.

Finalement, au bout du couloir, une double porte avec deux poignées identiques.

— Ce sont… ?

Oui : deux immenses pénis en érection moulés en bronze, en forme de poignées

— Penses-tu que… commence Lee avant de hoqueter, que ce sont celles de Drosso ?

Elle recommence à rire et craint de ne plus pouvoir s'arrêter.

— Sûrement

— Très… impressionnantes, ma foi.

Mais il ne faut à Antonio qu'un petit coup sec pour les ouvrir et la précéder dans une grande chambre qui doit être celle de Drosso. Antonio, que Lee n'a connu que peu bavard jusque-là, lui murmure des tas de choses d'une petite voix rauque à l'oreille. Tout ce qu'il veut lui faire. Dans quelles positions il va la prendre

« Oui, dit-elle. Oui. » Lee aimerait en dire plus mais elle a du mal à ouvrir la bouche et elle ne veut rien manquer de ce qu'il lui murmure. Ils trouvent le lit ; il la soulève pour l'y déposer. Leurs peignoirs, dont ils se sont débarrassés, traînent par terre, ils ne sont plus que peau contre peau. Lee est sur le dos ; Antonio s'agenouille entre ses jambes et l'attrape par la taille, la soulevant pour l'avoir au-dessus de lui, en sorte d'inverser la position. Il entre en elle sans effort. Elle presse ses cuisses contre lui, sent les saillies des os de sa hanche en bougeant sur lui, à son rythme. Chaque fois qu'elle se redresse, il soulève son bassin, l'accompagne. Chaque assaut de sa part lui fait le même effet que l'absinthe, comme si elle se défonçait de l'intérieur, encore et encore. Elle se penche en avant et passe ses mains sur lui, sur chaque centimètre de son corps, se met une main entre les jambes et entoure la base de sa queue pour le sentir bander. Et là, elle arrête de penser. Ce n'est plus que fumée, chaleur, parfum de réglisse, sensations de leurs corps qui bougent l'un contre l'autre. Son orgasme, quand il vient, a la violence d'une lame de fond. Elle le retient aussi longtemps qu'elle peut mais il finit tout de même par la submerger, elle s'oublie ; elle est vaincue, la vague devient une nuit qui s'abat sur elle, qu'elle laisse venir.

Après l'amour, Lee est étendue près d'Antonio, la tête reposant sur son épaule. La pièce est sombre, et elle regarde fixement le papier peint jusqu'à ce que sa vision se brouille, de sorte que les motifs du vin et des fleurs semblent onduler sur le mur. Ou peut-être que les fleurs ondulent bel et bien ; dans l'obscurité, elle les contemple, fascinée. Puis elle déplace son regard pour le poser sur le profil d'Antonio. Il fixe le plafond, sans ciller. Lee passe sa main sur son bras pour attirer son attention.

— À quoi penses-tu ? lui demande-t-elle.

Il se redresse, s'appuie sur son coude pour la regarder bien dans les yeux.

— Tu sais quoi ? J'étais en train de me dire que je ne sais même pas qui tu es.

Dans l'état d'ébriété, d'assouvissement où elle est, Lee y réfléchit un instant. Elle pourrait lui dire qu'elle-même ne sait pas qui elle est, qu'elle ne l'a jamais su, que parfois elle a l'impression d'être un récipient vide que toute personne avec qui elle est, ou n'importe quelle activité, peut remplir. Elle a le sentiment qu'il comprendrait.

Mais elle lui dit :

— Est-ce si important que ça ?

— Oui, je crois. Parce que j'aimerais te revoir. On peut se revoir ?

Lee se sent dessaouler. En un flash bien malvenu, elle voit aussitôt la liste d'excuses et d'alibis qu'elle va devoir inventer pour cacher ça à Man. C'est épuisant rien que d'y penser. Et pourtant, elle ne peut pas imaginer ne pas remettre ça maintenant qu'elle l'a fait.

Elle regarde les jeux d'ombres sur la poitrine d'Antonio, la ligne de poils noirs qui court jusqu'au ventre.

— Bien sûr qu'on peut, dit-elle.

— Tu n'es pas avec Man Ray ? Je croyais avoir entendu dire que…

— Et alors ?

Antonio lève les mains au-dessus de sa tête en un geste de conciliation.

— Je ne te demande pas d'explications. Je me souviens de toi le jour où on s'est rencontrés, puis une fois je t'ai vue avec lui au Dôme. Tu avais l'air… Il m'a semblé que tu avais l'air heureuse.

Lee s'imagine ce qu'Antonio pourrait avoir vu. Zoom arrière de la caméra, elle est au milieu du plan, souriant, le bras de Man autour d'elle ; protecteur, possessif. Man aperçoit une connaissance, sourit, lui fait signe, se lève pour aller la saluer. Si Lee devait prendre une photo de la scène, elle y serait en train de regarder Man sans vouloir être vue en train de le regarder de biais et avec concupiscence. Mais qu'a bien pu voir Antonio ? L'amour, au-delà des apparences ? Elle n'a aucun moyen de le savoir. Le moment est passé ; le moment n'a jamais existé, en réalité.

— Nous l'étions, heureux, dit Lee, qui balance ses jambes par-dessus le bord du lit pour chercher son peignoir qu'elle trouve par terre près de la porte avec celui d'Antonio.

Elle les ramasse tous les deux et lui lance le sien. Il le palpe pour en trouver la poche, en sort son tabac, puis se redresse contre la tête de lit et entreprend de se rouler une cigarette sur la cuisse.

Lee s'approche de lui et lui donne un long baiser, aucun des deux ne voulant être le premier à y mettre fin. Antonio sent la fumée et le sucre. Au contact de sa langue, le désir de Lee renaît, et elle a bien du mal à ne pas retourner s'étendre à ses côtés. Pourtant, elle s'écarte de lui.

La vérité, c'est qu'Antonio est un inconnu pour elle. C'est Man qu'elle connaît ; Man avec qui elle a construit quelque chose, qui a fait d'elle ce qu'elle est aujourd'hui. Lee pense à ce que serait sa vie si elle le quittait. Elle déménagerait toutes ses affaires de l'appartement. Mais pour aller où ? Vivre avec Antonio ? Cet homme-là n'est qu'un autre Man, mais qu'elle ne connaît pas et qui ne l'aime pas encore. Alors que Man l'aime. Sa colère, cet après-midi, l'appareil tout contre son visage, est une réaction à la distance qu'elle a installée entre eux au moment où, au contraire, elle devrait se rapprocher de lui. Elle ne peut pas imaginer sa vie sans lui.

— Non, j'ai dit une bêtise. On ne pourra pas se revoir.

Antonio rit, d'un rire incrédule.

— Tu es une femme bien mystérieuse.

— Ça doit être ça.

— Si tu changes d'avis…

Sa voix s'éteint. Elle s'approche et l'embrasse de nouveau, passe sa main sur toute la longueur de son corps. Puis elle se lève et sort de la chambre pour rentrer chez elle.

Le soleil répand déjà une lumière rose dans le ciel quand Lee arrive à l'appartement. Dans le vestiaire de Drosso, après avoir quitté Antonio, elle s'est vue dans le miroir. Défaite, c'est le seul mot qui lui est venu à l'esprit : des lèvres bouffies, des yeux cernés, un maquillage qui a coulé, des cheveux gras coiffés à la diable. Elle a tourné le robinet d'eau froide du petit lavabo à fond et s'est rincé le visage, l'eau lui giclant sur le nez et dans les yeux. Elle s'est frotté la peau jusqu'à ce que les restes de maquillage s'en aillent, passé les doigts mouillés dans les cheveux pour les discipliner. Puis elle a mis son peignoir en boule et après l'avoir bien mouillé, s'est frottée avec, frottée aussi fort que possible entre les jambes et sous les aisselles. Pour le reste, elle n'a rien pu faire : l'odeur du tabac sur ses doigts, la fatigue sur son visage, le voile de culpabilité qui la recouvre comme une grossière version d'elle-même, mal taillée.

Il n'est rien qu'elle puisse dire à Man, rien de juste ; elle ne trouve pas de bonne excuse. En arrivant dans l'appartement, ce n'est pas tant qu'elle tremble mais qu'elle vibre de tout son être tellement elle est inquiète. Man est peut-être encore endormi, ou bien il est déjà parti au studio ; peut-être va-t-elle pouvoir repousser un peu le moment de leurs retrouvailles.

Mais il est là, assis à la table de la cuisine en train de boire un café quand elle y pénètre. Il lève les yeux sur elle avec curiosité, comme s'il ne l'avait pas vue depuis des mois. Très calme, il porte la tasse de café à ses lèvres et en avale une gorgée.

— Où étais-tu ? demande-t-il.

Lee enlève son manteau et le plie sur le dos d'une chaise, se demandant si c'est ce qu'elle aurait fait d'habitude. Elle s'éclaircit la gorge.

— Jean est rentré. De Rome. Je suis tombée sur lui dans la rue en allant au studio et il voulait me montrer des bouts de films. C'est tellement bon. J'ai hâte que tu voies ça. Je suis désolée si tu t'es inquiété.

C'est plausible comme mensonge. Jean est vraiment rentré. Il lui a écrit de Rome pour lui dire qu'il revenait, mais elle n'a pas trouvé le temps d'aller le voir ; elle aurait très bien pu tomber sur lui dans le quartier. Lee a répété son histoire avant d'arriver, mais maintenant les mots sonnent faux même à ses propres oreilles.

— Ah, dit Man, qui repose sa tasse de café sur la soucoupe si doucement que ça ne fait aucun bruit. J'ai hâte de voir ça.

— Oui, je voudrais tellement que tu voies le film. Ça ne devrait plus tarder, Jean dit qu'il n'a plus que quelques séances de montage à faire, et puis il sera prêt. Les bouts que j'ai vus, c'était très bon. Vraiment bon. Je voudrais que tu les voies.

Lee parle trop vite. Man se lève, va poser sa tasse de café dans l'évier et se dirige vers le foyer. Il attrape son manteau, ses clés. Il ouvre la porte, se retourne sur elle.

— On se voit plus tard, quand tu rentreras de *Vogue* ? demande-t-il.

Il la regarde sans dureté, ses lèvres ébauchant ce qui pourrait être un sourire.

Avant qu'elle ait pu dire oui, la porte se referme en claquant derrière lui.

Vienne
Septembre 1945

À Vienne, dans le caniveau, Lee trouve un chaton qu'elle baptise *Warum*, ce qui signifie « pourquoi » en allemand. Il se loge douillettement dans la poche de poitrine de sa veste, ronronne comme une moto contre elle pendant qu'elle fait la queue pour obtenir l'autorisation de se rendre à Moscou. Où qu'elle aille, il lui faut des permis en trois exemplaires, et tous les fonctionnaires auxquels elle s'adresse sont inorganisés, incompétents. Parmi tous les anciens bastions nazis, Vienne est celui que Lee déteste le plus.

La ville libérée est un univers de contrastes. Le soir, les Autrichiens se gavent de musique. On entend partout dans les rues résonner les notes aigrelettes des clavecins et les coups d'archet des violons. Les salles de concert sont bondées mais les opéras que Lee aimait avant ne l'émeuvent plus. Un soir, elle assiste à un spectacle de marionnettes et les corps désarticulés des pantins qui dansent lui rappellent tellement Dachau qu'elle doit fuir la salle pour ne pas hurler.

Ça fait des semaines qu'elle est piégée ici, assez longtemps pour que son courrier lui parvienne, une pile de lettres de Roland aussi épaisse que sa cuisse.

Elle les lit couchée et rit de voir Warum jouer avec les pages. Le ton des lettres est inquiet. Roland insiste pour qu'elle rentre. La guerre est finie, Hitler est mort, il ne voit pas pourquoi Lee s'attarde.

À la lumière du jour, Lee ne voit que signes de privation partout. Des Autrichiennes qui ont endossé les manteaux des morts, mendient leur nourriture dans les décombres de leur ville. Des bébés sous-alimentés meurent dans les hôpitaux viennois, les os de leur cage thoracique aussi fins que des baguettes de Mikado, leur poitrine se soulevant et s'abaissant dans une lutte désespérée pour rester en vie. Si elle écrivait à Roland, elle lui dirait *Voilà pourquoi je suis encore là, pour mettre en lumière les souffrances qui n'ont pas cessé en même temps que la guerre.* Mais finalement non, elle ne lui écrit pas.

Un après-midi, Lee s'aperçoit tout à coup que Warum n'est pas dans sa poche. Elle retourne sur ses pas, s'arrête aux points de contrôle où elle est passée quelques heures auparavant, pour présenter aux gardes le permis qu'ils ont déjà vu, chaque minute écoulée la faisant douter de le retrouver jamais. Elle le cherche jusqu'au coucher du soleil avant d'abandonner et de revenir à sa chambre. À côté de la porte de l'hôtel, quelque chose lui attire l'œil. Il est là, dans un caniveau : pattes arrière écrasées, le dos arqué comme un combattant, le corps déjà froid et raide. *Pourquoi ?* pense Lee. Elle le ramasse, le berce un moment dans ses bras. Des heures passent avant qu'elle ne soit prête à s'en séparer. Elle utilise son foulard comme linceul et enterre le tout à proximité, sous les décombres. À quoi bon aimer les choses puisqu'elles finissent toutes par nous être enlevées.

30

Après le départ de Man, Lee se retrouve seule avec sa trahison. Elle ne change rien à ses habitudes, se prépare pour aller travailler, marche jusqu'à l'immeuble de *Vogue* tête baissée, concentrée sur ses pieds. Il fait un froid de loup, mais elle ne le sent pas. Elle se repasse les scènes de la veille au soir dans sa tête.

Le prochain numéro du magazine doit être prêt pour la semaine suivante, et il y a toujours un regain d'activité et d'énergie à l'approche de la date butoir. Le chaos habituel règne dans les bureaux à l'arrivée de Lee, mannequins, assistantes et illustrateurs courant dans tous les sens, comme si le fait de bouger vite allait améliorer les chances de terminer le travail dans les temps. Quelques personnes la saluent en la croisant dans le couloir, mais elle va directement dans une cabine d'essayage et s'assied dans un fauteuil. Elle ne peut pas croire qu'il y ait une prise de vue aujourd'hui. Lee n'a pas fermé l'œil de la nuit, et elle doute que, malgré tout son talent, George puisse masquer les poches qu'elle voit sous ses yeux quand elle se regarde dans le miroir.

Man doit bien savoir où elle était la nuit dernière. Il doit savoir que, depuis des semaines, quand elle était avec lui, c'était les mains d'Antonio qu'elle imaginait sur elle, le corps d'Antonio qu'elle imaginait dans l'obscurité. Ou peut-être que non, qu'il n'en a pas la moindre idée. Lee s'arrête à cette pensée puis elle s'indigne. Comment pourrait-il ne pas savoir ? Il n'est tout de même pas si bête ?

La porte s'ouvre en grinçant et Horst entre à grandes enjambées dans la pièce. Il jette un coup d'œil à Lee et dit : « Un camion t'est passé dessus, c'est pas possible ? »

Lee grogne et baisse la tête, se massant les tempes. Horst s'assied dans un fauteuil face à elle et étend ses jambes devant lui, croisant les chevilles. « Seigneur. George ne va pas être content. Je crois qu'on fait les photos des pages chapeaux, aujourd'hui. » Il s'avance sur son siège, la regarde de plus près.

— Tu as pleuré ?

— Non. – Lee a craché le mot. – Tu ne m'as pas l'air au meilleur de ta forme non plus.

Horst se regarde dans le miroir et adresse un grand sourire à son image.

— Je suis superbe, et tu le sais.

Lee est censée rire, mais elle reste de marbre et Horst concentre à nouveau son attention sur elle, une vague inquiétude se lisant sur ses jolis traits.

— Allez, au boulot, dit-elle.

La séance de photos se passe bien – le maquilleur accomplit ce que Lee considère comme un petit miracle –, mais quand ils ont fini, elle s'avise qu'elle doit à nouveau rentrer chez elle, et elle ressent la même chose qu'avec Man un peu plus tôt, comme si sa langue enflait et allait l'étouffer.

Horst et George bavardent dans le couloir, flirtant comme toujours. Lee attend. D'habitude, en fin d'après-midi, Horst la raccompagne chez elle à pied et elle y tient encore plus que d'ordinaire, espérant ainsi chasser les pensées qui tournent en boucle dans sa tête.

Dehors, il fait plus doux. Le vent est tombé, et ils remontent le boulevard Raspail dont les cafés et les bars sont pleins de gens qui, comme elle, pense Lee, ne veulent pas rentrer chez eux. Les rires et les bruits de la rue la rendent encore plus nerveuse et elle finit par s'engager dans une rue adjacente plus calme, Horst à sa suite. Ils passent devant une boutique pour hommes avec un assortiment de cravates en soie en vitrine et Horst s'arrête devant.

« Tu me donnes une minute ? J'adore la bleue », dit-il, et il se précipite dans le magasin. Lee reste sur le trottoir et saisit cette occasion pour essayer de ralentir les battements de son cœur. Cinq minutes passent, puis dix. Elle colle son œil sur la sombre porte vitrée de la boutique et voit Horst en train de gesticuler devant un miroir, avec quatre cravates autour du cou. Elle s'assied sur le perron du magasin. Il y a là un lampadaire couvert de plusieurs couches de messages et d'affiches. Chats perdus, nouveaux bistrots, annonces de sorties de films. Et là, collé au beau milieu de tout ça, un visage familier. Lee se lève et s'en approche. En titre, « Ilse Bing et Claude Cahun : objets et objectifications » avec une photo des deux femmes, et, en dessous, l'une des photos d'Ilse – une danseuse – et l'un des autoportraits de Claude. « Galerie Pierre, décembre 1930 – janvier 1931 ».

« Merde », murmure Lee. Elle arrache l'affichette, la brandit. Elles l'ont fait, Ilse et Claude. À la galerie

Pierre où même Man n'a jamais exposé. Si elle s'y était prise autrement, si elle s'était liée d'amitié avec elles des mois auparavant, peut-être qu'elle pourrait y être elle aussi. « Merde », dit-elle encore, plus fort, et rien que d'avoir répété ce juron, elle se sent mieux, la soupape a fonctionné.

Quelques instants plus tard, Horst sort de la boutique, deux boîtes de cravates sous le bras. Lee se hâte de froisser l'affichette pour en faire une boule de papier et la jeter dans une poubelle proche, puis le sourire aux lèvres, elle revient vers Horst, qui lui montre ses cravates et ne semble pas mécontent de marcher en silence à ses côtés.

Ils prennent un raccourci à travers le cimetière du Montparnasse, où des ormes majestueux forment une voûte au-dessus des allées principales. Lee n'a pas le souvenir d'un jour où elle se soit sentie plus mal. Elle croise les bras et se frotte sans cesse les mains pour se réchauffer.

« Tu es sûre que ça va ? » finit par lui demander Horst.

Lee lève le menton. « Je vais bien. »

Il hoche la tête. Elle se tourne vers lui, le regarde, son air candide, la désinvolture avec laquelle il tient ses boîtes de cravates au creux de son bras, ses cheveux gominés et ses petits crans parfaits, toute sa personne rayonnant de contentement de soi et de vigueur, et elle éprouve soudain une forte aversion pour lui.

— Toi et George, dit brusquement Lee. Tout le monde sait ce qu'il y a entre vous.

Horst s'arrête, fronce les sourcils et enfonce ses poings serrés dans ses poches.

— C'est pas leurs oignons, dit-il. Sans compter qu'il n'y a rien à savoir.

— Allez, ne fais pas l'idiot. Tout le monde sait que ça fait des mois que tu veux le baiser.

Horst recule d'un pas, comme si Lee l'avait giflé. À l'expression de son visage, elle sait qu'elle est allée trop loin. Mais, rien que de le dire, la pression est un peu retombée en elle.

— C'est gênant. Tous ces ragots. Vas-y, fais-le, et qu'on n'en parle plus.

— Quoi ? Mais qu'est-ce qui te prend ?

Qu'est-ce qui lui prend en effet ? Lee a droit à l'un de ses battements de cils, qu'il a particulièrement longs. Horst est quelqu'un de gentil, l'une des personnes les plus gentilles qu'elle ait rencontrées à Paris, pas compliquée, et avec qui elle adore travailler. Elle finit par dire :

— Je suis désolée, je ne sais pas ce qui m'a pris.

— Eh bien, pose-toi la question. Tu es d'une humeur massacrante, ces temps-ci.

Horst se remet à marcher, shootant dans les cailloux qui se trouvent sur son chemin, puis comme elle le suit, l'arrête d'un geste et lui fait face.

— Tu sais, dit-il, ta vie serait bien plus simple si tu traitais les gens comme tu voudrais qu'ils te traitent.

— Et qu'est-ce que tu veux dire par là ?

Horst hésite, puis se lance :

— Écoute, tu peux être chouette, quand tu veux. Mais ça fait combien de temps qu'on travaille ensemble, maintenant ? Or que sais-tu de moi ? Tu donnes l'impression de ne t'intéresser qu'à toi, à personne d'autre. Si tu t'intéressais vraiment à moi, tu saurais que j'ai fait des avances à George et qu'il m'a repoussé. Donc, pour ce qui est des ragots, je peux te dire que rien n'est vrai.

— Je suis désolée…

— Vraiment, Lee ?

Horst secoue la tête puis se retourne pour prendre la direction de la sortie sud du cimetière. Elle le regarde s'éloigner et disparaître au coin de l'allée, reste un moment sur place, se demandant ce qu'elle va faire. Compte tenu de l'humeur qui est la sienne, elle a peur de faire quoi que ce soit, peur de ce qu'elle pourrait détruire d'autre.

Elle ne peut pas rentrer chez elle. Ne peut pas être là-bas, dans son appartement qui est aussi celui de Man, même s'il n'est pas là. Elle ne peut pas non plus être seule avec elle-même, si bien qu'elle rebrousse chemin et se dirige vers Les Deux Magots, où elle prendra une tasse de thé pour essayer de se calmer. Mais ayant emprunté la rue des Plantes, elle se souvient que Jean est de retour. Elle bifurque et prend le chemin de son appartement, soudain impatiente de voir son visage amical. Lorsqu'il ouvre la porte, Lee lui tombe dans les bras.

— Chaton ! s'écrie-t-il, la soulevant de terre. Je me disais justement que, si tu ne répondais pas bientôt à ma lettre, j'allais devoir aller te chercher, et te voilà.

Ils vont dans le salon de Jean. Il verse à Lee un verre de vin dont la vue à elle seule lui retourne l'estomac. Il s'assied face à elle et se lance dans un bavardage ininterrompu, lui parlant de Rome, du tout nouveau train qu'il a pris pour rentrer et des modifications qu'il a apportées au montage du film.

— Il est tellement, tellement bon, dit-il, que si ce n'était pas mon travail, j'emploierais le mot génial. Pardonne-moi : mais je vais tout de même utiliser ce mot. Ce film est génial, et toi, ma chérie, tu es géniale dedans.

Lee sourit avec l'impression que c'est la première fois de la journée.

— Vraiment ?

— Tu crois que j'exagère ? Tout le monde est ravi. Le vicomte l'adore. Enfin – une ombre traverse le visage de Jean –, sauf la fin. Il faut qu'on la refasse, mais ça ne te concerne pas. Il faut que je demande à Anush de revenir pour ces séquences. Au fait ! Tu es au courant ? Elle attend un bébé.

Lee n'est pas au courant. Elle n'est pas restée en contact avec quiconque de l'équipe du film à part Jean, et, tandis qu'il lui parle d'Anush et des autres, elle se calme un peu. Anush l'aimait bien, l'a acceptée comme elle était. Sur ce tournage, tout le monde l'aimait bien. Lee n'a pas besoin de l'amitié de Horst, et si Man est en colère contre elle, c'est peut-être qu'elle n'a pas besoin de lui.

— Quand tu feras un autre film, je pourrai en être ?

— Tu pourras être dans tous les films que je ferai, dit Jean, la main sur le cœur en un geste théâtral.

Elle s'imagine arriver sur le plateau du prochain film de Jean et oublier tout le reste.

— Tu as un projet en vue ?

Jean prend le verre que Lee n'a pas touché et boit une gorgée.

— Qui sait ? Je resterai peut-être des années sans tourner à nouveau. Il faut qu'une idée me vienne. En ce moment, j'écris des poèmes. Je peins. Je parle à Diaghilev. Il veut que je travaille avec lui sur un nouveau ballet.

Au seul mot de ballet, Lee tressaille. Elle s'appuie contre le dossier du canapé, se sent mal rien que de repenser à la nuit passée. Jean, toujours très observateur, le remarque aussitôt.

— Qu'est-ce qui ne va pas ?

Il la dévisage avec insistance de ses yeux bruns enfoncés. Lee sait qu'elle ne devrait pas lui parler de ce qu'elle a fait, mais elle éprouve un besoin irrépressible de le lui dire, de déposer sa culpabilité aux pieds de quelqu'un, de quelqu'un qui a de l'affection pour elle.

— J'ai fait quelque chose de mal, murmure-t-elle en regardant ses genoux.

Jean se déplace pour venir à côté d'elle sur le canapé et lui prend les mains.

— Qu'as-tu fait de si terrible ?

Lee s'éclaircit la voix, essaie d'avaler.

— Tu connais Antonio Caruso ?

Un sourire nostalgique passe sur le visage de Jean.

— Bien sûr.

— J'ai... j'étais avec lui. La nuit dernière. Man n'est pas au courant, ou je ne sais pas : il le sait peut-être. Je ne suis pas rentrée de toute la nuit. Ça fait deux jours que je n'ai pas dormi.

Les mots se bousculent, se télescopent.

Jean a fermé les yeux et toujours le même sourire aux lèvres.

— Jean ? demande Lee.

— Désolé.

Il ouvre les yeux.

— Je vous imaginais ensemble, toi et Caruso. C'est un homme tellement attirant. Je cherche toujours des raisons de le faire travailler sur mon plateau, rien que pour pouvoir le regarder.

Lee aurait bien ri, mais elle est trop tendue.

— Je ne sais pas quoi faire, murmure-t-elle.

Jean pianote sur sa cuisse.

— Quand Man Ray était avec Kiki, dit-il, ils s'engueulaient en pleine rue. Tout le monde les entendait. Parlait d'eux. Je n'ai rien entendu de tel à votre sujet.

— Nous gueulons en privé, dit Lee en étouffant un rire.

— Ah ! Ma foi, on ne change pas sa vraie nature, comme on dit. Man disait tout le temps à Kiki ce qu'elle devait faire, alors j'imagine que c'est pareil avec toi.

— Oui.

— Kiki… – Il a un claquement de doigts signifiant qu'il s'en désintéresse. – Je n'éprouve pas grand-chose pour elle. Mais toi : personne ne devrait avoir le droit de te dire ce que tu dois faire.

Lee se couvre le visage avec ses mains. Comment peut-elle expliquer à Jean ce que Man signifie pour elle ? Même si Jean n'avait pas quelque chose contre lui, elle ne sait pas s'il pourrait comprendre. Elle lui dit :

— Tu te rappelles cette soirée où nous nous sommes rencontrés pour la première fois, tu m'as conduite à la fontaine et demandé si j'étais amoureuse de Man ?

— Oui.

— J'ai souvent repensé à cette soirée. Je ne voulais pas te dire ce que j'éprouvais pour Man. Je ne te connaissais pas. Du coup, je t'ai répondu que je ne savais pas ce que c'était d'être amoureuse. Et c'est bien ce que je ressens, parfois… mais il y a tellement de choses chez Man et dans notre relation – et dans toute relation d'ailleurs – que personne ne peut savoir. On ne peut pas l'expliquer à une tierce personne. Moi en tout cas, je ne peux pas. Mais il y a quelque chose que j'ai regretté de ne pas t'avoir dit, ce soir-là. Il y a quelques mois de ça, je travaillais seule un soir dans la chambre noire et une souris m'est passée sur le pied…

— Une souris pour un Chaton, dit Jean en hochant la tête.

— Ah ! Oui. Bref, j'ai allumé la lumière de la chambre noire et exposé mes négatifs mais ça ne les a pas abîmés, et, après ça, Man et moi avons travaillé ensemble pour recréer cette technique. Nous l'avons perfectionnée, et les tirages que nous avons faits, c'est le meilleur résultat auquel je suis jamais arrivée dans mon travail. Je crois que c'est ce jour-là que j'ai su que je pouvais vraiment devenir une artiste.

Lee reprend son souffle.

— On passe tous par là, de la « tentative » à la « réalisation », dit Jean. Moi aussi, j'ai vécu quelque chose de semblable avec un professeur. Mais tu as toujours été une artiste. N'importe qui peut voir ça.

Lee acquiesce, mais n'est pas convaincue.

— Peut-être, dit-elle pour finir. Mais je n'ai jamais été plus heureuse.

— Ah ! Ça, c'est autre chose.

— Oui.

Jean tend ses mains.

— Tu veux savoir ce que je pense ? Tu as couché avec Caruso parce que c'est un très bel homme et que tu es une très belle femme. Tu es jeune et tu te cherches. Tu peux le dire à Man Ray, ou pas. C'est à toi de décider. Mais battre ta coulpe ne servira à rien. Ça ne te mènera nulle part. Tu es une artiste. Les artistes sont avides d'expériences ; c'est avec ça qu'ils créent.

Ce serait si facile d'abonder dans le sens de Jean : Lee s'est déjà dit la même chose à plusieurs reprises. Mais se servir d'un besoin d'expérience comme excuse pour avoir une aventure, ce n'est que ça, une excuse, une façon de s'absoudre elle-même d'avoir transgressé. Quant aux raisons pour lesquelles elle a couché avec Antonio, c'est tellement embrouillé dans sa tête qu'il lui est impossible d'expliquer ça à Jean. Pour une bonne part, ça n'a rien à voir avec Man, mais ça ne change rien au fait qu'elle a fait quelque chose pour le blesser. Lee dit :

— Si je ne lui dis pas, il y aura toujours un mensonge entre nous.

— Alors dis-lui.

— Mais, dans ce cas, c'est notre relation qui sera menacée. Man ne me ferait jamais… il ne me trahirait jamais comme je viens de le faire.

Lee sent ses yeux s'embuer de larmes et les essuie d'un revers de la main.

— Humm. Alors disons que tu as de la chance, Chaton.

Jean lui tapote la jambe.

— Le mieux, pour l'instant, c'est peut-être de ne plus penser à tout ça, au moins pour le moment. Veux-tu que je te montre le film ?

Ils vont dans une pièce au fond de l'appartement de Jean, où les volets sont tirés et un projecteur est déjà installé. Ils regardent le film ensemble, du début à la fin, et Lee retient son souffle pendant toute la séquence où elle apparaît, les yeux clos, glissant sur la scène comme du marbre prenant vie. Jean jette un œil vers elle puis lui prend la main, glissant ses doigts entre les siens, les serrant.

— Tu vois ? dit-il à la fin, se levant pour aller arrêter le projecteur. Géniale.

L'heure du dîner est passée et Lee sait qu'elle doit partir. Elle se sent plus calme à présent, même si elle ne sait toujours pas ce qu'elle va dire une fois devant Man. À la porte, Jean la prend dans ses bras et lui murmure dans les cheveux « Prends soin de toi, Chaton » et elle s'accroche à lui un peu plus longtemps que nécessaire avant de s'en aller.

Man n'a pas laissé la note à l'endroit habituel sur la table de la salle à manger. Il ne l'a pas laissée dans la cuisine, ni sur la petite table, près de la porte. Elle est dans leur chambre, posée sur un oreiller, sur le lit, sous sa toile à moitié terminée. Elle est pliée en deux, écrite sur son papier à en-tête d'il y a quelques années, quand il voulait impressionner, avec son monogramme timbré en haut de la page.

Lee commence à lire, debout sous le tableau de sa bouche.

Mon amour,

Connais-tu ton pouvoir ? Tout le pouvoir que tu as sur moi ? Je pense que, si tu en étais consciente, tu ne me blesserais pas comme ça. Tu ne promettrais pas de t'engager vis-à-vis de moi pour me laisser ensuite dans le doute, dans une confusion permanente. Tu ne ferais pas de moi un homme qui a besoin de promesse.

Il faut que je m'éloigne de Paris quelques jours, peut-être plus. Je suis incapable d'écrire, de peindre, ou de photographier quand je ne pense qu'à toi. La seule façon pour moi d'arriver à quelque chose est de partir quelque temps. Si tu veux m'écrire, tu peux me joindre aux bons soins d'Arthur et de Rose. Je suis désolé de te lâcher alors que le Bal est proche mais je suis certain que tu te débrouilleras très bien toute seule.

À toi pour toujours,
M

Lee relit la note, puis la relit encore une fois. Le sait-il ? Est-ce important ? Elle a l'impression que la chambre vient tout juste d'être quittée ; elle se voit soudain le rattrapant à la gare. Elle s'imagine courir sur un trottoir bondé, héler désespérément un taxi, la main levée comme un oiseau affolé, puis l'apercevoir au moment même où il va monter dans le wagon et crier son nom jusqu'à ce qu'il la voie. La scène sonne faux, ridicule. Mais au moins, elle permet à Lee d'échapper à la puanteur persistante de sa trahison.

Lee repose la lettre, va à la penderie, en sort son peignoir. L'enfile. Va à la cuisine, se prépare une tasse de thé. Ses gestes sont automatiques, elle n'accorde aucune attention à ce qu'elle fait. Dans l'appartement, le silence règne. Dans la rue, sous leurs fenêtres les gens bavardent, et plus loin, on entend le son croissant d'une sirène de police. Sous l'inquiétude qui l'a rongée toute la journée, une autre sensation est en train de naître en elle. Lee va devoir s'occuper toute seule du Bal blanc. Elle sait très exactement ce qu'elle va faire, l'idée qui lui est venue la nuit précédente chez Drosso. Cette sensation en elle est tellement nouvelle qu'elle est encore vague ; elle ne peut pas encore mettre un nom dessus.

31

Lee ne se souvient pas de ce qu'elle a fait des journées suivantes. Elle reste au lit ; elle dort trop. Il n'y a personne pour la voir. Elle boit du café sur un estomac vide ; elle mange les restes. En l'absence de Man, l'appartement est une caverne. Les lumières sont éteintes mais elle tire quand même les couvertures par-dessus sa tête.

Étendue sur le lit, Lee regarde le tableau de Man au-dessus d'elle. Elle passe les doigts sur l'épaisse couche de peinture séchée. Vues sous cet angle, ses lèvres font encore plus penser à des corps, et Lee est prise d'une forte envie que Man soit là, près d'elle, qu'il ne soit pas parti.

Dans sa tête, c'est toujours le même refrain qui s'insinue jusqu'à ce qu'elle n'en puisse plus de penser. Antonio : il n'a été que le moyen de voir jusqu'où elle pouvait aller dans la bassesse. Mais maintenant, il ne reste que la tristesse. Bras et jambes étendus pour occuper tout le lit, elle se laisse aller à des regrets dont elle ne voit pas le bout.

Quelques jours plus tard, Lee est finalement obligée de sortir de sa torpeur. De trouver de quoi se nourrir, de se remettre au travail. Dans la rue, le soleil est éblouissant ; elle porte des lunettes noires et son chapeau bien enfoncé sur la tête. Dans les boutiques où elle fait ses courses, elle se sent comme une actrice, meilleure encore qu'elle ne l'était sur le plateau de Jean. Elle commande aux muscles de son visage de bouger quand elle veut sourire, bâillonne ses pensées et les ramène à l'instant présent. Ça fonctionne, pour l'essentiel. Mais, à la boulangerie, tout à coup, elle oublie ce qu'elle est venue y faire. D'autres fois, elle doit sortir du magasin et respirer un bon coup pour se calmer.

Au studio, où elle finit par retourner, ça sonne, ça sonne. Tout d'abord, elle se demande ce que c'est. Une alarme quelconque, une perceuse ? Quand elle se rend compte que c'est le téléphone, elle se précipite pour répondre, dit allô d'une voix essoufflée. Au bout du fil, la voix, impérieuse, de Madame Pecci-Blunt. Est-ce que Man Ray viendra bien le lendemain pour qu'elle lui montre le solarium où se tiendra la réception ? Lee cherche ses mots, lâche que c'est elle qui sera là, car Man a soudainement été obligé de s'absenter.

— Ah, vous êtes son assistante ? demande Madame Pecci-Blunt.

— Son associée.

— Ah oui. Celle dont Jean m'a parlé. Il dit que vous avez beaucoup de talent. Mais j'ai besoin de vous deux. J'ai besoin de Man Ray. Tout le monde le connaît. Cette réception doit être fabuleuse. Il faut que ce soit la réception de l'année, l'apogée de la saison, rien de moins. Je veux autre chose qu'un gâteau blanc et des assiettes blanches !

Elle parle sur un ton qui exsude l'argent, la sophistication, un français en cascade qui fait tinter les voyelles.

Un silence. Lee se rappelle le conseil de Jean, de laisser la cliente parler jusqu'à ce que ce que ses intentions soient claires.

— On ne parle pas de nourriture, ni de vaisselle, là, la relance-t-elle.

— Vous m'avez parfaitement comprise ! N'importe quel enfant de six ans pourrait avoir des idées comme celles-là. C'est pour ça que je fais appel à vous deux. Tout ce que je sais, c'est que ce bal doit avoir quelque chose de magique ; il faudra que les invités aient l'impression d'être transportés dans un autre monde. Dans un rêve.

— Un rêve en blanc. J'ai quelques idées, en fait, dit Lee. – Elle commence à lui en faire part puis s'interrompt. – Mimi, vous permettez que je vous appelle Mimi ?

— Bien sûr.

La réponse de Madame Pecci-Blunt encourage Lee à continuer, si bien qu'elle lui explique, les mots se bousculant à présent, l'idée qui lui est venue quand elle a parlé du projet à Antonio : des images projetées, des mots sur le sol, sur le corps des gens.

— Excellent, dit Mimi. Vraiment excellent.

Très vite, les voilà qui conçoivent un projet tellement ambitieux que Lee est persuadée que cette réception sera l'événement du siècle, la femme aussi. Le seul problème est que Lee ne sait pas encore comment le mettre en œuvre. Elle a besoin de Man et de son matériel. Elle dit à Mimi qu'il sera de retour dans quelques jours.

Lorsque Madame Pecci-Blunt demande des précisions sur leurs honoraires, Lee donne le montant sur lequel elle et Man s'étaient mis d'accord, un chiffre si exorbitant, qu'elle s'attend presque à ce que la femme lui raccroche au nez. C'est plus que ce que les Wheeler ont offert à Man pour son prochain film, plus que trois mois de loyer du petit studio chaulé de la rue Victor-Considérant. Mais la milliardaire accepte sans discuter, et elles conviennent de se voir le lendemain pour entrer dans les détails. Pour finir, Lee se demande si elle n'aurait pas dû demander plus.

Le lendemain après-midi, Lee se rend à la résidence des Pecci-Blunt au Trocadéro, où la réception aura lieu. Elle s'est munie d'un bloc-notes, d'un mètre ruban et d'un petit dossier de références, que Mimi ne demande pas à consulter. Elles se promènent dans la propriété comme si elles étaient de vieilles amies. Le parc est extraordinaire ; Lee n'a jamais vu une telle opulence de si près. Les jardins sont impeccablement entretenus, tout est dessiné au cordeau, d'équerre, perpendiculaire, comme pour une leçon de géométrie de classe préparatoire. Tout a été taillé avec la plus grande précision, dans les règles de l'art topiaire, les choux d'hiver et les chrysanthèmes sont en ordre serré. Pas un pétale ne dépasse. Dans les allées, des mosaïques de galets, qui représentent des poissons jaillissant à quarante-cinq degrés de pièces d'eau symétriques.

Tout est si parfait qu'en marchant, Lee a une folle envie de shooter dans quelque chose, de faire une entaille dans une haie de buis et de couvrir le sol de feuilles mortes. Au lieu de quoi elle sourit, accepte l'offre de Mimi de prendre le thé, qui est servi dans un salon au plafond bleu ciel. Les tasses délicates en porcelaine, d'une minceur translucide, sont remplies d'un ersatz de thé d'autant plus léger qu'il y a trop de lait. Un café serré, bien fort, voilà ce dont Lee aurait envie maintenant, mais ce serait trop pour le palais raffiné de cette femme. Lee se pose donc au bord d'un canapé recouvert de satin et porte sa tasse de thé à ses lèvres d'une main tremblante.

Après le thé, Mimi l'emmène dehors par une porte latérale dans un immense solarium, avec une piscine carrelée entourée de plantes en pleine floraison. Un parfum de lys imprègne l'air. Lee est enchantée : une idylle hivernale, ici, en plein centre de Paris.

— C'est parfait, dit Lee. On pourrait tendre des voilages sur tout le périmètre et y projeter le film ; sur l'eau aussi.

En le disant, Lee le voit plus clairement qu'elle n'a jamais vu quoi que ce soit : des couples en smoking blanc et robes ivoire, qui dansent au bord de la piscine, les serveurs vêtus de blanc se frayant un chemin dans la foule. Elle voit les rideaux se gonfler sous la brise pénétrant par une fenêtre ouverte, les images – ses images – tremblotant comme si elles étaient vivantes. Et, tandis qu'elle et Mimi règlent les questions de logistique, une impatience monte en elle qui efface tous ses autres sentiments – sa culpabilité, sa colère contre Man, sa solitude –, ne lui laissant qu'un impératif : se mettre au travail. Mimi sourit avec plaisir aux suggestions de Lee, mais ni l'une ni l'autre n'évoque Man.

Au cours des jours suivants, Lee vit dans une sorte de rêve enfiévré, exclusivement centré sur la création des films qu'elle projettera au Bal. Elle apprend à utiliser la caméra de Man, qu'il n'a heureusement pas vendue, et remplit tout un carnet de notes de croquis et d'idées. L'après-midi, elle émerge pour aller acheter du matériel, qu'elle paie sur un compte que lui a ouvert Madame Pecci-Blunt. Elle revient au studio avec des rouleaux de films 16 mm, des toiles, du matériel qu'elle peut utiliser pour les expériences qu'elle fait à mesure que les idées viennent.

Elle commence par établir une liste d'une centaine de mots et de phrases, en anglais et en français, des mots qui surprendront ou titilleront quand ils seront projetés sur les corps des invités. « Raconteur, coquillage, *falsehood*, rêveur, chuchoter, permissif, apathique ». Les mots affluent et elle les note, les peint sur les toiles qu'elle a achetées, puis les filme. Elle voit les mots glisser sur la peau et les vêtements des invités – « gauche, serein, impressionné, flâneur, voyageant » – et chaque fois que des mots lui viennent à l'esprit, elle les peint et les filme aussi.

Un soir, Lee commence à peindre une histoire sur une bâche de protection, ou peut-être est-ce un poème, des mots et des phrases qui appellent une histoire. Alors qu'elle est en train de peindre, elle s'aperçoit que les mots sont une histoire d'amour, qu'ils sont Man et Antonio, qu'ils sont des excuses codées que seuls elle et Man comprendront. Les mots lui donnent une idée, et elle va fouiller dans des photos que Man a prises d'elles plusieurs mois auparavant puis les met à côté des phrases. Et tout à coup, elle voudrait que Man soit là, qu'il vienne à la réception et voie ce qu'elle a fait, les mots qu'elle a écrits pour lui, l'histoire qu'elle invente, pour elle la meilleure façon de lui dire qu'elle regrette sa conduite.

Plus Lee avance dans son travail, plus elle est désolée. Plus Man lui manque. Cette façon qu'ils avaient de se regarder dans la chambre noire, surtout quand ils avaient réussi quelque chose. La danse qu'ils exécutaient l'un autour de l'autre dans ce petit espace qu'ils partageaient. Travailler seule n'a rien à voir. Par un après-midi pluvieux, elle est tout près de téléphoner aux Wheeler, mais s'abstient, parce qu'elle ne voit pas ce qu'elle lui dirait.

Un soir, après avoir travaillé des heures durant, Lee s'arrête et regarde autour d'elle avec des yeux fatigués. Le studio est dans un sale état. Des tas de tubes de peinture noire vide traînent par terre. Il y a une odeur d'huile de lin dans l'air, de vin répandu et peut-être même de pieds. Ceux de Lee. Sur ses ongles, la peinture noire ne s'en va plus, et les cuticules sont durcies par la térébenthine. Mais les films sont terminés. Il y en a quatre : un avec des mots n'ayant aucun lien entre eux ; un deuxième avec des images bizarrement juxtaposées dont elle sait qu'elle les doit en grande partie aux films surréalistes de Man ; un troisième avec les mots et les images qu'elle appelle son poème d'amour ; et un quatrième de ses mains dans une centaine de positions différentes. Elle espère que, lorsqu'elles passeront sur les corps des invités, on aura l'impression que quelqu'un les touche. Lee ouvre une autre bouteille de vin et visionne les quatre films, projetés sur le mur du fond du studio tout en buvant directement à la bouteille, le vin coulant en ce qui lui semble être une gorgée ininterrompue. Quand le dernier film se détache de la bobine à la fin, Lee s'assied sous la lumière soudaine, crue et chaude du projecteur, écoute le tic tic tic du film qui bat autour de la bobine, et là, un sentiment de fierté avinée monte en elle, la submerge.

Le lendemain, Lee retourne à l'appartement pour la première fois depuis huit jours. Elle a besoin de vêtements de rechange, elle a besoin d'un bain. La boîte aux lettres déborde. Des factures à payer, des lettres d'amis auxquels il faut répondre. Et passant tout le tas en revue, Lee voit le nombre de lettres qui lui sont adressées, toutes portant l'écriture penchée de Man. Il y en a quinze ; il lui a écrit presque deux lettres par jour. Elle les rassemble et une fois qu'elle a ôté sa robe et qu'elle s'est allongée sur leur lit, elle les ouvre et les lit telles qu'elles ont dû être écrites, presque en un même état de conscience.

Loin de toi je mesure encore plus à quel point j'ai besoin de toi – nous sommes comme jumeaux ou reflet l'un de l'autre – sans toi je suis moins que la moitié de moi-même – je n'ai quasiment rien mangé depuis que je suis parti, la nourriture n'a aucun goût, j'ai la bouche sèche et l'eau ne me désaltère pas – et ce voyage commence à être ce que j'aurais dû savoir qu'il serait : une pénitence, un exil, une désintoxication, le seul moyen que j'ai de me libérer de ma dépendance à toi.

Dans certaines lettres, il semble en colère ; dans d'autres il se plaint. Il a dû passer des heures à les écrire. Lee l'imagine à un bureau chez les Wheeler, regardant la mer au loin sans la voir.

Je me sens vieux. Je ne devrais probablement pas te dire ça, vu qu'une des choses qui m'inquiètent le plus est que tu te lasses d'être avec moi. Mais c'est vrai. J'ai mal partout. J'ai les genoux qui craquent quand je me relève. J'ai des maux de tête. Je sens tes jolis doigts qui me massent les tempes pour en chasser la douleur. Et puis je me dis : pas étonnant qu'elle ne m'aime pas comme je l'aime, si je me vois en malade ayant besoin qu'on s'occupe de moi. Et toi, tu es si libre. Tu ne conçois pas encore, je crois, tout le potentiel que tu as en toi, tout ce que tu vas encore faire.

Ce n'est que dans la dixième lettre qu'il évoque la nuit où elle a découché et ce qu'elle a fait, et la lettre tremble tandis qu'elle la lit.

Je sais que tu étais avec un autre homme la veille du jour où j'ai quitté Paris. Je ne sais pas comment je le sais, mais je le sais. Je le sentais, pendant que tu étais partie. Je sentais ce que tu étais en train de faire. J'ai vu les mains de l'homme te toucher, je l'ai vu te faire l'amour comme seul moi je suis censé te faire l'amour. Ça m'a rendu plus triste que je ne l'ai jamais été de toute ma vie.

Et puis, dans la dernière lettre, il est en colère, l'écriture est encore plus penchée, le papier creusé par le stylo.

Tu ne m'as jamais laissé entrer. Tu le sais, n'est-ce pas ? Pendant tout le temps où nous avons été ensemble, j'ai frappé à la porte de ton crâne et tu n'as fait que l'entrouvrir. J'ai été obligé de te regarder par cette petite ouverture. Je sais pourquoi – je comprends que ce soit difficile pour toi, tu es encore affectée par ce qui t'est arrivé quand tu étais petite – mais j'ai cru pouvoir passer outre cette souffrance si ancienne, réparer les dégâts. Mais toi ! Tu ne sais même pas que je frappe à la porte. Tu ne sais même pas que nous aurions pu être plus que ce que nous étions si seulement tu t'étais ouverte à moi. Tu ne m'as pas laissé être tout ce que j'aurais voulu être pour toi.

Quand elle a fini de lire toutes les lettres, Lee est vidée. Épuisée. En marge de la dernière, Man a écrit Elizabeth Lee Elizabeth Elizabeth Elizabeth Lee Elizabeth Elizabeth Elizabeth. Son nom une centaine de fois. Tout en réfléchissant, elle passe son doigt sur les lettres.

C'est vrai ce que Man a écrit. Qu'elle n'a pas su lui ouvrir la porte. Ou peut-être ne l'a-t-elle pas voulu. Elle se disait qu'il ne l'avait peut-être pas remarqué. En matière de relation amoureuse, Lee n'a pas de terme de comparaison, pas vraiment, si bien qu'il y avait toujours cette possibilité que ce qu'ils vivaient ensemble soit suffisant. Mais ça ne l'était pas. Elle a essayé d'oublier, d'effacer les souvenirs, au lieu de quoi ils sont devenus indélébiles, une espèce de tache noire par-dessus de ce qui était de la lumière. Elle a tellement honte de sa faiblesse, du fait que des événements datant d'il y a vingt ans puissent avoir laissé en elle une telle marque. Si seulement elle avait pu faire comme l'analyste le lui demandait, comme son père le lui demandait, et oublier. Et maintenant, ici, un autre effacement, une autre chose perdue. Ou peut-être est-ce quelque chose qu'elle n'a même jamais eu.

Lee est envahie par une détestation d'elle-même si forte qu'elle s'allonge sur le lit et ferme les yeux. Tout, ses propres aspirations d'artiste, sa relation avec Man, lui semble soudain absurde. Son film du poème d'amour : elle en est gênée, rien que d'y penser. Comme si quelques mots projetés sur un écran pouvaient donner une idée de ce qu'est vraiment l'amour. Tout ça est tellement insignifiant. Elle se met un bras sur les yeux et sent de chaudes larmes couler par en dessous.

Lee se glisse sous les couvertures et se recroqueville en boule, les lettres de Man éparpillées autour d'elle, jusqu'à ce que finalement, le sommeil vienne la délivrer pour un temps.

Le soleil qui se lève sort Lee d'une nuit agitée. Elle est toujours entourée par les lettres de Man et le reste du courrier. Les yeux fixés au plafond, elle regarde les ombres que les rideaux projettent sur le mur. Elle prend une des pages de Man et en lit quelques lignes. Elle sait déjà ce qu'elles disent ; les mots sont gravés sur son cerveau comme une photographie. En reposant la lettre, elle remarque une grosse enveloppe en dessous de la pile, frappée du monogramme Art déco que le Philadelphia Camera Society utilise pour toute sa correspondance. Elle est adressée à Man, bien sûr, et elle est épaisse et lourde. Les bonnes nouvelles sont toujours épaisses et lourdes. Elle sait qu'elle ne devrait pas l'ouvrir, mais elle se dit que s'il a été accepté pour l'exposition – ou, mieux encore, s'il a gagné l'un des grands prix, le grand prix, même – ça lui donnerait une bonne raison de l'appeler chez les Wheeler.

Elle l'ouvre donc, glissant un doigt sous le rabat pour le décoller aussi délicatement que possible. Dedans, il y a une lettre et un catalogue. Sûrement de bonnes nouvelles.

20 décembre 1930

Cher Monsieur Ray,

Nous avons le plaisir de vous annoncer que le Jury de la sélection a accordé à votre triptyque, « The Bell Jar Series » le prix du portrait Paterson-Shrein. Le triptyque sera présenté lors de l'exposition du 1er mars 1931. Vos compositions ont fait grande impression sur les membres du jury, surtout la nouvelle technique de solarisation que vous avez mise au point et décrite dans la démarche artistique qui l'accompagnait. En outre, pour vos photos sélectionnées par Mr Joseph Merril Patterson et Mrs Richard T. L. Shrein, vous recevrez un prix de cinq cents dollars et une place dans l'illustre collection permanente de la Philadelphia Camera Society.

Il ne vous sera sans doute pas possible d'être présent à l'exposition, mais si par hasard vous vous trouviez dans la région de Philadelphie en mars, nous serions ravis de vous accueillir lors de la petite réception que nous donnerons pour les artistes récompensés. Sinon, nous joignons le catalogue de l'exposition à cet envoi et vous remercions encore de nous avoir soumis ce remarquable travail.

Bien cordialement à vous etc.,
Dr George C. Poundstone, vice-président
Au nom des membres du comité de la Philadelphia Camera Society

Lee prend la plaquette de l'exposition en main et la feuillette. Elle est là, sa série de la cloche sous verre, avec le nom de Man en dessous. Dans sa courte démarche artistique, Man a défini la solarisation et écrit « J'ai découvert ce procédé par hasard l'année dernière, et l'ai amélioré au cours des mois qui ont suivi. » Nulle part il n'est fait mention du rôle de Lee.

Il doit y avoir plusieurs semaines que Man a envoyé ces photos, ce qui veut dire que cela fait des semaines qu'il sait qu'il l'a trahie, et qu'il n'en a rien dit. À quoi a-t-il pensé ? Les photos sont bonnes – elle et Man le savent –, mais bien entendu, il a des photos qui sont aussi bonnes ou meilleures que celles-là. Des photos qui sont exclusivement de lui. Serait-il possible qu'il ait oublié que ces photos sont de Lee ?

Alors qu'elle est allongée là, des choses qu'il a dites au cours des derniers mois lui reviennent en mémoire. « Tu n'es pas pas moi », a-t-il dit et elle n'avait pas compris, alors, ce qu'il voulait dire. La phrase lui avait paru dénuée de sens. Plus maintenant. Si c'est comme ça que Man la voit, alors peut-être voit-il aussi son travail à elle de la même façon. Il se l'approprie.

Son père, puis Condé Nast et Edward Steichen, et maintenant Man. Tous l'utilisant à des fins personnelles, prenant ce dont ils ont besoin sans se préoccuper de ce qui lui restera après coup. L'hiver à Poughkeepsie, quand elle était enfant, les fenêtres de la maison familiale étaient si froides qu'elles se couvraient de givre, et le matin, Lee sortait de son lit pour gratter les cristaux avec ses ongles, raclant la vitre jusqu'à ce qu'elle puisse voir la neige au dehors. C'est un peu ce qu'elle ressent maintenant, comme si elle s'était gratté les yeux, et qu'ils soient glacés.

Quand elle finit par se lever quelques minutes plus tard, elle a un plan. Va se chercher un papier et écrit vite un télégramme qu'elle enverra à Man dans l'après-midi.

BAL BLANC LE 6 JANVIER. *TA PRÉSENCE REQUISE. BESOIN D'AIDE. TA LEE.*

32

Tout en installant les projecteurs, Man lui décrit la nouvelle villa du bord de mer des Wheeler, à côté de Cannes.

— Ce qui en fait le charme, dit-il, c'est qu'elle est simple, authentique. Sans prétention. Arthur a passé une cire couleur ébène sur les sols, et laissé toutes les fenêtres sans rideaux, de sorte qu'on sent la présence de la nature même quand on est à l'intérieur. Pour mon premier jour, on a pique-niqué sous les branches d'un chêne majestueux, à la lisière de la propriété, et Rose nous a servi un rôti de canard froid, accompagné d'œufs de caille marinés et d'un bon chablis. Un vrai délice.

— Ça devait être chouette, dit Lee.

Elle ne fait guère attention à ce qu'il raconte et va et vient d'un pas décidé dans le solarium, attachant des draps blancs autour des supports des projecteurs, puis reculant de quelques pas pour juger de l'effet. Les invités sont attendus dans deux heures et il reste beaucoup à faire. En outre, Mimi lui a dit que tout doit être prêt assez tôt, car certains de ses invités débarqueront quand ils en auront envie sans se préoccuper de l'heure figurant sur le carton d'invitation.

Lee n'a jamais été du genre à avoir de l'avance sur son travail, ni même à être ponctuelle, à vrai dire, mais ce soir, elle y arrivera, coûte que coûte.

Man ne partage pas ce sentiment d'urgence. Il semble calme. Depuis son retour à Paris, deux soirs auparavant, il agit comme si tout, entre eux, était redevenu normal. À son arrivée, il l'a trouvée dans le studio, en plein montage, dans l'impossibilité de s'interrompre et encore entourée du désordre qu'elle avait créé en travaillant. Un désordre tel que Man a trébuché en venant vers elle et que, sans le vouloir, Lee s'est avancée pour l'empêcher de tomber et qu'ils se sont retrouvés dans les bras l'un de l'autre. Le soulagement de Man à la voir là était palpable. Il a ri de son fouillis et l'a embrassée comme il le faisait souvent, d'une façon qui lui envoyait toujours une décharge dans tout le corps, et elle a ouvert les lèvres, avancé sa langue contre la sienne, comme elle se souvenait de l'avoir fait chaque fois qu'elle avait envie de lui. Et lui – l'insensé – n'a apparemment pas remarqué la différence, pas remarqué non plus qu'elle était ailleurs, la tête toute à son travail pendant qu'elle l'embrassait. Et ce soir-là, au lit, Man a été tendre avec elle, l'a prise dans ses bras, lui a caressé les cheveux, les joues, les épaules, a paru content du seul fait d'être près d'elle.

— Je suis tellement heureux que tu m'aies écrit, a murmuré Man dans son dos. J'étais tellement en colère quand je suis parti. Mais être loin de toi a été un enfer pour moi. Je ne me suis jamais senti aussi seul de ma vie. Et toi ?

— Pareil, dit Lee dans l'obscurité, mais le mot a eu bien du mal à sortir de sa bouche.

Le lendemain, Lee a emmené Man au studio et lui a expliqué son projet pour la réception. Elle lui a montré son travail sur le film, se tenant dans le faisceau de lumière du projecteur pour qu'il puisse se rendre compte de l'effet produit par les images en mouvement sur son corps.

— Mais c'est superbe, Lee, dit-il d'une voix pleine d'admiration. Comment as-tu appris à faire tout ça aussi vite ?

Elle lui a parlé de tous ses projets pour la réception, de la résidence des Pecci-Blunt, de la piscine et du solarium où les films seraient présentés, et tout en hochant la tête, il prenait des notes dans le petit carnet qu'il avait toujours dans sa poche arrière.

Il y a plusieurs choses qu'elle ne lui dit pas. Elle ne lui parle pas du paquet reçu de la Philadelphia Camera Society, qu'elle est allée jeter dans une poubelle, à quelques pâtés de maisons de l'appartement, l'enfonçant à mains nues sous une couche d'ordures puantes. Lee ne lui parle pas du quatrième film, ce poème d'amour créé à son intention sur la pellicule qu'elle a ôtée de la bobine, jetée dans l'évier en métal du studio et enflammée, le nitrate de cellulose produisant aussitôt des flammes bleues jusqu'au plafond ; il ne restait plus du film qu'une torsade calcinée. Elle ne lui dit pas, non plus, ce qu'elle a fait l'après-midi précédant son retour, les heures passées à chercher la meilleure façon de le blesser, de l'atteindre profondément. Ne lui dit pas que sur une impulsion, elle avait pris un taxi pour se rendre au Palais Garnier, serrant dans sa main une note écrite à l'intention d'Antonio. Arrivée à l'Opéra, elle avait demandé au chauffeur du taxi de l'attendre et couru vers la porte latérale puis le long de l'étroit et sombre couloir derrière la scène. C'était plusieurs heures avant la représentation du soir, et il n'y avait pas grand monde, mais elle avait croisé une danseuse maigrichonne, apparemment surprise de la voir là, et lui avait glissé la note dans la main, lui demandant si elle connaissait Antonio et si elle pouvait lui remettre l'enveloppe. La ballerine avait acquiescé d'un signe de tête et, de retour dans le taxi, Lee avait posé son front contre le cuir froid du siège, tremblante, ce qu'elle avait fait, lui donnant presque la nausée. Tout cela, elle le garde pour elle.

À présent, Lee regarde autour d'elle l'espace dévolu à la réception et se dit qu'elle a vraiment pensé à tout. Même sa tenue – à la vue de laquelle Man a haussé les sourcils, « Tu vas porter ça ? » – est parfaite : un haut blanc de marin très près du corps et un short blanc. Elle n'a même pas eu besoin de se regarder dans la glace pour savoir que c'était bien. Simple, moderne. Debout dans ce solarium verdoyant aux senteurs douces, Lee donne l'impression d'être sur un bateau de croisière et, tout en mettant la dernière main à l'organisation de la soirée, elle essaie d'entrer dans ce rôle-là, d'évacuer l'anxiété et la colère qu'elle entend presque cliqueter autour d'elle comme une cotte de mailles.

Plus qu'une demi-heure avant le début des festivités. Les lampes chauffantes ont été allumées. Les serveurs en smokings blancs impeccables alignés sur le côté de la salle, bavardent entre eux. Les projecteurs sont prêts. Le bar entièrement réalisé avec de la glace – une brillante idée de dernière minute de Lee – est copieusement approvisionné de gin, de vodka et de vin blanc, les seules boissons qui seront servies tout au long de la soirée. Les verres à cocktails retournés sont disposés sur le comptoir de glace, semblables à des rangées de soldats de cristal. Et Mimi est apparue pour inspecter les lieux, vêtue d'une robe fourreau blanche, longue, pailletée de blanc, qui chatoie et miroite à chacun de ses mouvements. « Mademoiselle Miller a accompli un travail remarquable, vous ne trouvez pas ? » demande Mimi à Man et il acquiesce d'un signe de tête. « Vous prenez la suite à partir de maintenant ? »

Man n'a pas le temps d'en placer une que Lee répond : « Non, il va m'aider à faire marcher les projecteurs. C'est tout. »

Mimi a l'air un peu étonnée par le ton de Lee. Man reste silencieux. Tandis qu'un fournisseur attire Mimi à l'écart, Man regarde Lee avec bienveillance. Il est tellement patient que Lee aimerait presque ne pas lui en vouloir. Mais il n'y a rien à faire. Sa colère est comme l'inflammation du nitrate de cellulose : rien ne peut l'éteindre.

Man s'approche d'un des projecteurs et s'y affaire en testant ce que Lee a déjà vérifié, puis il lui demande ce qu'il peut faire pour les préparatifs.

— Je crois que tout est prêt, dit-elle, un peu surprise tout de même.

— Alors je vais nous chercher un verre pour que nous portions un toast.

Man va au bar et revient avec deux martinis-gins, des petits oignons blancs embrochés sur des piques apéritif blanches posées sur les bords du verre. « À Lee, mon amour, et au succès garanti de cette belle soirée », dit Man, levant son verre contre le sien. Ils trinquent. Le gin a un goût de forêt en automne.

Le soleil plonge derrière le toit de la maison de maître et les derniers feux de la lumière du soir donnent une densité dorée à l'air ambiant. Puis vient le crépuscule, et derrière la verrière du solarium, les cyprès noircissent comme des sentinelles et projettent des ombres linéaires sur les pelouses. La piscine, qui bénéficie des derniers rayons du soleil, le reflète encore un moment, gigantesque ovale de feu, brillant, éblouissant, puis le soleil baisse un peu plus et la piscine s'assombrit ; et là, Lee allume les projecteurs pour que les invités découvrent les films en arrivant. Les voici qui arrivent, justement : tout un groupe de gens, à six heures tapantes, vêtus avec plus d'élégance encore que Lee ne l'aurait imaginé. Les femmes portent de magnifiques robes de satin créées pour l'occasion avec cols drapés et traînes qu'elles doivent relever pour descendre les marches, des étoles de renard blanc sur les épaules. Sur les têtes, des tiares ou de petits couvre-chefs, légers comme des nuages, le haut des visages joliment flouté par une demi-voilette de tulle, les dents bien blanches dans des bouches éclatantes et rieuses. Les hommes portent tous un smoking ou un queue-de-pie, certains avec une écharpe en soie blanche.

Lee laisse Man s'occuper d'un des projecteurs et va s'agenouiller au bord de la piscine pour enflammer une douzaine de lampes-tempêtes en verre blanc laiteux et les envoyer flotter sur des radeaux blancs ; un courant d'air venu d'on ne sait où les pousse à la surface de l'eau. Puis Lee recule pour en admirer l'effet, observe les formes abstraites créées sur l'eau par les images du projecteur et les ombres portées sur la partie blanche des lampes tandis qu'elles tournent lentement grâce aux courants de la piscine.

Tous ces invités ne sont pas que fortunés, ils le sont tant qu'ils appartiennent à un milieu que Lee n'a jamais fréquenté. Rares sont ceux qui reconnaissent Man, et personne ne reconnaît Lee, même si elle voit les têtes des hommes se tourner vers elle sur son passage et poser des yeux gourmands sur ses jambes nues. Elle leur sourit, jouissant à la fois de son pouvoir et de son anonymat. Ils la regardent tout en sirotant leur verre, mais elle se sent totalement intouchable, inapprochable, elle sera la personne au sujet de laquelle ils demanderont plus tard : « Qui était-ce… ? » « L'avez-vous vue… ? »

Lee s'offre un deuxième martini. L'oignon lui explose dans la bouche avec un petit bruit savoureux. Man – empressé, plein de sollicitude – s'occupe des projecteurs, se déplaçant parmi eux pour rembobiner les films, caler les bobines, si bien que Lee n'a plus grand-chose à faire. De temps à autre, elle va vers lui pour lui demander si tout se déroule bien. Un peu à l'écart, ils observent les invités.

— Il y en a un bon nombre qui ont sûrement besoin qu'on leur tire le portrait, dit Man sur un ton de conspirateur, avec ce sourire en coin qui la charmait tant auparavant.

Lee acquiesce.

— Crois-tu pouvoir obtenir la liste des invités ?

— Peut-être, dit-elle.

Elle reste encore quelques instants près de lui, à se réjouir de tout ça – les invités qui s'exclament en voyant le film de Lee passer sur eux ; les couples qui dansent sur un air de jazz à l'autre bout de la piscine ; l'air confiné plein de parfums provenant des énormes bouquets de lys, de gardénia et de freesia – puis elle s'éloigne de Man et se dirige vers le bar où le préposé lui tend un autre martini avant même qu'elle ne le lui demande.

Un groupe de quatre invités s'approche d'elle.

— Mimi dit que c'est vous qui avez fait tout ça, s'exclame l'un d'eux, avec un grand geste pour désigner les lieux.

Lee se redresse et sourit.

— Oui, c'est moi.

— C'est magnifique, dit-il. Nous n'avons jamais rien vu de pareil.

Lee jette un coup d'œil vers les marches menant aux pièces principales de la maison et voit en contre-jour la silhouette d'un homme qui en sort. Il s'abrite les yeux, regarde autour de lui, hésitant sur le seuil comme s'il n'était pas sûr d'être à sa place. Lee sait que c'est Antonio. Elle l'aurait reconnu même s'il n'était pas la seule personne habillée en noir de toute la réception. Elle remercie l'homme et, non sans s'être excusée, se dirige vers Antonio, toute contente de voir son visage s'éclairer dès qu'il la voit.

— Tu as eu mon message, dit Lee.

— Oui, et je me suis dit que j'avais dû me tromper d'adresse en arrivant. Regarde-moi tous ces pleins-aux-as. Tu aurais dû me dire de m'habiller.

— Je n'ai pas voulu t'effrayer.

Ils regardent autour d'eux et Lee est à nouveau sidérée par toute cette opulence : le soin apporté à la beauté des visages, la débauche de soie, de diamants, de fourrures. À ce moment précis, un serveur approche avec un petit plateau en argent et leur offre des escargots. Lee et Antonio se regardent et éclatent de rire. Antonio prend un escargot et le mange en levant le petit doigt. Lee regarde derrière lui et remarque qu'avec ses grands airs, une femme fait pratiquement le même geste. Bientôt, tout leur paraît comique. Antonio se penche vers elle, et pousse son épaule contre la sienne en riant.

Lee regarde du côté des projecteurs. Elle et Antonio sont trop éloignés de Man pour qu'il les remarque. Elle prend la main d'Antonio et l'entraîne au bar, où elle lui commande un verre comme le sien. Elle le lui tend, il le renifle et fait non de la tête, si bien qu'elle le reprend et il se commande une vodka. Elle a un verre dans chaque main à présent, et prend alternativement une gorgée de chacun. Maintenant qu'Antonio est là, le gin est comme de l'eau; elle le boit sans même s'en rendre compte. Il met de temps à autre sa main chaude sur la sienne et lui prend un des verres, lui volant une gorgée au passage, et les trois verres ne tardent pas à être vides. Lee reprend la main d'Antonio, l'entraînant sur la piste de danse où elle sait très bien que Man les verra.

Antonio reste d'abord en retrait pour observer la projection des mots de Lee sur les corps des invités. Un couple d'un certain âge est en train de danser et, sur le smoking blanc de l'homme, les mots « Obscurité dans les bois » apparaissent puis disparaissent quand il s'éloigne. Sur la robe de soie d'une femme on peut lire, « J'ai dormi seule » ; sur une autre « Sans tenir compte de la mode ». Antonio croise les bras sur sa poitrine et regarde, impressionné.

— C'est assez étonnant, dit-il à Lee.

Elle pose la main sur son bras.

— Fais-moi danser.

— Je ne danse pas.

— Allez, juste une, insiste Lee en lui décochant un regard lascif sous ses paupières lourdes.

Elle sait qu'il ne peut pas le lui refuser. Antonio accepte, prend son bras et la conduit vers les autres couples où il se lance dans une valse, se mouvant avec tant de grâce que Lee lui dit :

— Ah, tu ne danses pas !

— Je n'ai pas dit que je ne savais pas danser.

Et comme pour le prouver, il attire Lee plus près et la renverse. Elle a la tête qui tourne lorsqu'il la redresse.

Son costume noir et le short blanc de Lee font d'eux le couple qu'on remarque le plus sur la piste de danse, et Lee sait que Man ne va pas tarder à les voir. Tandis qu'Antonio la guide, elle tourne la tête pour regarder du côté de Man occupé à faire marcher le projecteur. Le film est fini ; sorti de la bobine, les couples continuent de danser pendant que Man le recharge, puis, après qu'il l'a relancé, Lee se retourne et voit qu'il l'a remarquée. Man secoue la tête, l'air surpris, mais elle tourne de nouveau, se laisse entraîner dans le mouvement avec les autres couples, solidement tenue dans les bras puissants d'Antonio.

Ils font encore trois danses, Man ne bouge toujours pas. Chaque fois qu'Antonio la fait tourner, Lee voit Man qui les observe, toujours à côté du projecteur, les bras ballants. Lee se serre contre Antonio, jusqu'à ce que leurs bassins se touchent, et elle le sent durcir à travers son pantalon serré. Son érection la rend folle, elle se colle à lui avec une telle insistance que c'en est indécent. Elle a la tête en feu, le regard vague et, à travers sa vision brouillée elle voit les yeux de Man fixés sur elle chaque fois qu'elle se tourne vers lui. Et puis – n'est-ce pas pour cela qu'elle a fait venir Antonio ici ? –, Lee s'arrête de danser et, au centre de la piste de danse, dans le silence qu'elle a créé autour d'eux, elle se met sur la pointe des pieds, enlace Antonio, tend ses lèvres et l'embrasse devant tout le monde.

Comme prévu, Lee a toute l'attention de Man, cette fois. Il vient vers eux, poings serrés, tout son être vibrant de colère.

Il saisit le bras d'Antonio et d'un coup sec arrache Lee à son étreinte.

— Bon sang… mais qui êtes-vous ? siffle Man.

Antonio ouvre la bouche pour dire quelque chose, mais Man a déjà armé son bras qui se détend comme un ressort, son poing s'abattant sur le visage d'Antonio. C'est un sacré coup de poing, Antonio chancelle et tombe sur un genou.

Antonio porte la main à sa joue et regarde Lee d'un air accusateur. Elle se sent affreusement mal. À quoi pensait-elle donc en le faisant venir ici ?

Les danseurs se sont arrêtés et ont reculé de quelques pas pour leur faire de la place. Le film que Man vient de recharger défile toujours, projetant sur leurs corps les mots et les phrases des poèmes de Lee : « délibérément, thé pour deux, lueur d'espoir, une grande explosion dans le ciel ». Quand les mots clignotent sur Antonio, ils se fondent dans le noir de son costume, mais ils vont de Man à Lee et les voir lui est presque insupportable. « Prends une poudre, l'appel du vide, caresse-moi, exister pour rien ». C'est exactement la scène que Lee avait imaginée quand elle avait envoyé le message à Antonio, mais, maintenant qu'elle se produit, elle ne peut pas croire qu'elle ait pu faire ça.

— Mais enfin qui êtes-vous ?

Antonio se lève et fait face à Man.

— Je m'appelle…

Man l'interrompt.

— Peu importe. Allez vous faire foutre. Foutez le camp d'ici.

Antonio regarde Lee. Elle hoche la tête, lui dit qu'elle est désolée en remuant les lèvres silencieusement ; il lève les bras au ciel en un geste d'incompréhension, puis s'en retourne comme il est venu. Man empoigne Lee par le haut du bras. Il serre si fort et sa main est si chaude qu'elle sent son pouls battre dans ses doigts.

— Tu travailles, lui dit Man. Tu es censée travailler, là.

Lee sent la colère monter en elle.

— Oh, mais je ne suis pas inquiète, réplique-t-elle. De toute façon, tu vas t'en attribuer tout le mérite.

La main de Man est toujours autour de son biceps.

— Quoi ?

Avant que Lee ne puisse lui sortir le couplet qu'elle avait préparé, Madame Pecci-Blunt, qui est venue se glisser entre eux, les prend chacun par l'épaule et les pousse aussi élégamment que possible vers la maison.

— Ma chérie, dit-elle à Lee, tu ne crois pas que cette scène pour le moins inconvenante n'a pas sa place sur la piste de danse ?

Man et Lee se laissent conduire dans la maison et, par un long couloir, jusqu'à une sorte de salle de jeux avec une table de billard au centre et des trophées sur les murs. Mimi les fait entrer dans la pièce en les poussant délicatement.

— Soyez gentils, réglez-moi ça avant de me gâcher la réception. Un peu de cinéma, ce sera du pain béni pour la presse de demain, mais je ne voudrais pas que ça dégénère.

Mimi repart en fermant la porte derrière elle, laissant Lee et Man seuls dans cette pièce gigantesque d'où ils ne peuvent pas entendre les bruits de la fête ; tous les sons semblent de toute façon étouffés par les somptueux tapis et les épais rideaux qui encadrent les fenêtres.

La porte à peine refermée, Man se tourne vers Lee.

— Bon Dieu, mais, qu'est-ce qui t'a pris ?

— Qu'est-ce que tu veux dire ? s'offusque-t-elle d'un air innocent.

— Toi. Cet homme. C'est avec lui que… ?

Man suffoque presque, il n'arrive pas à finir sa phrase. Il s'éloigne d'elle et va vers la fenêtre, écartant l'un des rideaux pour regarder le parc en dessous.

Lee s'avance, se penche sur le billard, en agrippe le cadre tellement fort qu'elle en a les doigts qui blanchissent. Élevant la voix, elle lui dit :

— Tu… tu me les as volées. Mes photos, mes cloches sous verre, et tu les as signées.

Man se retourne pour lui faire face.

— De quoi parles-tu ?

— De quoi je parle ? Tu n'es pas sérieux, là ? Tu sais très bien de quoi je parle. Tu as pris mes photos ; mes photos… et tu les as présentées à la Philadelphia Camera Society.

Man paraît sincèrement ne pas comprendre. Il se passe la main dans les cheveux.

— Ah, les photos des cloches sous verre. Oui, je les ai présentées, avec quelques autres. Une des conditions requises pour ce prix était que les photos devaient former un triptyque. Je fais très peu de séries et ils imposent toujours des restrictions ridicules de ce genre, Dieu sait pourquoi.

— As-tu… Tu n'as pas pensé un seul instant que, ce que tu faisais, c'était du vol ?

— Quoi ? Mais non, évidemment. Nous les avions faites ensemble. Elles sont autant à moi qu'à toi.

La voix de Lee se brise.

— Non, on ne les a pas faites ensemble.

— On a fait toutes les solarisations ensemble… c'est comme ça que je voyais les choses. Je pensais que toi aussi.

Les mains de Lee sont comme des griffes serrées sur le cadre du billard.

— Je l'ai découverte. Pas toi. Tu ne t'en souviens pas ? Vraiment, tu ne t'en souviens pas ?

L'idée lui vient que peut-être pas, en effet. Peut-être que ce souvenir, qui tient une si grande place pour elle – ces semaines où elle s'est sentie plus que jamais en phase avec quelqu'un – s'est évaporé du cerveau de Man comme le brouillard au lever du soleil.

Man s'éloigne de la fenêtre pour venir se placer de l'autre côté du billard, face à elle. Au-dessus de son épaule droite, une tête de cerf les regarde.

— Que tu sois remontée à ce point contre moi est absurde, Lee. Ce que nous créons au studio, c'est mon travail, en fin de compte. C'est mon studio. Tu es – il marque une pause, comme s'il comprenait soudain ce que ses mots pourraient signifier pour elle, puis dit doucement –, tu es mon assistante.

— Ah, d'accord !

C'est bien ce qu'elle craignait. Toute sa colère s'en va subitement, ses jambes se dérobent sous elle. Au vu de ce changement d'attitude, Man se précipite de l'autre côté du billard et tend le bras pour la toucher. Elle tressaille.

— Bien entendu, ça vaut seulement pour le travail en studio. Que celui en studio. Tu sais à quel point tu comptes pour moi… à quel point je t'aime.

Lee baisse la tête et ne dit mot, se contente de fixer l'ombre de la poche d'angle du billard.

Il fait une nouvelle tentative.

— J'aurais dû te dire que j'allais présenter ces photos. Je suis désolé. Mais on avait beaucoup de travail à ce moment-là, et tu étais souvent absente ; j'ai dû oublier, tout simplement.

Elle continue de se taire. Les larmes lui sont montées aux yeux, et l'une d'elles tombe, faisant une tache sombre sur le feutre vert du billard.

— Lee, dis quelque chose. Je t'ai pardonné de m'avoir trompé, je t'ai pardonné quand j'étais à Cannes ; je ne peux pas rester fâché contre toi, et je peux te pardonner pour cet absurde cinéma que tu viens de me faire. Je t'aime, Lee. Je t'aime.

Elle lève la tête, le regarde dans les yeux.

— Que vois-tu quand tu me regardes ?

Man secoue la tête, l'air perplexe.

— Ce que je vois ? Une belle femme. La femme que j'aime.

Une belle femme. Mais qu'espérait-elle entendre ? C'est ce que tout le monde a toujours vu. Lee s'essuie les yeux du revers de la main.

— Tu ne me vois pas. Tu ne m'as jamais vue.

— Je ne comprends pas. Je ne vois que toi, au contraire. Je te l'ai déjà dit.

— C'est faux. C'est faux.

Lee sanglote à présent, le visage défait, et au lieu de se cacher dans ses mains comme elle l'aurait fait habituellement, elle se tient les bras le long du corps et laisse couler les larmes.

— Je ne pourrai jamais te pardonner.

Man recule d'un pas. Il change d'expression, semble enfin mesurer la gravité de la situation.

— Lee, sois raisonnable. Ce n'est pas grave… je vais leur écrire. Récupérer les photos. Je ferai ce que tu voudras.

— Vas-tu leur écrire que ce sont mes photos ?

Man fronce les sourcils.

— Je préfère me contenter de les retirer. Je ne voudrais pas qu'ils aient une idée fausse de…

C'est ce qu'il aurait pu dire de pire. Lee s'essuie à nouveau les yeux puis s'écarte de lui.

— Pour moi, c'est terminé, décrète-t-elle.

— Terminé ?

— Terminé. Tout ça. Nous.

Man a l'air ébahi.

— Tu veux dire que tes photos ont plus d'importance pour toi que ce que nous partageons ?

— Oui, c'est ça.

Et là Man s'emporte, se défend, puis il passe à la contrition. Il peut toujours parler. Quand Lee a dit que c'était terminé, elle le pensait : lorsqu'il finit par la supplier de lui pardonner, il est trop tard.

Pour l'empêcher de partir, Man se met à genoux, lui entoure les jambes de ses bras. Elle le regarde faire mais ne ressent rien ; elle se penche, lui écarte les bras, se dégage comme elle peut. D'un pas décidé, elle parcourt en sens inverse le labyrinthe de couloirs pour rejoindre la réception, où tout tourne encore, comme si de rien n'était. Lee va vers un des projecteurs et tel un automate, fait défiler la bobine, puis observe les mouvements de ses propres mains sur la surface des corps de ces gens, ses doigts courant sur la veste d'un homme, puis sur sa joue avant de disparaître. La réception se prolonge pendant des heures et Lee reste jusqu'à la fin, puis elle récupère son manteau et sort dans l'air glacial. Qui sait où Man se trouve à présent ? Peut-être est-il toujours à genoux sur le sol, attendant qu'elle vienne l'implorer elle aussi.

Des semaines plus tard, alors que Lee a récupéré toutes ses affaires dans l'appartement de Man et s'est installée à l'hôtel, après qu'elle a répondu au panneau « Surface à louer » dans la vitrine du petit studio, écrit à son père pour un emprunt, acheté son propre appareil photo de studio et un chariot sur lequel le poser, après avoir rédigé une publicité – « Studio Lee Miller : portraits à la manière de Man Ray » –, après qu'elle a reçu sa première cliente, une femme d'un certain âge qui a vu l'annonce dans le journal du dimanche, un colis arrive à la porte du nouveau studio de Lee. Il est emballé dans du papier Kraft, entouré de ficelle, et il est évident qu'il n'a pas été envoyé par la poste. Elle sait immédiatement qui en est l'expéditeur, même s'ils ne se sont ni revus, ni parlé depuis la réception ; Lee s'était arrangée pour aller récupérer ses affaires à l'appartement de Man à un moment où elle le savait absent.

Lee rentre le paquet à l'intérieur et le déballe lentement. Dans le papier Kraft, il y a une boîte en bois. Dans cette boîte, le métronome de Man, avec quelque chose de collé au balancier. Elle prend celui-ci dans ses mains et voit que ce qui est collé est un morceau de papier sur lequel il y a une photo d'un œil, son œil, la regardant d'un air absent. Au fond de la boîte, un marteau avec un petit message attaché au manche portant ces mots, *Détruis-moi*, écrit de la main de Man.

Lee pose le métronome sur la table devant elle et l'examine. L'émotion qui a présidé à sa création est tangible dans les marques de ciseaux en dents de scie, là où l'œil a été découpé de son visage. L'image est sous-exposée, comme si le tirage avait été retiré trop vite du bain de développement. Son œil est sans expression, sans profondeur, l'iris aussi clair que de l'eau. Lee fixe l'image qui la fixe en retour. Dans quelle photo Man l'a-t-il découpée ? Quelle version de son visage a fini en puzzle dans la poubelle après ce découpage aux ciseaux ? D'un doigt Lee met le métronome en marche, puis elle s'assied et regarde son œil aller et venir.

Et puis Lee regarde autour d'elle cet espace – son espace, tout à elle, la pièce blanche dépouillée, aussi propre et claire qu'elle l'avait imaginée la première fois qu'elle l'avait vue – et les photos sur lesquelles elle a travaillé récemment, dont certaines sont encore en train de sécher. Elle a commencé une nouvelle série, des scènes de rues semi-abstraites, qui ont été composées avec soin mais ont la force d'instantanés. Il y a là quelques-unes de ses meilleures photos. Lee se lève et va dans la chambre noire pour retourner travailler, laissant le métronome cliqueter sur la table jusqu'à épuisement du mécanisme.

Sussex, Angleterre

1946

«Libéré» : le mot allait fatalement perdre son sens. Lee a écrit ces mots et les a envoyés à Audrey avec tout le reste. Elle les a écrits avec Dave Scherman, juste après avoir *libéré* une caisse de gerwürztraminer d'une autre réserve nazie. Le mot est devenu comique. «Je vais te *libérer* de ton pantalon», a dit David, et ils ont tellement ri qu'ils en ont renversé la bouteille de vin, mais vu qu'ils venaient d'en *libérer* une autre, ça ne leur a fait ni chaud ni froid.

Vogue a cessé d'envoyer Lee en reportage, mais elle travaille encore. Elle voyage à travers l'Europe et photographie la liberté telle qu'elle lui apparaît. Au Danemark, c'est une joie réprimée qui éclate malgré l'impuissance institutionnelle, les gens créant des façades en carton élaborées pour cacher les dégâts subis par leur ville. En France, ce sont de grands chapeaux, un étalage de tissus maintenant qu'il n'y a plus de rationnement. Au Luxembourg – un pays dont la stratégie militaire pourrait se résumer à «Surtout, ne nous faisons pas remarquer» –, ce sont de gentilles petites parades, des fêtes de comices agricoles.

Lee est la seule photographe à rester. Après Munich, après Dachau, après le suicide de Hitler dans son bunker de Berlin, les correspondants de guerre s'en vont, appelés ailleurs dans d'autres pays, pour d'autres missions. Même Dave s'en va, quand *Life* l'envoie en reportage aux États-Unis. Il insiste auprès de Lee pour qu'elle parte avec lui, mais elle ne se voit pas aller se morfondre dans un pays que la guerre a à peine touché. Elle préfère continuer vers l'Europe de l'Est, armée d'un stock d'essence et de cognac, traversant seule des campagnes creusées de trous d'obus au volant d'une Jeep qu'elle a libérée du 45e régiment. Dave lui manque tellement que tout en conduisant, elle se met à se parler à elle-même en imitant sa grosse voix, mais elle lui en veut, aussi : de l'avoir lâchée et d'être rentré chez lui pour photographier des mondanités et des projets de travaux publics.

Quelque part en Roumanie, l'argent vient à manquer, et la réponse au télégramme que Lee envoie à Audrey est laconique. Son accréditation lui a été retirée. Elle n'a plus d'autre choix que de rentrer.

À son retour à Londres, Lee revoit Roland Penrose. Après toutes ces années de correspondance, l'avoir là, en chair et en os, la perturbe ; la chaleur de son corps près du sien, le fait qu'il soit toujours net, impeccablement habillé. Mais des choses qui la dérangent, il y en a plein, et elle fait le constat qu'il est le seul dont elle supporte la compagnie plus de quelques heures. Il ne lui demande rien, contrairement à Man, qui était sans arrêt en demande de quelque chose, et contrairement à la guerre qui vous prenait tout. Ensemble, elle et Roland vont dans le Sussex, non loin du village où il est né, et ils louent une ancienne petite ferme, se promènent dans l'allée de gravier. Ils envisagent de s'y installer définitivement un de ces jours. Il lui prend la main, la serre dans la sienne.

La ferme est arborée, bucolique et si tranquille que les oreilles de Lee n'arrêtent pas de bourdonner. Dès qu'ils ont défait leurs valises, elle s'écroule sur leur lit et dort pendant des jours. Roland lui apporte des sandwiches, la croûte finissant par se racornir et sécher quand elle ne les mange pas. Une nuit, elle se réveille en hurlant, et Roland lui masse le dos jusqu'au moment où elle feint de se rendormir. Elle attend qu'il ronfle pour attraper la bouteille.

Lee ne parvient pas à faire disparaître les images, le film qui passe en boucle dans sa tête, mais le brandy l'aide, le cognac aussi. L'alcool l'aide aussi à dormir, permet aux cauchemars de remplacer ses souvenirs pendant un temps.

« Ça finira par s'apaiser », lui dit Roland, lui tapotant la main, lui massant le bras. Lui-même a passé les années de guerre en qualité de chef instructeur à l'école de camouflage de Norfolk. Il la touche trop souvent, parfois elle doit serrer les dents pour ne pas se dérober, mais c'est plus facile de le tolérer que de lui dire d'arrêter.

Quelques années plus tard, ils se marient. C'est une erreur, mais à ce moment-là, ça lui est égal ; elle veut juste quelqu'un qui l'accepte telle qu'elle est. Roland désire aller vivre à la campagne, si bien qu'ils finissent par acheter Farley Farm. Elle prend les dispositions nécessaires pour que ses affaires lui soient envoyées de Londres, et les cartons arrivent pendant que Roland est en voyage pour son travail. Des cartons et des cartons de négatifs et de vieilles photos décolorées. Lee en relègue un maximum dans le grenier sans prendre la peine de les ouvrir.

Elle pousse les cartons dans un coin derrière un vieux cadre de lit où personne n'ira les dénicher. Roland ne posera pas de questions ; avec lui elle peut passer à autre chose, devenir une autre, laisser les années effacer le passé, arriver à faire le vide, place nette. Après avoir fermé le grenier à clé derrière elle, elle éprouve un sentiment de soulagement, c'est un rai de lumière dans la nuit. Y a-t-il un mot pour ce qu'elle éprouve ?

Elle aimerait que ce soit libération.

Épilogue

LONDRES
1974

On ne dirait pas, en la voyant, que Lee va mourir. Lorsque, non accompagnée, elle franchit la porte principale de l'Institut des arts contemporains de Londres dont Roland a récemment été nommé directeur, elle est superbe. C'est la première fois qu'elle entre dans le nouveau bâtiment de l'Institut, ici sur le Mall, et si on lui demandait son avis, elle dirait que cet édifice ramassé, flanqué d'une pléthore de grosses colonnes grecques est affreusement laid. Lee préfère de beaucoup l'ancien, malgré ses courants d'air peu accueillants, mais personne ne lui a demandé. Certainement pas Roland, qui ne lui demande plus jamais son opinion sur quoi que ce soit.

Lee porte une robe pour la première fois depuis des mois. La mort approchant, elle a paradoxalement retrouvé le plaisir de s'habiller, de même que sa taille de guêpe et ses pommettes ; avant de pousser les portes du musée, elle aperçoit son reflet sur leur surface vitrée et, pour une fois, aime ce qu'elle y voit. L'éclat du visage dû à l'air exceptionnellement froid pour la saison et la quinte de toux qu'elle a eue à quelques rues de là. Une robe fourreau en laine bouclette assortie d'une élégante veste d'un bleu qui met ses yeux en valeur. Le tailleur est peut-être démodé, mais c'est un Chanel, et il lui va aussi bien qu'à l'époque où Lee l'a acheté, des années auparavant – une sorte de victoire.

Roland a promis à Lee une visite privée de la nouvelle exposition avant le vernissage prévu ce soir-là. Il faut dire que c'est le moins qu'il puisse faire, compte tenu que c'est en partie grâce à elle que cette exposition se tient. L'article de *Vogue* qu'elle a écrit sur sa vie avec Man Ray – elle ne peut pas croire que ça fait sept ans qu'il a été publié – a suscité l'intérêt de l'ancien directeur, et Roland a intrigué pour faire partie de l'équipe chargée de l'organisation. C'est probablement grâce à cette exposition qu'ils ont promu Roland quand l'ancien directeur a pris sa retraite. Il peut remercier Lee ; bien entendu, il ne le fera jamais.

Elle a besoin de ce moment de solitude avant d'être obligée de frayer avec tous les gens du musée. Avant de voir Man. Roland lui a tout d'abord dit que Man n'allait pas pouvoir venir, trop affaibli qu'il était pour faire le voyage de Los Angeles, mais l'air de rien, il y a quelques semaines, il lui a dit que, finalement, il viendrait. Quarante ans qu'ils ne se sont pas vus. Lee a beau essayer de l'imaginer là debout devant elle, l'image ne s'affiche pas. Sa mémoire l'a réduit à des impressions : la ligne du menton contre sa veste, sa façon de se tenir, le dos un peu voûté. Elle n'est même pas sûre que ces fragments de souvenirs soient réels, ou qu'ils viennent d'une photo, celle qu'elle a prise sur le pont à Poitiers, la seule qu'elle ait gardée de lui.

Lee se glisse entre les groupes scolaires et les touristes qui se pressent dans le hall, et emprunte l'escalier jusqu'au deuxième étage, puis s'avance au-delà d'une barrière temporaire. Il s'en faut de peu quelle n'éclate de rire en voyant l'entrée de l'exposition. Au-dessus des portes fermées, on a accroché une gigantesque sérigraphie avec la signature de Man imprimée au-dessus du torse nu de Lee. C'est l'un des nombreux clichés que Man a pris d'elle contre la fenêtre de leur ancienne chambre, son corps strié par la lumière du soir. Lee hoche la tête et se demande si le département marketing du musée sait que c'est la femme du directeur dont ils ont reproduit la photo.

Elle pousse les portes et entre. Il n'y a personne. La salle est parfaitement silencieuse, plus sombre qu'elle ne s'y serait attendue. Des petits projecteurs éclairent des tirages encadrés, et, au centre, quelques sculptures de Man sont exposées sur des socles.

L'exposition est organisée de manière chronologique, et les premières salles sont faciles : artefacts de la vie du jeune Emmanuel Radnitzky, croquis et griffonnages, un *mezuzah* provenant de la maison de son enfance, des études de nus, œuvres de jeunesse, et même une copie d'une rédaction écrite quand il était à l'école. Puis une salle consacrée aux années vingt à Paris : Kiki avec son tatouage des ouïes de violon dans le dos, un autre cliché d'elle en train de dormir. Dans une alcôve, *Emak Bakia* déjà projeté en boucle en prévision de l'arrivée des invités.

Ce n'est qu'en entrant dans la salle suivante que Lee commence à se sentir mal. *1929-1932, Paris érotique* est peint sur le mur, près de la porte. Des photos sont rassemblées, réparties en groupes, et comme Lee s'y attendait, toutes sont des photos de son corps. Mais qu'elle s'y soit attendue ne rend pas la chose plus facile pour autant. Elle avance lentement le long d'un mur, les regardant toutes : ses cuisses, ses bras, ses seins, enfermés dans des cadres noirs épais, les lumières crues se reflétant sur le verre à son passage.

Les voici donc, toutes ces parties d'elle qu'elle a laissé Man photographier. Toutes ces parties qu'il a touchées, peintes, aimées. Elle regarde, regarde, attendant de les voir se fondre en un tout, mais, évidemment, ça n'arrive pas. Qu'est-ce qu'elle s'imagine ?

Dans son grenier il y a des dizaines d'autoportraits – Lee Miller *par* Lee Miller – et même ceux-là ne l'ont jamais satisfaite. Elle sait pourquoi. C'est parce qu'il marque un « tout ». Un centre. Ou bien peut-être qu'elle se trompe. Peut-être qu'elle n'a simplement jamais su le trouver.

Les photos de Man ont l'air vieilles – elles sont vieilles, se dit Lee, avec une pointe de tristesse – et il y a longtemps que la fille qu'on y voit est perdue pour elle. Tenez, là son bel œil, son beau sternum. Lee voudrait qu'on les lui rende, toutes ces parties d'elle qu'on lui a prises. Ses lèvres. Ses poignets. Sa cage thoracique. À regarder toutes ces parties désincarnées d'elle-même, elle pense aux rayons X que le jeune docteur au visage boutonneux a projetés sur l'écran : les ailes de papillon de ses poumons atteints d'un cancer. L'effet était inversé sur le négatif, et les tumeurs sont apparues comme des taches blanches brillantes, mais Lee sait de quelle couleur elles sont en réalité. Dans la salle d'examen, elle y avait trouvé comme une justification : une preuve, enfin, de la noirceur qu'elle savait porter en elle depuis toujours.

Lee s'arrête devant un tirage dont elle se souvient bien, son visage solarisé de profil, une fine ligne noire séparant sa peau de l'arrière-plan qui est blanc. Un cartouche est accroché près du tirage, et Lee se penche pour voir de plus près, plisse les yeux pour le lire. « La solarisation, une découverte conjointe des artistes Man Ray et Lee Miller, est un procédé consistant à obtenir une inversion partielle ou totale du noir ou blanc sur un négatif ou un tirage photographique. » Lee avance sa main et passe son pouce sur les mots, laisse une trace sur la protection en plastique, puis la salit un peu plus en essayant de la faire disparaître. Une découverte conjointe. Les Artistes Man Ray et Lee Miller. Ces mots auraient été si importants pour elle à une époque. Tout ce à quoi elle a renoncé parce qu'elle ne les avait pas entendus. Ils ont si peu de sens pour elle aujourd'hui.

Lee se ressaisit et continue jusqu'à la salle suivante. Il ne s'y trouve qu'un seul tableau. Gigantesque, deux mètres cinquante de long, il est accroché à hauteur d'homme, vibrant, somptueux. *À l'heure de l'Observatoire – Les Amoureux*, elle sait que c'est ce que dit le cartouche. C'est comme voir un souvenir oublié, puis à moitié retrouvé. Les lèvres comme des corps allongés l'un sur l'autre, apaisés, rassasiés. Où est partie cette fille, celle qui s'abandonnait tout entière à ses sensations, à son amant, si proches l'un de l'autre qu'on ne savait plus où finissait son corps à elle et où commençait celui de Man. Lee veut le revivre aussi, ce sentiment-là.

Le reste de l'exposition n'est que brouillard. Lee va d'une salle à l'autre, passe devant les peintures et sculptures plus tardives dans la carrière de Man. Une salle est consacrée à sa période californienne, une autre aux portraits qu'il a pris en Europe dans les années cinquante. Lee a vu la plupart d'entre eux dans des revues au cours des années ; elle a suivi sa carrière, de même que Roland.

Lee a assez vite fini la visite de l'exposition. Elle s'attarde un moment devant la sortie, pas encore prête à s'aventurer dans le capharnaüm bruyant du reste du musée. Il y a un banc contre le mur, et Lee s'y laisse tomber avec soulagement. Elle va juste se reposer un moment avant de rentrer.

Lee reste assise comme ça les yeux clos pendant une vingtaine de minutes quand, soudain, elle entend un bruit derrière elle, un crissement de caoutchouc sur le plancher. Quelqu'un s'avance dans la salle en fauteuil roulant. Puis, quand la personne s'est approchée, elle l'entend : une voix, sa voix, rauque, un filet de voix désormais, mais familière, une voix dont elle n'arrivait plus à se souvenir jusqu'à ce qu'elle l'entende. Elle remplit ses poumons de tout l'air qu'elle peut et se tourne vers lui.

« Lee ? » dit Man.

Ce qui passe entre eux ne sera qu'un souvenir. Aucune photo n'a fixé cet instant.

NOTE DE L'AUTEURE

La première fois que je me suis intéressée à Lee Miller, ce fut au Peabody Essex Museum de Salem, Massachusetts, où j'étais venue voir une exposition *Man Ray/Lee Miller : Partenaires dans le Surréalisme.* Le travail qu'elle y présentait était incroyable ; sa vie l'était encore plus. Pourtant, dans tous mes cours d'histoire de l'art à l'école, je n'avais entendu parler que de Man Ray, jamais de Lee Miller. Revenue de cette exposition, j'ai passé deux années à faire des recherches approfondies sur le sujet avant d'écrire ce qui allait devenir *L'Âge de la lumière.*

Ma fascination pour Lee est née d'images – images d'elle mais aussi créées par elle. Son regard plein d'assurance sur sa première couverture pour *Vogue* en 1927, provocateur dans les photos prises par son père, amoureux quand il se posait sur Man, sa transformation, par la suite, en une correspondante de guerre endurcie. Ces images furent autant de points d'accès à des scènes de roman et restèrent des pierres angulaires pour moi à mesure que j'écrivais, puis révisais ce livre. Ce roman raconte donc l'histoire derrière ces images. C'est un ouvrage de fiction, et bien que j'y aie mêlé des faits glanés ici et là dans de nombreuses et excellentes biographies, ainsi que des textes historiques, ces personnages sont le fruit de mon imagination.

Le roman historique est un genre bien particulier, et quand un auteur écrit un livre sur des personnes ayant existé, un processus s'engage qui a ses propres règles et répond à des attentes spécifiques. Bien que je me sois attachée à restituer l'histoire telle qu'elle s'est déroulée – tout particulièrement s'agissant de la géographie, de la chronologie et d'autres détails historiques –, j'ai choisi d'expérimenter et d'inventer des scènes et des actions, pour autant qu'elles fussent cohérentes avec ce qu'étaient les personnages, tant dans leur façon de vivre que dans la façon dont je me les représentais. Surtout, mon objectif en écrivant ce livre était de présenter Lee dans toute sa complexité de femme : belle et talentueuse, bien sûr, mais aussi fragile et imparfaite, ce qui, pour moi, était bien plus important que de rester sur les rails de l'histoire telle qu'elle avait été écrite.

Pour d'autres lectures sur la vie de Man Ray et celle de Lee Miller, je recommande surtout la biographie écrite par Carolyn Burke, *Lee Miller : A Life.* C'est un livre vers lequel je me suis tournée à de nombreuses reprises pour mes recherches, et il explore à fond l'histoire complexe de la vie de Lee. *Man Ray : American Artist*, de Neil Baldwin, et l'autobiographie, *Self Portrait*, sont de bons points de départ pour en savoir plus sur la vie et l'œuvre de Man Ray. On trouvera également ci-dessous la liste des autres sources auxquelles je me réfère. Chacun de ces ouvrages permet d'en apprendre un peu plus sur les personnages et l'époque. Et, bien sûr, il y a l'œuvre de Man ainsi que celle de Lee qui, je l'espère, vous inspireront autant que moi.

BIBLIOGRAPHIE

BALDWIN N., *Man Ray : American Artist*, Cambridge, Da Capo Press, 2000.

BURKE C., *Lee Miller : Dans l'œil de l'histoire, une photographe*, traduit par M.-C. Rideau, Paris, Autrement, 2008.

CAHUN C., *Aveux non avenus*, Paris, Fayard, coll. « Mille et une nuits », 2011.

CONEKIN B. E., *Lee Miller in Fashion*, Monacelli Press, 2013.

FLANNER J., *Paris, C'était hier. Chroniques d'une Américaine à Paris 1925-1939*, Paris, Mazarine, 1981.

KLEIN M., *Alias Man Ray : The Art of Reinvention*, New Haven, Yale University Press, 2009.

PENROSE A., *Les Vies de Lee Miller*, traduit par Claro, Paris, Arléa/Seuil, 1994.

PENROSE A., *Lee Miller's War*, Boston, Bulfinch Press, 1992.

PRODGER P., ET ROSCOE L., PENROSE H., PENROSE A., *Man Ray/Lee Miller : Partners in Surrealism*, Londres, Merrell Publishers, 2011.

MAN RAY, *Autoportrait*, Actes Sud, coll. « Babel », 1999.

ROBERTS H., *Lee Miller : A Woman's War*, Londres, Thames and Hudson, 2015.

REMERCIEMENTS

On dit qu'écrire est un acte solitaire, mais ce livre n'aurait pas vu le jour sans l'aide, les conseils et les encouragements des personnes suivantes qui ont toutes cru en moi : Julie Barer, mon agent, et Judy Clain, mon éditeur chez Little, Brown. Mon groupe d'écriture, les *Chunky Monkeys* : Christopher Castellani, Chip Cheek, Jennifer De Leon, Calvin Hennick, Sonya Larson, Alexandria Marzano-Lesnevich, Celeste Ng, Adam Stumacher, Grace Talusan, et Becky Tuch. Mon mari, Ryan, et ma fille Lydia. Je les remercie infiniment pour leur amour et leur soutien.

PAPIER À BASE DE FIBRES CERTIFIÉES

Le Livre de Poche s'engage pour l'environnement en réduisant l'empreinte carbone de ses livres. Celle de cet exemplaire est de :
350 g éq. CO_2
Rendez-vous sur www.livredepoche-durable.fr

Composition réalisée par Lumina Datamatics, Inc.

Achevé d'imprimer en France par
CPI BRODARD & TAUPIN (72200 La Flèche)
en janvier 2022
N° d'impression : 3046439
Dépôt légal 1re publication : janvier 2022
LIBRAIRIE GÉNÉRALE FRANÇAISE
21, rue du Montparnasse – 75298 Paris Cedex 06

17/8506/9